ELIZABETH EDMONDSON

Mord auf Selchester Castle

GOLDMANN
Lesen erleben

Buch

England 1953: Der Kalte Krieg wirft seinen Schatten auf das beschauliche, ländliche Selchester, wo Agent Hugo Hawksworth in einer geheimen Einrichtung der Regierung arbeitet und auf die Spur möglicher sowjetischer Spione stößt. Auch auf Selchester Castle, wo er untergekommen ist, herrscht Aufregung. Alle erwarten gespannt die Ankunft des neuen Schlossherrn: Gus Mason. Der Sohn des verstorbenen Earls, ist ausgerechnet Amerikaner! Der neue Earl dachte, das englische Landleben würde ihn langweilen, doch dann bekommt er es nach seiner Ankunft mit wertvollen Gemälden dubioser Herkunft zu tun. Und kurz darauf wird im Gewächshaus des Schlosses eine Leiche entdeckt. Hugo hegt keinen Zweifel daran, dass die Ereignisse zusammenhängen, und geht auf Mörderjagd …

Weitere Informationen zu Elizabeth Edmondson sowie zu lieferbaren Titeln der Autorin finden Sie am Ende des Buches.

Elizabeth Edmondson

Mord auf Selchester Castle

Kriminalroman

Aus dem Englischen
von Peter Beyer

GOLDMANN

Die englische Originalausgabe erschien 2015 unter dem Titel
»A Question of Inheritance« bei Thomas & Mercer, Seattle.

Dieses Buch ist auch als E-Book erhältlich.

MIX
Papier aus verantwortungsvollen Quellen
FSC® C014496
FSC www.fsc.org

Verlagsgruppe Random House FSC® N001967

1. Auflage
Deutsche Erstveröffentlichung März 2019

Neumarkter Str. 28, 81673 München
Umschlaggestaltung: UNO Werbeagentur, München
Umschlagmotiv: FinePic®, München
Redaktion: Friederike Arnold
KS · Herstellung: kw
Satz: Uhl + Massopust, Aalen
Druck und Bindung: GGP Media GmbH, Pößneck
Printed in Germany
ISBN: 978-3-442-48824-7
www.goldmann-verlag.de

Besuchen Sie den Goldmann Verlag im Netz

Während er das Automobil – nein, Polly hatte schon recht, das Auto – durch die kurvenreichen Straßen der englischen Landschaft steuerte, stellte er sich vor, wie seine Vorfahren diese Strecke über die Jahrhunderte hinweg wohl zurückgelegt hatten. Erst auf Pferden, dann mit Kutschen. Mit dem Zug und jetzt im Auto. Aus London kommend oder von den Schlachtfeldern Frankreichs zurückkehrend oder aus der sengenden Hitze von Jerusalem. Sie kamen zurück nach Hause, nach Selchester. Nach Selchester Castle.

Vorfahren, von denen er nichts wusste; Vorfahren, von deren Existenz er bis vor wenigen Wochen nicht einmal etwas geahnt hatte.

Zweiundvierzig Jahre lang hatte er als Gus Mason gelebt, als amerikanischer Staatsbürger. In Virginia war er groß geworden, an der University of Notre Dame hatte er studiert und sich in die Antike verliebt; er hatte Homer und Vergil übersetzt und im Krieg gedient – das alles hatte Hand und Fuß. Das war vertraut, das war das, was ihn ausmachte. Reisen nach England im Laufe der Jahre und ein Jahr als Stipendiat an einem College in Oxford hatten ihn zwar mit den englischen Gepflogenheiten vertraut gemacht. Doch nie hätte er sich träumen lassen, dass er einmal einen englischen Reisepass, einen englischen Titel und eine englische Burg sein eigen nennen würde.

»Es wird befremdlich sein«, sagte er. »Für uns alle.«

»Du wirst dich daran gewöhnen«, sagte Polly.

»Ich hoffe nur, wenn erst einmal ein bisschen Zeit vergangen ist, werdet ihr es mir nicht übel nehmen, so aus

Für H.E.S. und Wolfie

Kapitel eins

Szene 1

Lord Selchester riss das Steuer herum, um einem Fasan auszuweichen. »Heute tummelt sich jede Menge Wild auf den Straßen. Immer fest entschlossen, unter die Räder meines Automobils zu kommen.«

»Sag Auto, nicht Automobil. Du bist jetzt Engländer«, korrigierte ihn Polly.

Davon wollte ihre Schwester Babs nichts wissen. »Ich nicht. Ich bin Amerikanerin und werde es auch immer bleiben.«

»Als Amerikanerin kannst du aber nicht Lady Barbara werden«, gab Polly zurück.

»Wer will schon Engländer sein? Das müssen Liliputaner sein, wenn sie so kleine Automobile fahren wie dieses hier.«

»Die haben kein Öl, deswegen kostet das Benzin für Autos« – Polly betonte das Wort – »mehr als in den Staaten. Kleinere Autos, weniger Verbrauch an Kraftstoff.«

Als er in den Rückspiegel schaute, sah Augustine Lambert Fitzwarin, ehemals Gus Mason, nun der achtzehnte Earl of Selchester, dass seine jüngere Tochter sich die Brille hochschob und sich erneut in ihr Buch vertiefte.

eurer gewohnten Umgebung herausgerissen worden zu sein.«

Raschelnd blätterte Polly eine Seite um. »Entwurzelt.«

Barbara bedachte ihren Vater mit einem ärgerlichen Blick. »Ich hätte nicht mitkommen müssen. Ich hätte in den Staaten bleiben können.«

»Hättest du nicht, nicht mit siebzehn«, konterte Polly.

»Ich hätte irgendwo aufs College gehen können und nicht nach England in irgend so eine modrige Burg.« Sie starrte aus dem Wagenfenster. »Es ist, als führen wir durch eine Wolke«, sagte sie. »England besteht bloß aus einer großen Wolke. Wolke, Regen und Nebel.«

»Das ist nur ein bisschen Dunst«, beschwichtigte ihr Vater.

»Nebel«, entgegnete Polly mit Überzeugung. »Wie der in den Büchern von Dickens.«

»In den Zeiten der Römer hat man in England Wein angebaut«, erklärte Gus.

Babs stieß einen Seufzer aus. »Bitte sag mir jetzt nicht, dass die Römer es bis nach England geschafft haben.«

»Klar haben sie das!«, versetzte Polly. »Deshalb heißt es ja auch Großbritannien, weil der römische Name Britannia lautete.«

Gus war es nie gelungen, bei Babs auch nur einen Funken Interesse für die alten Römer oder Griechen zu entzünden. »Dunst und Nebel hätten zu Vergil gepasst. Wisst ihr noch, wie nebelig es war, als wir Mantua besuchten, von wo er stammte?«

»Ich kann mich noch sehr gut an Mantua erinnern«, sagte Babs. »Ich weiß noch, dass ich mir dort eine Bronchitis eingefangen habe und beinahe den Geist aufgegeben hätte und dass Polly eine Lebensmittelvergiftung bekommen hat.«

»Vergil ist ja dann auch so schnell wie möglich nach Rom abgehauen«, sagte Polly. »Wo es nicht klamm und nebelig ist. Kopf hoch, Babs, wenigstens hat es Odysseus nie bis nach England geschafft. Und alle römischen Soldaten sind schon vor Jahrhunderten wieder in ihre Heimat zurückgekehrt.«

»Wo wir von in die Heimat zurückkehren sprechen: Wer sind eigentlich diese Typen, die im Moment in der Burg wohnen?«, wollte Barbara wissen. »Ich fasse es nicht, dass sie immer noch dort sind. Wieso haben die sich noch nicht verkrümelt?«

»Ich dachte, das hätte ich euch erklärt«, erwiderte Gus.

»Hast du auch«, schaltete sich Polly ein. »Aber Babs hört nichts, was sie nicht hören will.«

»Freya Wryton ist meine Cousine – unsere Cousine –, und sie lebt seit sieben Jahren in der Burg und kümmert sich um das Gebäude. Schon seit ihr Onkel, der letzte Lord Selchester, gestorben ist.«

»Wieso sagst du nicht ›mein Vater‹? Und gestorben trifft es ja wohl nicht so ganz, oder? Er wurde ermordet.« Polly hatte es gerne genau.

Ja, er hatte das Wort vermieden. Daran musste man sich erst einmal gewöhnen, zum ersten Mal in seinem Leben einen Vater zu haben. Selbst wenn er tot war. »Da wohnt auch noch ein Mann namens Hugo Hawksworth in der Burg. Mit seiner Schwester Georgia. Sie ist ungefähr in deinem Alter, Polly. Sie wird bestimmt deine Freundin.«

»Wird sie nicht. Ich suche mir meine Freundinnen nämlich selbst aus, danke, und das werden keine weinerlichen englischen Mädchen sein.«

»Haben die kein Zuhause, wohin sie gehen können?«, fragte Babs. »Wenn wir schon dort wohnen müssen, sollten dort doch nicht zusätzlich auch noch jede Menge Fremde hausen.«

»Ich übernehme das Anwesen offiziell erst dann, wenn juristisch alles geklärt ist.«

Mit einer Besitzurkunde. Aber es gab Schwierigkeiten, da er seine amerikanische Staatsbürgerschaft aufgeben musste, um den Titel annehmen zu können. Und dann war da noch das Geld. Es hatte ihm die Sprache verschlagen, als die Anwälte – *Solicitors* genauer gesagt, er musste sich diese Bezeichnung einprägen – ihm das Ausmaß seines Erbes erläutert hatten. Und das seines voraussichtlichen Steuerbescheids. »Freya sagt, sie ziehen nach Weihnachten aus.«

»Und es gibt übrigens auch noch eine Haushälterin«, ergänzte Polly. »Bestimmt ist sie so wie Mrs Danvers in *Rebecca*. Böse, wütend darüber, dass du, der verschollene Erbe, auftauchst, und darauf bedacht, dich bei nächster Gelegenheit über das Treppengeländer zu schubsen. Jede Wette, dass sie uns allen das Leben zur Hölle machen wird.«

»Bitte achte auf deine Ausdrucksweise, Polly.«

»Die Engländer sagen alles Mögliche, schau dir bloß Shakespeare an.«

»Du bist nicht Shakespeare.«

Polly vertiefte sich wieder in ihr Buch.

Szene 2

Froh darüber, nach einer langen, kalten Fahrt von London sein Ziel erreicht zu haben, bremste der Motorradfahrer ab, als er an das offene Tor des Herrenhauses Thorn Hall gelangte, und blieb an der rot-weißen Schranke stehen, die ihm den Weg versperrte. Das große Schild auf dem Torpfosten, auf dem »Britische Regierung, Statistisches Amt, Privatgelände, Zutritt verboten« stand, beachtete er nicht. Dass kein einziger Statistiker in dem viktorianischen Gebäudekomplex arbeitete, war ihm bewusst.

Thorn Hall war während des Kriegs eine geheime Einrichtung gewesen, die die Einheimischen verschwörerisch »Pst-pst!« nannten. Davon, dass die Beschilderung des Kriegsministeriums längst entfernt worden und scheinbar eine andere Regierungsbehörde eingezogen war, ließ sich im Ort niemand täuschen. Konnte man dem Dienst auch keinen Namen zuordnen, so wusste doch jeder, dass das, was in dem Herrenhaus vor sich ging, mit nachrichtendienstlichen Aktivitäten zu tun hatte.

So wie auch allgemein bekannt war, dass in einer wenige Meilen außerhalb von Selchester gelegenen wissenschaftlichen Regierungseinrichtung, die von den Einheimischen das »Atomic« genannt wurde, streng geheime Kernforschung betrieben wurde.

Die Bewohner von Selchester waren Geheimnisse gewohnt.

Der Diensthabende von Thorn Hall trat aus seiner Baracke und begrüßte den Kurier aus London. »Du bist heute spät dran, Phil.« Er nahm den Passierschein entgegen und stempelte ihn ab.

»Von Osten her zieht Schmuddelwetter auf«, entgegnete Phil. »Ich werde mich nicht lange hier herumdrücken.« Er trat den Kickstarter durch, der Motor sprang an, und der Mann brauste auf das Gebäude zu. Die Schilder mit der Geschwindigkeitsbegrenzung ignorierte er und bremste erst ab, als er den kleinen See umkurvte.

Vor dem Haupteingang bockte er das Motorrad auf, holte aus einer der Satteltaschen einen gelbbraunen Umschlag hervor und trat durch die Eingangstür. Er stieg die Marmortreppe zum Obergeschoss hinauf, in dem Mrs Tempest, die Sekretärin des Abteilungsleiters Sir Bernard, ihr Büro hatte.

»Morgen, Miss T. Heute habe ich nicht viel dabei. Bloß ein paar Unterlagen für Sir Bernard und Mr Hawksworth.«

Er nahm den Umschlag entgegen, den sie ihm ihrerseits reichte. »Danke. Bin wohl erst nach Weihnachten wieder hier. Frohes Fest.«

Danach steuerte er die Kantine an, um Tee zu trinken und eine Kleinigkeit zu essen, bevor er wieder zurück nach London aufbrach.

Szene 3

In einem kleinen Zimmer, zwei Stockwerke und einen Gebäudeflügel entfernt von Sir Bernards großzügigen Räumlichkeiten, saß Hugo Hawksworth an seinem Schreibtisch. Er kippelte mit seinem Stuhl und massierte sich mit schmerzverzerrtem Gesicht die Wade. Wenn er zu lange saß, verkrampfte sich sein von den Folgen einer Schussverletzung vernarbtes Bein. Er widmete sich wieder dem Aktenordner, der geöffnet vor ihm lag.

Zu seiner Überraschung machte Hugo die Aufgabe, die zu erledigen ihn Sir Bernard gebeten hatte, Freude. Seit sich Burgess und Maclean 1951 in Luft aufgelöst hatten, befürchtete der Dienst, überzeugt davon, dass die beiden in Moskau gelandet waren, in seinen Reihen könnten noch weitere von ihrem Schlag sein; sowjetische Agenten, die bis zu den höchsten Rängen aufstiegen und dort sensible und leitende Positionen einnahmen.

»Forschen Sie nach!«, hatte Sir Bernard ihn angewiesen. »Das beherrschen Sie. Gehen Sie die Akten von A bis Z durch. Suchen Sie nach Unregelmäßigkeiten. Nach Einsätzen, die gescheitert sind. Nach Agenten, die sich ungewöhnlich verhalten haben. Nach allem, was auf weitere Verräter im Dienst hindeuten könnte.«

»Ergibt es überhaupt Sinn, so weit zurückzugehen?«, fragte Hugo. »Burgess und Maclean haben in unserer Zeit ihr Unwesen getrieben, nicht damals.«

»Die Saat des Verrats wurde in den Dreißigern gesät. Vor allem in Cambridge, damals eine Brutstätte des Kommunismus, wie Ihnen bekannt sein dürfte.« Sir

Bernard hatte sein Diplom an der Edinburgh University erworben. »Es dürfte noch weitere wie sie in den Reihen des Dienstes geben, die sich hocharbeiten, befördert werden, Zugang zu ausgesprochen sicherheitsrelevantem Material haben. Wir müssen wachsam sein, Hugo. Betrachten Sie nichts und niemanden als selbstverständlich. Auszeichnungen im Krieg, eine makellose Vorgeschichte, erfolgreiche Missionen: Lassen Sie sich durch nichts täuschen. Schreiben Sie sich Misstrauen auf die Fahnen.«

Wie immer amüsiert von Sir Bernards Befehlston hatte Hugo ein Grinsen unterdrückt und war losgezogen, um sich an Mrs Clutton zu wenden, die Archivarin, die ihm als Assistentin zuarbeitete.

Wie gewohnt war sie ihm bereits einen Schritt voraus, sodass sich bereits mehrere Akten auf seinem Schreibtisch stapelten, markiert mit ihren Kommentaren und Anmerkungen.

Sie war perfekt darin, sich scheinbar nebensächliche Details einzuprägen, und hatte in ihrem Büro alle möglichen Register angelegt und die entsprechenden Karteikarten, die sie in schmalen Holzschubladen aufbewahrte, mit Querverweisen versehen. Sie hatte ein Gedächtnis wie ein Elefant und besaß ein außergewöhnliches Talent, einen Zusammenhang zwischen Menschen, Orten und Geschehnissen herzustellen. Wahrscheinlich hätte Mrs Clutton seine Arbeit besser erledigt als er, dachte Hugo, während er die erste Akte aufschlug.

Die Dreißiger lagen noch nicht ganz so lange zurück, doch aus der Perspektive von 1953 schienen diese Vorkriegsjahre einem anderen Zeitalter anzugehören. Hugo fand die Dokumente in diesen gelbbraunen Akten faszinierend. Briefe, Telegramme, geheime Nachrichten aus Botschaften. Fotos von Orten, die teilweise im Krieg in Schutt und Asche gelegt worden waren. Fotos von Menschen, von Fremden, die in die Kamera lächelten oder von ihr überrascht worden waren. Auf Durchschlagpapier getippte Berichte, handschriftliche Notizen; all der Krimskrams, den Mrs Clutton akribisch aufbewahrt und archiviert hatte.

Seit drei Wochen verfolgte Hugo die Spur eines Mannes, dessen gescheiterte Einsätze vor dem Krieg, davon war er mittlerweile so gut wie überzeugt, einzig und allein seiner außergewöhnlichen Inkompetenz geschuldet waren. Victor Emerson war ohne Zweifel ein Mann, der nie hätte ins Feld geschickt werden dürfen, und Hugo fragte sich nun, warum man es trotzdem getan hatte. Auf dem Papier schien alles in Ordnung zu sein. Er war tauglich und hatte sämtliche Tests bestanden, die Hugo auch einmal absolviert hatte. In der Schule und für sein College in Cambridge hatte er Rugby gespielt und schien zu dem Zeitpunkt, an dem er sich dem Dienst anschloss, alles in allem ein vortrefflicher Rekrut.

Doch was immer er anging, misslang. Busse, mit denen er fuhr, verunglückten, worauf Besprechungen, zu denen er unterwegs gewesen war, nie stattfanden. Leute, mit denen er Kontakt aufnehmen sollte, wurden mit Blinddarmentzündung oder Knochenbrüchen eilig ins Krankenhaus eingeliefert. Er war auf der falschen Seite einer Grenze in einer Region eingeschneit worden, in der nur selten Schnee fiel. Er hatte seinen Reisepass verloren, jemand hatte ihm die Brieftasche gestohlen, und er war versehentlich anstelle eines anderen verhaftet worden.

Hugo nahm Emersons Foto in die Hand und schaute es nachdenklich an. Er kannte den Mann flüchtig und erinnerte sich an ihn als ausgesprochen kultivierten Menschen. Der Mann hegte eine Leidenschaft für Kunst und wusste viel darüber. Er musste eine romantische Ader haben, ein Gefühl, dass er einmal ein Bulldog Drummond werden würde, jene Figur, die der Autor Herman Cyril McNeile in einer Romanreihe erschaffen hatte, und deshalb den Dienst überhaupt zum Berufsziel gemacht hatte. Hugo blätterte weiter in der Akte, obwohl er sie mittlerweile fast auswendig kannte.

Tatsächlich stellte sich nicht die Frage, warum sich der Mann dem Dienst angeschlossen hatte. Der Grund dafür lag auf der Hand; es war der gleiche, weshalb Hugo und so viele andere rekrutiert worden waren. Sie hatten alle den richtigen Werdegang. Sie hatten alle die richtigen Verbindungen. Und bevor Burgess und Maclean übergelaufen waren und damit derlei bequeme Voraussetzungen über den Haufen geworfen wurden, hatte dieses Kriterium als beste Voraussetzung gegolten, die es gab. Wenn du »einer von uns« bist, dann würdest du dein Land nicht verraten.

Doch diese beiden hatten es sehr wohl getan, und es bestand die Möglichkeit, dass andere es ebenfalls getan hatten und es in diesem Moment noch immer taten.

Aber nicht Victor Emerson. Davon war Hugo überzeugt.

Szene 4

Das Telefon auf Hugos Schreibtisch läutete, und er langte nach dem Hörer. In der Leitung erklang Mrs Tempests klare, abgehackte Stimme, mit der sie Hugo informierte, dass Sir Bernard ihn sprechen wolle. »Unverzüglich, bitte, Mr Hawksworth, wenn es Ihnen nichts ausmacht.«

Da er in Gedanken noch ganz im Vorkriegswien weilte, ärgerte sich Hugo über die Unterbrechung, ließ es Mrs Tempest jedoch nicht spüren. Er klappte Emersons Akte zu, stand auf, bückte sich, um seine Wade noch einmal zu massieren. Dann zog er sich sein Jackett über, richtete die Krawatte, ergriff seinen Gehstock und humpelte die fünf Minuten in Anspruch nehmende Strecke durch den Flur zum anderen Gebäudeflügel.

Mrs Tempest saß an ihrem Schreibtisch im Zimmer neben dem von Sir Bernard. Die Tür stand auf, und sie schaute auf und nickte ihm zu. Hugo klopfte einmal an die Eichentür am Ende des Flurs. Sir Bernard rief »Herein!«, und Hugo trat ein.

Sir Bernard rauchte Pfeife, was darauf hindeutete, dass er über etwas grübelte. Manchmal fragte sich Hugo, ob Sir Bernard sich für einen zweiten Sherlock Holmes hielt, wenn er mit intellektuellem Elan Pfeife schmauchend über ein Problem nachsann. Allerdings ähnelte er seinem Vorbild ganz und gar nicht, denn Sir Bernard hatte weder eine Habichtsnase noch Adleraugen.

Sir Bernard schaute ihn über den Rand seiner Brille an und kam direkt zur Sache. »Es liegt etwas an, das Sie sich anschauen müssen. Eine Anfrage aus London, die heute Morgen eintraf.«

»Ist es dringend?« Nach Hugos Dafürhalten waren Anfragen aus London fast immer bürokratischer Natur, belanglos und Zeitverschwendung.

Derlei Gedanken mussten sich auf seinem Gesicht widergespiegelt haben, denn Sir Bernard warf ihm einen scharfen Blick zu und sagte: »Sie neigen zu sehr dazu, Ihren eigenen Weg zu gehen, Hawksworth. Ich mag es, wenn jemand in meinem Team Eigeninitiative beweist. Aber wenn es darum geht, sich etwas Besonderes anzuschauen, dann erwarte ich von Ihnen, dass Sie sich darauf konzentrieren. Ich weiß nicht, was Sie gerade sonst so auf dem Schreibtisch liegen haben, aber ich möchte, dass Sie dieser Sache hier Priorität einräumen.«

»Selbstverständlich. Worum handelt es sich?«

Gebieterisch tippte Sir Bernard auf die Akte. »Es liegt ein wenig außerhalb des Zeitrahmens, den Sie gerade bearbeiten, da es mit der Nachkriegszeit zu tun hat.« Sir Bernard nuckelte an seiner Pfeife. Er war kein versierter Raucher und inhalierte, was ihm einen Hustenanfall bescherte.

Hugo wartete, bis er sich wieder erholt hatte. Als Sir Bernard wieder zu Atem gekommen war und seine Fassung wiedererlangt hatte und die rote Farbe aus seinem Gesicht gewichen war, sagte er: »Ist Ihnen jemals ein Mann namens Zherdev in Berlin über den Weg gelaufen? Oder sonst wo? Aleksandr Zherdev?« Er zog ein unscharfes Foto aus der Akte hervor und schnipste es zu Hugo hinüber.

»Er ist Kulturattaché der russischen Botschaft in London. Er wurde vor Kurzem berufen. Er wurde von unseren Leuten dort und von der Sonderabteilung gründlich überprüft. Die haben ihn beschattet, seine Vorgeschichte unter die Lupe genommen und vieles mehr. Sie haben ihn für sauber erklärt, wollen aber ein abschließendes Urteil von uns, für den Fall, dass er damals in den Dreißigern irgendetwas mit nachrichtlichen Diensten zu tun gehabt haben könnte.«

»Was genau erwarten Sie von mir?«

»Gehen Sie die Unterlagen durch. Es sollte nicht allzu viel Zeit in Anspruch nehmen. Die in London haben gute Arbeit geleistet, davon können Sie ausgehen. Sie sollen nur eine letzte abschließende Kontrolle durchführen. Damit die einen Haken hinter seinen Namen machen können.«

Dann würde Mr Zherdev von der Roten Liste gestrichen und nur noch routinemäßig und oberflächlich einoder zweimal im Jahr überprüft werden.

»Wenn Sie mich fragen, sind das Pedanten. Der Mann war vor dem Krieg so etwas wie ein Schauspieler. Dann hat er wie jeder andere russische Patriot in der Roten Armee gekämpft und ist danach zu deren Auslandsdienst gegangen. Nicht gerade wahrscheinlich, dass das MGB ihn haben will, oder?«

Hugo betrachtete das Foto, das ihm Sir Bernard über den Schreibtisch hinweg zugeschoben hatte. Von einem Aleksandr Zherdev hatte er zwar noch nie etwas gehört, doch das Gesicht auf dem Foto erkannte er wieder. Das letzte Mal war er dem Mann 1946 in Berlin begegnet, und damals hatte er ihn unter dem Namen Gregor Orlov kennengelernt. Ein Major im MGB, dem sowjetischen Ministerium für Staatssicherheit. Er war einer von Hugos Kontaktmännern gewesen und hatte, soweit Hugo wusste, keinerlei Kontakt mit anderen westlichen Geheimdienstmitarbeitern gepflegt, die mit der Besatzungsmacht in Berlin stationiert waren.

»Ich kümmere mich gleich morgen früh darum«, versprach Hugo.

»Nein, ich möchte, dass Sie sofort damit anfangen«, erwiderte Sir Bernard. »Instruieren Sie Mrs Clutton, damit sie sofort loslegt. Sagen Sie ihr, dass Sie auch noch das kleinste Fitzelchen Information über Zherdev auf den Tisch bekommen wollen.«

Hugo war verstimmt. »Ich habe gehofft, heute früher gehen zu können. Der neue Earl kommt in der Burg an, und ich denke, ich sollte anwesend sein.«

Diese Bemerkung ließ Sir Bernard aufhorchen. »Lord Selchester? Er kommt heute? Sie sind ihm ja schon begegnet. Sie und Ihre Schwester werden dann wohl aus der Burg ausziehen müssen.«

Sir Bernard hatte Hugo und Georgia im September in der Burg einquartiert, als Hugo nach Selchester gekommen war, um seine Arbeit in Thorn Hall aufzunehmen. Im Ort gab es so gut wie keine Unterkünfte, und als Treuhänder für das Anwesen des vermissten Lord Selchester hatte Sir Bernard keine Bedenken, die Hawksworths in der Burg unterzubringen.

»Nach Weihnachten ziehen wir aus. Haben Sie von einer neuen Unterkunft gehört?«, fragte Hugo.

»Die Leute in der Stadt wissen, dass, wenn etwas frei wird, es immer jemanden in Thorn Hall gibt, der eine Wohnung sucht. Sie werden schon etwas finden, machen Sie sich keine Sorgen deswegen. Wenn nicht in Selchester, dann eben in einem der abgelegenen Dörfer.«

Na toll, das wäre ja ein Vergnügen. Hugo, für den England immer London bedeutet hatte, hatte sich an das Leben in Selchester gewöhnt. Immerhin war Selchester eine Stadt. Aber eine Bude in irgendeinem Nest auf dem platten Land? Nein. Das ging einen Schritt zu weit, und Georgia wäre strikt dagegen.

Sir Bernard klopfte mit dem Stift auf seine Schreibunterlage. »Ich denke, ich komme mit und begrüße Lord Selchester persönlich. Ich mache Ihnen einen Vorschlag: Sie fangen jetzt gleich damit an, sich mit dieser Sache zu befassen, und dann fahren wir nachher gemeinsam zur Burg.«

Szene 5

Gegen drei Uhr nachmittags wurde es allmählich dunkel. Vom Fluss stieg Dunst auf, und heute, am Tag der Wintersonnenwende, dem kürzesten Tag im Jahr, ging die Sonne früh unter.

Freya Wryton und Dinah Lindsey saßen am Tisch in Dinahs kleinem Buchladen in Selchester und erledigten Papierkram.

»Du kommst zurück und bist das blühende Leben, während wir anderen uns alle mit dem üblichen englischen Winter herumplacken und so käsig aussehen wie Höhlenbewohner«, sagte Freya, als das Licht der Schreibtischlampe Dinahs Gesicht erhellte. »An deiner Stelle wäre ich länger in Ägypten geblieben. Das warme Klima tut dir offenkundig gut.«

»Das ist ja alles schön und gut, aber ich muss ein Geschäft führen«, erwiderte Dinah. Sie wies mit der Hand auf die Regale, die bis an die Decke reichten. Der Buchladen war eine Oase des Friedens; die bunten Farben der Buchrücken setzten sich von dem kleinen dunklen Erkerfenster ab. »Ich bin dir sehr dankbar, dass du in der Zeit meiner Abwesenheit ausgeholfen hast.«

»Es hat mir Freude gemacht«, sagte Freya. Das stimmte auch, obwohl sie froh war, sich jetzt wieder dem Schreiben widmen zu können. Sie öffnete eine weitere Ablagebox und blätterte einen Stapel Rechnungen durch. »Die hier sind alle in Ordnung. Alles ist auf dem neuesten Stand, und diejenigen, die noch bearbeitet werden müssen, sind zusammengeheftet. Ich habe Anmerkungen gemacht, falls es Rückfragen geben sollte. Einige der Rechnungen müssen noch beglichen werden, aber es ist nicht dringend.« Sie schaute auf die Uhr, die an einem der Balken hing. »Ich kann nicht mehr lange bleiben. Ich muss in der Burg sein, wenn sie ankommen.«

Dinah musste nicht danach fragen, wer »sie« waren. »Wie seltsam zu erfahren, dass du einen Cousin hast, von dem du gar nichts wusstest. Aber bestimmt nicht so nervenaufreibend wie für Sonia, die auf einmal einen Halbbruder hat, von dem sie nichts ahnte.«

»Sonia nimmt die Nachricht nicht besonders gut auf«, sagte Freya. »Ändern kann sie natürlich nichts daran. Ihr Halbbruder erbt, und das war's.«

Dinah warf die restlichen Rechnungen auf einen Stapel und lehnte sich zurück. »Die anderen nehme ich mir später vor. Erzähl mir von dem neuen Earl. Als ich wegfuhr, war der Mord an Selchester noch nicht aufgeklärt. Der Grafentitel stand im Begriff zu erlöschen, Sonia stand im Begriff, die Burg an eine Hotelgruppe zu verkaufen, und unser aller Leben stand im Begriff, auf den Kopf gestellt zu werden. Dann komme ich nach sechs Wochen von den Pyramiden zurück, und siehe da, aus dem Nichts ist ein neuer Lord Selchester aufgetaucht. Wie ist das alles ans Licht gekommen?«

»Hervorragende Detektivarbeit von Hugo und mir«, erklärte Freya. »Und jede Menge Unterstützung von Hugos Onkel Leo. Du kennst ihn nicht; als er ankam, warst du in London, und dann bist du nach Ägypten abgereist. Du wirst ihn aber bald kennenlernen, denn er kommt über Weihnachten her.«

»Das muss eure Pläne in der Burg doch über den Haufen werfen, weil der neue Earl jetzt an Weihnachten kommt. Und wie ich vernommen habe, kommt er nicht allein. Schau mich nicht so an, ich bin nicht gleich nach meiner Rückkehr in den Ort gelaufen, um den neusten Klatsch zu erfahren. Ich hatte kaum die Tür aufgeschlossen, als Jamie von der Teestube *Daffodil* auch schon herüberrannte, Küsschen hier, Küsschen da. Dann hat er mich gerüffelt wegen meiner Sonnenbräune und gemeint: ›Es gibt nichts Schlimmeres für den Teint als die

Sonne, ich kann da aber eine hervorragende Creme empfehlen.‹ Und dann kam er gleich zur Sache.«

Das war keine Überraschung für Freya; Jamie war eine Klatschbase, wie sie im Buche stand. »Bestimmt ist er entzückt darüber gewesen, dass jemand noch nicht über alles im Bilde war. Allerdings wage ich zu behaupten, dass Jamies Version nicht zutreffend sein dürfte. Er schmückt alles gerne aus.«

»Also keine gebrechliche Gattin, keine fünf Töchter?«

Freya lachte. »Jamie ist unmöglich. Der neue Lord Selchester ist Witwer. Er hat zwei Töchter. Eine ist fast erwachsen, ich glaube, sie ist siebzehn und die jüngere dreizehn.«

»Ist es nicht verfrüht, dass sie dort einziehen? Besteht kein Zweifel? Ist sein Anspruch auf den Titel anerkannt worden? Schließlich geht es hier nicht bloß um die Grafenwürde, da sind ja auch noch das Land, das Geld und die Burg.«

»Die Erbschaft steht außer Frage«, erwiderte Freya. »Es müssen jetzt nur noch alle Formalitäten erledigt werden. Dass er Amerikaner ist, verkompliziert die Sachlage. Als amerikanischer Staatsbürger kann er keinen Treueeid auf die Krone leisten, und ohne diesen bekommt er keinen Sitz im House of Lords. Die Anwälte beschäftigen sich derzeit damit, und es wird bald alles geregelt sein. Er ist ziemlich verwirrt von alledem, aber er verhält sich wirklich vorbildlich.«

»Also musst du jetzt aus der Burg ausziehen. Das muss traurig für dich sein, deinen Turm zu verlassen. Hast du schon Pläne?«

»Ich versuche, nicht darüber nachzudenken, bis Weihnachten vorüber ist«, erwiderte Freya. »Gus hat netterweise angeboten, dass ich so lange bleiben kann, wie ich will, aber das wird nicht funktionieren. Und dann sind da ja auch noch Hugo und Georgia. Wir hatten gehofft, dass Nightingale Cottage frei wird. Das würde den beiden sehr zupasskommen, aber …«

»Das ist also noch nicht entschieden«, sagte Dinah. »Aber was ist mit dir? Dir würde ein Cottage doch reichen.«

»Ich werde schon irgendwo unterkommen. Im äußersten Notfall wird mir Eileen wohl ein Zimmer vermieten. Vor Ostern hat sie noch nicht so viele Pensionsgäste.«

»Zieh doch hierher. Ich habe ein Gästezimmer. Wir können den ganzen Krimskrams und die Bücher ausräumen, und dann kannst du dich mit deiner Schreibmaschine dort einrichten. Es ist natürlich kein Vergleich zur Burg, und es ist auch kein Turm, aber ich verspreche dir, dass du nicht im Laden mithelfen musst. Du kannst dich mit Schreiben beschäftigen. Du willst doch noch die Familienchronik abschließen, oder?«

Freya war berührt. »Das ist nett von dir, Dinah. Womöglich muss ich auf dein Angebot zurückkommen. Aber ich muss eine eigene Wohnung finden. Und vergiss nicht Magnus, wenn Katzen in der Nähe sind, musst du doch immer niesen.«

Die Tür ging auf, und ein Auslieferer kam mit einer Kiste herein. »Zwei weitere habe ich noch im Lieferwagen«, sagte er frisch-fröhlich und ließ die Kiste vor

Dinahs Füßen fallen. Wenig später kehrte er zurück, stapelte die Kisten übereinander und wartete, bis Dinah den Lieferschein unterschrieben hatte.

Der Lieferant war kaum wieder aus der Tür hinaus, als Dinah auch schon die oberste Kiste öffnete. »Gott sei Dank, der neue Roman von Rosina Wyndhams. Gerade rechtzeitig für das Weihnachtsgeschäft – die werden weggehen wie warme Semmeln.«

Sie holte mehrere Exemplare des Buches heraus und stapelte sie auf einem Tisch. Sie bestaunte den Buchdeckel. Auf ihm war eine Schönheit aus der Restaurationszeit in einem eng taillierten Kleid mit tiefem Ausschnitt abgebildet. »*Kriegsbeute*. Guter Titel. Ich werde mir selbst eins beiseitelegen. Die ideale Lektüre für die Weihnachtstage.«

»Findest du die Abbildung auf dem Einband nicht ein bisschen vulgär?«, fragte Freya.

»Nein. Und ihre Romane sind vielleicht gewagt, wie der Einband, aber niemals vulgär.«

Das war nach Freyas Dafürhalten ein Lob, wie es eine glühende Rezension nicht besser hätte ausdrücken können.

»Ich frage mich aber schon, wer sie eigentlich ist. Es ist natürlich ein Pseudonym. Vermutlich stammen die Romane von einem Vikar in einer abgelegenen Gemeinde in Lincolnshire.«

»Ein Vikar? Wieso das denn?«

»Wegen der Heimlichtuerei. Dass sich ein Bestsellerautor so bedeckt hält, ist nicht normal. Es muss einen Grund dafür geben.«

Freya hatte einen Grund. Von ihrem angeborenen Sinn für Privatsphäre einmal ganz abgesehen wusste sie, dass ihr Vater, ein Diplomat und ein Mann mit festen Gepflogenheiten, den sie sehr lieb hatte, schockiert sein würde, wenn er herausfände, auf welche Weise sie ihren Lebensunterhalt bestritt. Gleiches galt für den Rest ihrer Familie. Und auf die Vorzüge, eine Berühmtheit zu sein, konnte sie gut und gerne verzichten.

Erneut schaute sie auf die Uhr. »Meine Güte, ich muss mich beeilen. Zum Familientreffen muss ich wieder zurück sein. Es wird nicht gerade einfach werden. Mrs Partridge ist ganz aus dem Häuschen und wirbelt in der Küche herum. Und Georgia hat sich in den Schmollwinkel zurückgezogen. Sie wohnt gerne in der Burg, und ich glaube, sie hat angefangen, sich dort zu Hause und sicher zu fühlen. Aber hätte Sonia die Burg geerbt und verkauft, hätten sie und Hugo auf jeden Fall ausziehen müssen.« Sie zog sich ihre Handschuhe an und stülpte sich einen Filzhut auf. »Vielleicht komme ich morgen vorbei, dann erzähle ich dir alles.«

Szene 6

Während er zurück zu seinem Büro humpelte, dachte Hugo über Orlov alias Zherdev nach. Hätte er sein Wissen gegenüber Sir Bernard preisgeben sollen? Nein. Es war ein schlechtes Foto, das wahrscheinlich einen Profi darstellte, der es gewohnt war, vor einer Kamera eine Maske aufzusetzen. Zherdev konnte auch jemand anders sein und eine blütenreine Weste haben.

Oder auch nicht.

Hugos Gedanken schweiften zurück nach Berlin 1945. Eine Stadt voller Ruinen und am Rande des Chaos. Die Zivilbevölkerung hungerte, und sämtliche Besatzungstruppen der Stadt waren damit beschäftigt, alles Mögliche zu organisieren, vom Einsatz der Trümmerfrauen über die Entnazifizierung wichtiger Wissenschaftler bis zur Bekämpfung des Schwarzmarkthandels. Man konnte damals in Berlin reiche Beute machen.

Lebensmittel, Rauschgift – zu medizinischen Zwecken –, Tabak, Whisky.

Und Kunst – darüber hatte er Orlov kennengelernt.

Über einen Mittelsmann hatte der Russe ein Treffen arrangiert, und Hugo, wachsam, aber neugierig, war vereinbarungsgemäß in der Bar erschienen, die Orlov vorgeschlagen hatte.

In hervorragendem Englisch kam Orlov direkt zur Sache. Er habe Informationen und beschlossen, Hugo sei der geeignete Mann dafür.

»Wir sollten füreinander Verständnis aufbringen. Wir gehen der gleichen Arbeit nach, sind aber im Grunde genommen Feinde. Wir haben entgegengesetzte Ideale. Sie glauben an Demokratie; ich glaube, dem Kommunismus gehört die Zukunft. Aber es gibt Bereiche, in denen wir die gleichen Werte teilen. Ich hasse die Nazis, und dieser Hass ist so groß und tiefgehend wie meine Liebe zu Mütterchen Russland. Ich habe sie im Krieg bekämpft, und ich bekämpfe sie jetzt immer noch.«

»Der Krieg ist vorbei.«

»Bitte sagen Sie das nicht so leichtfertig dahin. Ich

weiß, dass Sie den Nationalsozialismus und alles, wofür er steht, genauso verabscheuen wie ich. Deshalb habe ich Kontakt mit Ihnen aufgenommen. Ich will Ihnen von Bronzen erzählen.«

»Bronzen?« Was hatten Bronzen – was denn überhaupt für Bronzen? – mit ihm zu tun? Oder mit einem Major des MGB. Allerdings fragte sich Hugo allmählich, ob der Mann wirklich der war, für den er sich ausgab.

»Haben Sie Geduld. Ich bin nicht hier, um Ihre Zeit zu vergeuden. Ich rede von einer Sammlung italienischer Bronzeobjekte. Einzigartige Kunstwerke, exquisit und ein Vermögen wert.«

Die Rote Armee hatte während der Einnahme von Berlin alles demontiert, was nicht niet- und nagelfest war, und es in die Sowjetunion zurückgeschickt. Dazu gehörte alles, von Gebrauchsgegenständen, die zugegebenermaßen in der Sowjetunion schwer aufzutreiben waren, bis hin zu Kunstschätzen. Es kursierten Geschichten von Kellergewölben in Russland, die überquollen mit berühmten Gemälden, von Bergwerken, die mit Antiquitäten vollgestopft waren, von Kisten und Kartons mit unbezahlbarem Porzellan, die in den Kellerräumen trister Amtsgebäude gelagert wurden.

Nichts von alledem fiel in Hugos Aufgabenbereich. Er wartete darauf, dass Orlov es ihm erklären würde.

»Aus Gründen, die ich nicht vertiefen werde, musste ich diese Bronzeobjekte erwerben. Nein, ich handele nicht auf dem Schwarzmarkt. Ich habe Befehle ausgeführt.«

Befehle von ranghöheren Offizieren im MGB, die

Bronzeobjekte sammelten? Hugo bezweifelte das. Ein solches Ersuchen hätte Orlov zu viel Macht über seinen Vorgesetzten eingeräumt.

»Die Bronzen waren keine Beutekunst der Nazis. Sie sind nicht auf anrüchige Art und Weise nach Deutschland gelangt. Sie waren lange Zeit im Besitz einer aristokratischen Familie gewesen, einer dieser *von und zu*. Die Familie überstand den Krieg vergleichsweise unbeschadet, was zwangsläufig dazu führte, dass die Behörden ihre Mitglieder näher unter die Lupe nahmen: Waren es Nazis gewesen?«

»Und trotzdem haben Sie ihnen die Bronzen abgekauft?«

»Nein, denn sie befanden sich nicht mehr in ihrem Besitz.«

Daran war nichts Ungewöhnliches. Familien, die in Armut geraten waren, hätten ihre Großmütter verkauft, wenn es einen Markt für so etwas gegeben hätte.

»Und in wessen dann?«

»Sie befanden sich mittlerweile im Besitz eines gewissen Offiziers der britischen Armee.«

Das war zwar abscheulich, aber nicht strafbar. Ein reicher Armeeoffizier, der sich das Sammeln zur Gewohnheit machte, fuhr damit nicht schlecht.

»Nachdem wir unseren Handel abgeschlossen hatten, hörte ich mich ein wenig um und zählte zwei und zwei zusammen. Der Offizier gehörte zu dem Stab, der mit der Entnazifizierung beauftragt worden war.«

Hugo war darüber im Bilde. Diese Leute waren dafür verantwortlich, die im Volksmund »Persilscheine« genannten Dokumente auszustellen, mit denen Einzelpersonen bescheinigt wurde, keine Verbindung zur NSDAP gehabt zu haben. Dadurch bekam die betreffende Person eine Arbeitsstelle. In der Wehrmacht gekämpft zu haben war zulässig, eine Verbindung zur NSDAP, SS oder Gestapo hingegen nicht.

Orlov hatte seine Stimme gesenkt und fuhr nun im Flüsterton fort. »Wie ich an die Information gelangt bin, werde ich nicht ausführen. Aber ich fand heraus, dass der Offizier die Persilscheine im Gegenzug für Dinge wie diese Bronzen ausstellte. Er handelte vor allem mit Kunstwerken, Gemälden und so weiter, die er dann nach England brachte und dort veräußerte. Für sich selbst wollte er sie nicht, weshalb er mir die Bronzeobjekte nur allzu gerne verkauft hat, ohne dass Fragen gestellt wurden.«

Hugo lief ein Schauer über den Rücken. So etwas war Verrat. Kriegsverbrecher davonkommen zu lassen, war unter keinen Umständen entschuldbar, und wenn dann auch noch ein britischer Offizier seine Hände im Spiel hatte …

»Können Sie mir Beweise liefern?«

»Ich kann Ihnen gar nichts liefern.«

»Dann eben einen Namen.«

Orlov schüttelte den Kopf. »Nein. Den werden Sie schon selbst herausfinden müssen.« Er stieß ein tiefes Basslachen aus. »Gucken Sie nicht so böse. Wir handeln mit Informationen, nicht wahr? Es gibt nichts, was Sie mir im Gegenzug geben könnten. Mit dieser umfassenden Information habe ich Ihnen bereits ein Geschenk gemacht. Es dürfte Ihnen nicht schwerfallen herauszubekommen, wer dieser Mann ist. Dann wird man sich um ihn kümmern und dem verabscheuungswürdigen Geschäft, das er betreibt, ein Ende setzen.«

Szene 7

Freya radelte langsam zurück zur Burg hinauf. Die Batterie ihrer Lampe war erschöpft und der Scheinwerfer kaum mehr als eine schummrige Funzel in den wabernden Nebelschwaden. Sie hoffte, dass ihr kein Wagen entgegenkommen würde. Aber als sie durch das Portal die Einfahrt hinaufradelte, fuhr sie aus dem Nebel heraus und in die klare, eisige Luft des Dezemberabends. Der beinah volle Mond stand leuchtend am Firmament, und die Sterne am Himmel funkelten.

Sie trat in die Pedale, bis sie den Stallhof erreicht hatte, stellte ihr Fahrrad unter und ging hinüber, um ihr Pferd zu begrüßen, einen hässlichen Schecken namens Last Hurrah. Sie kramte ein Stück Würfelzucker aus ihrer Tasche und gab es ihm. Dann schmiegte sie sich an ihn und drückte einen Moment lang ihr Gesicht an seinen Hals. »Morgen reite ich mit dir aus, das verspreche ich.«

Das war ein weiteres Problem: Was würde sie mit Last Hurrah anstellen? Dass der neue Earl plante, Pferde zu halten, glaubte sie nicht, und er würde Last Hurrah nicht hierhaben wollen. Also musste sie ihn in einem Mietstall im Ort unterstellen, und das würde er verabscheuen. Pferde waren ja angeblich Herdentiere, aber von dieser Regel hatte Last Hurrah noch nie etwas gehört. Er duldete Magnus, ihren Kater, aber das war es dann auch schon mehr oder weniger.

Freya durchquerte den Innenhof. Das Licht aus der Küche fiel auf die Pflastersteine. Sie stieß die Tür auf, ging den Flur entlang und betrat die Küche.

Der Raum war eine warme und helle Oase. Georgia Hawksworth saß im Trägerrock ihrer Schuluniform am Tisch und schnitt buntes Papier in Streifen, um Papierketten daraus zu basteln. Als Freya eintrat, schaute sie auf. »Eigentlich bin ich ja aus dem Alter raus, aber Mrs Partridge meint, wir sollten uns Mühe geben und das Haus schmücken. Sie sagt, wir sollten einen Weihnachtsbaum aufstellen.«

Freya nahm am Tisch Platz und griff nach der Schere. »Ich schneide, und du klebst zusammen«, erbot sie sich. »Natürlich werden wir einen Weihnachtsbaum aufstellen, Ben kümmert sich darum. Er wird in der Great Hall stehen. Irgendwo gibt es Schachteln mit Kerzen für den Baum. Wissen Sie, wo sie sind, Mrs P?«

Mrs Partridge holte ein Blech mit Scones aus dem Backofen im großen Herd und klopfte mit dem Fingerknöchel leicht dagegen. »Diese Kerzen sind gemeingefährlich. Wachs tropft herunter, und sie setzen früher oder später den Baum in Brand. Sie könnten hier alles niederbrennen. Und was tut dann Seine neue Lordschaft?«

»Sich sonst wohin verziehen, hoffe ich«, warf Georgia ein.

»Bitte bemühe dich, ihm gegenüber höflich zu sein,

Georgia«, mahnte Freya. »Er ist nett und muss sich erst an all das hier gewöhnen.«

Georgia bedachte sie mit einem verächtlichen Blick. »Wenn ich gerade einen Titel, einen Haufen Geld und eine Burg voller Gemälde und Schätze und jede Menge Ländereien und dergleichen geerbt hätte, würde ich nicht bei irgendwem um Mitgefühl heischen. Ich hoffe, er hat so etwas wie moralisches Empfinden und ein schlechtes Gewissen, wenn er uns in die Schneelandschaft hinauswirft.«

»Es liegt gar kein Schnee«, erwiderte Freya. »Und ihr bleibt hier bis nach Weihnachten, und bis dahin werden wir eine Unterkunft für dich und Hugo gefunden haben.« Sie legte eine kurze Pause ein und fuhr dann fort: »Wo ist Hugo überhaupt? Er sagte, er werde früher zurückkommen.«

Georgia presste die Papierenden zweier widerspenstiger Kettenglieder zusammen und erwiderte: »Er hat angerufen. Es ist ihm etwas dazwischengekommen, aber er hat versprochen, rechtzeitig hier zu sein. Sir Bernard fährt ihn her. Ich schätze mal, er will sich beim neuen Earl einschleimen.«

»Das reicht jetzt, Georgia«, sagte Mrs Partridge. »Sir Bernard kommt bestimmt in seiner Funktion als Treuhänder hierher. Das ist nur recht und billig. Und sie werden ihren Tee im Bibliothekszimmer zu sich nehmen, also sieh zu, dass du fertig wirst mit deinen Ketten, dann kannst du mir mit den Tabletts helfen.«

»Oh, der neue Lord Selchester ist also so hochnäsig, dass er seinen Tee nicht in der Küche trinken kann?

Und dann bringt er auch noch zwei schreckliche Töchter mit. Bestimmt haben sie schlechte Manieren, wie das bei Amerikanern ja so ist.«

»Sie werden vorzügliche Manieren haben, bessere als du, und sie sind überhaupt nicht schrecklich«, versetzte Freya. Insgeheim zweifelte sie allerdings daran, denn von der älteren Tochter war sie ganz und gar nicht begeistert gewesen. »Polly ist etwa in deinem Alter. Ihr werdet euch sicherlich anfreunden.« Kaum hatte sie die Worte ausgesprochen, hätte sie sich am liebsten auf die Zunge gebissen. Georgia warf ihr einen giftigen Blick zu. Freya zuckte zusammen. »Schon gut, schon gut, das habe ich jetzt nicht gesagt.«

»Da sie die Tochter eines Earls ist, also Lady Was-auch-immer, wird sie zum Glück in irgend so ein piekfeines Internat geschickt werden. Also hängt sie wenigstens nicht hier im Ort rum.«

»Ich bin mir nicht sicher, welche Pläne Lord Selchester hat.«

Mrs Partridge schürzte die Lippen. »Es hört sich komisch an, wenn Sie ihn Lord Selchester nennen.«

»Für mich wird der einzig wahre Lord Selchester immer der Haufen Knochen sein, die man in der Alten Kapelle ausgegraben hat«, betonte Georgia nachdrücklich. »Er ist für mich eine Art Hochstapler.« Ihr Gesicht erhellte sich. »Vielleicht wird er ja auch ermordet. Das wäre lustig.«

»Genug mit dem Unsinn!«, mahnte Mrs Partridge. »Er ist Lord Selchester und damit basta.«

Georgia schraubte den Deckel auf dem Töpfchen mit

Klebstoff zu und stand auf. »Lord Selchester und seine Töchter Lady Barbara und Lady Pauline«, äffte sie den affektierten Tonfall eines BBC-Sprechers nach und fuhr mit normaler Stimme fort: »Wie furchtbar. Tja, vielleicht sorgen ja die Geister dafür, dass sie es sich zweimal überlegen, ob sie hier wohnen wollen. Ich werde Ihre jungen Ladyschaften an die Stelle führen, wo den letzten Earl sein grausiges Schicksal ereilt hat, und ihnen erzählen, dass er in der Burg herumspukt.«

Szene 8

Schwerfällig stieg Hugo aus Sir Bernards Rover. Er hielt inne und lauschte. Ganz leise vernahm er das Brummen eines herannahenden Autos. Das musste Lord Selchester sein. Sir Bernard hatte vor dem Gebäude geparkt, und als Hugo feststellte, dass die Eingangstür unverschlossen war, stieß er sie auf und trat zurück, um Sir Bernard den Vortritt zu lassen. In die Küche? Nein, Freya musste Mrs Partridge aufgetragen haben, den Tee im Bibliothekszimmer zu servieren.

So war es auch. Georgia saß mit ihren langen Beinen auf einem Puff vor dem Kamin und stocherte zornig mit einem Schürhaken im Feuer herum. Sie hatte eine missmutige Miene aufgesetzt, die erahnen ließ, wie sie die Ankunft des neuen Schlossbesitzers aufnahm. Ein Blick auf ihr Gesicht mahnte Hugo, lieber kein Wort zu verlieren. Falls sie unhöflich sein würde, dann war das eben so. Vielleicht war sie es auch gar nicht, aber wenn er jetzt den Mund aufmachte, würde sie mit Sicherheit übel reagieren. Mrs Partridge stellte Tassen auf einen Tisch, der zwischen zwei tiefen Fensternischen stand.

»Das beste Geschirr, Mrs P?«, fragte Hugo.

»Ja. Ich gehe gleich los, um Wasser aufzusetzen, dann bringe ich Ihnen den Tee. Freya sagt, sie hat einen Wagen gehört, aber ich vermute, das waren Sie. Guten Abend, Sir Bernard.«

»Da kommt noch ein anderes Auto zur Burg hinauf«, sagte Hugo. »Wahrscheinlich Selchester und seine Familie.«

Genau in diesem Moment läutete die Glocke am Hauptportal. Alle schauten einander an. »Keine Sorge, Mrs P«, sagte Freya. »Ich öffne die Tür.«

Ohne abzuwarten, ob ihr einer der anderen folgte, ging sie hinaus. »Ich werde nicht aufspringen und ihnen um den Hals fallen«, verkündete Georgia.

Hugo ging zu ihr hinüber und nahm einen Scheit in die Hand, um ihn auf das Feuer zu legen. »Wie du meinst. Weißt du eigentlich, dass du ein riesiges Loch im Strumpf hast? Das sieht schäbig aus, das wirst du für die Schule morgen stopfen müssen.«

»Muss ich nicht«, gab Georgia zurück. »Heute haben wir unseren letzten Schultag gehabt, weißt du nicht mehr? Ich muss diese schrecklichen alten Schulstrümpfe erst wieder nach den Ferien tragen. Also spielt es keine Rolle, wenn ein Loch drin ist.«

Obwohl ihre Antwort trotzig geklungen hatte, machte sie ein banges Gesicht. Er lächelte sie ermutigend an. »Kopf hoch, altes Haus, bestimmt sind sie gar nicht so übel.«

Georgia stocherte wieder mit dem Schürhaken im Feuer. »Ich wünschte mir bloß, sie wären gar nicht erst aufgekreuzt.«

Szene 9

Babs und Polly stiegen aus dem Wagen, und Gus stellte sich neben die beiden. Wie gebannt starrten sie auf die dunkle Silhouette der Burg, die sich vor ihnen erhob, wobei die Festungsmauern im Mondlicht nur schemenhaft zu erkennen waren.

Die Burg schien aus dem Berghang herauszuwachsen; sie war gewaltig und wirkte bedrohlich, eingehüllt in die Stille der Landschaft.

Plötzlich heulte eine Eule und ließ sie zusammenzucken, als sie mit ihren weißen Flügeln an ihnen vorbeiflog.

»So hätte ich es mir nie im Leben vorgestellt«, sagte Polly.

Gus ging es genauso. »Wir werden uns daran gewöhnen.«

»Es heißt, Gefängnisinsassen gewöhnen sich an das Gefängnis«, gab Babs zurück. Sie schauderte. »Hoffen wir mal, dass es so etwas wie eine Heizung gibt.«

»Holzfeuer und Durchzug wahrscheinlich«, bemerkte Polly.

»Das wird schon«, versicherte ihnen Gus. »Wir werden uns schon bald wie zu Hause fühlen.«

Babs schaute ihn verächtlich an. »Was immer das hier ist, ein Zuhause ist es nicht.«

Stimmen. Erst in der Ferne, dann näher kommend. Schließlich ging die Tür auf. Freya bat den neuen Lord Selchester und seine beiden Töchter herein. Einen Moment lang herrschte Stille. Die Anwesenden im Raum begutachteten die Neuankömmlinge, und die Neuankömmlinge schauten erst die anderen, dann den Raum und schließlich irgendwie beunruhigt einander an.

Georgias Augen waren auf Polly gerichtet. Diese trug eine runde Brille, hatte sich das schwarze Haar zu Zöpfen gebunden und eine Miene aufgesetzt, die fast so trotzig war wie Georgias. Pollys Schwester beäugte die Männer abschätzend. Ihr Blick verweilte auf Hugo, bevor sie ein betont gelangweiltes Gesicht machte. Als Hugo ihre schwarze Kleidung und ihre schwarz geschminkten Augen registrierte, erinnerte er sich daran, dass sie eine Zeit lang in Paris gelebt hatte. Wie es schien, war sie, statt Kunstgalerien zu besuchen und sich modisch zu kleiden, auf einen Haufen Existenzialisten gestoßen.

Freya stellte sie einander vor. »Gus, das ist Sir Bernard. Er war einer der Treuhänder meines Onkels. Hugo Hawksworth kennst du ja schon, und das ist seine Schwester, Georgia.«

Die Männer gaben sich die Hand, während Georgia die Familie Fitzwarin finster anblickte.

»Das sind meine Töchter«, sagte Lord Selchester. »Barbara und Pauline. Babs und Polly.«

Polly stellte sich ein klein wenig abseits von den anderen hin und starrte Georgia an.

Die beiden erinnerten an zwei Katzen, die sich beäugten und so aussahen, als würden sie im nächsten Moment wild jaulend aufeinander losgehen. Hugo schloss kurz die Augen und wünschte sich, seine Schwester hätte ein gelasseneres Temperament.

Wie auf Kommando stolzierte in diesem Moment ein großer getigerter Kater durch die offene Tür herein. Mit dem Gehabe, als würde alles ihm gehören, schaute er sich im Raum um und flanierte dann zum Kamin hinüber. Er ging auf Georgia zu, deren zorniger Blick verflog, als sie den Kater zwischen den Ohren kraulte.

»Hey, das ist ja mal eine große Katze«, sagte Polly. Sie ging zum Kamin hinüber, kniete sich hin und streichelte dem Kater den Rücken.

»Magnus mag keine Fremden«, versetzte Georgia.

»Ich mag Katzen«, erwiderte Polly. »Und für gewöhnlich mögen sie mich auch.«

»Katzen gehen für gewöhnlich auf die Menschen zu, die sie verabscheuen oder die Asthma wegen ihnen kriegen«, sagte Georgia.

Mrs Partridge kam mit einem Tablett herein. Darauf war nicht bloß das beste Geschirr, sondern anstelle des Brown-Betty-Service, das in der Küche immer zum Einsatz kam, auch eine silberne Teekanne samt Milchkännchen und Zuckerdose.

»Das ist Miss Partridge, sie hat das Kommando in der Küche und kümmert sich um uns.«

»Guten Abend, Ihre Lordschaft. Und das sind bestimmt Lady Barbara und Lady Pauline. Willkommen in der Burg.«

Hugo konnte förmlich sehen, dass Barbara und Polly dachten: Uns wird sie nicht herumkommandieren.

Aber das würde keine Probleme verursachen. Mrs Partridge hatte nicht die Absicht, in der Burg zu bleiben. »Nicht ohne Miss Freya«, hatte sie verkündet. »Ich bin nur hergekommen, um auszuhelfen, als Seine verstorbene Lordschaft vermisst wurde, und das ist jetzt sieben Jahre her. Genug ist genug.«

»Nach so langer Zeit werden Sie die Burg vermissen.«

Würde sie nicht. Mrs Partridge war pragmatisch veranlagt. »Nichts währt ewig. In gewisser Weise bin ich froh, dass es eine neue Lordschaft gibt. Er trifft sicherlich lieber seine eigenen Vorkehrungen, und ich könnte mir denken, dass er mehr Personal einstellen will.«

Die Teegesellschaft verlief ein wenig verkrampft, und als sie zu Ende war, verabschiedete sich Sir Bernard, sehr zu Hugos Erleichterung. »Schön, Sie kennengelernt zu haben, Selchester. Wir werden uns häufiger sehen. Es ist ein kleiner Ort. Hugo, ich reise gleich morgen früh ab. Wir sehen uns dann im neuen Jahr. Sie sind doch nicht Diensthabender, oder?«

»Nein. Roger Bailey hat den Schwarzen Peter gezogen.«

»Gut. Keine Sorge, Freya, ich finde allein hinaus. Frohe Weihnachten Ihnen allen.«

Als er die Tür hinter sich zugezogen hatte, sagte Barbara zu niemandem im Besonderen: »Das ist ja mal ein typisch englischer Gentleman. Alles ganz förmlich und so weiter.«

Dann verfiel sie wieder in ihr düsteres Schweigen und sann dabei zweifellos über den Sinn des Lebens nach.

Hugo und Freya wechselten Blicke, und Freya verkündete fröhlich: »Dann führe ich euch mal hinauf in eure Gemächer. Es liegt natürlich an euch, wo ihr wohnen möchtet, aber Mrs Partridge und ich haben die Betten für euch dort gemacht, wo ihr es unserer Meinung nach am bequemsten habt.« Sie zögerte zunächst und fuhr dann fort: »Da es mittlerweile dunkel ist, möchtet ihr die Führung durch die Burg vielleicht lieber erst morgen machen. Viele Gänge sind ziemlich schlecht beleuchtet, und es ist recht kalt.«

Nacheinander verließen sie das Zimmer. Hugo glaubte zunächst, Georgia wollte nicht mitkommen, doch im letzten Moment raffte sie sich auf und folgte den anderen nach draußen. Polly taxierte sie. »Du bist ja riesengroß. Wie alt bist du?«

»Dreizehn.«

»Ich auch«, sagte Polly.

Sie gelangten in die Great Hall, und Freya knipste die Lichter an. Lord Selchester wirkte verblüfft. Hugo war den Anblick der geweihtragenden Hirschköpfe, der Schilde an der Wand und der Rüstungen, die zu beiden Seiten des riesigen Steinkamins mit dem Wappen der Fitzwarin darüber Wache hielten, gewohnt. Gleichwohl konnte er sich an sein eigenes Erstaunen erinnern, als er dies alles zum ersten Mal zu Gesicht bekommen hatte.

»Meine Güte«, stieß Polly aus. »Das ist ja wie in einem Horrorfilm!«

Hugo wusste, wie ihr zumute war. Ihn selbst hätte es

nicht verwundert, wenn auf einem der geschwungenen Balken hoch über ihren Köpfen Graf Dracula gethront hätte.

Barbara brachte sie wieder auf den Boden der Tatsachen zurück. »Kalt, feucht und abweisend. Primitiv, würde ich sagen, mit diesen Tierköpfen an der Wand.«

Freya führte sie weiter zur Grace Hall – weniger bedrohlich, aber auch sie aus Stein gemauert und kühl.

»Bei diesem Licht ist es schwer zu erkennen, aber der Mann dort auf dem Porträt ist dein Vater, Gus.«

Er starrte zu dem Bild hinauf. »Ich glaube, ich kann eine Ähnlichkeit erkennen.«

»Warum habt ihr hier ein Telefon?«, wollte Barbara wissen.

»Es ist die nächstgelegene geeignete Stelle zum Telefonkabel«, antwortete Freya.

Entgeistert starrte Barbara sie an. »Du meinst, wenn man das Telefon benutzen will, muss man sich hier an diesen zugigen Ort setzen, wo jeder die Unterhaltung mithören kann und man erfrieren könnte?«

»Telefonate sind in England teuer. Deswegen benutzen die Leute hierzulande den Apparat nicht lange, bloß drei Minuten, mehr nicht«, sagte Freya wie zur Entschuldigung.

»Drei Minuten?«

»In Amerika hängt Barbara stundenlang am Telefon«, erklärte Polly.

»Das wird sie in England nicht tun«, sagte ihr Vater.

Szene 11

Am Abend aßen sie im Speisesaal. Dort herrschte eine sonderbar förmliche Atmosphäre, wobei sich jeder von seiner besten Seite zeigen wollte. Barbara sagte kaum etwas und starrte die meiste Zeit auf ihren Teller. Georgia und Polly, die Freya bewusst auseinandergesetzt hatte, warfen sich hin und wieder verstohlene Blicke zu.

Freya war verwirrt. Es war absolut eigenartig, dass sie hier saß, mit diesem Fremden am Kopfende des Tisches, der ihr Cousin war. Wenn sie die Augen zumachte, hätte dort fast ihr Onkel sitzen können, denn Gus' Stimme klang ganz wie die seines Vaters. Allerdings hätte der verstorbene Lord Selchester nicht über Heldendichtung, römische Landwirtschaft oder den Rubikon geredet.

Freyas Gedanken schweiften zurück ins Jahr 1947, zu jenem schicksalhaften Abend, an dem sie und die anderen ihren Onkel zum letzten Mal lebend gesehen hatten.

Das schlechte Wetter hatte viele der geladenen Gäste davon abgehalten, zur Burg zu kommen, was Selchester wiederum schlechte Laune beschert hatte. Ihre Cousine Sonia, Selchesters Tochter, hatte sich, von einem heftigen Migräneanfall geplagt, nach oben zurückgezogen, weshalb Freya von ihrem Onkel dazu aufgefordert worden war, als Gastgeberin zu fungieren. Natürlich waren es nicht bloß die ausbleibenden Gäste gewesen, worüber sich Lord Selchester geärgert hatte. Er war wütend über die Verlobung seines Sohns gewesen, und er und Tom hatten einen so heftigen Streit vom Zaun gebrochen, dass Tom während des Abendessens hinausgestürmt war. Freya hatte ihn begleitet.

Tränen brannten ihr in den Augen, als sie in das weiche Licht schaute, das die Kerzen auf den silbernen Tafelaufsatz warfen, den Mrs Partridge unbedingt auf die Mitte des Tisches hatte stellen wollen. Es waren sehr traurige Erinnerungen. Sie und Tom waren gerade erst losgefahren, als der Schneesturm einsetzte, worauf die Burg für fast zehn Tage von der Außenwelt abgeschnitten gewesen war. Man nahm an, Lord Selchester wäre aus unerfindlichen Gründen in den Schnee hinausgegangen und von dem fürchterlichen Wetter überrascht worden. Nachdem er sieben Jahre lang vermisst worden war, hatte man dann jedoch seine Leiche unter den Steinplatten in der Alten Kapelle gefunden. Wie sich herausstellte, hatte er die Burg seiner Vorfahren gar nicht verlassen, sondern war noch in der gleichen Nacht ermordet worden.

Freya erfasste ein leiser Schauer, und Hugo sah sie fragend an.

»Mir läuft gerade eine Gänsehaut über den Rücken«, erklärte sie, bemüht, einen lockeren Tonfall anzuschlagen.

Mit ruhiger Stimme sagte Hugo: »Sie denken an Ihren Onkel. Und an Tom.«

Hugos Beobachtungsgabe und seine geradezu unheimliche Fähigkeit, ihre Gedanken zu erahnen und ihre Stimmungen wahrzunehmen, überraschten Freya nicht mehr. Daher nickte sie einfach nur und fragte Gus, wie die Überfahrt von New York verlaufen sei.

Er schaute sie prüfend an. Dann erwiderte er, sie hätten einen Tag lang rauen, aber nicht allzu schlimmen Seegang gehabt. Schließlich unterbrach Barbara die bis dahin am Tisch herrschende beklommene Stille, indem sie auf ein Porträt am anderen Ende des Speisesaals wies.

Freya hatte sich immer gefragt, warum ihr Onkel dieses Gemälde hier und nicht bei den anderen Porträts in der Gemäldegalerie aufgehängt hatte. Die anderen Bilder, welche die Wände im Speisesaal zierten, zeigten zumeist Seeschlachten auf wogender See, mit unrealistisch wirkenden Schiffen, die mit kleinen Baumwollbällchen aufeinander feuerten.

»Das ist Hermione, die Gattin des verstorbenen Lord Selchester«, erklärte Freya.

»Dann ist sie also so etwas wie unsere Stiefgroßmutter«, sagte Barbara. »Sie sieht wunderschön aus auf diesem Gemälde. War sie es auch?«

»Sie ist wunderschön«, erwiderte Freya. »Sie ist nämlich quicklebendig und lebt in Kanada. Ja, Tante Hermione war einmal sehr schön.«

»Ist das von Sargent?«, erkundigte sich Gus.

»Ja. Ich habe es immer schon gemocht, und es ist auch ein gutes Abbild von ihr, aber mein Onkel hat sich nie viel daraus gemacht. In der Grace Hall hängt ein entsprechendes Porträt von ihm.«

»Sie hat England vor dem Krieg verlassen«, sagte Polly. »Die beiden lebten getrennt und haben auch danach nie mehr zusammengefunden. Scheiden lassen konnten sie sich natürlich nicht, weil sie ja katholisch waren. Wird sie jetzt einen anderen heiraten? In den

Zeitungen steht das nämlich. Jemanden namens Walter Berkshire. Er ist ihr ständiger Begleiter. Ich habe von ihr gelesen, als ich in die Bücherei gegangen bin und etwas über den Mord nachgeschlagen habe.«

»Weißt du, Polly, man darf nicht alles glauben, was in den Zeitungen steht«, mahnte Gus.

»Nicht alles, nein. Aber für gewöhnlich steht nicht nur Unsinn in den Artikeln.«

»Mit ihr werden wir Probleme bekommen«, raunte Hugo Freya ins Ohr.

»Nicht wir«, flüsterte Freya. »Denken Sie dran, sobald Weihnachten vorbei ist, verschwinden wir hier von der Bildfläche.« An Polly gerichtet sagte sie: »Du hast dich also ein wenig mit der Familienchronik der Fitzwarin beschäftigt.«

»Ich habe gern die Fakten auf dem Tisch«, erklärte Polly ernst, um sich dann der Aprikosentorte zu widmen, die Mrs Partridge ihr serviert hatte. Nachdem sie einen Bissen vertilgt hatte, setzte sie hinzu: »Wahrscheinlich hat es in dieser Burg jede Menge Morde gegeben.«

Das klang nicht ganz so unbekümmert, wie sie es womöglich beabsichtigt hatte. Da Freya spürte, dass Polly beruhigt werden wollte, sagte sie: »Mag sein, aber das war vor langer Zeit. Heutzutage nicht.«

»Hoffentlich. Ich will nämlich nicht, dass jemand Papa ermordet. Aber man hat den Mörder geschnappt, nicht wahr? Selbst wenn er Earls nicht mag, kann er also nicht zurückkommen, um so etwas noch einmal zu tun.«

Hugo brach das unbehagliche Schweigen und fragte Gus, ob er Billard spiele.

»Billard spielen wir in den Staaten nicht. Poolbillard ist mir geläufiger. Aber in meiner Zeit in Oxford habe ich schon ein paarmal Billard gespielt. Bestimmt gibt es hier ein Billardzimmer? Ich spiele gerne eine Partie mit Ihnen, wenn Ihnen danach ist.«

Freya war Hugo dankbar. Wenn Hugo und Gus gut miteinander auskamen, würde es über Weihnachten leichter werden. Dieses Jahr würde es ein sonderbares Weihnachten sein. Nicht so wie in der Zeit vor dem Krieg. Damals hatte es in der Burg nur so gewimmelt von Fitzwarins und Freunden, von Babys bis zu Urgroßmüttern waren alle Generationen vertreten gewesen. Es hatte Musik, Spiele und herrliches Essen gegeben. Weihnachten war eines der wenigen Male im Jahr gewesen, bei denen sich ihr Onkel ihrer Erinnerung nach ein wenig entspannt hatte. Zwar hatte er sich nicht als Weihnachtsmann verkleidet, so weit wäre er nicht gegangen, aber er zeigte sich zu Weihnachten gerne großzügig gegenüber seiner Familie und seinen Pächtern. An einem Weihnachtsfest hatte er Freya ihr erstes Pony geschenkt. Sie musste sich an seine guten Seiten erinnern, an seine Freundlichkeit ihr gegenüber. Das konnte ihr nichts und niemand nehmen, nicht einmal die Tatsache, dass er, wie sich herausgestellt hatte, ein Privatleben geführt hatte, das sich sehr von seinem öffentlichen Auftreten unterschied.

»Ich würde zu gerne wissen, an was Sie gerade denken«, wisperte ihr Hugo ins Ohr. »Sie wirken immer noch melancholisch.«

Freya lächelte ihn flüchtig an. »Ich denke bloß an die Weihnachtsfeste in der Burg vor dem Krieg.«

Gus schnappte ihre Worte auf und schaute sie mitfühlend an. »Die Anwälte haben mir erzählt, dass das hier wirklich das Zuhause deiner Kindheit war. Weil dein Vater aufgrund seiner Arbeit als Diplomat so viel im Ausland war und du hier immer die Ferien verbracht hast … Diese letzten Jahre müssen sehr schwierig für dich gewesen sein.«

»Es ist, als wäre alles schon ewig her«, erwiderte Freya. »Das war damals eine ganz andere Zeit. Der Krieg hat für uns hier in England alles verändert.«

»Was hast du im Krieg gemacht, Cousine Freya?«, fragte Barbara.

Was Freya im Krieg getan hatte, band sie niemandem auf die Nase. Stattdessen erwiderte sie schlagfertig und ohne nachzudenken: »Ach, Büroarbeit, Tippen und solche Sachen.«

Geringschätzig zog Barbara die Mundwinkel nach unten. »Keine Uniform, kein echter Kriegsdienst?«

Georgia sprang Freya bei. »Viele Leute haben alle möglichen wichtigen Dinge im Krieg getan und keine Uniform getragen. Meine Mutter hat viel getan, ohne bei den Streitkräften gewesen zu sein. Sie hat einen Krankenwagen gefahren.«

Nun würde jeden Moment jemand Georgia nach ihrer Mutter fragen. Freya verhinderte dies, indem sie rasch und in bestimmtem Ton erklärte, sie würden den Kaffee in der Bibliothek trinken. »Georgia, hilf doch Mrs Partridge dabei, den Tisch abzuräumen, und dann kannst du ihr auch gleich beim Kaffeemachen zur Hand gehen.«

Georgia erhob sich langsam, wirkte jedoch nicht gerade begeistert von der Vorstellung. Zu Freyas Überraschung bot Polly an: »Ich helfe auch mit.«

»Schön, Polly, dann hilfst du auch beim Spülen«, sagte Gus. »Das hat köstlich geschmeckt, Mrs Partridge. Sie sind wirklich eine gute Köchin.«

Mrs Partridge nickte befriedigt und sagte: »Wir müssen für Sie alle noch Rationierungsscheine besorgen.«

Barbara, die gerade im Begriff war, zur Tür zu gehen, blieb stehen und schaute sich mit ungläubiger Miene um. »Rationierung! Das ist doch wohl nicht Ihr Ernst? Was ist denn rationiert?«

Georgia klärte sie nur zu gerne auf. »Fleisch, Schinken, Butter und Zucker.«

»So schlimm, wie es klingt, ist es nun auch wieder nicht«, schaltete sich Freya ein, »denn das alles bekommt man allmählich auch ohne Rationierungsscheine. Und wenn man auf dem Land lebt oder auf dem Anwesen so viel angebaut wird, leidet man keinerlei Mangel. Aber Mrs Partridge hat schon recht, ihr werdet alle Rationierungsscheine brauchen.«

»Ich habe von Rationierung und Einschränkung gelesen«, sagte Polly. »Immerhin habt ihr elektrisches Licht. Ich dachte schon, in England säßen alle im Dunkeln, weil es nicht genug Kohle gibt, um Strom zu erzeugen.«

»Es war schwierig, aber mittlerweile hat sich die Lage verbessert«, sagte Hugo und klang amüsiert.

»Ich freue mich auch darüber, dass es Strom in der Burg gibt«, warf Gus jovial ein. »Ich habe mich schon gefragt, ob wir uns mit Kerzen, Petroleumlampen und Fackeln an den Wänden herumschlagen müssen.«

»Mein Onkel war immer auf dem neusten Stand der Dinge«, sagte Freya. »Und als die Burg während des Krieges requiriert wurde, hat die Armee viel Arbeit in die sanitären Anlagen und elektrischen Leitungen gesteckt. Allerdings muss in einigen Bereichen immer noch modernisiert werden.«

»Papa steht auf Elektrizität. Er bastelt gerne an Leitungen und so etwas herum«, sagte Polly.

Gus trat beiseite, um Freya beim Verlassen des Zimmers den Vortritt zu gewähren. »Seit meinen archäologischen Exkursionen habe ich ein Interesse dafür entwickelt. Ich selbst bin kein Archäologe, meine Domäne ist das geschriebene Wort, aber ich halte mich gerne auf dem Laufenden, was auf dem Gebiet so vor sich geht. Bei einigen dieser Ausgrabungsstätten ist es hilfreich, wenn man weiß, wie man einen Generator bedient und sich eine Beleuchtung zusammenbastelt.«

»Es gibt hier Verliese, die Sie ausgraben können«, verkündete Georgia. »Ich wette, da würden Sie alle möglichen interessanten Dinge finden.« Sie schaute Polly von der Seite an. »Skelette oder so. Würde mich nicht wundern.«

Kapitel zwei

Szene 1

Lady Sonia verbrachte die Stunden um Mitternacht im *Blue Venetian*, einem in letzter Zeit in Mode gekommenen Londoner Nachtclub. Robert Dauntsey, der von einer Abendgesellschaft kam, hatte in der Hoffnung, sie anzutreffen, hier Station gemacht. Winkend bedeutete sie ihm, zu ihr herüberzukommen und sich an ihren Tisch zu setzen.

»Mutterseelenallein, Sonia? Das sieht dir aber gar nicht ähnlich.«

Sie zeigte auf die winzige Tanzfläche, auf der die tanzenden Paare vom blauen Lichtkegel der Scheinwerfer beleuchtet wurden. »Ich bin mit den Hunsonbys hier, aber die tummeln sich gerade auf dem Parkett. Setz dich. Es ist ja schon ewig her, dass wir uns gesehen haben.«

»Nein, lass uns tanzen«, erwiderte Robert. Mit Sonia, die sich leichtfüßig bewegte, tanzte er gerne. Er zog ihren Stuhl für sie zurück, und sie gingen zum Tanzboden und legten einen flotten Quickstepp hin.

Sonia trug eines ihrer Pariser Kleider und sah darin umwerfend aus. Sie war ganz die aristokratische Schönheit, eine Schönheit, die einzig und allein von einem ständigen Ausdruck des Missmuts getrübt wurde, wobei ihre Mundwinkel herabhingen.

»Verbringst du Weihnachten in London?«, fragte er, während er sie gekonnt herumschwang.

»Das wollte ich eigentlich. Aber dann habe ich beschlossen, nach Selchester zu fahren.«

»Was denn, als Gast des neuen Earls? Damit, liebe Sonia, wirst du dich lächerlich machen. Halb London weiß doch, wie sehr du ihn hasst; das hast du immerhin bei jeder sich bietenden Gelegenheit kundgetan.«

Sonia machte eine vage Handbewegung. »Ach, das. So richtig hasse ich ihn nicht. Er ist kein Typ, den man hassen könnte. Was ich hasse, ist, dass er der Earl ist und statt meiner alles erbt. Soll ich mich etwa darüber freuen? Wohl kaum.«

»Hat er dich eingeladen?«

Sonia dachte einen Moment darüber nach. »Nicht direkt. Er hat nicht gesagt: ›Sonia, komm doch und feiere mit meiner Familie Weihnachten in der Burg.‹ Er hat eher eine dieser unverbindlichen Einladungen ausgesprochen, wie man das eben so tut. Du weißt schon. Er meinte, die Burg sei ja mein Zuhause gewesen und ich solle mir die Freiheit nehmen, jederzeit vorbeizuschauen. Jederzeit wird jetzt eben Weihnachten sein, das ist alles.«

Die Musik verstummte, und sie schlenderten wieder zurück an den Tisch, während die Hunsonbys noch für einen weiteren Tanz auf dem Parkett verweilten. Robert entzündete eine Zigarette für Sonia. Die lehnte sich auf ihrem Stuhl zurück, eine lange, elegante Zigarettenspitze zwischen zwei Finger geklemmt, die Lider halb gesenkt.

Er lachte. »Du siehst dekadent aus.«

»Oh, gut. Ich muss mich auch dekadent fühlen, um für ein grauenvolles Weihnachtsfest im Familienkreis gewappnet zu sein. Ich meine, stell dir doch nur vor, mit was für Leuten ich mich abgeben muss. Gus und seine Töchter, Freya und dieser Mann wahrscheinlich, Hugo Hawksworth, auch wenn nur Gott allein weiß, warum. Man hätte meinen sollen, er und seine grässliche jüngere Schwester hätten den Anstand, vor Weihnachten abzuschwirren.«

»Ich nehme an, du bist kein Fan von diesem Hugo? Er ist doch sicher nicht immun gegenüber deiner verhängnisvollen Schönheit, oder?«

»Hugo ist ein attraktiver Mann, dunkelhaarig und schwermütig. Aber er ist nicht mein Typ. Nicht dass er je Interesse an mir gezeigt hätte. Er treibt sich mit dieser Valerie Soundso herum. Der Dummkopf sollte ihr den Laufpass geben und seine Aufmerksamkeit lieber auf Freya richten.«

»Partnervermittlung?«

»Nein, damit will ich nichts zu tun haben. Aber ich kenne Valerie oberflächlich, und an eine solche Frau sollte sich Hugo nicht verschwenden.«

»Also wird die Familie zugegen sein, deine Cousine Freya und dieser Hugo. Was ist mit deinen Verwandten, den Veryans?«

»Gott sei Dank werden sie nicht in der Burg wohnen. Tante Priscilla quartiert ihre Sippe über Weihnachten immer im Veryan House ein. Dann ist da noch Rupert, den nehme ich mit. Aber nicht über Weihnachten. Heiligabend kehrt er in die Stadt zurück.«

»Rupert? Welcher Rupert?«, fragte Robert.

»Du weißt schon, Rupert Olivier. Der Kunstmensch.« Sonia zog heftig an ihrer Zigarette und stieß den Rauch in eleganten kleinen Kringeln aus. »Ich habe behauptet, ich brächte Rupert mit, damit er Gus beraten könne. In Wirklichkeit will ich aber, dass er sich ein paar Gemälde auf dem Dachboden anschaut, die nicht auf der Liste der Vermögensgegenstände stehen. Gus kann nichts damit anfangen, für ihn wären sie bloß Ballast. Er wird jede Menge Gemälde und Sachen verkaufen oder sie wegen dieser vermaledeiten Erbschaftssteuer dem Staat überlassen müssen. Da ich ein gutes Herz habe, dachte ich, ich könnte ihm einen Teil dieser ungerechtfertigten Steuern ersparen, indem ich die Bilder an mich nehme.«

»Ein Fall von Diebstahl?«

»Ich habe genauso Anrecht auf sie wie Gus. Keine Fragen, keine Lügen. Rupert wird sie still und heimlich für mich veräußern.«

»Arbeitet Rupert denn nicht für Mansville's? Ich kann mir nicht vorstellen, dass sie sich auf so etwas einlassen würden.«

»Schärfe deinen Verstand, mein Lieber. Wie jeder Mensch, der bei Verstand ist, ist Rupert dankbar für ein kleines Zubrot. Seine Arbeit für Mansville's ist vollkommen legal und ehrbar. In dieser Funktion kam Rupert zur Burg und hat Inventur gemacht. Jetzt bringe ich ihn in seiner anderen Funktion nach Selchester. Er hat sich einen gewissen Ruf erworben, private Geschäfte für Leute zu erledigen, die Vermögensgegenstände besitzen und diese veräußern wollen, ohne dabei Aufmerksamkeit zu erregen.«

In Roberts Ohren klang das nicht vertrauenerweckend. »Weißt du, warum dein Vater die Gemälde gekauft hat? Und warum er sie auf einem Dachboden aufbewahrt hat?«

»Himmel, frag das doch nicht mich. Vermutlich hatte er vor, eine neue Sammlung anzulegen. Ich persönlich hätte diese ganzen schrecklichen Familienporträts abgehängt und die gegenwärtige Galerie verwendet, aber du weißt ja, wie traditionsbewusst er war. Er meinte, eines Tages wären die Dinger zehnmal so viel wert wie das, was er dafür bezahlt hat. Gott sei Dank wurden sie versteckt. Aus den Augen, aus dem Sinn und damit auch außer Reichweite des Finanzamtes.«

Robert schaute Sonia mit einem Ausdruck an, der an Verzweiflung grenzte. Begriff sie es wirklich nicht? »Sonia, wenn Leute Gemälde verkaufen, gibt es da so eine Kleinigkeit, die man Herkunftsnachweis nennt.«

»Das kratzt Rupert nicht. Er kann beurteilen, ob Bilder echt sind oder nicht. Und solange er sich sicher ist, wird die Art Sammler, an die er verkauft, nicht wählerisch sein.« Sie sah ihn von der Seite an. »Wie dem auch sei, hattest du denn nicht irgendetwas mit diesen Gemälden zu tun? Mir war so, als wenn Selchester gesagt hätte, du hättest ihn dabei unterstützt, als er sie erwerben wollte. Das hättest du nie gewagt, wenn du dir nicht sicher gewesen wärst, dass sie echt sind.«

»Falsch, meine Liebste, ich habe nie mit Gemälden gehandelt.«

»Natürlich nicht, das wäre unter deiner Würde. Wie dem auch sei, wenn es sein muss und falls einer seiner Kunden unbequeme Fragen stellt, muss Rupert bloß ein paar Nachforschungen anstellen. So etwas muss er bei Mansville's ja immer machen.«

Robert dachte rasch nach. Dass dieser verschollene Erbe aus dem Nichts aufgetaucht war, war ein verdammtes Ärgernis. Sonia scherte es nicht, aber wenn der neue Lord Selchester die Gemälde entdecken würde oder Sonia ihn nicht davon überzeugen konnte, dass sie ihr gehörten, könnte es Ärger geben. Rupert Olivier mochte sich als nützlich erweisen. Aber konnte man ihm trauen?

»Weißt du was, Sonia? Was hältst du davon, wenn ich dich nach Selchester begleite?«

Vor Überraschung riss Sonia die Augen auf. »Du verbringst die Weihnachtstage doch immer in Westerham.«

»Es ist Zeit für eine Veränderung.«

»Dass ich Gus' offene Einladung annehme, ist ja schön und gut«, sagte Sonia. »Und Rupert wird aus beruflichen Gründen dort sein. Aber dich einfach so aus heiterem Himmel mit einladen? Du kennst Gus ja gar nicht.«

»Ich kannte seinen Vater«, erwiderte Robert. »Ich bin ein willkommener Gast. Weißt du was? Sag ihm einfach, wir wären verlobt. Ich habe ja wirklich mal um deine Hand angehalten.«

»Ja, das hast du. Als Tom gestorben war und ich die Burg und all das schöne Geld, das Land und so weiter erben sollte. Oh, was waren das für glückliche Zeiten! Dann ging die Zeit ins Land, und ich kann mich nicht erinnern, dass du noch einmal darauf zu sprechen gekommen wärst.«

»Ein Mann hat seinen Stolz. Du hast nach meinem Antrag nicht gerade Luftsprünge gemacht.«

»Weil ich dich nicht heiraten will, deshalb.«

»Das braucht dein Halbbruder nicht zu wissen. Wenn ich als dein Verlobter mit dir komme, wird er mich mit offenen Armen empfangen. Was denn sonst? Außerdem haben Amerikaner so perfekte Umgangsformen, dass er mir die Türen seiner Vorfahren nicht vor der Nase zuschlagen wird.«

Sonia summte einige Takte aus dem *Hochzeitsmarsch*. »Die Idee ist gar nicht mal so schlecht. Weihnachten im Familienkreis war immer langweilig. Wenn du dabei bist, macht es mehr Spaß. Und du wirst sie bezirzen, so wie du alle bezirzt. Sie werden dich vergöttern.«

»Geh doch gar nicht hin, wenn es so langweilig ist. Komm mit mir nach Westerham.«

Sonia setzte eine verschlossene Miene auf. »Nein. Es geht nicht bloß um die Gemälde. Es gibt noch etliche andere Gegenstände, die mir gehören und die ich haben will.«

Betont beiläufig fragte Robert: »Ist eigentlich Selchesters Notizbuch je aufgetaucht?«

Plötzlich war Sonia auf der Hut. »Notizbuch? Wovon redest du?«

»Selchester hatte ein Notizbuch«, sagte Robert. »Er nannte es sein kleines schwarzes Buch. Du weißt schon, wie so eines, das Thurloe an sicherer Stelle aufbewahren musste, als Karl wieder eingesetzt wurde.«

Sonia starrte ihn an. In scharfem Ton entgegnete sie: »Wovon um alles in der Welt sprichst du? Karl? Wieder erhoben? Der Mann ist tot.«

Man konnte leicht vergessen, wie ungebildet Sonia war. »Natürlich ist er tot. König Karl II., meine Liebe, der Mann starb schon vor geraumer Zeit. Thurloe war während der Zeit von Oliver Cromwell für den Geheimdienst zuständig. Von Oliver Cromwell hast du aber schon mal gehört? Puritanisches England?«

»Natürlich habe ich das. Diesen Karl meinst du; ich habe von ihm gehört. Er hat sich in der Krone einer Eiche versteckt. Das waren düstere Zeiten für die Selchesters; ständig mussten sie Jesuiten auf dem Dachboden verstecken. Trotzdem bestieg er den Thron und hat sich mit diesen zügellosen Frauenzimmern vergnügt, Nell Gwynn und Konsorten. Der fröhliche Monarch.«

»Ja. Nun, Thurloe wusste, wo die Leichen vergraben waren.«

»Welche Leichen? Reden wir jetzt wieder von meinem Vater und den Steinplatten?«

»Nein, wir sind immer noch im siebzehnten Jahrhundert. Thurloe wusste, welche Mitglieder in Cromwells Kreisen wirklich mit Karl unter einer Decke steckten, als er im Exil war. Und wichtiger noch, er wusste, wer aus Karls Kreisen insgeheim für Cromwell tätig war. Das alles schrieb er in sein kleines schwarzes Buch. Als Karl dann erneut als König eingesetzt wurde, lief Thurloe nicht Gefahr, strafrechtlich verfolgt oder zur Verantwortung gezogen zu werden, weil er Cromwell so ergeben gedient hatte. Und so starb er friedlich in seinem Bett.«

Sonia zuckte mit den Schultern. »Wenn du damit andeuten willst, dass auch Selchester ein schwarzes Buch hatte, dann ist mir davon nichts bekannt.«

Sie log. Robert war überzeugt davon, dass sie etwas von dem schwarzen Notizbuch wusste. »Ich würde es sehr gerne in die Finger bekommen«, sagte er.

»Fürchtest du, dass es über dich Aufzeichnungen gibt, Robert? Missetaten, von denen keiner je etwas erfahren soll?«

»Was denn für Missetaten?«, erwiderte er. »Ich habe nichts zu verbergen.«

Mit dieser Bemerkung löste er bei ihr schallendes Gelächter aus. »Oh, Robert, du hast eine Menge zu verbergen.«

Er lehnte sich zurück und zog genussvoll an seiner Zigarette. »Es gibt bei jedem hier und da etwas in seinem Leben, was er lieber nicht an die große Glocke hängen möchte.«

»Und als aufstrebender junger Politiker mit einer Beförderung in Aussicht willst du nicht, dass Staub aufgewirbelt wird.«

»Was für eine Beförderung?«

»Mir brauchst du nichts vorzumachen. Gestern hast du dich mit deinem Fraktionschef getroffen. Hamilton muss seinen Hut nehmen; so eine hässliche Scheidung, das funktioniert einfach nicht. Wie ich höre, wirst du derjenige sein, dem man auf die Schulter klopft. Das heißt, solange du einen makellosen Ruf vorzuweisen hast. In der Partei hat es ein paar Skandale zu viel gegeben, nicht wahr? Jetzt müsst ihr alle wirklich eine blütenweiße Weste haben.«

Robert war zuversichtlich, seine Spuren gut verwischt zu haben. Die wenigen, die für ihn eine Bedrohung darstellten, konnte er sich vom Hals halten. Genau deshalb wollte er dieses Notizbuch von Selchester in die Finger bekommen. Denn falls es jemanden gab, der etwas über Leute wusste, das von Nutzen sein konnte, dann Selchester. Und da Robert nun einmal dessen persönlicher Privatsekretär gewesen war, hatte er eine ziemlich genaue Vorstellung davon, wie viel Selchester in das Notizbuch geschrieben hatte, das er so sorgsam gehütet hatte.

»Sprich mit deinem Halbbruder. Bestimmt kannst du eine Einladung für mich herausschlagen.« Er drückte seine Zigarette im Aschenbecher aus und stand auf. »Noch eine Runde auf dem Parkett?«

Während Sonia in seine Arme glitt, sagte sie: »Ich werde Gus nicht darum bitten, dich einzuladen. Ich rufe morgen einfach in der Burg an und sage, dass du mitkommst.«

Szene 2

Als Hugo am nächsten Morgen hinunterkam, telefonierte Freya gerade in der Grace Hall. Sie führte eine angeregte Unterhaltung, hatte sich die geringelte Telefonschnur um den Finger gewickelt und einen Ausdruck der Verzweiflung auf dem Gesicht. »Sonia!«, formte sie mit den Lippen, als Hugo an ihr vorbeiging. Mitfühlend zog er die Brauen hoch und setzte seinen Weg zum Speisesaal fort.

Sonia lief derweil auf Hochtouren. »Ich wünschte, der schreckliche Mensch würde tot umfallen. Denn wenn sich nicht herausstellt, dass er eine heimliche Ehe geführt und einen Sohn hat, von dem niemand etwas weiß – wie der Vater, so der Sohn, das wäre wirklich ein Witz –, bin ich seine Erbin. Wenn er das Zeitliche segnet, dann erbe ich, so wie Selchester es von Anfang an wollte.«

Freya war nicht gewillt, ihr dies durchgehen zu lassen. »Das ist doch Unsinn. Tom war der nächste Erbe. Als dein Vater starb, hatte er keine Ahnung, dass du erben würdest.«

»Natürlich wäre es mir viel lieber, Tom wäre nicht ums Leben gekommen. Aber die Vorstellung, dass ich die Burg verkaufen und alles zu Geld machen könnte, von dem Selchester so angetan war, ist schon eine große Befriedigung für mich.«

Freya hatte die Bitterkeit, die Sonia gegenüber ihrem Vater empfand, bis heute nicht verstanden. Diese Bitterkeit war so ausgeprägt, dass Freya sich immer wieder gefragt hatte, was wohl am Abend seines Todes in den Pillen auf seinem Nachttisch gewesen war, die ihm zu bringen Sonia ihr aufgetragen hatte. »Gleichwohl, Sonia, er wird nicht sterben. Er sieht putzmunter und gesund aus.«

»Ich wünsche ihm ja auch nicht die Pest an den Hals oder so etwas«, versetzte Sonia. »Manchmal kommt es eben zu Unfällen. Wie sind die Töchter? Amerikanische Landeier? Bestimmt sind sie grässlich.«

Freya holte tief Luft. Obwohl sie am liebsten auf Sonia eingeschlagen hätte, würde sie ihre Wut nicht an ihr auslassen. »Sie sind absolut zivilisiert. Allerdings hat die Ältere offenbar zu viel Sartre gelesen.«

»Sartre?«, entgegnete Sonia. »Du meinst, sie hält sich für eine Existenzialistin? Oh, erspare mir den Rest. Wie dem auch sei, ich werde mir selbst ein Urteil bilden, denn ich komme über Weihnachten in die Burg.«

Diese Bombe ließ sie ohne Vorwarnung platzen, und einen Moment lang war Freya sprachlos. »Bist du sicher, dass das klug ist?«, presste sie schließlich hervor.

»Ich werde Gus kein Messer in den Rücken rammen oder ihn vergiften, wenn es das ist, was du meinst. Er hat mich eingeladen und gesagt, ich kann, wann immer ich will, in die Burg kommen. Weihnachten hat er wahrscheinlich damit nicht gemeint, aber ich nehme ihn beim Wort. Da sind noch ein paar Sachen in der Burg, die mir gehören, und ich will sie abholen. Oh, und ich werde Robert mitbringen.«

»Robert? Welchen Robert?«

»Denk doch mal nach, meine Liebe. Robert Dauntsey. Mein Verlobter.«

Die nächste Bombe.

»Du müsstest ihn kennen. Er war eine Zeit lang Vaters persönlicher Privatsekretär, bevor er zu Höherem berufen wurde. Er ist jetzt Unterhausabgeordneter. Ganz Establishment, zu sehr Establishment, aber er ist wahnsinnig reich.«

Freya schloss für einen Moment die Augen. Wäre es besser, wenn Sonia alleine kam oder mit Robert? Vage erinnerte sie sich an einen recht charmanten, gewandten Mann, der allerdings keinen bleibenden Eindruck bei ihr hinterlassen hatte.

»Ich komme am dreiundzwanzigsten«, teilte Sonia ihr mit. »Rupert ist ebenfalls dabei. Er will mit dem neuen Earl sprechen.«

»Rupert?«

»Erinnerst du dich denn an gar nichts mehr, Freya? Er arbeitet für das Auktionshaus Mansville's. Er hat für mich die Inventur gemacht, als ich noch dachte, dies sei erforderlich. Er weiß alles über Gemälde und dergleichen. Jetzt muss Gus sich mit dieser schrecklichen Erbschaftssteuer herumschlagen, nicht ich. Also muss er mit Rupert sprechen, und Rupert will mit ihm sprechen. Und in einer der Dachkammern stehen Gemälde von mir, die er sich für mich anschauen soll.«

Gemälde? In einer Dachkammer? »Hat er sie denn nicht schon im Herbst bei der Inventur angeschaut?«

»Nein, das war nicht notwendig; sie sollten gar nicht inventarisiert werden. Und bitte vergiss nicht, dass ich damals damit rechnete, von A bis Z alles zu erben in der Burg. Das war noch, bevor du losgezogen bist und den verschollenen Erben aus dem Hut gezaubert hast.«

»Du hast Rupert aber nicht über Weihnachten eingeladen, oder?«, fragte Freya.

»Sei nicht albern, Liebes. Er will sicherlich am nächsten Tag wieder in London sein. Nur ich und mein Verlobter verbringen Weihnachten in der Burg.«

Verlobter? So, wie Sonia das Wort aussprach, schwang ein deutlicher Anflug von Ironie darin mit, und außerdem war das kein Wort, das sie normalerweise verwendete. Was führte sie im Schilde?

»Sag Mrs P, sie muss sich in Sachen Betten etwas einfallen lassen. Schläft eines dieser grässlichen Mädchen in meinem Zimmer?«

»Bestimmt können wir etwas arrangieren, das jedem zupasskommt«, sagte Freya taktvoll. Barbara war tatsächlich in Sonias Zimmer untergebracht. Das musste geregelt werden.

»Lass es mich wissen, wenn ich dir irgendetwas aus London mitbringen soll, Liebes. Bis morgen.«

Freya legte den Hörer auf die Gabel und betrachtete den Apparat. Das fehlte an Weihnachten gerade noch: eine feindselig gestimmte Sonia, ein unbekannter Robert und, zumindest vierundzwanzig Stunden lang, Rupert. Sie dachte an die Geschenke, und nachdem sie eine Weile das Telefon angestarrt hatte, ging sie in die Küche, um Mrs Partridge die Nachricht zu überbringen.

Kapitel drei

Szene 1

Georgia saß am Tisch im Speisesaal und vertilgte einen Stapel Toast mit Marmelade. Gewöhnlich aßen sie in der Küche, doch das kam nun, da der neue Earl hier residierte, für Mrs Partridge nicht mehr infrage.

Auf der anderen Seite des Tischs aß Polly ihren Toast langsam und gewissenhaft. Als Freya hereinkam, schaute sie auf. »Orangenmarmelade kannte ich noch nicht. Das ist interessant.«

»Gibt es keine Orangenmarmelade in Amerika?«, fragte Georgia.

»Normalerweise esse ich Waffeln mit Ahornsirup zum Frühstück.«

Das Leuchten in Georgias Augen verriet Freya, dass ihr die Vorstellung durchaus gefiel. Doch das würde sie nicht zugeben. Sie widmete sich erneut ihrem Toast.

»Wo sind die anderen?«, wollte Freya wissen, während sie sich an den Eiern mit Schinkenspeck gütlich tat, die Mrs Partridge auf einer großen silbernen Platte bereitgestellt hatte.

In diesem Moment kam Gus herein. »Guten Morgen, Freya. Danke, ich habe schon früh gefrühstückt.«

»Was hältst du dann von einer Führung durch deine Burg, wenn alle fertig sind mit dem Essen?«

Sie kam sich vor wie eine Fremdenführerin durch ein herrschaftliches Anwesen, als sie auf dem Weg nach draußen voranging. »Zu Ihrer Linken … Zu Ihrer Rechten … Bitte vorsichtig auf den Stufen … Dieser Marmorkamin …« Und am Ende der Führung eine Half Crown Trinkgeld. Das war eine amüsante Vorstellung, aber was Selchester Castle anging, konnte nicht wirklich die Rede von einem herrschaftlichen Anwesen sein. Oh, eine gewisse Erhabenheit strahlte die Burg schon aus, aber sie war als Wehranlage errichtet worden, damals, als das Gesetz des Stärkeren galt und man weder dem König noch dem Nachbarn trauen konnte. Die edlen Teppiche, die Gemälde, der Zierstuck, das alles war allgegenwärtig, aber es waren im Nachhinein vorgenommene Ausschmückungen, hinzugefügt, als die Hellebarden und Kanonenkugeln nicht mehr benötigt wurden, um Familie, Burg und Ländereien zu verteidigen.

In der Great Hall, die im morgendlichen Licht weniger düster wirkte, hielt Freya sich nicht länger auf. »Der ältere Teil geht bis ins dreizehnte Jahrhundert zurück, obschon im Laufe der Zeit verschiedene Bewohner bauliche Veränderungen an der Burg vornehmen ließen.«

Georgia hatte beschlossen, die Führung mitzumachen, und sagte nun: »Zeigst du ihnen auch die Alte Kapelle?« Mit klarer, hoher Stimme fuhr sie fort: »Dort hat man Lord Selchesters Leiche gefunden. Hugo war dabei, fast im gleichen Moment, als man ihn ausgegraben hat.«

Freya wandte sich abrupt zu ihr um. »Halt mal die Luft an, Georgia! Und du brauchst ja wohl kaum eine Führung durch die Burg; bestimmt hast du andere Dinge zu erledigen.«

Zum Glück zeigte sich Gus eher amüsiert. »Genau wie Polly. Mädchen in diesem Alter sind offenbar sehr unsensibel bei Dingen, die uns beunruhigen. Ich denke, wir sollten uns die Alte Kapelle ruhig anschauen.«

Freya gab sich Mühe, ihren Tonfall als Schlossführerin beizubehalten, neutral und ohne die Traurigkeit, die sie immer noch verspürte, wenn sie die Alte Kapelle betrat. Trotz allem, was man über den Tod – und über das Leben – ihres Onkels herausgefunden hatte, dachte sie nicht gerne an all die Jahre, in denen sie in der Burg gelebt hatte, während die Leiche von Lord Selchester in ihrem unbekannten Grab unter den Steinplatten gelegen hatte.

Die Alte Kapelle war ein kreisförmiger Raum, der in etwa auf die gleiche Zeit zurückging wie die Great Hall. Von einem marmornen Altar abgesehen war sie schmucklos und schlicht. Säulen trugen ein Kreuzrippengewölbe. Als Gus mit den anderen eintrat, verharrte er einen Moment, verbeugte und bekreuzigte sich.

»Sind Sie auch katholisch?«, fragte Georgia interessiert. »Das hat mein Onkel Leo immer gemacht, wenn er hier hereinkam. Aber er ist ja auch Priester.«

»Alle Selchester sind katholisch, Georgia«, klärte Freya sie auf.

»Kein Grund, sauer zu werden, ich habe ja bloß gefragt. Schließlich bist du auch eine Selchester, und du bist nicht römisch-katholisch.«

»Sieht so aus, als wäre sie lange Zeit nicht mehr benutzt worden«, stellte Gus fest.

»Es gibt noch eine andere Kapelle, viktorianisch, reich verziert, ganz anders als diese hier.«

Polly trat zu Georgia. »Wurde er begraben, oder hat er einfach nur hier gelegen?«

»Natürlich nicht. So dumm sind Engländer nicht, als dass er übersehen worden wäre«, wies Georgia sie zurecht. »Er wurde unter den Steinplatten verscharrt. Als man ihn fand, war außer Knochen und einem Siegelring nichts mehr von ihm übrig.«

Ihrem eigenen Willen zum Trotz neugierig geworden wollte Barbara wissen: »Wie lange hat er denn hier gelegen?«

»Fast sieben Jahre«, erwiderte Georgia mit morbider Begeisterung. »Aber hier wurde er nicht ermordet, nicht wahr, Freya?«

»Nein«, bestätigte Freya. »Darüber müssen wir aber nicht jetzt sprechen.«

Sie bemerkte, dass ein verschmitzter Ausdruck über Georgias Gesicht huschte, und sie fragte sich, was das Mädchen wohl ausheckte.

Mit gesenkter Stimme fragte Polly Georgia: »Weißt du, unter welcher Steinplatte?«

Georgia verzog den Mundwinkel, wie sie es sich aus einem Gangsterfilm abgeschaut hatte, und erwiderte verschwörerisch: »Zeige ich dir später.«

Da Sir Bernard nicht da sein und ihm daher nicht wegen Orlov in den Ohren liegen würde, rief Hugo im Herrenhaus an und teilte mit, dass er sich einen freien Tag nahm.

Mr Dorsett, der Leiter der Personalabteilung, zeigte sich wenig überrascht. »Guter Zeitpunkt, um sich Urlaub zu nehmen. Und ich sehe gerade, dass Sie morgen einen Termin mit Ihrer Physiotherapeutin haben. Also sind Sie erst nach Weihnachten wieder hier. Ich trage es ein.«

Hugo hätte gerne mit Victor Emerson gesprochen, wollte ihn jedoch nicht vom Herrenhaus aus anrufen, obwohl bei Telefonanrufen aus der Burg wahrscheinlich ebenfalls jemand mithörte. Selchester war noch nicht an das Direktwahlsystem angeschlossen worden, und die Telefonistinnen in der Vermittlungsstelle konnten jedes Wort einer für sie interessanten Unterhaltung mithören.

Es würde darauf ankommen, wer Dienst hatte. Irene hörte grundsätzlich mit und merkte sich auch, was sie aufgeschnappt hatte. Entgegen allen Bestimmungen der Post gab sie dann auch noch häufig pikante Informationshäppchen weiter.

Er wartete, bis alle anderen die Grace Hall verlassen hatten, und nahm den Hörer ab. »Nummer, bitte«, sagte eine gelangweilt klingende Stimme.

Gut. June interessierte sich ausschließlich für ihre Nägel, ihre nächste Dauerwelle und für das, was ihre Lieblingsschauspieler gerade unternahmen.

Er nannte Emersons Telefonnummer und wartete darauf, durchgestellt zu werden.

Es handelte sich nicht um einen Privatanschluss, sondern um die Nummer einer Firma. Er sprach erst mit einem und dann mit einem weiteren Mitarbeiter, bis er endlich Emerson an der Strippe hatte. »Mr Hawksworth? Ist dort wirklich Hugo Hawksworth?«

»Guten Morgen, Emerson«, sagte Hugo. »Ja, ich bin's, Hugo.«

»Großer Gott, eine Stimme aus der Vergangenheit. Als ich das letzte Mal von dir hörte, hattest du gerade Großes in Bukarest geleistet. Wahrscheinlich darf ich dich nicht fragen, ob du immer noch für den Dienst arbeitest. Aber ich vermute mal, dass es so ist, denn wie hättest du mich sonst ausfindig gemacht? Ich bin schon eine ganze Weile raus, wie du zweifellos weißt.«

»Es ist kein Geheimnis, dass du für Guildern Associates arbeitest. Wir haben deine Nummer in den Akten.«

Emerson stieß einen Laut aus, der wie eine Mischung aus Grunzen und Stöhnen klang. »In den Akten. Ja, ich schätze, meine Akten wird es wohl ewig geben. Was kann ich für dich tun? Lass mich raten. Du gräbst in der Vergangenheit und schaust dir gerade meine alles andere als makellose Karriere während des Kriegs im Dienst an, stimmt's?«

Hugo lachte. »Ich muss zugeben, dass deine Karriere ungewöhnlich verlief. Aber deswegen rufe ich nicht an. Sag mal, was genau macht Guildern Associates eigentlich?«

»In unseren Informationsbroschüren übertünchen wir

es mit hochtrabenden Formulierungen, aber im Wesentlichen spüren wir verloren gegangene Kunstwerke auf.«

»Verloren gegangen? Wie verliert man denn ein Kunstwerk?«

»Verloren gegangen im Sinne von gestohlen, erbeutet oder zerstört. Wenn man uns darum bittet, übernehmen wir außerdem Nachforschungen, was die Herkunft betrifft. Detektivarbeit, wenn du so willst. Vermutlich ist dir noch kein Gemälde abhandengekommen, sonst würdest du Guilderns kennen. Was also kann ich für dich tun?«

»Es ist eine weit hergeholte Vermutung, aber du bist der Einzige, den ich in der Kunstwelt kenne. Denke mal zurück an Berlin 1945/46.«

Emerson blieb so lange stumm, dass Hugo schon fast glaubte, die Leitung sei unterbrochen worden. »Hallo? Bist du noch da?«

»Bin ich.«

»Warum die lange Pause?«

»Ich habe über das Wesen des Zufalls nachgegrübelt. Mit dem Nachkriegsberlin beschäftige ich mich nämlich auch gerade, wenn auch wohl aus ganz anderen Gründen. Was ist damit?«

»Ein Russe kaufte einem deutschen Aristokraten eine Reihe Bronzekunstwerke von unschätzbarem Wert über einen Zwischenhändler …«

Emerson ließ ihn nicht ausreden. »Du sprichst von den Arcangelo-Bronzen, die ein Mann namens Orlov unter dubiosen Umständen erworben hat. Ich höre, wie dir die Kinnlade herunterklappt. Woher ich davon weiß?

Weil ich mit Kollege Gregor hier und da immer mal wieder geschäftlich zu tun hatte, und als er mal angewiesen worden war, Bronzekunstwerke anzukaufen, fragte er mich um Rat. Man hatte ihm welche angeboten, und er wollte wissen, ob sie echt und etwas Besonderes sind.«

»Worauf du was geantwortet hast?«

»Ja, sie sind echt und etwas Besonderes. Wie hast du Wind von der Sache bekommen? Meine Kontakte mit Orlov waren *vertraulich*. Nein, es war nichts Halbseidenes daran, du brauchst die Ohren nicht zu spitzen und gleich Verrat zu wittern. Ich stellte bloß fest, dass es in Berlin so viele undichte Stellen gab, dass ich mich quasi nur an mich selbst hielt. Aber es spielte auch gar keine Rolle; alles, was ich in die Hände nahm, endete mit einem Desaster. Wie bei Leuten, die mehrmals vom Blitz getroffen werden. Unerklärlich, aber wahr.«

Hugos sechster Sinn sagte ihm, dass mehr an dieser Sache dran war als nur Orlov und die Bronzen. »Du hast es dabei nicht belassen?«

»Ich habe Orlov nie wiedergesehen. Auch von den Arcangelo-Bronzen habe ich nie mehr etwas gehört, sie verschwanden spurlos. Stattdessen drangen Gerüchte an mein Ohr von Kunstwerken, die den Besitzer wechselten, und von Beutekunst, die im Schutz der Dunkelheit aus dem Land geschafft wurde. Daher stellte ich Nachforschungen an.«

»Hast du herausgefunden, wer der Drahtzieher war?«

»Ich wusste, wer dahintersteckte, das heißt, ich wusste, wer die Gemälde letztlich aus dem Land geschafft und nach England gebracht hat. Doch mein

Mund ist versiegelt. Aber in Bezug darauf, wer die Lieferungen veranlasst hatte und wer die Bilder besaß, hatte ich kein Glück.«

»Beutekunst, sagst du?«

»Die Bronzekunstwerke nicht, viele der Gemälde schon. Viele von ihnen wurden während der Besatzungszeit in Frankreich geraubt. Auch deswegen schwirrt mir Berlin gerade im Kopf herum. Nicht wenige Kunden treten an uns heran, um Gemälde, die während des Kriegs verschwanden, aufspüren zu lassen. Ein Paradebeispiel dafür – keine Namen, kein Strafexerzieren in voller Marschausrüstung – ist ein junger Mann, mütterlicherseits halber Franzose. Seine Mutter war nicht nur Französin, sondern auch Jüdin, und sie lebte bei Kriegsausbruch mit der Familie ihrer Schwester in Frankreich. Er weilte zu der Zeit bei seinem Vater in England. Ihre gesamte Familie wurde verhaftet und tauchte nie wieder auf. Unter ihren Besitztümern befand sich ein schöner Picasso, und der, das fand ich heraus, landete in Berlin.«

Hatte Picasso denn nicht als entartet gegolten? Hatten die Nazis solche Werke nicht alle verbrannt? Hugo hielt zwar nicht viel von Picassos Gemälden, gab aber auch unumwunden zu, kaum Ahnung von Kunst zu haben.

»Dort verlor sich die Spur. Mit ziemlicher Sicherheit gelangte das Gemälde nach England, aber sein gegenwärtiger Verbleib ist unbekannt. Hätte ich herausgefunden, wer hinter diesem ganzen schmutzigen Geschäft steckte, könnte ich meinem Kunden womöglich helfen. Wie die Dinge liegen, habe ich einen unglücklichen Kunden, dessen Entschlossenheit, das Gemälde aufzutreiben, an Besessenheit grenzt.«

»Weil es wertvoll ist?«

»Weil es Picasso höchstpersönlich seiner Tante geschenkt und sie es geliebt hat.« Emerson zögerte, bevor er hinzufügte: »Ich nehme nicht an, du interessierst dich für die Bronzen, weil du an etwas Wichtigem dran bist, was mit meinen Nachforschungen zu tun hat?«

»Ich bin mir nicht sicher«, erwiderte Hugo, der keine falschen Hoffnungen wecken wollte. »Diese Unterhaltung ist absolut inoffiziell. Ich rufe dich von einem privaten Anschluss aus an. Schreib dir die Nummer auf, und ruf mich an, wenn du weitere Informationen über Berlin hast. Wenn du bei etwas Hilfe brauchst, helfe ich dir selbstverständlich auch, wenn möglich.«

»Gib mir die Nummer.«

»Selchester 777.«

»Selchester? Die haben dich ins Herrenhaus versetzt, ja? Das Ende jeglicher Ambitionen.«

Hugo biss nicht an. »Heutzutage ist das nicht mehr ganz so schlimm.«

»Also wohnst du in Selchester? Gib mir mal deine Adresse, vielleicht schreibe ich dir lieber, statt dich anzurufen. Man weiß heutzutage ja nie, wer alles mithört.«

»Zurzeit wohne ich in Selchester Castle.«

Emerson stieß einen leisen Pfiff aus. »Selchester Castle? Du bewegst dich in erlauchten Kreisen, was? Ich hatte mal das Vergnügen, Lady Sonia kennenzulernen. Hübsches Mädchen, aber nicht gerade die unkomplizierteste Person.«

Das traf Lady Sonia recht gut. Hugo begann, eine gewisse Zuneigung für Emerson zu entwickeln.

»Also gut. Ich gebe dir Bescheid, wenn ich den Picasso aufspüre, und du leitest an mich weiter, was immer für meine Nachforschungen nützlich sein könnte. Frohe Weihnachten, Hugo.«

Zufrieden legte Hugo den Hörer auf die Gabel. Offenbar hatte Emerson den Dienst ohne Groll verlassen. Und er hatte Arbeit gefunden, die zu ihm passte. Das war ungewöhnlich; die meisten Leute bereitete das Leben im Dienst nicht auf die zivile Welt vor.

Szene 3

Kaum hatte Emerson aufgelegt, bekam er einen weiteren Anruf. »Mr Rupert Olivier ist für Sie in der Leitung, Mr Emerson«, teilte ihm seine Sekretärin mit.

Heute war offenbar ein Tag der Zufälle. »Rupert. Schön, von Ihnen zu hören. Ich fürchte, was den Picasso angeht, habe ich keine neuen Informationen für Sie. Jedenfalls nichts Konkretes. Dafür habe ich möglicherweise eine neue Spur. Nein, zurzeit kann ich Ihnen noch nichts darüber sagen. Überlassen Sie es mir, Sie wissen doch, dass ich mich melde, sobald ich etwas für Sie habe. Sie fahren für ein paar Tage weg? Nun, so schnell schießen die Preußen nicht. Wir sprechen uns dann nach Weihnachten. Auf Wiederhören.«

Nach dem Telefonat schloss Hugo sich der Führung durch die Burg an. Freya schaute ihn prompt schräg an; es gefiel ihr nicht, wenn er angesichts ihres Sermons humorig die Mundwinkel verzog.

»Verdünnisieren Sie sich«, flüsterte sie ihm zu, während die anderen weitergingen. »Ich will nicht, dass Sie mich angrinsen, und für Sie ist das hier nichts Neues.«

»Oh, das stimmt nicht. Sie haben für mich und Georgia noch nie eine richtige Führung gemacht. Was ist mit all den verschlossenen Räumen?«

»So, wie Sie das sagen, klingt das jetzt wie die Burg von Herzog Blaubart. Ich muss Sie enttäuschen, denn hinter den verschlossenen Türen stehen bloß unter Schutzhüllen verborgene Möbelstücke.«

Sie führte die Schar nach oben, wo sie das Privatgemach besichtigten. Dann ging es eine auf beiden Seiten von einer Rüstung bewachte Eichentreppe hinauf. Oben angelangt schritten sie dunkle, mit Eichenvertäfelung verkleidete Gänge entlang und schließlich jene steinerne Wendeltreppe hinauf, die zu Freyas Domizil im Neuen Turm führte.

»Nicht ganz so modern«, bemerkte Gus, nachdem sie ihnen berichtet hatte, dass der Turm im fünfzehnten Jahrhundert erbaut worden war. Er schaute auf Freyas Schreibtisch mit ihrer Schreibmaschine und den ordentlichen Papierstapeln und sagte: »Hier also arbeitest du an der Chronik der Familie Selchester. Ich bin ja so gespannt zu lesen, was du zu Papier gebracht hast.«

Das solltest du lieber nicht sein, sagte Freya stumm zu sich selbst, um dann zu verkünden: »Ich bin vor allem alte Dokumente durchgegangen, Briefe, Haushaltsbücher und so weiter. Das ist eine langwierige Arbeit.«

Polly schaute zu dem Gemälde hinauf, das an der Wand gegenüber von Freyas Schreibtisch hing. »Wer ist das? Die sieht ja genauso aus wie du.«

»Das ist die neunte Gräfin, deine zigfache Urgroßmutter. Sie war eine Respekt einflößende Frau, die die Burg gegen die Streitmacht von Cromwell verteidigt hat.«

Und jene Vorfahrin, die Freya zu ihrem Erstlingswerk inspiriert hatte.

Polly rümpfte die Nase. »Das bedeutet wohl, dass ihr Gatte Anhänger des Königs war. Ein Royalist. Hätte ich damals gelebt, hätte ich Cromwell unterstützt.«

»Ich nicht«, widersprach Georgia sofort. »Ich wäre Ritter gewesen.«

Szene 5

»Hier gibt es ja wirklich viel zu entdecken«, sagte Gus. Er war vor einer riesigen Leinwand von einem der Carracci-Brüder stehen geblieben, deren Darstellung er sofort als eine Szene aus Ovids *Metamorphosen* identifizierte. »Eine interessante Interpretation. Dieser Bacchus dort …«

»Du hast noch dein ganzes Leben lang Zeit, diese vielen Gemälde zu bestaunen, Papa, und es ist kalt hier!«, rief Babs ihn zur Ordnung. »Sind wir bald fertig, Freya?«

»Nein, aber du hast schon recht, ihr habt alle noch reichlich Zeit zum Erkunden. Ich zeige euch nur noch den Ballsaal, dann gehen wir hinüber ins Gewächshaus.«

»Ballsaal?«, fragte Hugo. »Sie haben mir nie gesagt, dass es einen Ballsaal gibt.«

Freya suchte den Schlüssel an ihrem Schlüsselbund und schloss die kunstvoll verzierte Tür auf. »Er ist seit der Vorkriegszeit nicht mehr benutzt worden.« Sie machte die Tür auf.

»Wie im Dornröschenschloss«, meinte Polly.

Als Freya die Läden öffnete, tänzelten Staubkörnchen in den Lichtstrahlen. Mit den an den Dekorrosen hängenden, eingewickelten, gespenstisch wirkenden Kronleuchtern, den mit Laken abgedeckten Stühlen und den Spinnweben an den verzierten Gesimsen machte der Raum tatsächlich den Eindruck, als hätte er hundert Jahre lang im Schlaf gelegen.

Freya konnte sich das Leben von früher noch gut vorstellen, ein Leben voller glamouröser Kleider und Männer in formeller Abendkleidung; Seide, Samt und Musselin, prächtige Westen und enge Kniehosen.

Als Hugo in eine Ecke des Raumes ging, hallten seine Schritte auf dem glatten Holzfußboden wider. Einen Moment lang blieb er vor einem großen, eingehüllten Möbelstück stehen und nahm den Schutzbezug weg.

»Ein Klavier«, sagte Gus und trat zu ihm.

»Nein«, korrigierte ihn Hugo. »Es ist ein Cembalo.« Seine Finger glitten über die Tasten, und er schlug einen Ton an. Der getragene Klang erfüllte den Raum. »Es ist verstimmt. Die müssen ständig gestimmt werden.« Er hob den Deckel an und warf einen prüfenden Blick hinein. »Sieht aber so aus, als sei es in gutem Zustand. Es ist ein Kirkman.«

Einen solchen Ausdruck hatte Freya auf Hugos Gesicht noch nie gesehen. Sein sonst schiefer, wachsamer, amüsierter Blick war einem gequälten, geistesabwesenden Ausdruck gewichen. Er schaute in die Ferne. In die Vergangenheit, mutmaßte Freya.

»Kennen Sie sich mit Cembalos aus?«, erkundigte sich Gus.

»Ich habe es früher gespielt«, erwiderte Hugo. Er schloss den Deckel wieder und warf den Schutzbezug über das Instrument.

Georgia schaute ihn vorwurfsvoll an. »Das hast du mir nie erzählt.«

»Ich habe seit Jahren keine Tasten mehr angerührt. Wollen wir dann weiter, Freya?«

Es war, als hätte er sich ein großes »Betreten verboten«-Schild umgehängt, und selbst Georgia stellte keine weiteren Fragen. Als sie alle wieder zur Tür hinausgegangen waren, hielt Freya inne und löste den Schlüssel vom Bund und reichte ihn Hugo. »Gus hat sicher nichts dagegen, wenn Sie ab zu und zu hierherkommen. Solange wir noch in der Burg wohnen.«

Szene 6

Bevor sie hinausgingen, zogen sie sich Mäntel und Schals an. Babs gab wieder ganz die Griesgrämige, während Polly sich an den Arm ihres Vaters klammerte. Sie schritten durch den Stallhof, wo Last Hurrah neugierig aus seiner halbhohen Tür linste.

»Wessen Pferd ist das?«, wollte Polly wissen.

»Er gehört mir«, erwiderte Freya. Sie wandte sich Gus zu. »Ich hoffe, es macht Ihnen nichts aus, wenn ich ihn hier noch so lange einstelle, bis ich eine andere Möglichkeit gefunden habe.«

Ben tippte sich an die Stirn, als Freya ihn vorstellte. »Das ist der neue Lord Selchester. Ben ist schon ewig hier, Gus. Er kennt die Burg wie seine Westentasche.« Ben hatte zuerst als Stallmeister, später als Chauffeur in der Burg gearbeitet und war seit der Zeit, als Lord Selchester vermisst galt, als Faktotum hiergeblieben.

»Diesem Pferd wird es nicht gefallen, hier wegzugehen, Miss Freya«, brachte er vor.

»Das vermute ich auch, Ben«, erwiderte Freya. »Aber er wird sich daran gewöhnen.« An Gus gewandt sagte sie: »In Wirklichkeit ist es Ben, der Last Hurrah vermissen wird. Dein Vater und Hermione gingen beide gerne auf die Jagd, und deswegen standen damals, als Ben hierherkam, in dem Stall viele Reittiere. So, jetzt zeige ich euch nur noch das Treibhaus, dann gehen wir wieder hinein.«

»Treibhaus?«, fragte Babs.

»Ein anderes Wort für Gewächshaus, ein großes Glashaus für Pflanzen. Es ist über hundert Jahre alt. Gebaut wurde es von Paxton, der auch die Gewächshäuser in Kew Gardens gebaut hat.«

»Kann ich das mit den Pflanzen auslassen?«, fragte Babs. »Ich würde lieber wieder reingehen und mir die Füße am Feuer wärmen.«

»In einem Gewächshaus ist es doch warm«, meinte Polly.

»Das sagst du. Wahrscheinlich war es dort im letzten Jahrhundert mal eine Woche lang warm, und seitdem haben sie die Heizung nie wieder angemacht.« Sie bedachte die außergewöhnliche Stahl-Glas-Konstruktion mit einem geringschätzigen Blick, schauderte demonstrativ, zog den Mantel fester um sich und trollte sich.

Voller Bewunderung starrte Gus, gleichgültig gegenüber der Kälte, zum gewölbten Glasdach hinauf. »Es scheint in bemerkenswert gutem Zustand zu sein. In Anbetracht dessen, was Sie alle hier in diesem Land durchgemacht haben.«

»Mein Onkel war stolz darauf und auf seine Geschichte. Hier haben die verschiedensten Gärtner und ihre Gehilfen aus Selchester seltene Exemplare gezüchtet«, sagte Freya. Als sie die Tür öffnete, schlug ihnen ein willkommener warmer Luftzug entgegen. »Während des Kriegs durfte niemand hier hinein; als die Burg requiriert wurde, bestand mein Onkel darauf, dass es nicht benutzt werden sollte. Als es sich dann wieder in seinem Besitz befand, ließ er Rahmen und Glas restaurieren.« Sie schaute sich um. »Heute ist es ein wenig trist. Als ich Kind war, pflanzte Tante Hermione alle möglichen wunderbaren exotischen Obstsorten an und Blumen für die Vasen, das ganze Jahr über. Hier drinnen herrschte ein subtropisches Paradies. Wir Kinder liebten es. Heute wird es vor allem dazu benutzt, um empfindliche Pflanzen zu überwintern.«

»Warum sollten wir hier eigentlich nicht wieder mehr

anpflanzen?«, fragte Gus mit ehrlicher Begeisterung. »Wie wird es beheizt? Ist das alles elektrisch?« Er bückte sich, um eine Steckdose zu begutachten. »Das sieht mir hier alles ziemlich altmodisch aus.«

Ben, der den anderen ins Gewächshaus gefolgt war, sagte: »Ja, Mylord, die Stromkabel müssten alle ersetzt werden. Seine Lordschaft, Seine verstorbene Lordschaft, sollte ich sagen, wollte das machen lassen, aber nach dem Krieg war es nicht so einfach.«

»Papa wird sich um die ganze Elektrik kümmern«, sagte Polly. »Warten Sie nur ab, Sie werden schon sehen.«

»Wenn du dich für die Elektrik hier interessierst, sprichst du am besten mit Mr Jonquil im Maklerbüro«, sagte Freya. »Er müsste die Pläne aller Schaltkreise und dergleichen vorliegen haben.«

»Ich würde sie gerne sehen«, erwiderte Gus. »Abgenutzte Isolierungen sind gefährlich; man muss etwas unternehmen, bevor es noch zu einem Unfall kommt.«

Szene 7

Freya hatte ihre Cousinen in die Obhut von Mrs Partridge gegeben und war mit Last Hurrah ausgeritten, damit er Bewegung bekam. Daher befand sie sich nicht in der Burg, als ihre Tante, Lady Priscilla Veryan, auf ihrem großen Jagdpferd in den Stallhof geritten kam. Sie stieg ab und übergab Ben die Zügel, der den großen Braunen anerkennend anschaute und die Steigbügel festschnallte.

»Werden Sie länger hier weilen, Mylady? Dann bringe ich ihn in einer der freien Boxen unter.«

In der Great Hall begegnete Lady Priscilla Gus. Der stand gerade unter dem Kopf eines kapitalen Hirschs und schaute wenig begeistert in dessen schwermütige, glasige Augen. Sie betrachtete ihn einen Moment und sagte dann: »Du musst Augustine sein.«

Überrascht wirbelte er herum. »Aber ja. Tut mir leid ...«

»Kein Grund, mich so anzuschauen. Ich bin deine Tante, Priscilla Veryan.« Sie hielt ihm die Hand entgegen und schaute ihn abschätzend an. »Ja, du hast eine gewisse Ähnlichkeit mit meinem Bruder. Willkommen in Selchester. Ich weiß, dass du meinen Mann in London getroffen hast; tut mir leid, dass ich nicht dabei sein konnte.«

Mit einem Staubwedel in der Hand trat Mrs Partridge aus dem Schatten hervor. Lady Priscilla machte einen Satz. »Ah, da sind Sie ja«, sagte sie. »Wir nehmen den Tee im Bibliothekszimmer, Mrs Partridge. Und sagen Sie Lord Selchesters Töchtern, sie sollen uns Gesellschaft leisten. Komm mit. Mein Mann hat dich Gus genannt, ist dir das lieber? Ich nehme an, dass Augustine in Amerika nicht geläufig ist.«

Es klang so, als wäre Amerika ein Außenposten des Empire. Gus war zu klug, als dass er sich dieser Naturgewalt entgegengestellt hätte, und folgte seiner Tante wortlos in die Bibliothek.

Sie trat ans Fenster, schaute hinaus und sagte: »In der nächsten Woche wird es schneien.« Dann wandte sie ihre Aufmerksamkeit wieder ihrem Neffen zu. »Also, wie gefällt dir die Burg? Das muss eine ganz schöne

Überraschung für dich gewesen sein. Gut, dass der Grafentitel nun doch nicht erlischt. Obwohl du ja nur die beiden Mädchen hast und keinen Jungen.«

Gus überlegte schon, ob er sich für das Fehlen eines Erben entschuldigen sollte, riss sich dann aber zusammen und sagte: »Ja. Das kam alles völlig unerwartet. Und die Burg ist sehr außergewöhnlich. Nicht in meinen kühnsten Träumen hätte ich mir vorgestellt, jemals an einem solchen Ort zu leben.«

Lady Priscilla taxierte ihn. »Träume oder Albträume? Befremdet dich der alte Teil der Burg? Ihr Amerikaner seid so modern in eurer Einstellung. Wie dem auch sei, du wirst dich daran gewöhnen müssen. Freya macht das primitive Leben in ihrem Turm nichts aus, niemand aber könnte behaupten, die Burg wäre komfortabel. Wenigstens hast du keine Frau, die sich beschweren und alles nur noch schlimmer machen würde. Du hast deine Frau verloren. Im Krieg, nicht wahr?«

»Ja, aber ihr Tod hatte nichts mit dem Krieg an sich zu tun. Sie litt an TBC.«

Lady Priscilla schürzte die Lippen. »Ich hoffe, deine Töchter haben keine entsprechende Veranlagung geerbt.«

»Sie sind kerngesund.« Er war sich nicht sicher, was er von dieser neuen Verwandten halten sollte. Es fiel ihm grundsätzlich schwer, mit Verwandten warm zu werden. Es war nicht bloß die geradezu räumliche Präsenz seines verstorbenen Vaters, sondern es waren alle anderen. Sir Archibald, Lady Priscillas Gatten, hatte er gemocht. Aber hatte der nicht gesagt, sie hätten drei Töchter und vier Söhne? Das war eine große Familie und bedeutete weitere neue Cousins.

Lady Priscilla schnitt ein neues Thema an. »Wie kommst du mit Sonia zurecht? Sie hat ein unmögliches Benehmen. Du solltest keinerlei Allüren von ihr dulden.«

Gus hatte nicht vor, ihr gegenüber seine Meinung über Lady Sonia kundzutun. Stattdessen sagte er nur: »Ich hatte das Vergnügen, Sonia kennenzulernen, als ich in London war. Vermutlich fühlt sie sich vor den Kopf gestoßen, und ich verstehe auch, dass sie es erst einmal verkraften muss, eine beträchtliche Erbschaft nun doch nicht zu bekommen. Aber soviel ich weiß, ist sie eine eigenständige, vermögende Frau. Ich beraube sie nicht ihrer Existenzgrundlage.«

»Sonia hat einen steinreichen Mann nur des Geldes wegen geheiratet und ist durch einen glücklichen Umstand kurz darauf Witwe geworden. Hätte er den Krieg überlebt, wäre ihre Ehe die Hölle geworden. Sie ist alles andere als knapp bei Kasse und hat außerdem, wie du sicherlich weißt, eine erhebliche Summe von eurem Vater geerbt. Allerdings nicht wie erwartet alles.«

Szene 8

Als sie von ihrem Ausritt zurückgekehrt war, steuerte Freya die Küche an. Dort stieß sie auf Mrs Partridge, die gerade Tassen und eine große silberne Teekanne auf ein Tablett stellte.

»Lady Priscilla ist gekommen.«

»Ich weiß«, erwiderte Freya. »Ich habe Jupiter in den Stallungen gesehen. Wo ist sie?«

»Sie hat Seine Lordschaft ins Bibliothekszimmer entführt. Sie hat um Tee gebeten, und ich soll die beiden jungen Ladyschaften ausfindig machen und ebenfalls in die Bibliothek schicken.«

»Geben Sie mir das Tablett«, sagte Freya mit verschmitztem Lächeln. »Ich nehme es mit. Vermutlich hat sie Gus mittlerweile den Schneid abgekauft.«

Sie trug das Tablett ins Bibliothekszimmer, stellte es auf einem Tisch ab und trat zu ihrer Tante und gab ihr einen Kuss. »Wie ich sehe, hast du Gus schon kennengelernt.«

»Wir haben gerade über Sonia gesprochen.«

»Tatsächlich? Ich habe es dir noch nicht gesagt, Gus, aber wie es aussieht, kommt Sonia über Weihnachten hierher. Sie sagte, du hättest sie gebeten, in die Burg zu kommen, wann immer sie wolle.«

Ein flüchtiger Ausdruck huschte über das Gesicht ihres Cousins, und Freya bemerkte, dass er sein Angebot gegenüber Sonia bereute. Dennoch erwiderte er höflich: »Sie ist meine Halbschwester, also eine enge Verwandte. Auch wenn wir uns kaum kennen, möchte ich ihr das Gefühl geben, dass sie ihr Elternhaus besuchen kann, wann immer sie will.«

»Wann sie will, heißt offenbar zu Weihnachten«, bemerkte Freya. »Außerdem bringt sie noch zwei weitere Gäste mit.«

Sie schenkte den Tee ein und reichte Lady Priscilla, die eine verdrießliche Miene aufgesetzt hatte, eine Tasse.

»Es ist ja schön und gut, wenn Sonia eine Einladung annimmt, aber sie sollte Gus mit ihren Freunden nicht einfach so überfallen. Wer sind diese Leute?«

»Der eine ist ein Mr Robert Dauntsey. Sonia sagt, sie sei mit ihm verlobt.«

»Verlobt? Unsinn. Es wurde nichts dergleichen bekannt gegeben, die Familie weiß nichts davon.«

»Ich wiederhole bloß, was sie mir gesagt hat«, erwiderte Freya. »Sie hat ihn ihren Verlobten genannt.« Als sie den Ausdruck auf dem Gesicht ihrer Tante sah, fügte sie hinzu: »Das war wohl ein Scherz.«

»Das hoffe ich auch«, entgegnete Lady Priscilla bissig. »Sonia ist nur ordinär, wenn sie es darauf anlegt. Vermutlich schläft sie mit diesem Mann. Sonia wird niemanden heiraten. Allerdings habe ich sehr wohl vernommen« – ein nachdenklicher Ausdruck trat in ihr Gesicht –, »dass Robert vor Kurzem ein Vermögen von seinem Großonkel geerbt hat. Ein Anwesen und einen Batzen Geld. Vielleicht hat Sonia tatsächlich vor, ihn zu ehelichen.«

»Was ist an einem Verlobten verkehrt?«, wollte Gus wissen.

Damit erntete er einen vernichtenden Blick von Lady Priscilla. »Das wirst du noch lernen. Wen drängt sie Gus sonst noch auf?«

»Rupert Olivier. Er arbeitet für Mansville's, das Auktionshaus. Sonia hat ihn schon einmal mitgebracht – als sie noch glaubte, sie würde die Burg erben. Er sollte eine abschließende Inventur vornehmen, sobald Selchesters Tod bestätigt wurde.« Sie wandte sich Gus zu. »Wie es scheint, hat Mr Olivier dir bereits geschrieben; er will mit dir über die Gemälde sprechen.«

»Es hätte schlimmer für dich kommen können, Gus«, klärte ihn Lady Priscilla auf. »Bei Mansville's verstehen sie ihr Handwerk. Du musst sicher viele Gegenstände verkaufen; ich vermute, dass du einen Teil der Erbschaftssteuer kompensieren kannst, indem du ein paar der wertvolleren Gemälde dem Staat überlässt. Aber da können dich Verekers beraten.«

Vereker, Vereker, Vereker und Farquar fungierten schon seit Generationen als Anwaltskanzlei der Fitzwarins. Nach Freyas Ansicht verhielten sie sich jedoch immer noch so, als berieten sie den fünfzehnten Earl, damals, im vergangenen Jahrhundert. Wie Gus mit ihnen zurechtkommen würde, stand noch in den Sternen.

»Nun, ich sollte wohl mit diesem Mr Olivier reden«, sagte Gus vorsichtig. »Aber die Weihnachtszeit ist vielleicht nicht der beste Zeitpunkt dafür.«

»Sonia hat ihn bestimmt nicht ohne Grund eingeladen«, sagte Freya. »Heiligabend kehrt er nach London zurück.«

Mit einer wegwerfenden Handbewegung fegte Lady Priscilla das Thema Rupert Olivier vom Tisch und wischte sich einen Krümel von ihrer Reithose. »Also, Gus, hast du vor, hier zu leben? Oder wirst du dein Forschungsstipendium in Oxford abschließen und dann nach Amerika zurückgehen? Bei solch einem Anwesen wäre es ein Fehler, es den Verwaltern und Grundstücksmaklern zu überlassen. Das ist weder befriedigend noch gut für die Pächter. Aber es ist deine Entscheidung.«

»Ich habe die Entscheidung bereits gefällt«, erwiderte Gus. »Da ich nun mal den Titel, den Sitz im Oberhaus, die Burg und alles Weitere geerbt habe, halte ich es für richtig, die Burg zu meinem Wohnsitz in England zu machen.«

»Und was denken deine Töchter darüber?«, fragte Lady Priscilla.

»Meine jüngere Tochter wird hier zur Schule gehen und sich daran gewöhnen, jetzt Engländerin zu sein. Was meine andere Tochter, Barbara, angeht, bin ich mir nicht so sicher. Sie hat gerade erst ein paar Monate in Paris verbracht, und ...«

Lady Priscilla setzte eine anerkennende Miene auf. »Sie ist so weit, nicht wahr?«

Gus wirkte verwirrt, worauf ihm Freya zu Hilfe kam. »Sie war dort, um ihr Französisch zu verbessern.«

»Wie alt ist sie, siebzehn, achtzehn? Du musst sie in die Gesellschaft einführen, Gus.«

Wieder stand Gus die Verwunderung ins Gesicht geschrieben, und erneut lieferte Freya die fehlende Information. »Meine Tante meint, sie könnte als Debütantin bei der Ballsaison dabei sein.«

»Die Jüngere solltest du auf die St Ursula's schicken. Dorthin gehen die Selchester-Mädchen.«

Wie auf ein Stichwort ging in diesem Moment die Tür auf, und Polly kam herein. Als wäre sie des Lebens überdrüssig, schleppte sich hinter ihr Babs herein.

Schlagartig blieb Polly stehen und starrte Lady Priscilla an, die sie ihrerseits mit ihrem Blick fixierte.

Freya blickte von der einen zur anderen und hätte

beinahe schallend gelacht. Auch Pollys Zöpfe und ihre große runde Brille konnten kaum überdecken, dass sie ihrer Großtante extrem ähnlich sah.

»Kommt und begrüßt eure Großtante, Lady Priscilla Veryan«, forderte Gus die beiden auf. »Das sind Barbara und Pauline. In der Familie nennen wir sie Babs und Polly.«

Lady Priscilla musterte die beiden. An Barbara gerichtet sagte sie: »Wie ich höre, warst du in Paris. Mir scheint, du hast zu viel Zeit damit verbracht, in der Sorbonne diesen langweiligen Philosophen an den Lippen zu hängen.«

Diese unverblümte Begrüßung schien Barbara nichts auszumachen. Freya erkannte hinter der dick aufgetragenen schwarzen Mascara die blauen, wachsamen, ja gewitzten Augen einer Selchester.

Barbara zuckte mit den Achseln, ließ die Schultern noch mehr hängen und schaute mit gelangweiltem Gesichtsausdruck auf ihre Füße hinab.

»Himmeldonnerwetter, jetzt steh doch mal gerade. Mit solch hängenden Schultern tust du dir keinen Gefallen. Kannst du reiten?«

Diese Frage überraschte Barbara offenkundig, und einen Moment lang richtete sie sich tatsächlich auf. Wenig aufschlussreich erwiderte sie: »Schon. Ein bisschen.«

»Komm zum Veryan House, dort kannst du reiten. Freyas Schindmähre ist kein einfaches Reittier; die wirft dich schon ab, bevor du auch nur den Sattel berührst.«

Nun wandte sie ihre Aufmerksamkeit Polly zu. »Was ist mit dir? Gus, am besten kaufst du dem Mädchen ein

Pony. Sag Ben, er soll dir eines besorgen, er ist ein guter Pferdekenner.«

»Nein, danke«, sagte Polly bestimmt. »Ich habe Angst vor Pferden. Gegen eine Ziege hätte ich allerdings nichts einzuwenden.«

Ihr Vater, Freya und Lady Priscilla starrten sie allesamt an. Derweil blickte Barbara, ihre Augen wieder gewohnt ausdruckslos, aus dem Fenster.

»Gütiger Himmel, Mädchen, wofür willst du denn eine Ziege haben?«, fragte Lady Priscilla.

»Ich mag Ziegen«, gab Polly schlichtweg zurück.

»Das sind schmutzige, störrische Tiere. Wenn du ein Haustier haben willst, dann halte dir lieber einen Hund.«

»Nein, danke«, erwiderte Polly. »Das würde Magnus nicht gefallen.«

»Wenn du einen Hund willst, Polly«, schaltete sich nun Freya ein, »dann mach dir keine Sorgen um Magnus. Vergiss nicht, dass ich ihn mitnehmen werde.«

»Ich mag Magnus«, sagte Polly. »Ich mag Katzen. Und aus Hunden mache ich mir nicht viel.« Sie schaute Lady Priscilla an, deren Blick nicht minder grimmig war.

»Das kommt davon, wenn man in Amerika aufwächst«, sagte Lady Priscilla. Das war ungerecht, fand Freya.

Gus beteiligte sich klugerweise nicht an der Unterhaltung. Er war gegenüber den Selchester-Frauen in der Minderheit, hatte aber womöglich auch einfach keine besondere Meinung zu Katzen, Hunden, Ponys und Ziegen.

Lady Priscilla schaute nun wieder zu Barbara. »In diesen Sachen kannst du hier nicht herumlaufen. In Chelsea mag das gehen, aber Selchester ist nicht Chelsea.«

»Leider Gottes«, hörte Freya Barbara leise murmeln.

»Gus«, sagte Lady Priscilla, »ich habe gehört, dass eine Cousine die Mädchen großgezogen hat. Wie konnte sie zulassen, dass Barbara sich so anzieht?«

Mit betont schleppender Stimme erklärte Barbara: »Cousine Charlotte schreibt mir nicht vor, wie ich mich anziehen soll. Ich bin fast achtzehn und suche mir meine Kleidung selbst aus.«

»Genau das wird jemand, der sich anständig um dich kümmert, verhindern. Wo ist diese Cousine? Ist sie mit euch herübergekommen?«

»Meine Cousine Charlotte hat es nicht so mit dem Reisen«, schaltete sich Gus ein.

»Du meinst, die Mädchen haben niemanden, der sich um sie kümmert? So geht das nicht, Gus.« Sie wandte sich Freya zu. »Sorge dafür, dass Barbara vorzeigbare Kleidung bekommt. So kann sie hier nicht herumlaufen. Das wird den Leuten nicht gefallen.«

»Dann werden sie sich wohl daran gewöhnen müssen, Großtante Priscilla«, entgegnete Barbara. »Ich werde für niemanden in Tweedkleidung und in einem London Fog herumlaufen.«

Freya fragte sich, was ein London Fog war, worauf Barbara, die Freyas verständnislose Miene bemerkte, hinzufügte: »Ich glaube, ihr nennt das hier Regenmantel. Und dann noch diese grauenhaften Gummistiefel. Nein, danke. Wenn es nass und schlammig ist, bleibe ich drinnen und lese.«

Freya war beeindruckt, wie die beiden Mädchen ihrer Großtante Paroli boten; sie erweckten den Eindruck, als hätten sie genug von ihr.

»Können wir jetzt gehen?«, fragte Polly an Gus gerichtet.

»Ja, raus mit euch«, sagte Lady Priscilla. »Ich will noch ein wenig mit eurem Vater sprechen. Dann gehe ich wieder.«

Als die Tür hinter den beiden zufiel, sagte sie zu Gus: »Nette Mädchen. Aus denen lässt sich etwas machen. Deine Cousine Helena, meine Älteste, führt ihre Tochter Alice in der nächsten Saison in die Gesellschaft ein. Barbara kann sie auch einführen.«

»Ich glaube …«, fing Gus an. »Ich will Barbara auf das College schicken. Ihre Mutter war auf der Wellesly, und …«

»Wenn sie die Universität besuchen will, kann sie das tun, nachdem sie debütiert hat. So machen es heutzutage manche Mädchen. Das ist natürlich eine totale Verschwendung von Zeit und Geld, da sie am Ende doch nur heiraten. Ich werde mit Mutter Oberin Josepha von St Ursula's über Polly sprechen. Die treiben ihr diesen amerikanischen Akzent im Handumdrehen aus. Und das Mädchen muss etwas wegen dieser Brille machen. Ich kenne da einen, der sucht eine für sie aus, die ihr besser steht. Ich werde dir den Namen des Augenarztes in London geben, den auch Sir Archibald konsultiert.«

Lady Priscilla ging zur Tür. »Danke, Gus, du brauchst mich nicht zu begleiten, ich kenne den Weg. Auf Wiedersehen, Freya.«

Die beiden Cousins schauten einander an. Gus sank in seinen Sessel. »Habe ich noch mehr Verwandte, die einen so überrumpeln?«

»Sie kann schwierig sein, hat aber das Herz auf dem rechten Fleck«, erklärte Freya.

»Leisten sie und ihre Familie uns hier in der Burg über Weihnachten Gesellschaft?«, fragte Gus.

Freya lachte. »Keine Sorge, nein. Sie hat ihre eigene riesige Familie in Veryan House zu Gast. Vermutlich wird der eine oder andere Besuch hier nicht ausbleiben, aber du musst sie nicht alle über Weihnachten einquartieren. Was nur gut ist, da wir uns um Sonia und ihre Gäste kümmern müssen.«

»Ich muss für Polly eine Schule finden«, sagte Gus. »Kennst du diese Klosterschule, St Ursula's? Bist du dorthingegangen?«

»Nein«, erwiderte Freya. »Sonia schon, aber …«

»Aber?«, hakte Gus mit schelmischem Lächeln nach. »Ich kenne meine Halbschwester zwar noch nicht lange, aber ich kann mir vorstellen, dass sie selbst für resolute Nonnen eine harte Nuss gewesen sein muss.«

»Sie hat sich tatsächlich öfter Ärger eingehandelt.«

»Wurde sie von der Schule verwiesen?«, wollte Gus wissen.

»Damals hat man das taktvoller ausgedrückt«, sagte Freya. »Nämlich dass die Nonnen fanden, es sei womöglich nicht die passende Einrichtung für sie. Tatsächlich lag es auf der Hand, dass überhaupt keine Einrichtung für Sonia geeignet sein würde. Für sie wurde dann eine Gouvernante eingestellt.«

»Ich frage mich, ob Polly auf einem englischen Internat glücklich wäre. Wenn es in St Ursula's so etepetete zugeht, so englisch, dann fühlt sie sich dort wahrscheinlich nicht wohl. Auf welche Schule bist du gegangen?«

»Ich wurde auf ein Internat in Nordengland geschickt. Es war eine trostlose Einrichtung, und ich kann nicht behaupten, dass es mir dort gefallen hätte. Georgia war auch dort, bevor sie nach Selchester kam. Sie hat es gehasst.«

»Georgia scheint mir eine junge Dame mit festen Vorstellungen zu sein«, sagte Gus.

Freya beschloss, kein Blatt vor den Mund zu nehmen. »Du meinst die Feindseligkeit, die sie Polly gegenüber an den Tag legt. Das legt sich wieder. Sie fühlt sich aus dem Gleichgewicht gebracht. Es ist keine leichte Zeit für sie.«

»Hugo wollte ich nicht fragen«, sagte Gus. »Er ist zwar ihr Bruder, aber viel älter als sie. Gibt es noch andere Geschwister? Und was ist mit ihren Eltern?«

»Ihre Eltern kamen im Krieg ums Leben. Georgia hat das überhaupt noch nicht verarbeitet. Sie war bei ihrer Mutter in London, als ihr Haus von einer V2-Rakete getroffen wurde. Sie hat man lebend aus den Trümmern gezogen, aber ihre Mutter hat es nicht geschafft.«

»Wie schrecklich. Das arme Kind. Also hat sie außer Hugo niemanden mehr?«

»Da ist noch eine Tante, die sich um sie gekümmert hat. Aber sie hat geheiratet und ist nach Amerika ausgewandert. Hugo hatte eine Stelle, bei der er viel im Ausland unterwegs war. Als er sich dann aber letztes Jahr das Bein verletzt hat, nahm er hier in Selchester eine

Stelle an, in Thorn Hall, dem Herrenhaus. Georgia besucht jetzt das Mädchengymnasium hier am Ort.«

»Priscilla sprach davon, Babs könnte Debütantin werden. Ich kann mir das nicht vorstellen.«

»So denkt Priscilla eben«, sagte Freya. »Es ist eine gute Möglichkeit, Leute kennenzulernen, wenn man kontaktfreudig ist. Und wenn man gerne tanzt und auf Gesellschaften geht, macht es richtig Spaß.«

»Hast du an der Ballsaison teilgenommen? Und Sonia?«

»Weder noch«, erwiderte Freya. »Der Krieg machte uns einen Strich durch die Rechnung. Mir war es einerlei, das wäre für mich nichts gewesen. Sonia hingegen war wütend. Man hätte denken können, Hitler hätte den Krieg einzig und allein in der Absicht angezettelt, um zu verhindern, dass sie Debütantin wurde.«

»Was hast du noch vor, Freya?«

»Komm mir jetzt nicht als Familienoberhaupt, Gus.« Sie sagte es leichthin, wollte ihn jedoch daran hindern weiterzubohren. »Ich habe das vor, was ich schon tue, nämlich schreiben und ab und zu in der Buchhandlung im Ort aushelfen.«

»Ah, die Familienchronik. Ich nehme an, du hast ein Privateinkommen?«

Hätte er gewusst, wie kümmerlich es nach Abzug der Steuern war, dann hätte er begriffen, dass es nicht reichte, um sich einzukleiden, zu ernähren und Magnus' Napf zu füllen. Aber wie sie tatsächlich ihre Brötchen verdiente, würde sie ihm nicht verraten. Dass die Heldentaten und Abenteuer von Rosina Wyndhams quirliger Heldin Clarissa de Witta aus ihrer Feder stammten, sollte lieber ihr Geheimnis bleiben.

»Ich komme zurecht. Und jetzt solltest du lieber rasch etwas zu Mittag essen, wenn du noch rechtzeitig zu deinem Termin mit Mr Jonquil im Maklerbüro erscheinen willst.«

Kapitel vier

Szene 1

Der Zug war bereits eingefahren. Zischend stieß die große Lokomotive Dampf aus, während der Lokführer sich aus seinem Führerhaus lehnte und mit dem Schaffner sprach. Hugos hoch aufgeschossener, hagerer Onkel stand an der Sperre zur Fahrkartenkontrolle, wo er sich mit Mr Godley, dem Bahnhofsvorsteher, unterhielt.

Hugo amüsierte sich. Mr Godley vertrat entschiedene Ansichten über feine Herren, die einen römischen Kragen trugen, würde Pater Leo Hawksworth aber mit dem Respekt behandeln, der in seinen Augen Besuchern der Burg zustand. Mr Godley hing immer noch den ruhmreichen Zeiten vor dem Krieg nach. Damals, als GWR nicht wirklich für Great Western Railway, sondern eher für so etwas wie »Gottes Wunderbare Railway« stand. Damals hatten die Züge an den Wochenenden Schlossbesucher befördert, die samt Gepäck und Bediensteten ausgestiegen und mit Autos weiter zur Burg hinaufgebracht worden waren.

Wie immer reiste Leo Hawksworth mit leichtem Gepäck, hatte nur einen Koffer dabei. Bill, der einzige Gepäckträger des Bahnhofs, beäugte ihn verdrießlich, wohl wissend, dass seine Dienste nicht benötigt werden würden.

Als sein Onkel auf ihn zukam, stieg Hugo aus dem Wagen und humpelte zur Beifahrertür. Leo schwärmte für schnelle Autos und fuhr für sein Leben gern Hugos Talbot Lago, was er bei jeder sich bietenden Gelegenheit dann auch tat. Hugo schüttelte seinem Onkel die Hand, nahm ihm den Koffer ab und verstaute ihn im Kofferraum.

Bill sah zu, wie der Wagen zurückstieß und losfuhr. Griesgrämig bemerkte er gegenüber Mr Godley, wie typisch es für einen geistlichen Herrn sei, kein Geld für einen Gepäckträger auszugeben. Bill war mit Fleisch und Blut Gewerkschaftsmitglied; wäre es nach ihm gegangen, würde alles verstaatlicht werden, was noch nicht verstaatlicht worden war; er hätte sämtliche Kirchen abreißen lassen und sah alle, die nicht bei der Eisenbahn beschäftigt waren, als nutzlose Verschwender und als Belastung für die Gesellschaft an.

»Wenn die Revolution kommt, gibt es bald keine feinen Herren mit sonderbaren Kragen mehr, die in schnellen Autos davonfahren und irgendwelche Burgen besuchen.«

»Wenn die Revolution kommt, landest du in einem von Stalins Lagern.«

Während des Kriegs hatte Mr Godley die Demütigung ertragen müssen, weibliche Gepäckträger um sich zu haben, aber gottlob waren diese Zeiten vorbei. Doch nun schaute er voller Bitterkeit den alten Bill an und dachte, dass die jungen Frauen damals womöglich doch eine Verbesserung gewesen waren.

Szene 2

Kurz bevor sie auf die Hauptstraße einbogen, bremste Leo ab. »Fahren wir direkt zur Burg hinauf?«, fragte er.

»Ja«, erwiderte Hugo.

»Ist Selchester schon da?«

»Er ist gestern mit seinen zwei Töchtern angekommen«, sagte Hugo. »Wie ich hörte, bist du ihm bereits begegnet, in Oxford.«

»Ja.«

Hugo nahm das Zögern, das in der Stimme seines Onkels mitschwang, sofort wahr. »Magst du ihn nicht?«

»Doch, doch«, erwiderte Leo. »Er ist ein ganz liebenswerter Mensch und ein guter Wissenschaftler. Wie er damit zurechtkommen wird, Earl von Selchester zu sein, weiß ich nicht, aber er ist ein fähiger Kopf, und er wird lernen. Es ist bloß so, dass es in Oxford zu einem Vorfall kam, der mich ein wenig beunruhigt, das ist alles. Er ist unter ungewöhnlichen Umständen zu seinem Erbe gekommen, und womöglich gibt es Menschen, die es nicht gerade begrüßen, dass da plötzlich ein Erbe aufgetaucht ist.«

Hugo blickte seinen Onkel an. »Ein Vorfall? Und Gus war darin verwickelt?« Das hörte sich nicht gut an.

»Ja. Er wurde aber nicht verletzt.«

»Was ist denn passiert?«

»Ein Auto fuhr auf den Bürgersteig und hätte ihn erfasst, wenn ein Passant ihn nicht zurückgerissen hätte.«

»Hat der Fahrer angehalten?«

»Nein, er fuhr mit hoher Geschwindigkeit weiter. Ich erfuhr davon, als ich am gleichen Abend im College dinierte. Ich saß nämlich neben Professor Firkin, ebenjenem Passanten, der Lord Selchester gerettet hatte. Firkin ist zwar kein Jungspund mehr, hat aber schnell reagiert. Er war immer noch ganz entrüstet über das, was passiert ist. Er mag keine Autos und die in Oxford noch weniger. Ich glaube, er traut jedem, der sich hinter das Steuer setzt, so eine schreckliche Fahrerflucht zu. Aber der Mann ist clever und hat sich sogar das Kennzeichen des Autos gemerkt. Er hat daraufhin die Polizei angerufen. Sie haben ihm aber mitgeteilt, dass es sich um ein gefälschtes Nummernschild handelt. Sie vermuten, der Fahrer ist in irgendwelche kriminellen Machenschaften verwickelt und hat deshalb nicht angehalten.«

Während ihres Gesprächs waren sie durch die Stadt gefahren, zunächst an den vornehmen viktorianischen Häusern und dann an den eleganten georgianischen Häuserreihen vorbei, ehe sie schließlich das Herz der Stadt mit ihren bunt gemischten mittelalterlichen Sträßchen mit rötlichem Kopfsteinpflaster durchquert hatten. Nun fuhren sie über die Brücke, und Leo gab noch einmal Gas, bevor er abbremste und das Burgtor passierte.

»Seltsam«, resümierte Hugo. »Aber es muss Zufall gewesen sein. Wer sollte Gus umbringen wollen? Sonia würde ihm zwar keine Träne nachweinen, aber sie fährt ihn ja wohl kaum mit dem Wagen über den Haufen. Übrigens wird sie Weihnachten hier verbringen, kommt aber nicht vor morgen hier an.«

»Wahrscheinlich hat Lady Sonia es nicht ganz so gelassen aufgenommen, dass ihr die Erbschaft flöten geht. Andererseits wird sie wohl nicht mittellos dastehen.«

»Wenn die Wasserstoffbombe explodiert und die Welt untergeht, wird der einzige Mensch, der noch lebt und auf einem Haufen Geld sitzt, Sonia sein. Sie war ohnehin schon sehr vermögend, wie du weißt, und sie hat nun zusätzlich ja auch noch Geld von ihrem Vater geerbt.«

»Wem sagst du das«, erwiderte Leo trocken. »Aber das ist nichts im Vergleich mit dem, was die Burg und das Land wert sind. Selchester war ein Glückspilz. Als in den Dreißigern so viele Familien alles Mögliche zu barer Münze machen mussten, vom Familiensilber bis zu ihrem Haus, wurde er immer nur reicher und reicher.«

»Nach allem, was man hört, war er ein äußerst gewiefter Zeitgenosse. Und er hinterließ das Anwesen in gutem Zustand, und auch nachdem er verschwand, wurde es pfleglich behandelt.«

»Wie nimmt Georgia die neue Ordnung auf?«

»Schlecht. Sie will nicht aus der Burg ausziehen, obwohl sie wusste, dass es irgendwann dazu kommt. Sie hegt offenbar eine Aversion gegen die jüngere Selchestertochter.«

Alles in allem konnte Hugo es seiner Schwester nicht verübeln. Es war nicht Polly Fitzwarin, die sie ablehnte, sondern Polly, den Eindringling. Die Schuld lag bei ihm, bei Hugo, da er nicht in der Lage war, Georgia ein anständiges Dach über dem Kopf zu bieten. Und sie brauchte Stabilität; in gewisser Weise war es ein Jammer, dass sie überhaupt erst in der Burg gelandet waren. Sie lebten nun schon so lange dort, dass sie es als ihr Zuhause empfand. Für Freya war es natürlich noch schlimmer, denn es war wirklich ihr Zuhause, das sie nun verlassen musste.

»Oh, es war unausweichlich, dass Georgia sich über die Neuankömmlinge ärgern würde«, sagte Leo sorglos. »Mach dir deswegen keine Gedanken. Entweder werden die beiden sich weiterhin hassen, und Georgia wird Polly, nachdem sie aus der Burg ausgezogen ist, nicht mehr zu Gesicht bekommen. Oder sie werden enge Freundinnen. So oder so, daran kannst du schlichtweg nichts ändern.«

»Sicher hast du recht«, erwiderte Hugo. »Aber ein wenig Höflichkeit könnte auch nicht schaden.«

»Wie sehen deine Pläne für die Zeit nach Weihnachten aus? Hast du eine Wohnung gefunden?«

»Nein. Es hieß zwar, die derzeitigen Bewohner des Nightingale Cottage würden ausziehen, aber mittlerweile glaube ich, das ist nur Wunschdenken.«

»Wieso?«

»Ich bin ihnen noch nie begegnet«, sagte Hugo. »Sie spielen im Stadtleben kaum eine Rolle. Sie kommen auch nicht von hier, aber das gilt natürlich für viele andere auch. Angeblich praktizieren sie Hexenkunst.«

»Hexenkunst?«

»Kein Grund zur Beunruhigung, deine Hilfe wird in dieser Hinsicht nicht benötigt werden. Selchester hat in der Hexenkunst eine lange Tradition. Ich glaube, in Wirklichkeit sind diese Leute so etwas wie Volkskundler. Sie sprechen Landarbeiter an und befragen sie über uralte Bräuche und Riten. Soviel ich weiß, machen sich einige Zeitgenossen einen Spaß daraus, den beiden mit seltsamen Geschichten einen Bären aufzubinden.«

»Und was macht die Arbeit?« Leo fuhr die Steigung zur Burg in gemächlichem Tempo hoch, da die Straße holperig war und zu beiden Seiten Schafe auf den Wiesen grasten.

Hugo betrachtete das Spiel von Licht und Schatten, das durch die Lichtkegel der grellen Scheinwerfer entstand. Dann sagte er: »Im Moment ist es interessant. Ich wühle gerade in der Vergangenheit, in Dingen, die vor dem Krieg geschahen. Womöglich haben sie etwas mit der Gegenwart zu tun.«

Leo war einer der wenigen außerhalb des Dienstes, mit denen Hugo über seine Arbeit reden konnte. Leo war ein geistlicher Wissenschaftler, ein Physiker, der während des Kriegs mit streng geheimen Tätigkeiten betraut worden war. Er musste den Official Secrets Act und damit seine Geheimhaltungsverpflichtung völlig verinnerlicht haben.

»Das Schlachtfeld, auf dem der Kalte Krieg tobt, und die Nachwirkungen der Affäre um Burgess und Maclean«, sagte Leo. »Unvermeidlich natürlich, auch wenn wir zum Glück nicht ganz so paranoid sind wie anscheinend die auf der anderen Seite des großen Teichs.«

»Nein, ich kann mir nicht vorstellen, dass jemand wie McCarthy hier ans Ruder kommen könnte.«

»Und was ist mit der ganzen Bürokratie, jetzt, wo du einen Schreibtischjob hast?«

»Ich setze mich über sie hinweg, wann immer ich kann.« Darüber hatte er sich nur selten den Kopf zerbrechen müssen, als er noch Agent und an gefährlichen Einsatzorten im Ausland tätig gewesen war. Damals war er ausschließlich auf seinen Verstand angewiesen und auf einer Mission niemandem gegenüber verantwortlich gewesen. Diese Art Arbeit hatte er gemocht, doch sie endete an dem Tag, als ihm jemand von der Gegenseite in einer dunklen Nacht in Berlin eine Kugel ins Bein jagte.

»Ich schätze mal, dass du jetzt mit Detektivarbeiten beschäftigt bist. Darin bist du bestimmt gut. Du hast einen analytischen Verstand, besitzt Intuition, und du löst gerne Probleme. Was du bewiesen hast, als du den Mörder von Lord Selchester dingfest gemacht hast.«

»Das war nun nicht gerade eine Einzelleistung, sondern Teamwork: Freya, du und Georgia haben genauso ihren Teil dazu beigetragen wie ich.«

Sie fuhren durch den Torbogen in den Schlosshof, und Leo lenkte den Wagen nach links zu den Stallungen. »Während meiner ersten Monate im Herrenhaus hatte ich wegen des Mordes an Selchester und der Ermittlung jede Menge zu tun und war beschäftigt. Noch ein Mord ist ja wohl kaum zu erwarten.«

»Das hoffe ich inständig.«

Szene 3

In dieser Nacht, einer kühlen, frostigen Nacht, durchbrach ein gellender Schrei die Stille in dem uralten Burggemäuer. Es folgten weitere angstvolle Schreie. Aus dem Schlaf gerissen langte Hugo nach seinem Revolver, den es nicht mehr gab. Er sprang aus dem Bett und trat dabei so unglücklich auf, dass ihm ein stechender Schmerz durch das Bein fuhr. Noch während er sich den Morgenrock überwarf, stürzte er aus der Tür. Woher kam der Lärm? Zunächst fürchtete er, es wäre Georgia, doch als er in ihr Zimmer schaute, stellte er fest, dass sie fest schlief. Also humpelte er den Gang entlang, eine Reihe von Stufen hinunter und eine weitere Treppe hinauf, bis er in den Flur gelangte, von dem die Türen zu den Schlafzimmern von Babs und Polly abgingen.

Die Schreie drangen aus Pollys Zimmer.

Hugo traf zeitgleich mit Freya und Gus ein. Leo, der sich in einen Jaeger-Morgenmantel gehüllt hatte, folgte ihnen auf dem Fuß. Hugo stieß die Tür auf und trat ein. Polly saß zusammengekauert auf dem Bett, ein Kissen umklammernd, die Haare völlig zerzaust. Sie schrie nicht mehr, stieß aber heftig keuchend Schluchzer hervor.

Freya drängte sich an den anderen vorbei und ging auf sie zu. Die aber zuckte zurück, riss die Arme hoch, wie um sich zu schützen, und kreischte: »Nicht näher kommen, nicht näher kommen!«

Es war Babs, die die Situation rettete. Sie schlüpfte in einem langen purpurroten Morgenmantel in das Zimmer und bedeutete allen anderen zurückzubleiben.

Dann setzte sie sich auf das Bett und sagte: »Reiß dich zusammen. Es gibt hier nichts, vor dem du Angst haben müsstest. Du hast keinen Grund, hier so herumzuflennen. Hör sofort damit auf, sonst knalle ich dir eine!«

Polly gab einen erstickten Laut von sich und warf die Arme um Babs' Hals; am ganzen Körper zitternd schmiegte sie sich an ihre Schwester.

Mittlerweile war auch Mrs Partridge hinzugekommen. Ihre Haare waren auf Lockenwickler aufgedreht, und sie fuchtelte mit einem Besenstiel herum – um sich gegen Einbrecher zu wehren, wie sie später erklärte. Nachdem sie einen kurzen Blick auf Polly geworfen hatte, verkündete sie, sie werde jetzt nach unten gehen, Milch heiß machen und einen Kessel mit Wasser aufsetzen.

Pollys Erzählung klang zunächst wirr. Dann stellte sich heraus, dass sie »urplötzlich, so als hätte mich jemand gezwickt«, aufgewacht war und vor ihr, am Fußende des Bettes, die Gestalt eines blutüberströmten Mannes gestanden habe. »Im Zimmer wurde es mit einem Mal eiskalt. Es war mein Großvater. Er war wiedergekehrt. Er war gekommen, um mir zu verkünden, dass Papa sterben würde, so wie er gestorben war. Manchmal kehrt ein Familienoberhaupt wieder, als Todeswarnung für seine Erben.«

Erneut begann sie zu zittern, worauf Babs sie noch fester umarmte. »Du hattest einen Albtraum, Polly, das ist alles.«

»Sie litt noch nie unter Albträumen, nicht so wie jetzt«, sagte Gus besorgt.

»Sie hat auch noch nie an so einem Ort gewohnt«, sagte Babs.

Szene 4

»Was hat ihr nur so einen Floh ins Ohr gesetzt?«, rätselte Freya, während sie, Leo und Hugo in die Küche hinuntergingen, um eine nächtliche Tasse Tee zu trinken. »Angeblich gibt es hier in der Burg Geister. Sonia hat sie gesehen, und dann war da ja auch noch dieses Dienstmädchen, Hattie, das eine Heidenangst vor ihnen hatte. Aber so etwas wie ›Ein Familienoberhaupt kehrt wieder‹ habe ich noch nie gehört. Das ist Unsinn.«

»Georgia«, mutmaßte Leo. »So etwas kommt in Gespenstergeschichten vor. Sie hat sich die Geschichte ausgedacht und dann Polly erzählt, um ihr einen Schrecken einzujagen.«

»Ich hätte nicht gedacht, dass Polly jemand ist, der sich so leicht in Angst und Schrecken versetzen lässt«, sagte Hugo. »Sie wirkt auf mich wie eine ganz vernünftige junge Dame. Sie hat einen scharfen Verstand und eine Leidenschaft für Fakten.«

»Vielleicht ist sie wie Sonia eine von den Selchesters, die wirklich glauben, dass es hier spukt.«

»Diese Art von Rationalität ist vielleicht nur vorgeschoben. Dass Georgia Fantasie hat, ist für jeden offensichtlich. Pollys ist womöglich noch blühender, macht ihr daher Angst, und sie will sie unterdrücken. Aber kein Mensch kann seine Träume kontrollieren«, sagte Leo.

»Oder seine Albträume«, fügte Hugo hinzu. »Für

dich entspricht das wohl alles der Freud'schen Theorie, Leo.«

»Freud mag eine Menge Unfug geschrieben haben. Aber er hatte einen gesunden Respekt vor dem Unbewussten und davor, wie Ängste auf uns einwirken.«

Stirnrunzelnd bemerkte Freya: »Vielleicht hätten wir Polly nicht im Blauen Zimmer einquartieren sollen. Sonia hat immer behauptet, es würde heimgesucht, aber ich erinnere mich nicht mehr, von wem. Mit Sicherheit jedenfalls nicht von einem blutüberströmten Großvater.«

In diesem Moment kam Mrs Partridge herein und scheuchte sie aus der Küche. »Zeit für alle, wieder ins Bett zu gehen. Lady Babs hat Polly mit zu sich in ihr Zimmer genommen. Dort stehen zwei Betten, da fühlt sich Polly bestimmt sicher. Und lassen Sie uns nicht mehr von Geistern sprechen, Miss Freya. Überlassen Sie das Lady Sonia.«

Szene 5

Zwei Stufen auf einmal nehmend kam Georgia die Haupttreppe hinuntergesaust, nahm die letzten vier sogar mit einem einzigen Sprung. Nachdem sie unversehrt unten gelandet war, stellte sie fest, dass sie direkt vor ihrem Onkel Leo stand.

»Guten Morgen, Georgia. Kein Geländer zum Hinunterrutschen?«

»Die Geländer hier sind zu breit«, erwiderte Georgia. »Ich habe es ausprobiert, aber es ist nicht besonders bequem. Bei den Hintertreppen geht es, aber man hat da nicht so einen Schwung wie hier. Die Leute, die so etwas bauen, denken nicht darüber nach.«

»Du bist schon sehr früh auf«, bemerkte Leo.

»Oh, ich bin früh aufgewacht und hatte Hunger«, gab Georgia unbekümmert zurück. »Da dachte ich, ich gehe mal in die Küche runter und mache mir ein paar Toasts.«

»Mrs Partridge sagte, sie serviert mir mein Frühstücksei im Speisesaal«, sagte Leo.

Georgia machte ein langes Gesicht. »Es ist viel schöner, in der Küche zu frühstücken. Aber bei dem neuen Earl und seiner Familie müssen wir natürlich alles und jedes richtig machen. Mrs Partridge gegenüber ist das nicht wirklich fair.«

Leo ging zum Speisesaal voran. An der Tür angelangt sagte er: »Ich glaube, Mrs Partridge gefällt es ganz gut, das Haus voller Gäste zu haben.«

»Ihre Nichte Pam kommt im Laufe des Tages hoch, um auszuhelfen. Und ich helfe auch mit.«

Leo hob die silberne Haube auf der Anrichte an und begutachtete die Speisen, bediente sich mit Eiern und Schinkenspeck und steckte eine Scheibe Brot in den Toaster. »Ja? Freut mich zu hören.«

Mit einem kurzen Klingeln sprang der Toast hoch, worauf Leo Georgia eine Scheibe reichte. Sie nahm Platz, bestrich das Stück großzügig mit Butter, versenkte einen Silberlöffel in der Marmelade und ließ einen Klecks davon auf ihren Teller fallen.

»Hast du das Durcheinander heute Nacht verschlafen?«

Georgia schaute ihn mit einer Unschuldsmiene an. »Was für ein Durcheinander? Ich habe einen tiefen Schlaf.«

»Polly hatte einen Albtraum. Sie glaubte, einen Geist gesehen zu haben. Sie dachte, es wäre der Geist eines verstorbenen Earls of Selchester, der wiedergekehrt wäre, um den Tod des neuen Earls zu prophezeien. Da der neue Earl ihr Vater ist, brachte sie das natürlich total aus der Fassung. Und im Traum eine Gestalt zu sehen, die blutüberströmt vor einem steht, hat die Sache nicht gerade besser gemacht.«

Georgia widmete sich ihrem Toast. »Ich schätze, sie findet die Burg unheimlich. Sie kann sie nicht leiden, daher stellt sie sich wahrscheinlich alle möglichen Dinge vor.«

»Wie ich sehe, bist du Polly nicht besonders freundschaftlich verbunden, oder?«

Georgia beäugte ihn misstrauisch. »Kommst du mir jetzt auf die fromme Tour, Onkel Leo? Warum sollte ich sie mögen? Sie mag mich nicht, sie hält mich für ein schreckliches englisches Mädchen.«

»Und du hältst sie für ein schreckliches amerikanisches Mädchen.«

Darüber dachte Georgia nach. »Ich finde sie nicht schrecklich. Ich wünschte bloß, sie wäre nicht hier. Ich wünschte, sie wäre in Amerika geblieben, wo sie hingehört.«

Mrs Partridge kam mit Leos Frühstücksei herein. Er bedankte sich bei ihr, stellte den Teller auf den Tisch, zog sich einen Stuhl heran und klopfte mit seinem Löffel das Ei auf. »Wahrscheinlich findet sie es hier merkwürdig.«

»Bestimmt«, sagte Georgia. »Sie versteht nichts von alten Dingen. Sie mag die Burg nicht, das hat sie mir selbst gesagt.«

»Und du magst sie?«

Georgia nickte heftig und langte nach einer weiteren Scheibe Toast. »Ich bin sehr gerne hier. Ich liebe es, dieses kalte Gemäuer, so alt und so voller Geschichte. Man kann sich vorstellen, dass hier alle möglichen Dinge passieren. Außerdem …« Eine längere Pause entstand.

»Außerdem?«

»Außerdem ist es mein Zuhause. Jetzt, nachdem sie gekommen sind, können Hugo und ich nicht länger hier wohnen.«

»Du wusstest, dass ihr hier bloß vorübergehend untergebracht seid. Es war von Anfang an eine Übergangslösung.«

»Bei manchen Leuten währt eine Übergangslösung ewig«, entgegnete Georgia. »Ich weiß, dass Lady Sonia die Burg verkaufen wollte, aber das hätte eine Weile gedauert. Wir hätten wenigstens ein paar Monate mehr hier verbringen können, und dann hätten wir vielleicht etwas anderes zum Wohnen in Selchester gefunden.«

»Ich habe von Hugo gehört, dass ihr noch keine Unterkunft habt?«

»Nein«, bestätigte Georgia. »Freya auch nicht. Bestimmt findet sie es noch viel schlimmer, von hier fortgehen zu müssen, als ich. Sie wohnt total gerne in ihrem Turm. Sie mietet sich vielleicht ein Zimmer in Eileens

Pension. Eileen ist die Schwester von Mrs Partridge. Aber in einem Pensionszimmer zu wohnen ersetzt kein Zuhause, oder?«

Ihr Onkel stimmte ihr zu. In einer plötzlichen Anwandlung von Vertraulichkeit sagte Georgia: »Wenn wir nichts finden, wo wir wohnen können, beschließt Hugo vielleicht, zurück nach London zu gehen. Ich habe gesagt, ich würde dann nicht mit ihm kommen, aber das muss ich dann natürlich doch, weil ich ja nirgendwo anders hinkann.«

Ihr Onkel schaute sie nachdenklich an. »Es ist hart, wenn man kein Zuhause hat. In Anbetracht des Wohnungsmangels nach dem Krieg teilen leider viele Menschen dieses Schicksal. Aber weißt du, bei Hugo zu sein ist an sich schon eine gewisse Sicherheit. Man könnte sagen, dass dort, wo Hugo ist …«

Voller Ungeduld den Kopf schüttelnd unterbrach Georgia ihren Onkel. »Wenn du jetzt sagen willst, dass dort, wo Hugo ist, mein Zuhause ist, dann stimmt das so nicht. Irgendwann wird er heiraten, und was ist dann mit meinem Zuhause?«

»Du wirst bei Hugo wohnen«, erwiderte Leo. »Ich bin überzeugt davon, dass seine zukünftige Ehefrau dich mit Freude als Teil der Familie akzeptieren wird.«

Geradezu grob gab Georgia zurück: »Das beweist nur, wie wenig Ahnung du davon hast. Wenn Hugo heiratet, dann Valerie, und die kann mich nicht leiden. Als Erstes wird sie Hugo dazu bringen, mich wieder ins Internat zu verfrachten. Damit liegt sie Hugo ständig in den Ohren.«

»Ich bin der jungen Dame noch nicht begegnet«, sagte Leo.

»Da hast du nichts verpasst. Oh, sie ist wahnsinnig hübsch und klug und vergöttert Hugo. Aber ich spüre da etwas Unaufrichtiges an ihr. Sie hat es auf Hugo abgesehen, und sie wird ihn mit ihrer schieren Entschlossenheit und Beharrlichkeit vor den Altar zerren. In ihren Augen bin ich nur ein großes Ärgernis, und ihr wäre es bestimmt lieber gewesen, ich wäre nach Amerika gegangen und würde bei Tante Claire wohnen. Ich bedeute ihr nichts. Sie wollte, dass Hugo Weihnachten mit ihr und ihrer Familie verbringt. Von mir war gar keine Rede. Und Hugo sagte ihr, das könne er nicht, wegen mir. Aber wenn es mich nicht gäbe, wäre er jetzt dort.«

»Hör damit auf, dich in Selbstmitleid zu suhlen, Georgia«, mahnte Leo. »Das ist nicht gut für dich. Hätte Hugo wirklich mit dieser Valerie Weihnachten verbringen wollen, dann hätte er es auch getan. Hast du denn keine Freundin, mit der du hättest Weihnachten verbringen können?«

»Tja, schon«, erwiderte Georgia widerwillig. »Meine Freundin Daisy hat gesagt, ich könnte vorbeikommen. Mr und Mrs Dillon haben mich gefragt. Daisy meinte, das hätte ihr gefallen.«

»Und hätte dir das auch gefallen?«

»Nein.« Georgia hatte das Interesse an ihrem Toast verloren. »Ich mag die Dillons, aber ich wollte Weihnachten hier in der Burg verbringen.«

»Und genau das machen du und Hugo jetzt. Ich kann mir nicht vorstellen, dass Lord Selchester euch Hals über Kopf hinauswerfen wird. Er scheint mir ein sehr freundlicher Mensch zu sein.«

»O ja, er ist perfekt. Polly ist perfekt. Babs ist perfekt. Na ja, vielleicht auch nicht, mit all diesen düsteren, dunklen Gedanken.«

»Wo, glaubst du, hat Polly dieses Hirngespinst mit dem Geist aufgeschnappt?«, fragte Leo.

Georgia warf ihm einen raschen Blick zu. »Was hat sie gesagt? Wo soll sie es denn gehört haben? Sie liest ständig historische Sachen und so einen Kram; ich glaube, sie weiß sogar noch mehr über die Burg als Freya.«

»Genau diese Frage hat ihr Vater ihr auch gestellt. Sie hat darauf geantwortet, niemand hätte es ihr erzählt, es müsse bloß ein schlechter Traum gewesen sein.«

Georgia blieb stumm.

»Du hast ihr diesen Floh mit dem Geist ins Ohr gesetzt, nicht wahr, Georgia?«, fragte Leo.

»Kann schon sein«, gab sie zurück. »Sie hat gefragt, ob es in der Burg spukt, und sie wollte die Stelle sehen, wo Lord Selchester gestorben ist. Deshalb habe ich sie ihr gezeigt. Und dann wollte sie wissen, wie er gestorben ist, also habe ich es ihr erzählt.«

»Wie genau bist du darüber im Bilde, wie er gestorben ist?«

»Genau weiß ich es nicht, weil ihr alle gemein zu mir wart und es mir nicht erzählt habt. Aber ich weiß, dass er erstochen wurde und eine Menge Blut vergossen wurde.«

»Also hast du eine Geschichte erfunden und Polly brühwarm erzählt, sein Geist spuke hier herum, ohne

Zweifel bildhaft und detailliert, denn gut im Umgang mit Worten bist du ja, Georgia. Das ist dann in ihrer Fantasie auf fruchtbaren Boden gefallen, sodass sie in der Nacht schreiend und völlig verängstigt hochgeschreckt ist.«

»Das ist nicht meine Schuld!«, versetzte Georgia mit sauertöpfischer Miene. »Wenn sie eine blühende Fantasie hat, ist das ihr Problem.« Sie stand auf und stellte ihren Teller auf das Tablett auf der Anrichte. »Schau mich nicht so an. Gleich betest du noch für mich, und das brauche ich nicht, danke.«

»Mir war nicht bewusst, dass ich dich auf eine besondere Weise anschaue. Denk doch mal einen Moment nach. Du sprichst von Pollys Fantasie. Was ist denn mit deiner Fantasie? Was ist mit all diesen Science-Fiction-Geschichten, die du so gerne liest? Wenn du eine schreiben würdest, wie würdest du über einen Außerirdischen schreiben, der auf einem fremden Planeten landet, auf dem alle ihm feindselig gesinnt sind?«

Mit dieser Bemerkung handelte er sich einen weiteren misstrauischen Blick ein. Widerwillig sagte sie: »Du willst damit sagen, dass Polly sich hier wie eine Außerirdische vorkommt, die auf einem anderen Planeten gelandet ist.«

»Wahrscheinlich fühlt es sich so an. Sie ist in einem anderen, für sie fremden Land. Wir sprechen zwar dieselbe Sprache, aber in vielerlei Hinsicht sind wir sehr unterschiedlich. In den Augen von Amerikanern müssen wir sehr arm und unterentwickelt wirken. Sie kommt aus einer anderen Welt, aus einer amerikanischen Universitätsstadt, in eine englische Provinzstadt. Das ist eine große Veränderung, und diese Burg wäre für jeden ein Schock. So etwas hat sie noch nie von innen gesehen, und jetzt ist es ihr Zuhause. Sie musste ihre Schule, ihre Freundinnen, ihr Land verlassen und wohnt jetzt an einem Ort, der ihr vollkommen fremd ist.«

»Ich vermute, du willst damit sagen, ich bin wie ein Bewohner dieses fremden Planeten und heiße sie nicht willkommen.«

»Wirklich willkommen geheißen hast du sie nicht, oder?«, fragte er.

»Wohl nicht. Aber sie ist auch so eine Neunmalkluge.«

»Du selbst weißt auch eine ganze Menge. Mit Sicherheit weißt du, wie man in diesem Land und in Selchester lebt, sie aber nicht.«

Es herrschte eine längere Pause. Schließlich sagte Georgia: »Sie hat nicht verraten, dass ich ihr das mit dem Geist erzählt habe?«

»Nein«, erwiderte Leo. »Ich habe es ihr angesehen, dass es ihr jemand erzählt hatte. Aber sie hat weder ihrem Vater noch ihrer Schwester etwas davon gesagt. Und ich glaube auch nicht, dass sie es noch tun wird.«

»Wenigstens ist sie keine Petze«, konstatierte Georgia.

»Hast du deine Weihnachtseinkäufe alle erledigt?«, fragte Leo.

»Warum wechselst du das Thema?«

»Ich habe mich gefragt, ob du ein Geschenk für deinen neuen Gastgeber und seine Familie besorgt hast.«

»Nein«, gab Georgia zurück. »Ich habe kein Geld mehr.«

»Zu Weihnachten schicke ich dir immer zehn Schilling, wie du weißt. Dieses Jahr habe ich darüber hinaus auch noch ein Geschenk für dich. Soll ich dir die zehn Schilling jetzt geben, damit du noch Weihnachtseinkäufe tätigen kannst?«

Georgias Gesicht hellte sich auf. »Ja, gerne, denn ich würde Hugo gerne ein Buch schenken.« Dann bemerkte sie Onkel Leos Miene. »Du findest, ich sollte ein Geschenk für Polly besorgen.«

»Fällt dir etwas ein, das ihr gefallen könnte?«

Georgia dachte darüber nach. »Da war so eine kleine Porzellanziege, die sie sich im Laden angeschaut hat. Ich habe gemerkt, dass sie ihr gefallen hat. Oder ich könnte ihr eine Gans schenken. Hier in Selchester werden jede Menge Gänse verkauft, wegen der Heiligen Werburga und dieser Sache mit der Gans. Die Geschichte hat Polly fasziniert. Aber sie glaubt ja auch an Heilige, Wunder und so weiter, obwohl sie immer betont, dass sie Fakten mag. Ich wünschte, man könnte Gänse wirklich wieder zum Leben erwecken, aber ich kann mir nicht vorstellen, dass es passiert.«

»Mittelalterliche Heilige wie Werburga stellen in der Tat unser Vertrauen auf die Probe.«

»Also schön«, sagte Georgia. »Wahrscheinlich war ich ziemlich garstig zu ihr. Und dass sie in der Burg gelandet ist, ist ja nicht wirklich ihre Schuld. Warum mag sie sie bloß nicht? Warum kann sie sie nicht schätzen und verabscheut sie so? Dann wäre alles nicht so schlimm.«

Leo aß sein Frühstücksei auf und legte seinen Löffel zur Seite. »Andere Menschen sind nicht immer so, wie wir sie uns wünschen, Georgia.«

»Nein«, murmelte sie, »aber wir können uns wünschen, dass einige von ihnen nicht hier wären.«

Kapitel fünf

Szene 1

Gus hatte einen Termin mit seinem Grundstücksmakler und dem Verwalter. Da Freya fand, er sollte sich mal im Ort sehen lassen, beschloss sie, ihn dazu zu bewegen, ins kalte Wasser zu springen, und verabredete sich mit ihm für elf Uhr im *Daffodil*.

Freya und Polly gingen gemeinsam den Weg nach Selchester hinunter. Polly war ziemlich still, obwohl Freya sich bemühte, sie aus der Reserve zu locken, indem sie sie über die Überfahrt und ihre Schulzeit in Amerika befragte.

Sie war überrascht, als Polly geradezu spröde erwiderte: »Darüber möchte ich lieber nicht sprechen, danke. Denn das ist jetzt alles Schnee von gestern, nicht wahr? Ich werde nie wieder dorthin zurückkehren. Nicht dass ich mir aus der Schule etwas gemacht hätte, denn besonders schön war es dort nicht. Aber ich hatte wenigstens ein paar Freundinnen.«

»Du wirst neue Freundinnen finden. Und in Selchester zu wohnen ist auch nicht übel.«

»Nicht?« Sie schaute sich um. »Es ist hier irgendwie reizend.«

»Das hier ist die High Street, und dort oben verläuft

die Snake Alley, in der die Teestube *Daffodil* ist. Dort drüben an der Wiese sehe ich den Wagen deines Vaters. Oh, und Babs ist auch bei ihm.«

»Sie ist schon vor uns in die Stadt gegangen«, sagte Polly. Zu ihrem Vater rief sie hinüber: »Hey, Papa, wir sind hier!«

Gus gesellte sich zu ihnen. Freya glaubte, einen gequälten Ausdruck in seinem Gesicht zu erkennen. »Harter Vormittag?«, fragte sie.

Er nickte. »Es wird eine ganze Weile dauern, bis ich den Dreh raushabe. Ich denke, ich kann ihnen trauen. Aber wenn sie mich an der Nase herumführen und mir das Geld aus der Tasche ziehen wollten, könnte ich momentan wohl nicht viel daran ändern.«

In dieser Hinsicht konnte Freya ihn beruhigen. »Mit den beiden bist du auf der sicheren Seite. Ich kenne sie schon mein ganzes Leben lang. Mein Onkel hat ihnen vertraut, und er war ein guter Menschenkenner, also mach dir keine Sorgen. In Selchester gibt es Schwindler und Schurken wie woanders auch, aber die beiden sind in Ordnung.«

Der Earl wirkte erleichtert. »Das freut mich zu hören.«

Sie waren vor der Teestube angelangt, und Gus schaute zu dem hin- und herschwingenden Schild mit den aus einer blau-weißen Teekanne sprießenden Narzissen – Namensgeber der Teestube – hinauf.

»Das ist dann wohl der Nabel der Welt, ja? Der Ort, den alle ansteuern, um Informationen zu bekommen und weiterzugeben?«

Freya war amüsiert. »Du hast es erfasst.«

Er lächelte. »Wir haben in Cambridge gelebt – Cambridge, Massachusetts –, weil ich dort an der Universität unterrichtet habe. Aber aufgewachsen bin ich in einer Kleinstadt, und die Leute sind wohl überall gleich, egal, in welchem Land sie leben.«

Jamie und Richard, die die Teestube betrieben, waren hellauf begeistert, als die kleine Gruppe eintrat. Jamie sprang auf sie zu, und Richard flitzte aus der Küche, als er das Stimmengewirr vernahm, wischte sich seine mehlbestäubte Hand an seiner langen weißen Küchenschürze ab und hielt sie etwas weniger überschwänglich Gus entgegen.

Jamie führte sie zu einem Ecktisch, zog die Stühle zurück und schnipste gegen die makellose Tischdecke. »Macht Freya gerade mit Ihnen einen Rundgang durch Selchester? Ich hoffe, sie geht mit Ihnen ins Museum; wie ich hörte, wissen Sie alles über die Römer und haben während des Spaziergangs mit Mr Jonquil Scherben römischer Tonwaren gesammelt.«

Gus wirkte verblüfft; Freyas Lippen zuckten.

»Gehen Sie heute hin, denn morgen ist es geschlossen und öffnet dann erst wieder im neuen Jahr, da Mrs Morrison ein paar freie Tage braucht. Ich bin mir sicher, dass Sie fasziniert sein werden von Selchesters Vergangenheit.«

»Wäre das für dich in Ordnung, Freya? Haben wir die Zeit dafür?«

»Ja. Es ist kein großes Museum; es wird nicht lange dauern, um sich alles anzuschauen. Ich würde bloß vorher gerne noch kurz im Buchladen vorbeischauen, dann können wir aufbrechen. Er ist ganz in der Nähe.«

Ein Mann im Trenchcoat, der an einem Tisch nahe der Tür gesessen hatte, stand auf. Er zog sich seinen Filzhut tiefer ins Gesicht, legte ein paar Münzen hin und verschwand.

»Nicht einmal ein Dankeschön oder ein Auf Wiedersehen. Was für Manieren!«, murrte Jamie. »Also, was darf ich Ihnen bringen? Was Sie nehmen, Freya, weiß ich. Und Sie sind Lady Barbara, nicht wahr?«

Babs fläzte sich auf ihrem Stuhl, ein Skizzenbuch auf den Knien und einen Bleistift in der Hand, scheinbar, ohne ihre Umgebung wahrzunehmen. »Für mich nichts«, sagte sie, ohne dabei aufzuschauen.

Jamie rümpfte missbilligend die Nase. »Und was ist mit der anderen jungen Dame? Sie müssen Lady Pauline sein?«

Polly schaute ihn ernst an, dann breitete sich ein Lächeln auf ihrem Gesicht aus, das dem ihres Vaters glich. Ihre Augen blitzten hinter den dicken Brillengläsern. »Hört sich das nicht albern an? Eigentlich heiße ich nur Polly.«

Genauso ernst entgegnete Jamie: »Dann sind Sie also Lady Polly. Das gefällt mir. Möchten Sie eine Orangenlimonade?«

»Eigentlich hätte ich lieber einen Milchshake«, gab Polly zurück, »aber ich glaube, so etwas habt ihr hier drüben nicht. Meine Cousine sagte, ihr habt hier nicht die gleichen Sachen wie wir. Auch keine Drogeriemärkte und kein Eiscreme-Soda und so weiter?«

»Haben wir nicht«, erwiderte Jamie, »aber Richard kann einen leckeren Milchshake machen. Schokolade?«

Als das geklärt war, eilte Jamie davon, um wenig später mit einem Teller zurückzukehren, auf dem einige Stücke von Richards legendären Kuchen lagen.

Gus wirkte verblüfft. »Um diese Tageszeit? Ich habe gerade erst gefrühstückt.«

»Du musst wenigstens einen probieren, sonst sind sie beleidigt«, flüsterte Freya ihm zu.

Das Bimmeln der Türglocke kündigte einen weiteren Gast an. Babs schaute auf und starrte den Neuankömmling an, während sie ihren Bleistift über dem Skizzenbuch schweben ließ. »Ist das nicht Vivian Witt, der Filmstar?«

Freya wirbelte herum. »Ja.« Sie winkte Vivian zu und bedeutete ihr, sich zu ihnen zu gesellen. Die Schauspielerin kam zu ihnen herüber, gab Freya einen Kuss und wurde Gus und seiner Familie vorgestellt. Nachdem sie Gus von oben bis unten prüfend angeschaut hatte, sagte sie: »Sie sehen Ihrem Vater sehr ähnlich. Nein, danke, Freya, ich will Sie nicht stören. Ich erwarte einen Freund.«

Gus sah zu, wie sie an einem Tisch an der Wand Platz nahm, und sagte: »Sie ist in persona genauso reizend wie in ihren Filmen. Täusche ich mich, oder war sie da gerade ein wenig frostig?«

»Das musst du ihr nachsehen«, erklärte Freya. »Ich könnte mir vorstellen, dass die Ähnlichkeit zwischen dir und deinem Vater sie erschreckt hat. Die beiden …« Sie zögerte. »Die beiden kamen nicht besonders gut miteinander aus. Aber wenn sie dich erst einmal kennengelernt hat, wird sich das ändern.«

»Wohnt sie in Selchester?«, erkundigte sich Babs.

»Sie hat hier ein Cottage und in London eine Wohnung.«

Polly langte nach einem Kuchen. »Bestimmt flüchtet sie sich vor ihren Verehrern hierher. Es muss schrecklich sein, wenn man Filmstar ist und jeder einen erkennt.«

Jamie kam mit einer Kanne Kaffee und begann mit leuchtenden Augen, Gus mit seinen Fragen zu durchlöchern.

»Sie sind also Lord Selchester, der achtzehnte Earl. Ist das nicht erstaunlich, wo wir doch alle dachten, es gäbe keinen Earl mehr? Wie finden Sie die Burg? Wie leben Sie sich ein? Es ist ja so aufregend für uns hier, einen neuen Earl zu haben, und dann auch noch einen amerikanischen. Aber Sie sehen dem verstorbenen Lord Selchester so ähnlich, dass wir Sie überall erkannt hätten.«

Gus hörte freundlich lächelnd zu und hielt auch den neugierigen Blicken der Leute stand, die im *Daffodil* eingekehrt waren, um ihren morgendlichen Kaffee zu trinken. Sie tuschelten und schauten immer wieder zu ihnen herüber. Alle waren über Gus im Bilde und würden sich, wenn er gegangen war, das Maul zerreißen.

»Du wirst dich daran gewöhnen müssen, dass du hier in Selchester keinen Piep von dir geben kannst, ohne dass der gesamte Ort davon Wind bekommt«, sagte Freya.

Damit entlockte sie ihm ein gequältes Lächeln. »Genau so war es zu Hause auch. Nur dass wir dort niemand Besonderes waren. Nicht gerade das, was man die Attraktion im Viertel nennen würde. Ich schätze, hier steht ein neuer Earl ziemlich oben auf der Rangliste.«

»Ja, die Leute werden jeden deiner Schritte verfolgen, bis sie sich an dich gewöhnt haben. Ich wäre nicht überrascht, wenn dich am Museum ein Empfangskomitee erwartet.«

Er wirkte beunruhigt. »Hoffentlich nicht.«

»Das war nur ein Scherz. Aber noch bevor du wieder zurück in der Burg bist, weiß jeder hier in der Stadt, was du unternommen hast.«

Szene 2

Babs hatte keine Lust auf Museum. »Ich denke, ich laufe einfach mal ein bisschen in der Gegend herum.«

Freya führte die anderen über die Straße. »Das ist unser Buchladen. Er wird dir gefallen, Polly. Er gehört Dinah Lindsey, einer alten Freundin der Familie.«

Sie drückte die Klinke herunter und trat ein. Dinah, die gerade Bücher auf einem der obersten Regale abstaubte, schaute von ihrer Leiter auf die Gruppe hinunter. Leichtfüßig sprang sie hinunter, steckte den Staubwedel in einen Schirmständer und streckte die Hand aus.

Nachdem sie sich einander vorgestellt hatten, schaute sich der Earl mit anerkennendem Blick um. »Ein Buchladen, wie er im Buche steht.«

Polly schnupperte. »Ich mag den Geruch von Büchern.«

»Ich weiß ja nicht, was du gerne liest, aber du darfst gerne hier herumstöbern«, sagte Dinah zu ihr. Dann wandte sie sich Gus zu. »Es ist mir eine Ehre, Sie kennenzulernen. Sie finden hier Exemplare von einigen Ihrer Bücher, und auf der Selchester School verwendet man Ihre Übersetzung der *Odyssee*.«

»Selchester School?«, fragte Gus. »Ist das die Schule, auf die du gehst, Georgia?«

»Nein, ich besuche die Girl's High. Selchester School ist eine Public School nur für Jungen. Nur dass ›Public‹ nicht das bedeutet, was Sie glauben; es bedeutet nämlich, dass es eine Privatschule ist, für die man happige Gebühren zahlen muss.«

Polly zupfte am Ärmel ihres Vaters. »Kann ich ein bisschen von meinem Taschengeld haben, Papa?«

»Natürlich, Schatz, willst du Bücher kaufen?«

»Nicht jetzt gleich«, antwortete Polly. »Ich denke, ich komme später noch mal wieder.«

»Wir haben heute bis halb sechs geöffnet«, informierte Dinah sie. »In der Vorweihnachtszeit ist bei uns Hochbetrieb.«

Wie aufs Stichwort ging die Tür auf, und weitere Kunden traten ein.

Als Freya, Gus und Polly den Laden verließen, fragte Gus Freya: »Können wir jetzt im Museum vorbeischauen? Oder hast du andere Pläne?«

Das Museum befand sich in einem zweigeschossigen Backsteingebäude mit einem prachtvollen steinernen Portal, über dem in geschwungenen Buchstaben »Museum« stand. Freya hatte als Kind das Museum sehr gerne besucht, war jedoch schon eine Zeit lang nicht mehr hier gewesen.

Als sie hineingingen, schlug ihnen der vertraute Geruch von verstaubten alten Gegenständen entgegen, vermischt mit dem von Bohnerwachs. Manche Dinge änderten sich eben nie.

An einem Schreibtisch im Eingangsbereich saß eine ältere Frau mit Kneifer und einem um die Schultern gelegten Schal. Entzückt begrüßte sie Freya und kam lächelnd hinter ihrem Schreibtisch hervor. Ihre Stimme war hoch, dünn und klar. »Sieh mal einer an, Miss Wryton. Ich habe Sie ja schon eine ganze Weile nicht mehr hier gesehen.«

»Hallo, Mrs Morrison. Wie geht es Ihnen? Das ist der neue Lord Selchester, und er würde sich gerne einmal umschauen.«

Mrs Morrison hatte mit den beiden vorherigen Earls Umgang gepflegt und war daher nicht im Geringsten nervös. »Natürlich, Sie sind Mr Augustine Mason«, sagte sie. »Ich habe die Rezension Ihrer Übersetzung der *Georgica* im *Journal of Vergilian Studies* gelesen. Ich freue mich darauf, sie zu lesen, wenn sie in England veröffentlicht wird.«

Der Earl wirkte überrascht, aber auch erfreut. Das waren Schriftsteller eigentlich immer, wenn sie jemandem begegneten, der eines ihrer Bücher gelesen hatte. Ein solches Vergnügen war Freya nicht vergönnt, aber sie war ja auch kein Gelehrter und Schriftsteller wie Gus, dessen Publikationen höchst angesehen waren.

»Ich fürchte, es ist alles ein wenig desorganisiert«, entschuldigte sich Mrs Morrison. »Gestern waren Schulkinder hier. Das war ein kleines Extravergnügen, bevor sie in die Ferien gehen, und wir haben seitdem noch nicht wieder richtig Ordnung geschaffen. Mr Hetherington kam aus Yarnley, hat eine Rede gehalten und ihnen ein paar der Waffen vorgeführt.«

Sie deutete auf einen großen, mit Rüstungen, Schwertern und Hellebarden gesäumten Raum. Neben Streitäxten und Keulen hingen Gewehre aus der Zeit des Krimkriegs sowie Donnerbüchsen aus dem achtzehnten Jahrhundert an einer Wand.

Gus zog die Augenbrauen hoch. »Das ist wirklich eine imposante Sammlung.«

»Wir haben sie als Schenkung bekommen«, erklärte Mrs Morrison, »von dem alten Gutsbesitzer in Thorn Hall, bevor das Herrenhaus verkauft wurde. Waffen waren sein großes Hobby, und er hatte sich eine ganz schöne Sammlung zugelegt. Chronologisch geordnet, wie Sie sehen. Von den eher neuzeitlichen bis hin zu einem Langbogen, der vermutlich bei der Schlacht von Azincourt benutzt wurde. Darunter ist auch ein Schwert, das der Römerzeit zugeordnet wird, aber das ist im Lindsey Room ausgestellt.«

»Was ist denn aus der Armbrust geworden, Mrs Morrison?«, erkundigte sich Freya. »Die hat mir immer besonders gefallen.«

»Die liegt oben in der Galerie, gemeinsam mit einer modernen, die Mr Hetherington mitgebracht hat. Er hat den Kindern auf dem Feld hinter dem Museum die Armbrust vorgeführt.«

»Eine tödliche Waffe«, bemerkte Gus. Noch während er sprach, drehte er sich um und bückte sich, um ein Informationsschild neben einer Rüstung zu lesen.

Genau in diesem Moment ertönte ein zischendes Geräusch, gefolgt von einem lauten Knall, als etwas gegen die Rüstung prallte. Gus machte einen Satz zurück, wobei die Rüstung vornüberkippte und mit einem metallischen Scheppern auf dem Boden aufschlug.

Mrs Morrison stieß einen leisen Schrei aus, während Polly, ihren Vater am Arm ziehend, entsetzt auf den Bolzen einer Armbrust deutete, der auf dem Fußboden lag.

Hugo und Gus reagierten blitzschnell. Gus' Sorge galt Polly; er riss sie an sich und fegte mit ihr zur Tür hinaus in den angrenzenden Raum. Nicht minder rasch stürzte Hugo, ohne einen Gedanken an sein Bein zu verschwenden, auf die Treppe zu und schleppte sich zur Galerie hinauf, die rund um den Ausstellungsraum verlief.

Dort war niemand. In einer Ecke lehnte eine Armbrust. Hugo sah auf den ersten Blick, dass niemand mit ihr geschossen hatte. Aber neben ihr lag eine weitere Armbrust, die durch die Pfosten des Geländers ragte. Schwerfällig sank er auf ein Knie und untersuchte sie. Es war eine moderne Replik und in perfektem Zustand.

Er richtete sich wieder auf und humpelte zur Tür am anderen Ende der Galerie. Dann beugte er sich über das Geländer und rief der nach wie vor fassungslosen Mrs Morrison zu: »Was befindet sich hinter dieser Tür?«

Mrs Morrison schaute zu ihm hoch und sagte mit zunächst schwankender, dann aber fester werdender Stimme: »Da ist einer unserer Lagerräume. Dort bewahren wir Objekte auf, die nicht gut genug für die Ausstellung sind oder restauriert werden müssen.«

»Könnte jemand auf die Galerie gelangt sein, ohne die Treppe zu benutzen?«

Mrs Morrison wirkte skeptisch. »Hinten in der Galerie, auf der anderen Seite, ist ein Fenster. Dort könnte jemand einsteigen. Aber sieht es denn danach aus?«

Hugo schaute nach. Das Fenster war nicht verriegelt. Er stieß den Fensterflügel auf und blickte hinaus. Er entdeckte ein großes Abflussrohr und eine an der Wand emporwachsende Magnolie. Also hätte ohne Weiteres jemand hinaufklettern und durch das Fenster einsteigen können. Vorausgesetzt, dieser Jemand hätte kein lahmes Bein gehabt; von der Anstrengung zitterten seine Wadenmuskeln bereits.

Auf dem Rückweg hob er die moderne Armbrust mit einem Taschentuch in der Hand auf und stellte sie neben die andere in die Ecke. Dann stieg er die Treppe hinunter.

Freya half Mrs Morrison gerade dabei, die Rüstung wieder zusammenzusetzen. »Was gefunden?«

»Ich glaube, die Armbrust muss versehentlich in gespanntem Zustand liegen gelassen worden sein«, beruhigte er sie, obwohl es nicht der Wahrheit entsprach. »Das ist fahrlässig, kann aber vorkommen.«

Mrs Morrison schüttelte den Kopf. »Mr Hetherington ist der umsichtigste Mensch, den man sich nur vorstellen kann. Er hat die Armbrust hiergelassen, weil er nicht mit einer Fuhre sämtliche Waffen, die er hergebracht hatte, in seinem Wagen transportieren konnte.

Er kommt deswegen später noch einmal her. Ich kann mir nicht vorstellen, dass er sie mit einem Bolzen geladen hier stehen gelassen hat.«

Gus runzelte die Stirn. »Das hört sich äußerst fahrlässig an.«

»Aber warum ist sie gerade jetzt losgegangen?«, wollte Polly wissen. »Sie steht schon seit gestern hier, wieso hat sich der Bolzen gelöst? Armbrüste schießen nicht von alleine.«

»Der Sicherungshebel war nicht eingerastet. Oben ist eine Tür zugeschlagen; das muss die Armbrust erschüttert haben«, sagte Hugo.

»Oh, diese vermaledeite Tür«, sagte Mrs Morrison. »Sie hat einen losen Schnapper und schlägt ständig auf und zu.«

Diese Erklärung schien Polly zu beruhigen. »Sie meinen, das galt jetzt nicht Papa?«

»Es war ein Unfall«, sagte Freya, »und zum Glück wurde niemand verletzt. Mrs Morrison, ich denke, Sie sollten ein Wörtchen mit Mr Hetherington reden.«

»Das ist jetzt schon der zweite Beinaheunfall«, sagte Polly.

Hugo wirbelte herum. »Zweiter Beinaheunfall?« Er war im Begriff hinzuzufügen: »Oh, du meinst das Auto auf dem Bürgersteig in Oxford«, doch Polly kam ihm zuvor.

»Auf dem Schiff, während der Überfahrt, ist jemand ausgerutscht und hat Papa mitgerissen, sodass er beinah über Bord gefallen wäre. Aber es ging gerade noch gut.«

Gus schaute lächelnd zu ihr herab. »So etwas kann jedem passieren. Ich war nicht wirklich in Gefahr. Ein Matrose war zur Stelle und hat mich zu fassen bekommen.«

Höflich und zuvorkommend bedankte er sich bei Mrs Morrison. Sie hatte zwar ihre Fassung wiedererlangt, doch in ihrem Blick lag Besorgnis. »Es ist nichts Schlimmes passiert, außer dass Sie die Rüstung restaurieren lassen müssen«, beruhigte er sie. »Vermutlich hat sie nicht zum ersten Mal eine Beule abbekommen«, fügte er hinzu. Dann wandte er sich Polly zu und hakte sich bei ihr ein. »Du wolltest noch mal in den Bücherladen? Machen wir das doch gleich.«

Während Vater und Tochter erneut zur Snake Alley gingen, blieben Hugo und Freya vor dem Museum stehen. »Heraus damit«, sagte Freya. »Was ist da Ihrer Meinung nach geschehen?«

Hugo berichtete ihr von dem Fenster. »Jemand war dort oben und hat die Armbrust abgeschossen.«

»Keine zuschlagende Tür? Daran habe ich auch nicht geglaubt.«

»Gus auch nicht, aber das musste Polly nicht erfahren.«

»Galt das Gus?«

»Ich glaube schon. Und es ist nicht der erste Anschlag auf sein Leben.«

»Der Dampfer?«

»Davon wusste ich noch nichts. Aber wie es scheint, hatte es in Oxford jemand auf ihn abgesehen.« Er erzählte ihr, was dort passiert war. »Ich weiß es von Leo.«

»Warum haben Sie mir nichts davon gesagt?«

»Ich wollte es noch erzählen.«

»Jetzt mache ich mir ernsthaft Sorgen. Was verheimlichen Sie mir sonst noch?«

»Freya, ist Ihnen der genaue Wortlaut im Testament Ihres Onkels bekannt? Ich meine jetzt nicht die ganzen Zuwendungen, sondern die Burg, das Land und das Geld. Was passiert, wenn Gus einen tödlichen Unfall erleidet? Würde dann alles an Babs und Polly gehen?«

»Ja und nein«, erwiderte Freya. »Selchester hatte ein Treuhandkonto eingerichtet. Der männliche Erbe – von dem natürlich alle annahmen, es würde Tom sein – musste ein Jahr lang überleben. Andernfalls würde das Anwesen an Sonia fallen. Deshalb bestand zunächst kein Zweifel daran, dass alles an Sonia gehen würde, da Tom tot war und kein Mensch etwas von Gus wusste. Wie dem auch sei, es ist hinfällig, da Selchester schon vor Jahren ums Leben kam.«

»Ich glaube nicht, dass es hinfällig ist«, entgegnete Hugo. »Auch wenn Selchester 1947 starb, wurde die Todesurkunde doch erst ausgestellt, als im letzten September seine Leiche entdeckt wurde. Ich bin zwar kein Anwalt, aber ich gehe davon aus, dass das Treuhandverhältnis erst von diesem Zeitpunkt an gilt, nicht schon seit 1947. Demnach wäre es noch in Kraft.«

»Sie wollen doch nicht andeuten, dass Sonia versucht, Selchester umzubringen? Das ist lächerlich. Sie ist nicht hier, sie war nicht auf dem Dampfer, und ich bezweifele, dass sie in Oxford war. Sie kann unmöglich etwas mit alldem zu tun haben. Es sei denn, sie hätte den Mord in

Auftrag gegeben. Diese Beinahunfälle, die Gus zugestoßen sind, sind bloße Zufälle.«

Sie verstummte und dachte an den Abend, an dem ihr Onkel gestorben war, und an die Tabletten, die von Lord Selchesters Nachttisch zu holen Sonia sie gedrängt hatte. Um was hatte es sich dabei gehandelt? Was hatte Sonia im Schilde geführt?

War ihre Cousine zu einem Mord fähig?

Kapitel sechs

Szene 1

Rupert Olivier war unbehaglich zumute. Frierend auf den Rücksitz von Robert Dauntseys MG gequetscht machte ihn Roberts Fahrstil nervös.

Warum hatte er Sonias Einladung, mit ihm zur Burg zu fahren, nicht ausgeschlagen? Je näher sie Selchester kamen, desto mehr hatte er das Gefühl, dass es ein Fehler war, so kurz vor Weihnachten hier aufzukreuzen. Zwar würde er gottlob den ersten Weihnachtsfeiertag nicht dort verbringen; doch schon der Gedanke an ein familiäres Weihnachtsfest in Selchester Castle erfüllte ihn mit Entsetzen. Schließlich war der neue Earl gerade erst aus Amerika eingetroffen, und ganz gleich, was Sonia auch behaupten mochte, jetzt war auf keinen Fall der optimale Zeitpunkt, um mit ihm zu sprechen.

Er hatte Sonia vor einigen Tagen auf einer Cocktailparty getroffen, und als er Bedenken geäußert hatte, den neuen Lord Selchester an Weihnachten aufzusuchen, hatte sie diese vom Tisch gefegt.

»Er muss sich alles anschauen, was auf der Inventarliste steht«, hatte Sonia erklärt. »Er wird Rat benötigen, was er am besten verkaufen sollte, um die Erbschaftssteuer stemmen zu können. Macht ihr denn nicht genau so etwas? Abschätzen, was das meiste Geld einbringt, ohne eine Sammlung zu zerstören? Und du musst dich da einschalten, bevor er sich bei einem anderen Auktionshaus Rat einholt; falls er sich bei Christie's oder Sotheby's meldet, werden deine Vorgesetzten nicht gerade erfreut darüber sein.«

Wohl wahr. »Warum jetzt? Warum diese Dringlichkeit?«

»Es gibt da ein paar Gemälde, die mir gehören. Ich will, dass du sie dir anschaust und dafür sorgst, dass sie verkauft werden. Ich will nicht, dass sie in einen Topf mit dem Rest seiner Besitztümer geworfen werden.«

Rupert war verwirrt. »In den Inventarlisten ist doch alles aufgeführt. Einmal in die der Treuhänder, als dein Vater verschwunden war. Und dann noch in der Liste, die ich für dich im Herbst gemacht habe, für die Wertbestimmung.«

»Es ist nicht alles verzeichnet. Es gibt da noch ein paar andere Gemälde. Damals wollte ich dich nicht damit behelligen, aber jetzt liegen die Dinge anders.«

»Wurden diese Gemälde in Lord Selchesters Testament separat aufgelistet?«

»Bitte hör genau zu. Sie sind *nirgendwo* gelistet.«

»Du willst mir sagen, dass du Gemälde versteckt hast, von denen du mir nichts erzählt hast und die du mir nicht gezeigt hast?«

»Ja. Sie gehören mir. Mein Vater hat sie mir geschenkt, und ich bewahre sie auf dem Dachboden auf. In meiner Wohnung in London ist kein Platz für sie.«

Rupert war davon überzeugt, dass Sonia log. »Du

willst sie fortschaffen und verkaufen, ohne dem neuen Earl etwas davon zu erzählen?«

»Das geht dich nichts an.«

Nun, auf dem Weg zur Burg, beobachtete Rupert Sonia im Rückspiegel. Sie hatte sich in einen Nerzmantel gehüllt, und da sie zudem eine ausladende Pelzmütze trug, war außer ihren intensiv blauen Augen kaum etwas von ihrem Gesicht zu erkennen.

Den wachsamen Augen einer Selchester.

Sie glichen stark denen ihres Vaters. Rupert war dem verstorbenen Lord Selchester nur ein einziges Mal begegnet, und das war eine Begegnung gewesen, an die er sich immer nur mit einem Schaudern erinnerte. An die kalte Unbarmherzigkeit in Selchesters Stimme, als dieser ihm erschreckend detailreich erläuterte, was er darüber wusste, was Rupert während des Kriegs getan hatte.

»Ich will, dass Sie mir jedwede nützliche Information aus der Kunstwelt weiterleiten. Oh, nicht die Sensationsverkäufe, unentdeckten Meisterwerke oder dergleichen. Nein, ich will das erfahren, was die Leute unter den Teppich kehren wollen. Geheimnisse. Kriminelles Verhalten. Dunkle Geschäfte. Namen, Daten, wesentliche Details. Schreiben Sie an Selchester Castle, nicht an meine Londoner Adresse oder mein Büro.«

Selchester hatte nicht den leisesten Zweifel gehegt, dass Rupert tun würde, was immer er ihm auftrug. Was für eine Wahl blieb ihm denn auch? Später war er zu einem Treffen über das Wochenende in die Burg zitiert worden. Diese Einladung hatte er nicht ausschlagen können – bis ihn schließlich ein Schneesturm und Selchesters spurloses Verschwinden gerettet hatten.

Von dieser Begegnung hatte er Sonia nie etwas erzählt.

Diese schmiegte sich nun noch tiefer in ihren Sitz. »Also wirklich, er ist steinreich. Da soll es mich doch nicht scheren, wie viel Erbschaftssteuer er aufbringen muss. Andererseits verabscheue ich diese furchtbaren Gestalten vom Finanzamt aus tiefstem Herzen und auch die Regierung, die glaubt, Anrecht auf einen so großen Teil unseres Vermögens zu haben. Mein Vater hat die Gemälde in einer Zeit erworben, als man so etwas noch für einen Apfel und ein Ei bekam, und heute sind sie Unsummen wert.«

Rupert unterzog sein Gewissen einer kurzen Prüfung. Falls es sich um wertvolle Gemälde handelte, würde er für ihren Verkauf eine erkleckliche Vermittlungsprovision einstreichen. Aber gehörten sie wirklich Sonia? Oder riss sie sich die Werke einfach unter den Nagel?

»Wären sie offizieller Teil des Inventars in der Burg, würde das schlicht und ergreifend noch einen zusätzlichen Batzen Geld an Erbschaftssteuer bedeuten, die der Earl ohnehin bezahlen muss«, führte Sonia aus. »Da nehme ich sie lieber mit und muss mich um keinerlei Formalitäten kümmern. Vater wollte, dass ich sie bekomme, alles andere zählt nicht. Und bitte täusche hier keine Skrupel vor, Rupert. Du tätigst doch ständig vertrauliche Geschäfte.«

»Vielleicht hat der neue Earl die Gemälde bereits entdeckt.«

»Nein. Ich sagte dir doch, sie lagern auf einem der Dachböden. Und den einzigen Schlüssel dazu habe ich.« Sonia zog einen großen, altmodischen Schlüssel hervor und wedelte damit über ihrer Schulter herum. »Ich bin davon überzeugt, dass mein lieber Halbbruder an meiner Stelle das Gleiche tun würde. Er wird bald erkennen, dass es seine Pflicht ist, so viel von dem Grundstück und dem Geld zu behalten, wie er nur kann. Außerdem, wer weiß? Ihm könnte ja auch etwas zustoßen, bevor die neun Monate um sind.«

Wovon sprach sie da? Plante der neue Earl, einen Erben in die Welt zu setzen? »Was haben neun Monate damit zu tun?«

»Das war der letzte Wille meines Vaters«, erklärte Sonia. »Falls Gus etwas zustößt …«

»Gus?«, fragte Rupert.

»Dem neuen Earl. Sollte ihm binnen zwölf Monaten nach Eröffnung des Testaments meines Vaters etwas zustoßen, würde im Rahmen des vereinbarten Treuhandverhältnisses alles an mich fallen.«

»Dein Vater ist vor sieben Jahren gestorben«, entgegnete Rupert.

»Nicht nach den Buchstaben des Gesetzes. Nach dem Gesetz ist er mit Ausstellung des Totenscheins für tot erklärt worden. Nachdem seine sterblichen Überreste unter den Steinfliesen entdeckt worden waren. Was für ein Segen, dass Gus keinen Sohn hat, denn der könnte im Rahmen des Treuhandverhältnisses erben, Töchter hingegen nicht. Er könnte natürlich zum Traualtar rennen und sich bemühen, einen männlichen Erben in die

Welt zu setzen. Aber er ist seit Jahren verwitwet. Wenn er noch einmal hätte heiraten wollen, hätte er es mittlerweile schon getan.«

In ihrer Stimme schwang Befriedigung mit, wie immer schlug sie diesen samtigen Tonfall an, wenn sie über Geld sprach.

Robert, der das Lenkrad scheinbar mit nur einem Finger hielt, sagte: »Du denkst darüber nach, einen Killer auf ihn anzusetzen, nicht wahr?«

»Nein, natürlich nicht!«, versetzte Sonia. »Auch bei mir gibt es irgendwo eine rote Linie. Allerdings würde es mir auch nicht das Herz brechen, wenn ihn vorzeitig der Tod ereilte. Nichts Schmerzhaftes, sondern eher ein zupasskommender Unfall, der ihn lieber früher als später in die nächste Welt verfrachtet. Um genau zu sein, innerhalb der nächsten Monate.«

»Gepriesen seist du für deine Skrupel«, sagte Robert. »Wieso diese unerwarteten moralischen Bedenken?«

Als Sonia antwortete, klang ihre Stimme scharf. »Ich kenne ihn kaum, bin ihm nur ein einziges Mal begegnet. Deswegen hege ich ihm gegenüber als Person keine Feindseligkeit. Ich ärgere mich über ihn, weil er mich meines Erbes beraubt hat. Nun bleibt dieser grausige Anachronismus von einer Burg mit allem Drum und Dran in der Familie, statt dass ein Hotel daraus gemacht wird, was ich mir sehnlichst gewünscht hätte – wie sehr hätte mein Vater das verabscheut! Dessen ungeachtet gehört Gus zur Familie. Er ist mein Halbbruder. Seine Freunde und Verwandte ermordet man nicht, Robert, Liebster, so verlockend es auch sein mag.«

»Hast du Angst vor dem, was du im Beichtstuhl auspacken müsstest?«, fragte Robert.

»Ich begehe eine Menge Sünden«, sagte Sonia, »aber solch eine Sünde will ich nicht auf dem Kerbholz haben, nein, vielen Dank.« Sie legte eine Pause ein, und Rupert erkannte einen versonnenen Ausdruck in ihren Augen. »Ich habe nur einmal jemanden töten wollen, der mir nahestand. Und dafür hatte ich einen guten Grund. Es wäre ein Akt der Gerechtigkeit gewesen. Ein Mann, der seine wohlverdiente Strafe bekommen hätte.«

Mit matter Stimme fragte Robert: »Aber dann hast du die schreckliche Untat doch nicht begangen?«

»Nein, habe ich nicht«, bestätigte Sonia. »Vielleicht hat mein Schutzengel auf mich aufgepasst. Zu dem Zeitpunkt, an dem ich es hätte tun können, war ich zu krank. Die Person ist aber kurz danach gestorben, und deswegen habe ich sie nicht auf dem Gewissen.« Sie zog einen Kosmetikspiegel hervor und inspizierte ihren makellosen Teint. »Bei dir ist das natürlich anders. Du hast sicherlich jede Menge Menschen umgebracht.«

Rupert schreckte auf, begriff dann aber, dass Sonia über Roberts Zeit während des Kriegs sprach.

»Ja, schon ein paar. Das war meine Pflicht. Nur damit du es weißt, ich habe eines der Zehn Gebote immer und immer wieder gebrochen. Gut, dass ich kein Kirchgänger bin.«

»Meine Gebote sind das nicht«, erwiderte Sonia. »Außerdem heißt es zwar ›Du sollst nicht töten‹, aber eigentlich bedeutet es ›Du sollst nicht morden‹. Seinen Feind im Krieg zu töten zählt nicht als Mord.«

»Wahrscheinlich nicht«, sagte Robert. »Ich kann nicht behaupten, Gewissensbisse deswegen zu haben. Es war mein Job, und ich habe ihn erledigt.«

»Glaubst du, wenn man im Krieg Menschen tötet, fällt es einem leichter, jemanden im zivilen Leben zu töten?«, fragte Sonia.

»Jemanden zu ermorden?«, hakte Robert nach. Dann verstummte er und schien ernsthaft über die Frage nachzudenken. »Ich denke, wenn einen die Umstände dazu treiben, ist jeder zu einem Mord fähig. Ich könnte mir vorstellen, jemanden in einem Kampf zu töten, vielleicht, oder in einem Wutanfall.«

Rupert war überrascht. Zwar kannte er Robert nicht, doch wirkte er auf ihn nicht wie jemand, der die Beherrschung verlor. Er strahlte jenes Selbstbewusstsein und Überlegenheitsgefühl aus, das so typisch für die englische Oberschicht war, die Rupert insgeheim verabscheute, obwohl er im Interesse des Geschäftes damit umzugehen gelernt hatte.

»Einen Mord, wie er in Kriminalromanen vorkommt, würde ich nicht begehen«, fuhr Robert fort, »also auf subtile Art und Weise eine Falle stellen, damit die Polizei einem nicht auf die Schliche kommt. Das mag als intellektuelle Übung ganz interessant sein, aber ich glaube nicht, dass es einen Reiz auf mich ausüben würde. Das ist irgendwie unmännlich, findest du nicht?«

Sonia zuckte mit den Achseln. »Das weiß ich nicht. Wie dem auch sei, hoffen wir mal, dass der neue Earl über Weihnachten, wenn ich in der Burg weile, keinem unglücklichen Unfall zum Opfer fällt. Ich habe vor, mich zu vergnügen und das Beste aus Selchesters Weinkeller herauszuholen, solange ich noch Zugang dazu habe. Eines muss ich Selchester lassen: Er hat immer guten Champagner besorgt.«

Rupert rutschte auf der Rückbank hin und her. Er wünschte, er könnte die Beine ausstrecken, und befürchtete, dass er, wenn das Auto endlich anhielt, nicht mehr imstande wäre, aus dem Fond zu steigen. Er malte sich bereits aus, dass man ihn auf höchst unwürdige Art und Weise herausheben musste. Denn er musste sich auf der Rückbank nicht nur klein machen, sondern Sonias Kosmetikkoffer stieß ihm auch noch in den Magen, und er musste die Füße auf Roberts Aktenkoffer stellen, der auf dem Boden des Autos lag. Der Kofferraum war klein, und Sonias Koffer sowie Roberts Reisetasche hatten sämtlichen Stauraum in Anspruch genommen. Rupert selbst hatte lediglich eine kleine Tasche mit Toilettenartikeln und Wechselkleidung mitgenommen, und die klemmte nun unter seinem Ellbogen.

»Hör auf herumzuzappeln, Rupert«, sagte Sonia. »Du gehst mir auf die Nerven.«

Szene 2

Mrs Partridge war in der Küche und steckte mitten in den Vorbereitungen für das Abendessen. Georgia war ihr dabei behilflich; sie hatte sich eine große Schürze umgebunden und schälte systematisch einen Berg Kartoffeln.

Mrs Partridge legte eine Pause ein und hob einen

Holzlöffel, als wolle sie damit Ruhe einfordern. »Ich höre ein Auto. Das wird Lady Sonia mit den beiden Gentlemen sein.«

Georgia legte ihr Messer weg und sagte: »Ich mag Lady Sonia nicht.«

»Keinen Ton davon in meiner Küche«, mahnte Mrs Partridge streng. »Ob du Lady Sonia magst oder nicht magst, spielt keine Rolle. Vergiss nicht, dass du nur aufgrund ihres guten Willens hier sein darfst.«

»Es ist nicht mehr ihre Burg«, entgegnete Georgia. »Ich muss nur gegenüber Freya höflich sein, und das ist kein Problem, denn Freya mag ich. Sie schaut mich nicht wie Lady Sonia an, so als wäre ich ein fieser Käfer.«

»Mit deinen langen Beinen wohl eher eine Spinne«, versetzte Mrs Partridge. »Lass es gut sein mit den Kartoffeln. Wasch dir die Hände und geh und mach ihnen die Haustür auf.«

Georgia stand von ihrem Stuhl auf. »Wahrscheinlich kommt sie zur Hintertür herein.«

»Mit so etwas wie einer Hintertür gibt sich Lady Sonia nicht ab.«

Aber da täuschte sich Mrs Partridge. Sonia hatte Robert angewiesen, mit dem Wagen um das Gebäude herum zum Stallhof zu fahren. »Vorbei sind die alten Zeiten, in denen Lakaien herbeigelaufen kamen, um zu helfen. Wenn wir den Hintereingang nehmen, geht es schneller. Ich hoffe, dass Ben da ist und uns das Gepäck abnimmt.«

Robert steuerte den Wagen in den Stallhof und hielt dort mit quietschenden Reifen an, wobei er fast hinten auf Hugos Talbot Lago aufgefahren wäre. Er stieg aus dem Wagen und winkte Hugo fröhlich zu. »Schönes Auto!« Dann ging er um den Wagen herum, um Sonia die Tür zu öffnen.

»Stimmt, aber es wird nicht unbedingt schöner, wenn es eine Beule bekommt«, sagte Hugo.

Robert lachte und streckte die Hand aus. »Sie müssen Hawksworth sein. Ich bin Robert Dauntsey. Wir sind uns vor längerer Zeit einmal begegnet. Berlin, 1945. Sie arbeiteten damals in der Abteilung ›Leise, still und heimlich‹.«

Nun erinnerte sich Hugo wieder an Robert. Er hatte ihn damals nicht gemocht und war sich nicht sicher, ob man ihm trauen konnte.

Sonia stand neben dem MG und hatte die Hände in die Hüften gestemmt, während Rupert versuchte, sich aus dem Fond des Wagens herauszuwinden. Robert kam zu ihm herüber und langte in das Wageninnere, um Rupert von einigen der Kisten und Taschen zu befreien, die ihn behinderten. Schließlich zerrte er Rupert heraus, sodass dieser mehr oder weniger aus dem Wagen stolperte.

»Meine Güte, mir sind die Beine eingeschlafen. Warum haben Sie kein anständiges Auto, Dauntsey, sondern nur so eine Mausefalle?«

»Ich sitze nie im Fond«, erwiderte Robert fröhlich. »War es unbequem? Tut mir leid, altes Haus.«

Nun tauchte Georgia auf. Sie wirkte aufmüpfig. »Hallo, Lady Sonia.« Sie starrte Robert und Rupert an. »Sie sind bestimmt Mr Dauntsey und Mr Olivier. Ich zeige Ihnen Ihre Zimmer, denn Mrs Partridge hat in der Küche zu tun. Ihre Koffer müssen Sie selber tragen, weil Ben nicht da ist.«

»Rupert, nimm meinen Lederkoffer und vergiss meine Kosmetiktasche nicht.« Sonia bedachte Georgia mit einem teilnahmslosen Blick. »Georgina, nicht wahr? Ich gehe davon aus, dass ich im gleichen Zimmer untergebracht bin wie immer.«

»Eigentlich heiße ich Georgia, und ja, Sie schlafen im gleichen Zimmer. Die beiden anderen sind im Nordkorridor untergebracht.«

»Ganz das kleine Burgfräulein«, bemerkte Sonia. »Hallo, Hugo. Sind Sie immer noch hier? Sagen Sie, ist Ihr priesterlicher Onkel über Weihnachten bei uns?«

»Ja«, sagte Hugo.

»O Gott, auch das noch!«, sagte Sonia. »Nun kommt schon, wir können uns nicht ewig hier in der Kälte die Beine in den Bauch stehen.«

Hugo kam Rupert zu Hilfe, der neben seinem eigenen Koffer auch noch mit Sonias Sachen zu kämpfen hatte. »Kommen Sie, ich gehe Ihnen zur Hand.«

Sonia rauschte mit ihnen hinein. Als sie die Haupttreppe hinaufgingen, kam ihnen Babs entgegen. Auf dem Treppenabsatz hielt sie inne und schaute auf die kleine Gruppe hinab. Rupert sah hoch und rief aus: »Ach, du liebe Zeit.«

Babs ignorierte ihn und sagte mit hoher, klarer Stimme, die ganz und gar nicht nach ihr klang: »Du musst Tante Sonia sein.« Sie ging die Stufen hinunter. »Ich bin Barbara.«

Sonia taxierte Babs von oben bis unten. »Großer Gott, warum um alles in der Welt kleidest du dich so? Sieh nur, wie du Rupert erschreckt hast.« Sie machte eine Geste. »Robert Dauntsey und Rupert Olivier.«

Hugo beobachtete neugierig, wie Babs, die bemerkte, dass Rupert im Begriff war, etwas zu sagen, ihn mit kühlem Blick fixierte, um dann die Hand auszustrecken und zu sagen: »Erfreut, Ihre Bekanntschaft zu machen.«

»Was ist eigentlich aus ›Guten Tag‹ geworden?«, murmelte Sonia.

Babs nahm keine Notiz von ihr, sondern schüttelte Robert die Hand, bevor sie an ihnen vorbeirauschte.

Sonia wandte sich um und schaute ihr nach. »Das ist also Lady Barbara Fitzwarin. Ich habe keine Ahnung, was mein Vater von ihr gehalten hätte. Vielmehr doch. Bestimmt dreht er sich gerade im Grab um.« Die Vorstellung schien ihr eine gewisse Genugtuung zu verschaffen.

Als Hugo sich gerade fragte, wo Gus und Polly steckten, betraten die beiden die Vorhalle. Gus schaute zu den Gestalten auf der Treppe und rief: »Sonia, schön, dich zu sehen.«

Sonia lehnte sich über das Geländer und schaute nach unten. »Guten Abend, Gus.« Ihr Blick war auf Polly gerichtet. »Du musst Pauline sein.«

»Man nennt mich Polly, Tante Sonia.«

»Lady Polly! Wohl kaum würdevoll. Und lassen wir ›Tante‹ lieber weg, ja? Bringen Sie diese Sachen bitte in mein Zimmer, Hugo. Ich kann es nicht mehr abwarten, aus meinem Pelz und in die Badewanne zu steigen. Es gibt doch wohl heißes Wasser?«

Szene 3

Mrs Partridge und Freya hatten beschlossen, den South Drawing Room bewohnbar zu machen. Mrs Partridge war erfreut, dass wieder Leben in die Burg einkehrte. »Zu Zeiten Seiner verstorbenen Lordschaft war ich natürlich nicht oft hier, weil damals Mrs Hardwick Haushälterin war. Ich kam hier nur ab und zu vorbei, um bei großen Gesellschaften auszuhelfen. Allerdings nicht an dem Abend, an dem Seine Lordschaft abgemurkst wurde«, fügte sie bedauernd hinzu.

»Auch gut, Mrs P«, sagte Freya. »Erinnern Sie sich nicht mehr an den Schnee? Sie wären die ganze Zeit mit einem Mörder eingeschlossen gewesen.«

»So gesehen war es vielleicht besser so«, räumte Mrs Partridge ein. »Achten Sie darauf, diese Staubschutzhüllen ordentlich zusammenzufalten. Es ist eine Heidenarbeit, die Dinger wieder überzuziehen, wenn sie nicht ordentlich gefaltet sind.«

Gehorsam legte Freya die schwere Staubschutzhülle ordentlich zusammen. Sie schaute sich im Raum um und stellte sich vor, wie er wohl damals, im siebzehnten Jahrhundert, ausgesehen haben musste, als Cromwells Truppen gegen die Mauern angerannt waren und die Gräfin und ihre Gefolgsleute die Kanonen abgefeuert hatten. Der Wandbildteppich mit der Sauhatz hatte bestimmt bereits hier gehangen, auch der jakobinische Stuck musste schon hier gewesen sein, nicht aber die Gainsboroughs oder die Reynolds mit ihren eleganten Porträts aus dem achtzehnten Jahrhundert.

Ben hatte in dem großen italienischen Marmorkamin ein Feuer entzündet, und bei Anbruch der Dunkelheit schaltete Mrs Partridge einige Lampen in dem riesigen Gesellschaftszimmer ein. Freyas Gedanken schweiften zurück zu jenem Abend 1947, als sich hier zum letzten Mal eine Gruppe von Menschen zum Abendessen zusammengefunden hatte.

»Eigentlich hätten wir das Zimmer für den heutigen Abend nicht herrichten müssen. Aber der Raum ist mein Lieblingssalon. Es ist sonderbar, sich vorzustellen, dass ich jetzt zum letzten Mal hier sein werde.«

Mit wachsamem, anerkennendem Blick schaute sich Mrs Partridge um. »Er sieht wunderschön aus. Es ist nur recht und billig, dass für Seine Lordschaft alles hergerichtet wird.«

1947 war die Burg mit einem damals für angemessen gehaltenen Personalbestand betrieben worden, im Vergleich zu der Zeit vor dem Krieg aber nur noch eine Notbesetzung. In den Dreißigerjahren, als Freya hier ihre Schulferien verbrachte, fanden mehrtägige Gesellschaftsfeiern statt. Damals hatte es einen Butler und einen Unterbutler gegeben, Lakaien, Zofen und Kammerdiener – eine ganze Palette von Bediensteten, wie für ein großes englisches Haus üblich.

Alles vorbei, und das war auch gut so. »Dieser Ort ist ein Anachronismus. Ich liebe ihn, und er kam für mich einem Zuhause am nächsten, aber in der heutigen Zeit darin zu wohnen ist Unfug.«

Mrs Partridge wollte davon nichts hören. »Seine Lordschaft kann sich glücklich schätzen, an einem so schönen Ort wohnen zu können, wenn man bedenkt, wie viele Menschen es landauf, landab gibt, die nicht einmal ein anständiges Dach über dem Kopf haben.«

»Vielleicht sollte er die Burg für Obdachlose öffnen.«

»Obdachlose würden nicht herkommen und hier wohnen wollen. Wegen der Geschichte der Burg und der Geister, die hier herumspuken. Man muss dazu bestimmt sein, um es würdigen zu können.«

Auf Gus traf das eigentlich nicht zu. Inwieweit war er in der Lage, die Erhabenheit der Burg zu würdigen? Er mochte die Gemälde, vor allem die Darstellungen klassischer Themen, und er respektierte ihre Geschichte. Aber würde er hier auch wirklich leben wollen? Erhabenheit, kombiniert mit Unzweckmäßigkeit, standen nicht für Komfort.

Sie nahm ein Foto in einem Silberrahmen in die Hand, hauchte es an und rieb es mit einem Staubtuch ab. Ihr Cousin Tom. Aufgenommen am Tag des Abschlusses seiner militärischen Ausbildung in Sandhurst. Mit erwartungsvollem Gesicht, furchtlos, einsatzfreudig. Aus ihm war ein zäher Soldat geworden, der eine erfolgreiche Karriere beim Militär gemacht hatte. Sein Leben war der Krieg gewesen, der ihm auch das Leben genommen hatte.

Freya stieß einen Seufzer aus, worauf Mrs Partridge zu ihr sagte: »Entweder stauben Sie weiter die Fotos ab, oder Sie suchen sich eine andere Tätigkeit. Wir haben keine Zeit, uns Tagträumen hinzugeben und der Vergangenheit nachzuhängen. Es ist alles vorbei, Miss Freya. Es wird Zeit, in die Zukunft aufzubrechen.«

Freya lachte. »Aufbrechen werden wir schon bald alle von hier, Mrs P.«

»Ja, aber mit Donner und Gloria«, sagte Mrs Partridge. »Sorgen Sie dafür, dass dies ein Weihnachtsfest wird, an das Sie sich erinnern werden.«

Szene 4

Während sie hinaufging, überlegte Freya, was sie anstelle von Rock und Pullover anziehen sollte. Machten sich die anderen für das Abendessen schick? Sie hätte Gus fragen sollen, wonach ihm der Sinn stand.

Polly kam ihr zu Hilfe, die in diesem Moment den Kopf durch die Tür streckte. »Georgia lässt fragen, ob du vielleicht eine Sicherheitsnadel hättest? Ihr ist der Reißverschluss an ihrem Kleid kaputtgegangen, und es ist ihr einzig schickes. Was ziehst du an?«

»Ich bin mir nicht sicher.«

»Mr Dauntsey trägt etwas, das er Smoking nennt, das hat Georgia ihn gegenüber Sonia sagen hören. Ich habe Hugo gefragt, was das heißt, und er meinte, das wäre das englische Wort für Abendanzug. Daher trägt auch er so einen, und ich habe Papa gesagt, er soll lieber auch seinen anziehen.«

Freya gab ihr eine Sicherheitsnadel. Damit war die Frage, die sie sich gestellt hatte, beantwortet. Sie öffnete ihren Kleiderschrank und zog ein Abendkleid hervor, das sie während ihres letzten Aufenthaltes in London gekauft hatte. Sie nahm ein Bad, zog sich rasch an und ging nach unten. Doch dort war noch niemand. Wo steckte Hugo? Er hatte versprochen, sich um die Drinks zu kümmern, und die anderen würden jeden Moment nach unten kommen und nach Cocktails verlangen.

In diesem Augenblick erschien Sonia. In der purpurroten und silbernen Kreation eines Designers, die nach Paris schrie, sah sie atemberaubend aus. »Sag mir nicht, es ist sonst noch keiner unten. Warum sind wir in diesem Raum? Hat dich ein Anfall von Nostalgie überkommen, oder hat Gus einen Narren daran gefressen?«

Sie sank auf ein Sofa und schlug elegant die Beine übereinander. »Gib mir mal das Feuerzeug dort, wenn es denn noch funktioniert.«

Freya reichte ihr das schwere silberne Feuerzeug. Sonia nahm eine lange Zigarettenspitze und ein schmales silbernes Zigarettenetui aus ihrer Abendtasche und fuchtelte damit vor Freyas Gesicht herum. »Willst du eine?«

»Nein, danke.«

»Oh, das habe ich vergessen, du rauchst ja nicht.« Sie steckte eine Zigarette in ihre Spitze, entzündete sie, und einen Moment lang hing der stechende Geruch des parfümierten Glimmstängels in der Luft.

Freya schnupperte. »Meine Güte, was rauchst du denn da? Das riecht ja wie in einem Boudoir.«

Sonia zuckte mit den Achseln. »Du hast ja so ein empfindsames Gemüt, liebste Freya. Warte nur, bis du den Duft von Ruperts Cheroots riechst. Aber das wirst du gar nicht, denn ich werde ihm nicht gestatten, hier im Haus zu rauchen. Wo sind die Cocktails?«

»Hugo kümmert sich darum.«

Sonia ließ ihren Blick durch den Salon schweifen, so als rechnete sie damit, dass Hugo sich irgendwo in einer Ecke versteckt hielt. »Zählt das Unsichtbarmachen nun auch noch zu seinen vielen Fähigkeiten?«

»Sei nicht unleidig; er wird gleich hier sein. Er ist kein Butler.«

»Nein, leider nicht. Ich hoffe, Gus wird einen einstellen. Trinkt er übrigens? Oder ist er einer dieser puritanischen, abstinenten Amerikaner?«

»Er trinkt«, erwiderte Freya.

Ihre Gedanken waren abgeschweift. Im Januar würde sie mit ihrem neuen Buch beginnen, und urplötzlich sah sie ihre Heldin Clarissa in einem purpurroten Samtkleid mit silberner Spitzenborte vor sich, wie sie langsam eine Treppe hinabschritt, während zwei Gestalten sie aus dem Schatten heraus beobachteten. Kerzenlicht. Spätabends.

»Woran denkst du gerade?«, fragte Sonia in scharfem Ton. »Ich mag diesen verträumten Blick nicht. Wie kommst du mit Gus zurecht?«

Freya zwang sich, wieder in die Gegenwart zurückzukehren. »Ich mag ihn. Er erinnert mich ein wenig an deinen Vater, aber es gibt an ihm auch eine ganz andere Seite. Er hat Humor, und den hatte Selchester nie.«

»Humor? Vater?« Sonia prustete wenig elegant. »Gott im Himmel, nein! Er war absolut humorlos. Aber weil er so vornehm war und ein solches Ansehen genoss, spielte das keine Rolle. Wie ich hörte, hast du Gus in die Stadt mitgenommen und den Daffodils vorgestellt. Ist das denn nicht ziemlich gleichmacherisch? Ein bisschen zu demokratisch? Immerhin ist er der Earl, auch wenn er als Amerikaner aufgewachsen ist.«

»Er wollte mal ein paar Bewohner der Stadt kennenlernen. Dass er nicht so distanziert ist, wie es Selchester war, ist vielleicht ganz gut. Die Zeiten haben sich geändert.«

»Wenn er in der Burg leben und alles am Laufen halten will, sollte er lieber einige Verhaltensregeln einhalten.«

»Du hörst dich an wie Priscilla.«

»Hoffentlich ist er kein Sozialist oder Kommunist oder etwas anderes Schreckliches«, sagte Sonia. »Es wäre nicht gut, wenn er glaubt, die Burg könnte Teil der Stadt werden. So war es nie, nicht in all den Jahrhunderten, in denen sie schon hier steht, und jetzt auch nicht.«

»Er ist zwar schon der Typ, der gut mit Menschen auskommt, aber ich kann mir nicht vorstellen, dass er in die Stadt bummelt, um von den Daffodils den neusten Klatsch zu erfahren.«

Unruhig zuckte Sonia mit den Schultern und strich ihr Kleid glatt. »Du scheinst ihn zu mögen, aber wenn es nach mir ginge, läge er auf dem Meeresboden.«

»Du kennst ihn doch kaum.«

»Er kann noch so ein Tugendbold sein, noch so ein wunderbarer Mensch, aber ich kann es ihm nicht verzeihen, dass er aus dem Nichts hier auftaucht und mir mein Erbe vor der Nase wegschnappt.«

»Wenn Tom noch leben würde …«

»Ja, ja, wenn Tom.« In Sonias Stimme schwang bitterer Hohn mit. »Wenn Tom. Es gibt aber kein ›Wenn

Tom‹, nicht wahr? Er ist tot, und das ist mir genauso an die Nieren gegangen wie dir. Das einzig Gute war, dass auch Selchester starb und ich geglaubt habe, ich würde die Burg erben.«

»Wäre Selchester nicht ermordet worden«, sagte Freya, »hätte er sich womöglich doch noch von deiner Mutter scheiden lassen und erneut geheiratet. Und noch einmal einen Sohn in die Welt gesetzt.«

»Das hätte er mit seinem katholischen Gewissen nie und nimmer in Einklang bringen können. Ganz egal, was er sich sonst noch alles zuschulden hat kommen lassen, zum Beispiel, wie er Mama behandelt hat. Sich scheiden zu lassen wäre eine ungeheuerliche Sünde gewesen.«

»Du kannst Gus nicht die Schuld geben. Es ist ja nicht so, als hätte er sich um den Grafentitel geschlagen.«

»Nein, meine Liebe, es waren du und Hugo Hawksworth und sein priesterlicher Onkel, die sich eingemischt haben. Ihr habt eure Nasen in etwas hineingesteckt, das euch gar nichts angeht, und damit habt ihr schlafende Hunde geweckt. Bestimmt war Gus glücklich und zufrieden mit dem Leben, das er geführt hat; ich hatte nicht den Eindruck, dass ihn seine Erbschaft übermäßig froh gestimmt hat. Es wäre viel besser gewesen, wenn ihr es auf sich hättet beruhen lassen.«

Freya blieb stumm und rückte näher ans Feuer, denn obwohl der Raum von den großen gusseisernen Radiatoren geheizt wurde, die hinter Sichtblenden verborgen waren, hatte sie das Gefühl, dass eine eisige Atmosphäre herrschte.

Sonia blies einen kleinen Rauchkringel in die Luft. »Pater Leo macht mich nervös. Robert sagt, er ist ein renommierter Wissenschaftler. So etwas ist absolut unangemessen für einen Priester. Und wenn er schon ein Wissenschaftler ist, warum ist er dann nicht fahrig und zerstreut, wie es brillante Wissenschaftler angeblich immer sind? Mir gefällt das ganz und gar nicht: ein weltlicher und erfahrener Priester, der auch noch die Sterne studiert oder was er sonst noch obendrein anstellt.«

Freya musste lachen. »Du magst ihn nicht, weil sich dein Gewissen wegen ihm regt.«

»Da täuschst du dich«, gab Sonia zurück. »Ich habe gar kein Gewissen.«

Eine Weile schwiegen sie. Mit einem Mal sagte Sonia: »Hast du Gus von Selchester und den Sachen erzählt, die er im Schilde geführt hat?«

Freyas Kopf schnellte in die Höhe. Wie viel wusste Sonia? Sie hatten sich große Mühe gegeben, damit sich die Nachricht nicht verbreitete.

»Du brauchst mich gar nicht so anzuschauen«, sagte Sonia. »Ich wusste, was Selchester tat. Bis in das letzte peinliche Detail.«

»Hast du deinen Vater deswegen so gehasst?«

Sonias Gesicht erstarrte zu einer Maske. »Diesen Zug an ihm fand ich gar nicht so schlimm. Er hat gerne Menschen manipuliert, ist aber einfach zu weit gegangen. Und deswegen ist er kaltgemacht worden. Aber nein, das ist nicht der Grund, warum ich ihn gehasst habe.«

»Er hat deine Mutter schlecht behandelt.«

»Das hat er wirklich. Aber auch das war noch nicht

das Schlimmste. Vergiss es. Wie viel wissen Gus und seine Töchter?«

»Höchstwahrscheinlich hat Gus in der Zeitung vom Mord an Selchester gelesen. Polly weiß auf jeden Fall Bescheid.«

»Wie sehr mir altkluge Kinder doch auf den Geist gehen.«

»Ich habe ihm sonst nichts über seinen Vater erzählt. Warum auch? Er kannte ihn nicht, also warum auf der Vergangenheit herumreiten? Lassen wir sie ruhen.«

Szene 5

Leo sprach das Tischgebet. Dann setzten sie sich an die Tafel, um das Abendessen zu genießen. Mrs Partridge verwöhnte sie königlich. Angesichts der zusätzlichen Gäste wollte sie ihre Kochkünste vorführen und hatte mithilfe von Pam, die in der Küche aushalf, vier Gänge vorbereitet. Die meisten Lebensmittel stammten vom Gut; auf die Lauchsuppe folgte Forelle aus dem Abschnitt des Flusses, wo Lord Selchester Fischereirechte besaß.

Während Freya ihre mit Zitronensaft und Kräutern zubereiteten Hühnerfilets verspeiste, lauschte sie den Gesprächen am Tisch. Polly und Georgia stritten sich über das Angeln, Leo unterhielt sich mit Robert über Teilchen, Hugo und Rupert sprachen über Bücher, während Sonia Gus von den skandalösen Taten einer Großtante erzählte, die Gott sei Dank mittlerweile in Südfrankreich lebte. Babs, wie immer in Schwarz gekleidet, starrte missmutig auf ihren Teller.

Welche Ähnlichkeit ihr Onkel doch mit Gus gehabt hatte, dachte Freya – bis hin zu den Gesichtszügen mit der schmalen Nase und den blauen Augen. Aber sein Mund war weniger streng, und er schien weit häufiger zu lächeln als sein Vater. Er sah ganz anders aus als Robert mit seiner robusten Schönheit. Oder Hugo, der drahtiger gebaut war, dunkle Augen und einen wachsamen, amüsierten Blick hatte. Rupert war zwar ebenfalls ein dunkler Typ, hatte jedoch einen blassen Teint.

Pam schob den Servierwagen herein. »Es gibt Kirschkuchen, gebacken mit den Kirschen aus dem Burggarten«, verkündete sie. »Tantchen hat sie im Sommer eingeweckt, und sie sind wirklich lecker. Oh, und Tantchen bittet um Entschuldigung, Euer Lordschaft, aber das hier ist schon vor einer Weile gekommen, sie hat es bloß total vergessen. Mr Bunbury hat es hochgebracht, eine Kuriersendung; er meinte, mit all diesen Briefmarken, dem Siegel und so weiter könnte etwas Wichtiges drin sein.« Sie reichte Gus ein Päckchen und räumte unbekümmert klappernd die Teller ab.

»Von wem ist es, Papa?«, wollte Polly wissen.

Ihr Vater drehte es um. »Es wurde an unsere Adresse in Amerika geschickt und dann per Luftpost hierhin zurückgesendet. Es ist von Verekers, der Anwaltskanzlei.«

»Mach es auf!«, drängte Polly.

Gus zögerte zunächst, sagte dann aber: »Eigentlich kann ich das ruhig tun.« Er schob sein Buttermesser unter das Siegel und löste behutsam die Kordel ab. Das Päckchen war dick mit Packpapier umwickelt.

»Ihre Anwälte wissen wohl nicht, dass Papier knapp ist«, sagte Georgia.

Mittlerweile zeigte sogar Babs ein gewisses Interesse, und während Gus die Verpackung entfernte, verstummten die Gespräche am Tisch.

Freya hätte am liebsten laut gelacht beim Anblick der neugierigen Gesichter. Sonia beobachtete alles aufmerksam, Robert ebenfalls. Polly und Georgia wirkten erwartungsvoll, Hugo wachsam, Leo hatte sich wie gewöhnlich in Schweigen gehüllt, und Babs demonstrierte mit einem Stirnrunzeln, dass sie sich aus derlei profanen Gegenständen wie einem Päckchen nichts machte. Nur Rupert schien überhaupt kein Interesse zu haben.

Gus wickelte einen flachen schwarzen Gegenstand aus.

»Ist das ein Album oder ein Notizbuch?«, wollte Polly wissen.

Gus wickelte Schicht um Schicht des schwarzen Seidenpapiers ab, bis schließlich eine verblasste Fotografie in einem silbernen Rahmen zum Vorschein kam. Gus starrte darauf und las, was auf einem Zettel stand, der in dem Rahmen steckte.

Mit leiser, emotionsgeladener Stimme sagte er: »Das ist ein Foto von meiner Mutter.«

»Zeig mal!«, sagte Polly und langte danach. Doch Gus betrachtete es immer noch. »Ich habe noch nie ein Bild von ihr gesehen. Es gab wohl Fotografien aus ihrer Kindheit in Frankreich, aber sie gingen allesamt verloren. In den Kriegswirren vermutlich.«

Babs stand auf und stellte sich hinter ihren Vater. Er

hob die Hand und berührte seine Tochter im Gesicht. »Sie sieht aus wie du, Babs.«

Er reichte das Foto Freya, damit diese es Polly weitergab. Freya schaute auf das anrührend schöne Gesicht. »Sie sieht wunderschön aus«, sagte sie und gab es Polly.

»Betrübt es dich, Papa?«, fragte Polly besorgt.

»Ein bisschen schon, mein Schatz. Ich kannte sie nicht, daher ist es nicht so, wie wenn du dir ein Foto deiner Mutter anschaust. Ich bin einfach gerührt.«

Pam, die fasziniert alles beobachtet hatte, trat nun an den Tisch und stellte eine Schale mit Sahne ab. Genau in diesem Moment flackerten die Lichter und gingen aus. Der Raum wurde nun nur noch vom Lichtschein der Kerzen in den massiven silbernen Leuchtern auf dem Tisch erhellt.

Szene 6

»Zum Teufel mit diesen Lampen. Ich kann nicht einmal mehr die Hand vor Augen sehen!«, erklang Mrs Partridges Stimme von jenseits der Tür.

Hugo öffnete sie, und Mrs Partridge trat ein. »Das sind die alten Schmelzsicherungen. Höchste Zeit, dass sich jemand darum kümmert.«

Gus stand vom Tisch auf, nahm sich einen Kerzenleuchter und fragte: »Wo ist der Sicherungskasten?«

Es hatte in der Burg schon einmal einen Stromausfall gegeben, und Hugo ergriff ebenfalls eine Kerze und sagte: »Er ist ganz am Ende des Küchenkorridors. In der

Grace Hall ist eine Taschenlampe, die können wir mitnehmen.«

Robert gesellte sich zu ihnen. »Wir müssen zwar nicht zu dritt losgehen, um eine Sicherung zu reparieren, aber ich kann zumindest die Taschenlampe halten.«

Im Küchenkorridor war es kalt und dunkel. Ihre Schritte hallten auf den Steinplatten wider. Der Sicherungskasten befand sich in einer Art Schrank, dessen Verschluss klemmte. Endlich bekamen sie ihn auf.

»Welche Sicherung wohl durchgebrannt ist?«, rätselte Hugo.

Gus drehte eine nach der anderen heraus und überprüfte die Schmelzdrähte. »Diese hier. Die hat gar keinen richtigen Draht, es ist alles mit einem Stück Kupfer zusammengeschustert worden. Kein Wunder, dass die Hauptsicherung rausgeflogen ist.« Er warf einen prüfenden Blick auf die verblichene Beschriftung. »Das ist die für das Gewächshaus.«

»Oben auf dem Kasten liegt Sicherungsdraht«, sagte Robert.

»Gut«, sagte Gus. »Damit werde ich wohl auskommen müssen. Es ist zwar nicht der richtige, aber für den Moment sollte es funktionieren.«

Während Robert die Taschenlampe hielt, schaute Hugo voller Bewunderung zu, wie Gus mit flinken Fingern die Sicherung reparierte.

»So«, sagte er schließlich und wischte sich den Staub von den Fingern. Dann legte er den Hauptsicherungsschalter wieder um. Im Korridor flammte ein schummriges Licht auf.

»Gute Arbeit«, sagte Robert. »Wollen wir uns dann wieder dem Kirschkuchen widmen?«

»Morgen früh muss ich mir mal die ganze Elektrik anschauen«, sagte Gus. »So etwas sollte nicht noch einmal vorkommen.«

Während Hugo ihm zurück in den Speisesaal folgte, dachte er darüber nach, was für ein fachkundiger Mensch Gus doch war. Er war selbst durchaus imstande, eine Sicherung auszutauschen, hätte das aber nicht so flink und mit einer solchen Fingerfertigkeit hinbekommen. Im Speisesaal waren die Lichter wieder an, und Mrs Partridge verteilte gerade Kuchenstücke.

Die Tischgesellschaft löste sich früh auf. Sonia gähnte fortwährend und erklärte schließlich, sie ginge nun zu Bett. »Die Fahrt hat mich ermüdet.«

Freya glaubte ihr kein Wort, denn Sonia hatte die Konstitution eines Ochsen. Auch Polly und Georgia gähnten und gingen schon nach kurzem Murren ins Bett, gefolgt von Babs, die sagte, sie werde noch ein Bad nehmen. Robert und Rupert verschwanden auf eine Partie ins Billardzimmer, während die anderen zwecks Kaffee und Brandy die Bibliothek ansteuerten.

Die Nacht legte sich über Selchester Castle. Im Wald schrie eine Eule. »Eulen gelten als schlechte Omen«, sagte Georgia zu Polly, als sie sich auf der Treppe trennten.

»Nein, tun sie nicht«, erwiderte Polly nachdrücklich. »Und an Omen glaube ich nicht.«

Szene 7

Gus war in der Grace Hall und schaute zu dem schemenhaft zu erkennenden Porträt seines Vaters hinauf. Freya zögerte zunächst, trat dann aber zu ihm und blieb neben ihm stehen.

Urplötzlich fragte er: »Wie war er, Freya? Warum hat er meine Mutter geheiratet und dann verlassen?«

»Er hat sich als junger Mann verliebt und nicht über die Konsequenzen nachgedacht.«

»War es Liebe oder Lust?«

Er musste es erfahren. Das hatte er verdient. Sein Vater war für ihn mehr als nur ein Fremder, und seine Mutter, die so kurz nach seiner Geburt gestorben war, hatte er nie kennengelernt. Das Foto von ihr hatte ihn tief berührt.

»Das ist lange her. Sie sind beide verstorben, werden wir je die Wahrheit über sie erfahren?«

»Nicht, was in ihren Köpfen und ihren Herzen vor sich ging, nein. Ich wäre schon für simple Tatsachen dankbar. Das habe ich verdient, Freya. Du hast ihn wahrscheinlich genauso gut gekannt wie Sonia. Du, Hugo und Leo habt das mit seiner heimlichen Ehe herausbekommen und mich ausfindig gemacht. Wie kamt ihr darauf, dass er einen männlichen Erben haben könnte?«

Freya holte tief Luft. Sie wusste, was für ein Mensch Selchester gewesen war; wie er Gus' Mutter behandelt hatte, war nur die Spitze des Eisbergs gewesen. »Warte mal einen Moment. Ich habe da etwas, das ich dir geben möchte.«

Nach wenigen Minuten kehrte sie atemlos zurück, da sie die Stufen zum Turm hinaufgerannt war.

»Lies das.« Sie hielt Gus einen Brief entgegen, und er nahm ihn, ging zu einer Stelle, wo das Licht besser war, und las ihn laut vor.

Oxford, Mai 1912
Liebster Gatte,
denn das wirst du auf ewig für mich sein. Du hast mich betrogen. Ich gehe in Schande. Ich werde dich nie wiedersehen, aber mein Herz ist auf immer deines. Möge Gott dich segnen und dir vergeben.
Mary Louise

»Mary Louise? Sie hieß Marie Louise.«

»Sie hat sich lieber Mary genannt, nachdem sie einen Engländer geheiratet hatte.«

»Und zwar meinen Vater.«

»Der Brief ging mir nicht mehr aus dem Kopf. Ich fragte Tante Priscilla, ob sie etwas davon wüsste, worauf sie sagte, mein Onkel habe als Student in Oxford ein Verhältnis mit einer jungen Frau gehabt. Sein Vater bekam Wind davon, stellte fest, dass es ernster war als die meisten Liebeleien in diesem Alter, und stauchte seinen Sohn gnadenlos zusammen. Er drohte damit, ihn zu enterben – oh, nicht den Titel, den konnte er ihm nicht vorenthalten, aber davon abgesehen hätte er ihm nichts hinterlassen müssen.«

»Aber zu dem Zeitpunkt war mein Vater schon verheiratet?«

»Ja. Standesamtlich, nicht kirchlich. So hat er Marie Louise wohl glauben gemacht, sie beide wären ordnungsgemäß verheiratet.«

»Seltsam, dass er sich nicht kirchlich trauen ließ. Meinst du, er hat von Anfang an geglaubt, er könnte irgendwie noch den Kopf aus der Schlinge ziehen? Aber warum hat er sie dann überhaupt erst geheiratet?«

»Sie war wunderschön und hatte scharenweise Verehrer. Außerdem war sie keusch.«

»Das heißt, er konnte sie nur dann ins Bett bekommen, wenn sie einen Ring trug.«

»Ja.«

»Wie um alles in der Welt habt ihr das alles herausbekommen?«

»Leo hat seinen Tutor ausfindig gemacht, und der wusste ziemlich gut darüber Bescheid. Wenn du das nächste Mal in Oxford bist, solltest du ihn besuchen. Dein Vater hatte noch einen anderen engen Freund, der zum Priester geweiht wurde und heute Bischof ist. Der wusste sogar noch mehr, war aber nicht gerade erpicht darauf, sein Wissen preiszugeben. Er wollte unbedingt den guten Namen deines Vaters in Ehren halten.«

»Also ist meine Mutter nach Frankreich zurückgekehrt.«

»Ja, und als es sich nicht mehr verbergen ließ, dass sie ein Kind erwartete, schickte ihr Vater sie mit dem Schiff nach Amerika, wo ihre Schwester lebte.«

»Meine Tante, die mich großgezogen hat.« Er verstummte. Dann sagte er: »Das ist eine traurige Geschichte.«

»Ja.«

»Hat er nicht versucht herauszubekommen, was aus ihr geworden ist? Wusste er, dass sie schwanger war?«

»Ich bin mir nicht sicher. Aber 1918, als er Hermione heiratete, engagierte er Privatdetektive, um sie aufzuspüren. Die informierten ihn schließlich, sie sei gestorben, damit war er kein Bigamist.«

»Also hatte er doch so etwas wie ein Gewissen.«

Das war ein schwacher Trost. Von all den anderen Sünden, die Selchester begangen hatte, würde Freya ihm nichts erzählen. Noch nicht.

Kapitel sieben

Szene 1

Am nächsten Morgen kam Mrs Partridge mit einer Kanne Kaffee in den Speisesaal und verkündete die Nachricht, die sie gerade im Radio gehört hatte. »In ganz Ostengland wird heftiger Schneefall gemeldet. Sogar in London. Es ist von schwerwiegenden Verkehrsbehinderungen auf den Straßen und den Schienen die Rede. Und das an Heiligabend, dem Tag, an dem alle irgendwohin unterwegs sind.«

Rupert, der im Begriff war, sich ein Stück Toastbrot in den Mund zu schieben, hielt inne. »Verkehrsbehinderung?«

Mrs Partridge, die das Schauspiel genoss, nickte. »Sie sagen, die Schneefront ist zu uns unterwegs, erreicht uns aber erst nach Weihnachten.«

Freya fand das schade, dann gab es keine weißen Weihnachten.

»Ich wollte eigentlich heute Nachmittag einen Zug zurück nach London nehmen«, sagte Rupert. »Ich erkundige mich mal lieber, wie die Lage ist.«

Hugo hatte zu Ende gefrühstückt und stand auf. »Ich rufe am Bahnhof an. Mr Godley weiß bestimmt Bescheid.«

Als er nach einigen Minuten zurückkehrte, verriet sein Gesicht Rupert, dass er keine guten Nachrichten brachte. »Ich fürchte, es besteht keine Möglichkeit mehr, nach London zu reisen. Anscheinend kommt es nicht nur zu schweren Schneefällen, sondern auch die Weichen sind eingefroren, und die Strecken können auf keinen Fall noch heute geräumt werden. Da morgen der erste Weihnachtsfeiertag ist, wird natürlich nichts unversucht gelassen, um alles wieder zum Laufen zu bringen.«

»Wenn das so ist, Rupert«, sagte Gus, »dann werden Sie sich damit abfinden müssen, Weihnachten mit uns zu verbringen. Seien Sie uns willkommen.«

Freya schaute in die Gesichter am Tisch und hatte nicht den Eindruck, dass dies auf allgemeines Wohlwollen stieß. Sie selbst hatte zwar nichts gegen Rupert einzuwenden, doch schien er seinerseits auch nicht gerade hellauf begeistert von der Vorstellung zu sein.

»Wir werden reichlich Zeit haben, die Liste der Vermögensgegenstände durchzugehen und uns einige der Gemälde anzuschauen, die ich mir Ihrem Wunsch zufolge ansehen soll«, fuhr Gus fort. »Aber das müssen wir nicht gleich heute Morgen angehen.«

Georgia stürzte in den Speisesaal. »Der Weihnachtsbaum wurde in der Great Hall aufgestellt.«

»Ich weiß«, sagte Hugo. »Es ist ein stattlicher Baum; Ben hätte mich fast über den Haufen gerannt, als er mit Armen voller Stechpalmenzweige hereingewankt kam.«

»Kommt und schaut ihn euch an!«, drängte Georgia.

Rupert, der alles andere als glücklich wirkte, rührte sich nicht vom Fleck. Sonia, die spät zum Frühstück heruntergekommen war, gähnte und sagte: »Ein Weihnachtsbaum? Wie übertrieben festlich.«

»Wie wäre es, wenn du mal versuchen würdest, dich ein wenig in weihnachtliche Stimmung zu versetzen, Sonia?«, sagte Freya.

»Ich komme genau in dem Moment in weihnachtliche Stimmung, wenn das Mittagessen in Veryan House zu Ende ist. Du magst jetzt noch froh und munter dreinschauen, Robert, aber du weißt nicht, worauf du dich eingelassen hast.«

»Wieso? Gibt es da etwa eine Köchin, die keine Ahnung vom Kochen hat? Das kann ich mir bei Sir Archibald nicht vorstellen.«

»Du kennst meine Tante nicht«, sagte Sonia. »Und wenn sie ihre Familie um sich herum hat, wird sie erst recht zur Matriarchin. Unverblümt, herrschsüchtig, anmaßend und kompliziert. Bestimmt nimmt sie dich ins Kreuzverhör und will alles über deine Familie, deine Ausbildung und deine Karriere in der Armee wissen, und wenn sie fertig mit dir ist, wirst du dir vorkommen, als hätte sie dich durch die Mangel gedreht. Und nachdem sie dich ausgewrungen hat, wird sie auf mich losgehen und mir alle möglichen Fragen stellen, die ich nicht beantworten möchte.«

Derweil überließen die anderen Sonia und Rupert ihrem Toast und ihrer düsteren Stimmung und gingen gemeinsam in die Great Hall. Ben hatte in dem großen Kamin ein Feuer entzündet, das nun lodernd brannte, aber selbst das reichte nicht aus, um die Kälte zu vertreiben, die in der Halle stets herrschte.

»Gibt es irgendwelche elektrischen Heizkörper?«, erkundigte sich Gus.

»Nein«, erwiderte Freya. »Hier nicht.«

»Es gibt noch einen offenen Kamin«, sagte Hugo. »Können wir ein zusätzliches Feuer machen?«

»Er qualmt häufig«, sagte Freya. »Aber es geht heute kein Wind, also könnten wir es versuchen.«

»Ich hole ein paar Scheite«, sagte Hugo. »Ben hat schon genug geackert. Sie könnten mir zur Hand gehen, Robert.«

Mrs Partridge, die absolut dagegen war, den Baum mit Wachskerzen zu bestücken, hatte eine elektrische Lichterkette gefunden. Sie lag in einem Kästchen, und Mrs Partridge beäugte sie skeptisch. »Die dürfte seit Jahren nicht mehr benutzt worden sein. Ich weiß nicht, ob sie noch funktioniert.«

»Hoffentlich nicht«, sagte Georgia. »Mit kleinen Kerzen am Baum macht es mehr Spaß.«

»Ja, und noch mehr Spaß macht es, wenn die Flammen an den Holzvertäfelungen lecken und die ganze Burg niederbrennt«, sagte Mrs Partridge.

»Man hat hier bestimmt immer schon Kerzen am Christbaum gehabt, und die Burg ist trotzdem nicht abgebrannt«, beharrte Georgia.

»Ein Gebäudeflügel ist sehr wohl niedergebrannt«, wies Mrs Partridge sie zurecht.

Gus inspizierte die Verkabelung der Lichter. »Wann war das?«

»Während des Kriegs. Als all diese komischen Leute auf Tarnung und Täuschung und dergleichen machten.

Viele waren im viktorianischen Flügel einquartiert, wie er genannt wurde. Früher, als es noch jede Menge Bedienstete gab, war es der Gesindeflügel gewesen. Dort wurden die Unteroffiziere und Soldaten untergebracht, und eines Tages fing er Feuer und brannte bis auf die Grundmauern nieder.«

»Wurde jemand verletzt?«, fragte Gus.

»Es passierte tagsüber, deswegen hielt sich niemand in dem Trakt auf«, sagte Mrs Partridge.

»Welche Jahreszeit war es?«, wollte Georgia wissen.

»Juni. Am Mittsommertag. Gut so, denn viele der Männer mussten sich mit Zelten begnügen, bis ihnen eine andere Unterkunft zugewiesen werden konnte.«

»Also hatte es nichts mit Kerzen auf einem Weihnachtsbaum zu tun«, verkündete Georgia triumphierend.

In diesem Punkt musste Mrs Partridge ihr recht geben. »Es hieß, das Feuer könnte von einer Zigarette ausgelöst worden sein, die hinter ein Sofa in dem Salon gefallen war. Aber ich glaube, es lag an der Elektrik. Wie ich hörte, haben die Männer mit all ihrem Krimskrams die Steckdosen überlastet.«

»Ich wusste gar nicht, dass es noch einen Gebäudeflügel gegeben hat«, sagte Gus.

»Es blieben nur Grundmauern und Schutt übrig«, sagte Freya. »Mein Onkel ließ sie nach dem Krieg wegräumen. Er befand sich im hinteren Bereich, zwischen hier und dem Treibhaus. Tatsächlich gibt es sogar noch einen anderen Flügel, nämlich den Lady-Mathilda-Flügel auf der anderen Seite. Von außen nimmt man ihn kaum wahr, denn obwohl er aus dem neunzehnten Jahrhundert stammt, wurde er im gotischen Stil erbaut, und er ist auch viel kleiner als der, der niederbrannte. Im Krieg wurde er von den Offizieren benutzt, seitdem steht er leer und ist verschlossen.«

Gus inspizierte nach wie vor die Weihnachtsbaumbeleuchtung, nahm systematisch jede Glühbirne heraus und hielt sie in die Höhe, um sie zu überprüfen, bevor er sie wieder in ihre Fassung steckte. Als er zufrieden war, schloss er die Lichterkette an. Flackernd ging sie an, erlosch aber gleich wieder.

»Liegen in dem Kästchen noch Ersatzglühbirnen?«, fragte er Mrs Partridge.

Sie reichte ihm den kleinen Kasten, und er schaute hinein. »Gut. Ja, wir können sie bestimmt zum Leuchten bringen, das ist viel praktischer als Kerzen, Georgia. Außerdem, denk doch nur, wie aufwändig es wäre, jedes Mal die Kerzen auspusten zu müssen, wenn wir den Raum verlassen, und sie später dann wieder zu entzünden. Bei einer elektrischen Lichterkette braucht man die Lichter bloß ein- und wieder auszuschalten.«

Er wechselte drei Glühbirnen sowie die Sicherungsbirne aus und versuchte es erneut. Dieses Mal gingen die Lichter an und nicht wieder aus. Er stöpselte die Lichterkette aus und hängte sie an den Baum.

»Dafür brauchen Sie eine Leiter«, sagte Mrs Partridge. »Ich wollte ohnehin in die Küche und gebe Ben Bescheid.«

Mit einem großen Korb voller Holzscheite kam in diesem Moment Hugo herein. »Das wird nicht nötig sein, Mrs Partridge. Ben ist schon mit der Leiter unterwegs.«

Georgia machte Anstalten, die Lichter erneut einzuschalten, doch Gus sagte: »Warte noch, Georgia. Nach dem Ärger mit den Sicherungen gestern Abend will ich erst sichergehen, dass alles in Ordnung ist.«

Polly verzog das Gesicht. »Nur keine Aufregung, Papa. Alle Lichter funktionieren, warum sollte es ein Problem geben?«

Gus ignorierte sie. »Wo ist die Taschenlampe, Hugo?«

»Oben auf dem Sicherungskasten, glaube ich.«

Szene 2

Gus ging kurz in die Küche, um Mrs Partridge vorzuwarnen, dass er für einige Minuten den Strom abstellen würde. Sie sah ihn kopfschüttelnd an. »Sie sollten nicht an den Sicherungen herumbasteln, Eure Lordschaft. Wenden Sie sich am besten an Ben; er kann Glühbirnen wechseln oder eine Sicherung reparieren. Wenn mehr als das nötig ist, sollten Sie den Elektriker kommen lassen. Mr Trusby übernimmt alle Arbeiten auf dem Anwesen.«

»Ich dachte, er wäre der Totengräber«, sagte Hugo. Trusby war damals, nachdem man die Leiche von Lord Selchester in der Alten Kapelle entdeckt hatte, mit einem Spaten gekommen.

»Sowohl als auch.«

»Er wird wohl kaum an Heiligabend herkommen«, sagte Gus. »Ich schaffe das schon, Mrs Partridge, machen Sie sich keine Sorgen. Gibt es hier irgendwo einen kleinen Schraubendreher?«

Mrs Partridge, die gerade Hackfleischpasteten in den Ofen schob, schloss die Ofentür, wischte sich das Mehl von den Händen und schaute Gus missbilligend an. »Auf dem Regal in der alten Stiefelkammer steht ein Werkzeugkasten.«

»Stiefelkammer?«, wiederholte Gus.

Hugo öffnete die Tür. Sie führte in einen kleinen, feuchtkalten Raum mit nur einem einzigen schmalen Fensterchen. »Hier wurden nicht die Stiefel aufbewahrt, sondern hier hat der Stiefelknecht seine Reinigungsarbeiten vorgenommen. Er muss alle Hände voll zu tun gehabt haben, wenn das Haus voller Gäste war. Alle Schuhe putzen, die abends vor den Zimmertüren der Gäste standen. Und er musste sich auch um die Jagdstiefel, Schießsport-Schuhe und dergleichen kümmern.«

»Das war wirklich eine seltsame Welt«, sagte Gus.

»In der glorreichen Zeit vor dem Ersten Weltkrieg war sie sogar noch seltsamer.«

»Mir reicht schon das, mit dem ich jetzt zurande kommen muss. Ich bin fast schon dankbar dafür, dass der viktorianische Flügel niedergebrannt ist. Das heißt, wenn er nicht von besonderer architektonischer Bedeutung war?«

»Fragen Sie Freya. In der Bibliothek befindet sich eine Sammlung von Drucken und Zeichnungen der Burg aus den unterschiedlichen Epochen.«

Hugo entdeckte den Werkzeugkasten, und Gus suchte sich ein paar Schraubendreher heraus. Robert, der den

Streit zwischen den Mädchen wegen des Lamettas satthatte, schloss sich ihnen an.

Am Sicherungskasten schaltete Gus den Strom ab und überprüfte Sicherung für Sicherung. »Ich habe gestern Abend nur einen kurzen Blick darauf geworfen, aber man muss auf Nummer sicher gehen.«

Als er fertig war, steckte er sie alle wieder hinein. Dann nahm er die Sicherung für das Gewächshaus heraus und sagte: »Jetzt schaue ich mir mal das Gewächshaus an. Irgendwas muss dazu geführt haben, dass die Sicherung durchgebrannt ist. In Anbetracht des Zustands hätte das allerdings jederzeit passieren können.«

Sie machten sich gar nicht erst die Mühe, ihre Mäntel anzuziehen, sondern marschierten schnurstracks durch den Hof und in die angenehme Wärme des Gewächshauses. Ihnen schlug der Geruch von Pflanzen und feuchter Erde entgegen. Gus machte einen Rundgang und schaute sich die von der Decke hängenden Birnen an. Schließlich wies er auf eine der herabbaumelnden Leuchten und sagte: »Die war schuld, diese Birne ist durchgebrannt.«

Verblüfft sagte Hugo: »Die Sicherung mit dem falschen Draht sah wirklich so aus, als wäre sie schon alt. Heute Morgen habe ich Ben gefragt, und er meinte, es sei nie notwendig gewesen, eine Sicherung zu reparieren, als Selchester … als Ihr Vater noch am Leben war. Dabei sollte man doch meinen, die Glühbirnen hätten nicht so lange gehalten.«

Robert, der sich an die Tür gelehnt hatte, sagte: »Glühbirnen sind unzuverlässig. Die einen halten jahrelang, die anderen brennen binnen weniger Wochen durch.«

An der Wand stand eine Trittleiter. Gus holte sie, stieg hinauf und drehte die Glühbirne heraus. Prüfend schüttelte er sie hin und her. »Ja, die ist mit Sicherheit kaputt.« Er kletterte wieder herunter. »Man kann nie wissen; eine Birne kann durchbrennen und überhaupt keine Probleme verursachen, oder sie kann die Sicherung in Mitleidenschaft ziehen. Schmelzsicherungen sind ziemlich launisch, und diese hier sind dazu auch noch altmodisch. Selbst so, wie sie angebracht waren, könnten eine oder mehrere Glühbirnen durchbrennen, ohne dass sich das auf die Sicherung auswirkt. So etwas passiert eben, das ist alles.«

»Lassen Sie uns lieber eine neue Glühbirne nehmen, bevor Sie den Strom wieder einschalten.«

»Vorher kontrolliere ich noch Steckdosen und Schalter«, sagte Gus. »Bei dem feuchten Klima, das hier drinnen herrscht, muss man vorsichtig sein.«

»Sie scheinen ganz der Fachmann zu sein«, bemerkte Robert. »Falls wir jemals eine Revolution haben und Ihr Aristokraten alle rausgeschmissen werdet, können Sie als Elektriker Ihre Brötchen verdienen.«

Gus ging in eine Ecke des Gewächshauses und schaute sich Schalterleisten und Steckdosen an. »Ich hole derweil eine Glühbirne«, sagte Hugo und ging wieder in die Küche.

Als er zurückkehrte, hatte Gus seine Inspektion abgeschlossen. »Ich bräuchte Sicherungsdraht«, sagte er. »Dann wäre hier alles sicher. Es gibt doch bestimmt einen Elektroladen im Ort?«

»Hodges, der Haushaltswarenhändler, führt eine

Menge Elektrozubehör«, sagte Hugo. »Er hat wahrscheinlich alles, was Sie benötigen.«

Sie gingen wieder ins Haus. Robert erklärte, er werde nun die *Times* lesen, falls Pater Leo fertig mit der Lektüre sei, und machte sich auf den Weg zur Bibliothek. Gus setzte die Sicherung für das Gewächshaus wieder ein und sagte: »Hat dieser Elektroladen, von dem Sie gerade sprachen, heute Nachmittag geöffnet?«

»Ich denke schon«, sagte Hugo. »Nur mittwochs schließt er früher.«

»Ich dachte, dass sie so kurz vor Weihnachten vielleicht zeitig Schluss machen.«

»Das bezweifele ich«, erwiderte Hugo. »Geschäft ist Geschäft, und alle, die sich glücklich schätzen können, eine elektrische Baumbeleuchtung zu besitzen, schauen dort vorbei, um sich Ersatzbirnen oder Sicherungen zu besorgen. Die Läden dürften den ganzen Tag über geöffnet sein; bestimmt tätigen viele Leute an Heiligabend noch letzte Weihnachtseinkäufe. Eigentlich kann ich Sie begleiten, wenn Sie in die Stadt runtergehen, weil ich nämlich auch noch ein paar Dinge erledigen möchte.«

Szene 3

Nachdem sie ihre Hackfleischpasteten sicher im Ofen verstaut und irgendwo im letzten Winkel der Burg die Weihnachtsdekoration ausfindig gemacht hatte, trug Mrs Partridge sie in die Great Hall. Freya öffnete die Kisten und stieß, als sie die Christbaumkugeln, die filigranen Engel, die mit Schleifen geschmückten Rentiere und die bimmelnden silbernen Glöckchen erblickte, begeistert aus: »Oh, das weckt Erinnerungen! Erstaunlich, dass alles heil geblieben ist.«

Babs, die bis dato wenig Interesse gezeigt hatte, kam herbei und kümmerte sich um die Dekoration. Freya bemerkte, wie sorgsam sie den Schmuck an den Baum hängte. Georgia und Polly schmückten den Baum eher wahllos, doch wenn die beiden gerade nicht hinschauten, nahm Babs den Schmuck wieder ab und arrangierte ihn stilvoller und mit mehr Finesse.

Babs und Polly stritten darüber, was auf die Spitze des Christbaums gehörte. Babs hielt einen schillernden Stern hoch. Polly hingegen hatte einen Engel für die Spitze ausgeguckt. »Er hat so einen melancholischen Gesichtsausdruck und sieht so aus, als würde er gerne ganz oben thronen.«

Georgia ließ weder das eine noch das andere gelten und machte sich stattdessen für einen silbernen Drachen stark.

»Wer hat denn jemals etwas von einem Drachen auf einem Christbaum gehört?«, wandte Babs ein.

»Ich weiß nicht, er ist schon irgendwie hübsch«, sagte Polly. »Aber der Engel wirkt unglücklich und verdient eine Ruhepause.«

»Etwas Unglückliches wollen wir nicht oben auf dem Christbaum haben«, sagte Georgia. »Es soll doch ein frohes Fest werden.«

Als Mrs Partridge wenig später zu ihnen stieß, zankten die beiden Geschwister sich noch immer. Nach ihrer Meinung gefragt beendete Mrs Partridge den Streit und sagte: »Auf die Spitze des Christbaums kommt das, was in der Burg schon immer auf die Spitze des Christbaums gekommen ist.«

»Und das wäre?«, wollte Polly wissen.

»Fragt Miss Freya. Sie wird sich darum kümmern.« Sie stellte einen Teller mit Hackfleischpasteten hin. »Sie kommen frisch aus dem Ofen, also esst sie rasch. Wenn ihr dazu Orangenlimonade trinken wollt, müsst ihr mit in die Küche kommen.«

Bis zum späten Vormittag war der Baum farbenprächtig geschmückt. Durch Babs' Bemühungen sah er nicht ganz so aus wie ein Sonderangebot von Woolworth, fand Freya; er wirkte jedoch trotzdem ziemlich überfrachtet. Dies sagte sie Hugo auch, der daraufhin grinsend entgegnete: »Geht es denn bei Weihnachten nicht genau darum? Licht und Farbe und Freude und alles nicht ganz so ernst nehmen?«

Sonia kam in die Great Hall geschlendert und betrachtete den Christbaum. »Wie abgeschmackt«, murmelte sie. Als Gus Polly mitteilte, dass er in die Stadt zum Elektrofachgeschäft fahren würde, sagte sie: »Ruf lieber Mr Trusby an. So etwas musst du wirklich nicht selber machen.«

»Ich mache so etwas gerne selber«, erwiderte Gus.

»Es wird die Gerüchteküche in der Stadt anheizen. Man wird denken, der neue Earl wäre ein Elektriker.«

»Tja, das ist er aber nicht«, sagte Polly grimmig.

»Ich glaube kaum, dass wir so kurz vor Weihnachten einen Elektriker finden«, sagte Gus. »Hier muss sauber gearbeitet werden, neue Verkabelung; alles muss ausgewechselt werden. Aber für den Moment ist es am einfachsten, wenn wir uns darum kümmern. Es gibt hier empfindliche Pflanzen, die leiden würden, wenn der Thermostat nicht funktioniert.«

Szene 4

Martha Radley las im Kaffeesatz. Sie saß mit Mrs Partridge und Mrs Svensson an einem runden Tisch im *Daffodil,* drehte ihre Tasse gekonnt auf den Kopf und untersuchte den durchweichten Kaffeesatz.

Ihre beiden Tischnachbarinnen rückten näher an sie heran, und Jamie kam zu ihnen herüber, bemüht, eine skeptische Miene vorzutäuschen. Die drei Frauen wussten jedoch ganz genau, dass er die Ohren spitzte.

»Was siehst du, Martha?«, wollte Mrs Svensson wissen. »Du hast so eine düstere Miene aufgesetzt.«

»Das liegt daran, dass ich den Tod sehe«, erwiderte Martha.

Mrs Partridge beugte sich vor. »Wessen Tod?«

»Um uns das mitzuteilen, brauchst du keinen Kaffeesatz«, warf Mrs Svensson ein. »Die alte Mrs Gilbert wird bald das Zeitliche segnen.«

Dem pflichtete Mrs Partridge bei. »Es kann sich nur noch um Stunden handeln, habe ich gehört. Dr. Rogers war heute Morgen wieder bei ihr, und sie haben anscheinend den Pfarrer gerufen. Da hast du also deinen Tod, Martha. Und wie Mrs Svensson schon sagte, das kommt für niemanden überraschend. Mr Trusby wetzt schon seit Tagen seinen Spaten.«

»Sie könnte sich wieder erholen«, gab Martha zu bedenken.

»Mit hundertdrei Jahren kommt bei ihr erholen nicht infrage«, konterte Mrs Svensson. »Es wird Zeit, dass sie ihrem Schöpfer gegenübertritt.«

Behutsam stocherte Martha mit ihrem kleinen Finger im Kaffeesatz herum. »Das hier hat nichts mit Mrs Gilbert zu tun. Es geht um einen Todesfall in der Burg.«

Mrs Partridge goss sich eine weitere Tasse Tee ein. »Du wirfst einen Blick in die Vergangenheit, nicht in die Zukunft, Martha. Das ist alles Schnee von gestern.«

»Nicht unbedingt«, entgegnete Mrs Svensson. »Bedenke doch nur, was im Museum passiert ist, als um ein Haar ein Bolzen einer Armbrust den Kopf Seiner Lordschaft getroffen hätte.«

»Er hat Seine Lordschaft verfehlt, und davon spreche ich nicht«, gab Martha zurück. »Ich sehe einen Todesfall oben in der Burg, nicht hier im Ort. Es ist ganz eindeutig, schaut euch doch nur diese Anordnung hier an. Und da ist eine seltsame Kraft im Spiel.«

Das war zu viel für Jamie. »Also wirklich, Martha! Seltsame Kraft, was Sie nicht sagen. Was geben Sie da nur für einen Unsinn von sich!«

Martha goss noch einmal Kaffee ein, schwenkte ihre Tasse herum und stellte sie herausfordernd ab. »Sie wissen ganz genau, Jamie, dass der Kaffeesatz niemals lügt. Merken Sie sich meine Worte, da stimmt etwas nicht oben auf der Burg.«

»Was Freya und die Hawksworths angeht, stimmt

eine Menge nicht«, sagte Jamie. »Die müssen nämlich weg und sich eine andere Unterkunft suchen.«

Eine ganze Weile herrschte Schweigen am Tisch. Dann sagte Mrs Partridge:

»Nightingale Cottage ist über die Weihnachtstage vermietet worden.«

Jamie hatte sich wieder in den hinteren Bereich der Teestube zurückgezogen, und Martha sagte: »Sind die Pearsons tatsächlich über Weihnachten weg? Wie hast du davon erfahren?«

»Irene hat es mir erzählt.« Irene arbeitete in der Vermittlung und war die Quelle allen Wissens, was in Selchester vor sich ging. »Sie meinte, es sei alles am Telefon vereinbart worden. Ihr wisst, dass in der *Times* eine Anzeige geschaltet worden ist, in der das Cottage zur Miete angeboten wurde? Gestern sind sie weg. Sie fahren über Weihnachten nach Cornwall, bestimmt, um dort irgendwelche heidnischen Riten zu praktizieren oder sonst etwas. Ein Mr Sampson hat das Cottage gemietet. Er hat sie angerufen, und sie haben alles vereinbart. Er zahlt zehn Pfund für die Woche.«

Die drei Frauen schauten einander mit geschürzten Lippen an. »Und wer ist dieser Mann? Hat Irene sonst noch etwas über ihn in Erfahrung gebracht?«

»Nein. Nur dass er mit dem Zug kommt.«

Erneut herrschte ein Moment Schweigen. Dann sagte Mrs Svensson: »Sonderbar, Weihnachten alleine verbringen zu wollen.«

»Vielleicht ist er gar nicht allein. Gibt es eine Mrs Sampson?«, fragte Martha.

»Irene sagt, er ist alleine.«

Nun wandten sie sich dem Thema Dinah zu. »Ich habe gehört, man hat ihr angeboten, den ersten Weihnachtsfeiertag bei ihren Cousinen in Berkshire zu verbringen.«

»Es zieht schlechtes Wetter auf«, sagte Martha. »Sie kann sicher nicht fahren.«

»Dann wird Miss Freya sie in die Burg einladen«, mutmaßte Mrs Partridge.

»Da kommt über Weihnachten ja eine illustre Gruppe dort oben zusammen«, sagte Martha. »Ich habe Lady Sonia in einem Auto gesehen; neben ihr saß ein Gentleman, und ein zweiter saß eingequetscht auf dem Rücksitz. Es war ein Sportwagen.«

»Das war Mr Dauntseys Auto«, verkündete Mrs Partridge. »Er ist mit Lady Sonia verlobt, und der andere Gentleman ist ein Mr Olivier, er kommt wegen der Gemälde.«

Jamie brachte eine neue Kanne Tee. »Auf mich wirken die beiden nicht wie Verlobte. Lady Sonia wirkt durch und durch unzufrieden.«

»Sie spielt die beleidigte Leberwurst, das ist alles«, sagte Mrs Partridge. »Weil sie nicht mehr Burgherrin ist.«

Mit einer dramatischen Geste blickte Jamie gen Himmel. »Und dafür sollten wir Gott Dank sagen. Welche Pläne Lord Selchester hat, weiß man natürlich nicht. Vielleicht kommt er zu dem Schluss, dass er Burg und Anwesen nicht halten kann und letzten Endes doch verkaufen muss. Aber Mr Jonquil zufolge hat er die Absicht, sich hier niederzulassen.«

»Das hoffe ich«, sagte Mrs Partridge. »Zucker, Lara? Ich glaube nicht, dass er die Burg komfortabel findet, und seine Töchter mögen sie nicht. Er sollte sich mal den Lady-Mathilda-Flügel anschauen. Sicher, dort ist alles verriegelt und verrammelt, aber im Krieg wurde er modernisiert, und ihn bewohnbar zu machen wäre kein allzu großer Aufwand.«

»Er wird sich hier niederlassen«, sagte Martha zuversichtlich.

Szene 5

Gus war fasziniert vom Haushaltswarengeschäft Hodges.

»Es hat sich kein bisschen verändert«, sagte Freya. »Es ist noch immer genau so, wie ich es aus meiner Kindheit kenne. Ich bin so gern hier gewesen. Diese ganzen geheimnisvollen Gegenstände, die an Haken hängen oder in Kisten gelagert sind. Und woher Mr Hodges weiß, wo sich jeder Gegenstand befindet, so klein oder ungewöhnlich er sein mag, ist und bleibt mir ein Rätsel.«

»Es ist wie bei Dickens«, sagte Gus.

»Wahrscheinlich gab es das Geschäft schon zu Dickens' Zeiten und wurde von einem Geschäftsinhaber namens Hodges geführt«, sagte Freya. »Auf jeden Fall befindet es sich schon eine ganze Weile hier, nicht wahr, Mr Hodges?«

Mit schmutzigen, kundigen Fingern wühlte Mr Hodges, wie immer bekleidet mit einem braunen Arbeitskittel, in seinen Kisten nach der erforderlichen Stärke

Sicherungsdraht. »So ist es, Miss Freya. Ich führe unser Familienunternehmen in vierter Generation, und nach mir wird mein Sohn es übernehmen.«

Als er fand, was er gesucht hatte, legte er es auf den Holztresen, damit Gus es begutachten konnte. Gus seinerseits holte die Schmelzsicherung heraus, die er mitgebracht hatte, und die beiden schauten sie sich an. »Ich denke, das ist der Draht, den Sie brauchen, Mylord.« Er legte eine Pause ein und sagte dann: »Falls es Probleme gibt, kommt Mr Trusby bestimmt gerne hoch und kümmert sich darum.«

»Ich denke, ich komme mit den Sicherungen zurecht«, sagte Gus. »Ich werde Mr Trusby erst nach Weihnachten deswegen behelligen. Es ist das Gewächshaus, das Probleme macht, und wenn das hier nicht funktioniert, dann werde ich es vom Stromkreis trennen. Das ist zwar für die Pflanzen nicht gut, aber immerhin versinken wir dann nicht in Dunkelheit.«

Mr Hodges stieg die Leiter hinauf, um die Kiste wieder auf das Regal zu stellen. Wieder unten angelangt rief er der jungen Frau an der Kasse zu: »Neun Pence, bitte, Gloria.« Gloria, die zuvor mit leerem Blick ins Nichts gestarrt hatte, steckte sich eine widerspenstige Locke hinter das Ohr und tippte den Betrag in die Kasse ein, worauf sich mit lautem Klingeln die Schublade öffnete. Gus reichte ihr das Geld.

Auch Georgia liebte Mr Hodges' Laden; sie war in der Zwischenzeit ein wenig herumgebummelt, hatte hier und da etwas in die Hand genommen und in dem trüben Licht auf merkwürdige Gegenstände geschielt, die von der Decke herabbaumelten. »Legen Sie das wieder hin, Miss Georgia, das ist scharf.«

»Was ist das?«, wollte Polly wissen.

»Das ist so eine neue Erfindung«, erwiderte Mr Hodges. »So etwas braucht ihr nicht.«

Mit einem vielstimmigen »Noch einen schönen Tag!« und »Frohe Weihnachten!« marschierten sie an den anderen Kunden vorbei, die geduldig Schlange standen, bis sie an der Reihe waren. Freya war klar, dass sie jedes Wort aufgesaugt hatten und sich die Nachricht, dass der neue Earl Draht gekauft hatte, um die Sicherung eigenhändig zu reparieren, in Windeseile in Selchester verbreiten würde. Sie hörte schon die ersten Bemerkungen, als sie noch nicht aus der Tür war.

»Sicherung für das Gewächshaus«, raunte einer.

»Mr Trusby meint, der alte Sicherungskasten im Gang vor der Küche in der Burg muss gründlich überholt werden. Seine verstorbene Lordschaft konnte diese Arbeit zu Lebzeiten nicht mehr ausführen lassen, und die Verwalter hielten es nicht für notwendig.«

»Gut, dass ein neuer Earl da ist, der die Dinge in Ordnung bringt.«

»Hoffen wir es. Er könnte aber auch alles verkaufen, wie Lady Sonia es geplant hatte, und dann nach Amerika zurückkehren.«

»Es wäre eine Schande, wenn er das täte.«

Kapitel acht

Szene 1

Pam half nicht nur ihrer Mutter in der Pension, sondern arbeitete darüber hinaus auch zwei, drei Tage in der Woche im *Dragon*. Heute war sie am frühen Nachmittag in der Bar und ging Mr Plinth, dem Gastwirt, zur Hand. Er überprüfte den Füllstand in den Flaschen, während sie damit beschäftigt war, den lang gezogenen Holztresen zu polieren. In der Wirtschaft saß nur ein einziger Gast, ein Mann in einem Trenchcoat und mit einem Filzhut. Er saß in der Ecke und las Zeitung.

Pam warf einen kurzen Blick auf ihn und befand, dass sie sich wegen ihm keine Gedanken machen musste. Mit gesenkter Stimme sagte sie zu Mr Plinth: »Heute Abend komme ich nicht, denn ich werde wieder oben in der Burg gebraucht. Ich helfe zwar bloß bei den Vorbereitungen für das Weihnachtsessen morgen, denn heute gibt es nur ein leichtes Abendessen. Aber es ist viel zu tun. Morgen helfe ich ebenfalls oben aus. Ich arbeite wirklich gerne in der Burg. Sie sollten mal den prächtigen großen Weihnachtsbaum sehen, den sie dort aufgestellt haben, mit elektrischer Beleuchtung und allem Drum und Dran. Ich war heute Morgen oben, habe Tantchen noch ein paar Eier geliefert, und da haben sie gerade die ganze Weihnachtsdekoration am Baum aufgehängt.«

Mr Plinth hatte als Butler beim vorherigen Lord Selchester gearbeitet und lechzte zwar regelrecht danach, mehr darüber zu erfahren, was oben in der Burg vor sich ging, hielt es jedoch für unter seiner Würde, dass Pam mitbekam, wie neugierig er war.

Sie brauchte jedoch gar nicht animiert zu werden. »Bei so vielen Besuchern über Weihnachten macht es noch mehr Spaß, dort oben zu arbeiten«, sagte sie. »Lady Sonia ist anwesend und auch ein Mr Dauntsey. Er ist ihr Verlobter, aber das merkt man gar nicht, denn die beiden gehen ganz und gar nicht liebevoll miteinander um. Er ist ein Gentleman, der etwas auf sich hält, ist ausgesprochen höflich. Wer aber wirklich nett ist, das ist Seine Lordschaft. Der hat ein sehr herzliches Lächeln und sagt immer Bitte und Danke, wenn man etwas für ihn tut. Tantchen meint zwar, er sollte ein wenig distanzierter, sich seiner Position bewusst sein und sich ein bisschen mehr wie der letzte Earl verhalten. Aber die Zeiten haben sich eben verändert, nach dem Krieg sind wir jetzt alle gleich.«

»Es war eine Freude, für den verstorbenen Lord Selchester zu arbeiten«, sagte Mr Plinth. »Der Mann wusste, wo sein Platz war, und erwartete von allen anderen, dass sie den ihren auch kannten. Er war reserviert.«

Ihm fielen nun einige Dinge über den verstorbenen Lord Selchester ein, aber er hielt es für angemessen, nichts davon zu erwähnen. Stattdessen fragte er: »Was hat Mrs Partridge serviert?«

Da Pam selbst unbedingt kochen lernen wollte, beschrieb sie das Menü bis in alle Einzelheiten.

»Verlief das Essen friedlich? Bei solchen Familien weiß man ja nie.«

»Gestritten haben sie nicht. Aber es herrschte doch eine gewisse Anspannung. Zunächst wurde Seiner Lordschaft ein Päckchen überreicht.«

»Ein Päckchen während des Mittagessens?«, hakte Mr Plinth nach.

»Es war schon am Vormittag zugestellt worden«, erklärte Pam. »Zuerst dachte ich, darin wäre eine Art schwarzes Buch.«

Sie hielt inne und warf dem Gast in der Ecke einen misstrauischen Blick zu, doch der Mann schlug lediglich seine Zeitung auf.

»Das war es aber nicht. Es war schwarzes Seidenpapier, das um ein altes, gerahmtes Foto gewickelt war. Es war ein Foto seiner Mutter. Sie ist bei seiner Geburt gestorben, hat Tantchen mir erzählt. Seine Lordschaft wirkte ganz mitgenommen.«

»Wer hat es ihm geschickt?«

»Eine Anwaltskanzlei. Sie hatten es ihm nach Amerika geschickt, aber es kam erst dort an, als er schon abgereist war. Daher wurde es ihm nach England nachgesendet, hier in die Burg. Stellen Sie sich vor, es ist den ganzen Weg bis nach Amerika transportiert worden und dann wieder zurück.«

»War ein Brief von seinem Vater drin, dem verstorbenen Lord Selchester?«

»Nein, nur eine Nachricht von den Anwälten.«

Der Mann in der Ecke faltete seine Zeitung zusammen, steckte sie sich in die Manteltasche und kam zur Bar herüber. »Ich bleibe nicht länger«, sagte er zu Mr Plinth. »Machen Sie mir die Rechnung fertig, dann bezahle ich gleich.«

»Sofort, Sir. Wenn Sie bitte mitkommen wollen«, sagte Mr Plinth und hob das klappbare Teil des Tresens an. »Du bleibst hier, Pam. Ich bin gleich wieder da.«

Szene 2

An Heiligabend servierte Mrs Partridge ein frühes, leichtes Abendessen. Während sie aßen, fragte Lady Sonia die anderen, welche Pläne sie für den Abend hatten. »Du wirst vermutlich deine elendigen Glocken läuten, Freya, nicht wahr?«

Freya hatte den Mund voll Coronation Chicken und nickte daher nur. Als sie den Bissen heruntergeschluckt hatte, erwiderte sie: »Ja, vor dem Gottesdienst schlagen wir ein Viertelgeläut an. Normalerweise dauert ein Geläut viel länger, aber im Ort haben sich viele Leute erkältet, und deswegen sind wir zurzeit nur ein zusammengewürfelter Haufen.« Sie schaute Hugo an. »Sie und Georgia besuchen wahrscheinlich die Mitternachtsmesse in der Kathedrale?«

»Na klar«, strahlte Georgia.

Lady Sonia seufzte. »Ich denke, ich gehe hinunter zur St Aloysius. Gehst du zur Messe, Gus?«

Gus nickte. »Ja, wir werden alle die Messe besuchen.«

»Was ist mit Pater Leo?«, fragte Polly. »Er muss

sicherlich doch schon von Berufs wegen zur Messe gehen, oder? Wo ist er?«

»Er ist im Pfarrhaus«, sagte Hugo, »und will beim Gottesdienst heute Abend mithelfen.«

»Und was ist mit dir, Robert?«, fragte Lady Sonia unbekümmert. »Und du, Rupert?«

Rupert, der während des Essens schweigend dagesessen hatte, sagte: »Ich bin kein Kirchgänger. Ich haue mich wahrscheinlich früh aufs Ohr.«

»Dann komme ich wohl mal lieber mit, Sonia, Schätzchen, und lasse Glocken und Wohlgerüche auf mich einwirken«, verkündete Robert.

»Werden Sie eigentlich konvertieren, wenn Sie Tante Sonia heiraten, Mr Dauntsey?«, wollte Polly wissen.

»Sonia reicht, Polly«, sagte Sonia.

»Ich bin mir nicht sicher«, antwortete Robert. »Das muss ich doch nicht, oder, Sonia?«

Polly wusste ganz genau Bescheid darüber. »Müssen Sie nicht, aber es ist schon besser, wenn Sie es tun. Tante Sonia muss sich allerdings eine spezielle Erlaubnis besorgen. Und eure Kinder müssen katholisch erzogen werden. Sie muss dem zustimmen und Sie auch.«

»Ich glaube nicht, dass deine Tante diesbezüglich belehrt werden muss, Polly«, schaltete sich Gus ein.

Sie schaute ihn empört an. »Das ist keine Belehrung. Das sind die Fakten. Man sollte immer die Fakten kennen.«

Sonia, die bereits die Augen zusammengekniffen hatte, beschloss, gute Miene zum bösen Spiel zu machen, und lachte. Als sie vom Tisch aufstand, kniff sie Polly unbekümmert in die Wange. »Sei vorsichtig mit deinen Fakten, Schätzchen. Du wirst noch feststellen, dass schrecklich viele Leute im Leben sich überhaupt nicht an die Fakten halten. Komm lieber mit in die Messe, Robert. Das wird deiner unsterblichen Seele guttun.«

»Ich glaube, so etwas besitze ich nicht«, versetzte Robert träge und stand vom Tisch auf.

Polly machte Anstalten, erneut ihren Senf dazuzugeben, doch dieses Mal ließ sie ein zügelnder Blick ihres Vaters verstummen.

Sonia und Robert schlenderten aus dem Speisesaal. Wie Rupert hatte auch Babs während des Essens kaum einen Ton von sich gegeben. Nun sagte sie: »Ich glaube nicht, dass sie jemals heiraten werden, Polly. Also spielt es keine Rolle, welcher Religionsgemeinschaft Robert angehört; was Sonia betrifft, könnte er auch Naturgottheiten anbeten.«

»Warum sagen Sie das, Lady Barbara?«, fragte Rupert und betonte dabei ihren Titel ironisch.

Sie warf ihm einen wütenden Blick zu und zuckte mit den Schultern. »Oh, nur so.«

Szene 3

Hugo fuhr Georgia zur Kathedrale hinunter und stellte den Wagen auf der gegenüberliegenden Seite der Wiese ab. Es war eine helle Vollmondnacht, frostig und bitterkalt. »Für Schnee ist es noch zu kalt«, bemerkte er und schlug die Wagentür zu.

Georgia hatte sich in ihren Tweedmantel gekuschelt,

einen Schal um den Hals gewunden und eine Wollmütze aufgesetzt. »Warum sagen die Leute das immer?«, fragte sie. »Wie kann es für Schnee zu kalt sein? Wenn es zu kalt für Schnee wäre, warum gibt es dann überhaupt Schnee in der Arktis und Antarktis?«

»Frag lieber deinen Onkel«, erwiderte Hugo, »der hat vielleicht eine Antwort parat. Ich spreche bloß aus Erfahrung. Wenn es so kalt, klar und frostig ist wie heute, muss es normalerweise erst wieder ein wenig wärmer werden, bevor es zu schneien beginnt.«

Als Georgia neben ihm herging, knirschten ihre Schuhe auf dem eisigen Boden. »Rupert scheint total genervt zu sein, weil er hier nicht wegkommt. Er sollte den Gottesdienst besuchen und ein paar Choräle und Weihnachtslieder singen. An Heiligabend ist das immer wunderschön und viel besser, als allein in der Burg herumzuhocken. Hör mal, die Glocken. Freya läutet Nummer vier, das ist die Gis-Glocke.«

»Du hast bessere Ohren als ich. Für mich ist das nur ein allgemeines Geläut. Gefällig, aber ich kann die einzelnen Glocken nicht heraushören.«

»Freya meint, ich könnte Läuten lernen. Ich bin vielleicht noch nicht groß genug dafür, aber man kann sich ja auf eine Kiste stellen. Nach Neujahr. Bei ihnen sind Anfänger willkommen.« Sie stockte, während sie schweigend weitergingen. »Falls wir dann noch hier sind, natürlich«, fügte sie ergänzend hinzu.

Hugo hörte die Besorgnis in ihrer Stimme heraus. »Wir werden schon eine Unterkunft finden, mach dir keine Sorgen deshalb.«

Es sollte ein märchenhafter Gottesdienst werden. Hugo hatte schon lange nicht mehr an einem Weihnachtsgottesdienst teilgenommen. Die vergangenen Jahre hatte er das Weihnachtsfest immer woanders verbracht, aber nie damit gerechnet, einmal an einem in der englischen Domstadt teilzunehmen. Es hatte etwas Friedliches, und er spürte eine Verbundenheit mit der Vergangenheit und seinen Wurzeln, wie er sie nie zuvor verspürt hatte, und das berührte ihn. Er schaute auf Georgias reines, jugendliches Gesicht neben ihm hinab, und ihn durchflutete eine Welle der Zuneigung. Er legte den Arm um sie und drückte sie an sich. Überrascht schaute sie zu ihm auf. »Wofür war das jetzt?«

»Ich hatte einfach nur das Bedürfnis, dich zu umarmen«, flüsterte er. »Frohe Weihnachten.«

»Frohe Weihnachten«, erwiderte Georgia.

Obwohl sie beizeiten gekommen waren, war die von Kerzen erleuchtete Kathedrale bereits fast bis auf den letzten Platz gefüllt. Als das Zusammenläuten erklang, glitt Freya neben sie auf die Bank. Der Chor versammelte sich im hinteren Bereich der Kathedrale. Die reine, klare Stimme eines Jungen stimmte die erste Strophe aus *Once in Royal David's City* an, und die lange Prozession schritt durch das Hauptschiff, mit den Chorknaben in Rot und Weiß und den Geistlichen in den bestickten Messgewändern, wofür die Kathedrale berühmt war.

Sie sangen beliebte Weihnachtslieder, doch Georgia murrte, dass *Mitten im kalten Winter* nicht dazugehörte. »Das ist mein Lieblingslied«, erklärte sie. Das Christkind wurde von einem ernst blickenden kleinen Mädchen in die Krippe im Altarraum gebettet. Dann wurde der Schlusssegen erteilt, und die Prozession machte sich auf ihren feierlichen Rückweg, auf dem der Bischof die Gläubigen zu beiden Seiten des Ganges segnete. Schließlich war der Gottesdienst beendet.

Die Gläubigen nahmen ihre fünf Sinne zusammen, legten ihre Schals um und strömten zum großen Westportal hinaus, dessen weit geöffnete Türflügel einen Blick in die Nacht hinaus gewährten. Die Hawksworths blieben immer wieder stehen, weil Freya von Dutzenden Menschen mit herzlichem Lächeln und »Frohe Weihnachten!« begrüßt wurde.

»Du kennst hier ja jeden«, konstatierte Georgia. »Es muss schön sein dazuzugehören.« Gähnend kletterte sie in den Fond des Wagens. »Polly kommt erst später zurück. Ihr Gottesdienst beginnt erst um Mitternacht. Sie wird dann todmüde sein. Bestimmt steht sie morgen nicht früh auf, um ihren Weihnachtsstrumpf aufzumachen.«

»Du hoffentlich auch nicht«, versetzte Hugo.

»In den Kinderbüchern steht aber immer, dass man an Weihnachten ganz früh aufsteht und den Strumpf am Bettende ertastet und so weiter. Normalerweise wache ich Weihnachten nicht besonders früh auf.«

Freya und Hugo schauten einander an. »Ich wollte an Weihnachten meinen Strumpf immer unbedingt aufmachen, weil ich wusste, dass ich ein rosarotes Zuckerschwein herausfischen würde. Gegessen habe ich es zwar nie, weil ich den Geschmack gehasst habe. Aber das rosarote Zuckerschwein symbolisierte für mich Weihnachten mehr als alles andere.«

»Das hättest du mir sagen sollen«, meinte Georgia. »Im Süßwarengeschäft gab es welche.«

»Heb dir dein Geld lieber für eigene Süßigkeiten auf«, schlug Freya vor.

»Stimmt«, pflichtete ihr Georgia bei. »Genau das habe ich auch getan.«

Hugo hatte Schuldgefühle, weil Georgia so früh hatte erwachsen werden müssen. Sie war während der deutschen Luftangriffe auf London geboren worden, dann ausgebombt und zur Waisen geworden, um schließlich von ihrer Tante Claire großgezogen zu werden, einer freundlichen und tüchtigen, aber auch viel beschäftigten Frau. Derweil hatte er, Hugo, sein Leben genossen. Er hatte Gefallen an Gefahr und Abenteuer und dem Fehlen von Alltagstrott gefunden und kaum einen Gedanken an seine kleine Schwester verschwendet. Wenn er in England gewesen war, hatte er fast immer Weihnachten im Freundeskreis verbracht und sein Gewissen dadurch beruhigt, dass er seiner Schwester, die er kaum kannte, großzügige Geschenke gemacht hatte.

Erst in den letzten Monaten hatte er sie kennengelernt, doch sie war ihm ein Rätsel. Manchmal erinnerte sie ihn so sehr an seine Mutter, dass es ihm einen Stich versetzte. Doch war da auch eine Härte in ihrem Wesen, die sie eher von ihrem Vater hatte. Und verdammt, er war alles, was sie hatte, und er konnte ihr nicht einmal ein anständiges Dach über dem Kopf bieten.

Freya, die neben ihm saß, nahm die Veränderung in seinem Gesichtsausdruck wahr. »Was gäbe ich jetzt dafür, wenn ich wüsste, was Sie denken«, sagte sie.

Er beschloss, seine melancholischen Anwandlungen für sich zu behalten. Schließlich hatte auch Freya keinen Ort zum Wohnen. »Ich hoffe bloß, dass ich genug Geschenke und Karten habe.«

»Der arme Rupert«, sagte Freya. »Kommt her, ohne Weihnachten hier verbringen zu wollen, und findet sich in einer großen Hausgemeinschaft wieder. Er hat sich auf den Weg in den Ort gemacht, um Weihnachtseinkäufe zu tätigen. Ich sagte ihm, niemand würde das von ihm erwarten, aber er hat sich Gedanken deshalb gemacht.«

»Rupert ist schon in Ordnung«, sagte Georgia vom Rücksitz aus. »Er raucht bloß ständig diese widerlichen Zigaretten.«

Freya lachte. »Seine Cheerots? Die stinken wirklich grauenvoll. Aber wenigstens raucht er sie nicht in der Burg.«

»Das würde er aber wohl, wenn er dürfte«, sagte Georgia. »Nur dass Sonia es nicht duldet, sie ist ja dermaßen herrisch. Er verzieht sich ins Gewächshaus und qualmt sie dort.«

»Woher weißt du das?«, fragte Hugo.

»Ich habe ihn gesehen, von meinem Schlafzimmerfenster aus. Er schaltet drinnen das Licht ein, und dann kann ich sehen, wie er dort inmitten von Rauchschwaden steht. Die armen Pflanzen, das vertragen sie bestimmt ganz und gar nicht.«

Szene 4

In den letzten Jahren hatte Freya das Weihnachtsfest nicht in der Burg verbracht. Wenn sie sich in Selchester aufhielt, lud Tante Priscilla sie immer ins Veryan House ein, und wenn ihre Eltern sich im Land befanden, war sie über Weihnachten bei ihnen. Daher war sie froh, als sie am Weihnachtsmorgen in ihrem Turm aufwachte. Sie schaute zum Wecker auf ihrem Nachttisch. Acht Uhr.

Sie räkelte sich. Wie lange Georgia wohl schon wach war? Genau in diesem Moment klopfte jemand an die Tür, und im nächsten Moment streckte Georgia den Kopf ins Zimmer. Sie trug einen roten Flanellmorgenmantel, den ihr ihre Tante aus Amerika geschickt hatte. Als Georgia in die Burg gekommen war, hatte sie einen sehr eleganten Morgenrock getragen, der ihrer Mutter gehört hatte. Hugo war immer traurig geworden, wenn er sie darin erblickt hatte. Roter Flanell war weit zweckmäßiger, um sich gegen die Kälte in der Burg zu schützen.

»Meine Güte, Georgia, du bist ja barfuß. Du musst Eisfüße haben. Komm ins Bett und wärme dich auf.« Sie rückte beiseite und hob die Decke an, worauf Georgia ins Bett schlüpfte und ihre eiskalten Füße an Freyas Beine schmiegte. »Ich bleibe nicht lang; ich bin nämlich gekommen, um dich zu holen. Du musst unbedingt deinen Weihnachtsstrumpf aufmachen.«

»Sei nicht albern, ich habe keinen Strumpf«, erwiderte Freya.

»Du hast ja keine Ahnung«, versetzte Georgia. »Der Weihnachtsmann war da und hat dir einen gefüllten Strumpf gebracht. Der hängt unten in der Bibliothek über dem Kamin.« Sie gluckste. »Onkel Leo hat auch einen Strumpf, und er ist ganz verblüfft deswegen.«

Freya wusste, dass Georgia auch einen Strumpf für Hugo hatte. Das Mädchen hatte einiges hineingesteckt, was sie in der Schule gebastelt hatte, und zudem einen Teil ihres Taschengelds bei Woolworth ausgegeben. Freya hatte ein paar Dinge aus ihrem Besitz beigesteuert.

Georgia schubste Freya aus dem Bett.

Sie zog sich ihren Morgenmantel an, fuhr sich rasch mit dem Kamm durch das Haar, schlüpfte in ihre Hausschuhe und kramte in der Schublade nach einem Paar Wollsocken. »Wo sind deine Hausschuhe, Georgia?« Sie reichte ihr die Wollsocken. »Zieh wenigstens die hier über.«

Georgia setzte sich auf die Bettkante, zog die Socken an und wackelte mit den Zehen. »Die sind schön. Meine Hausschuhe habe ich irgendwo stehen gelassen. Die tauchen schon wieder auf, das tun sie immer. In der Zwischenzeit sind die hier perfekt. Danke.«

Hugo hatte im Kamin des Bibliothekszimmers Feuer gemacht. Als Mrs Partridge mit einem Korb Holzscheite hereingekommen war, hatte er sie energisch verscheucht. »Das übernehme ich; Sie haben heute schon genug am Hals, Sie müssen sich nicht auch noch um das Feuer kümmern. Mein Onkel und ich werden das für Sie erledigen.«

Leo wünschte Freya frohe Weihnachten und gab ihr einen Kuss auf die Wange.

»Sind wir allein?«, fragte Freya.

»Gus und die Mädchen sind noch nicht aufgestanden«, erwiderte Hugo. »Sie sind erst nach halb eins zurückgekommen, ich habe sie gehört. Daher dachte ich, wir fangen schon mal an.«

Erfreut sagte Georgia: »Gut. Ganz unter uns, nur die Familie.«

Freya schaute die drei Hawksworths an. Ja, sie waren eine Familie. Georgia reichte ihr eine unförmige Kammgarnsocke. »Das ist kein richtiger Strumpf. Mrs P hat ihn für uns aufgetrieben. Ich wollte Mrs P einen Strumpf geben, aber sie wollte nichts davon wissen. Kaum hatte sie begriffen, was ich vorhatte, sagte sie, es käme nicht infrage, dass ich ihr einem Strumpf schenke.« Perfekt imitierte sie Mrs Partridges ungehaltenen Tonfall. »›So etwas geht mir am Weihnachtsmorgen total auf die Nerven. So war es immer schon, und ich werde nicht jetzt mit diesem Brauch anfangen.‹ Sie macht so ein bisschen auf hartherziger Scrooge mit seinem ›Bah, Humbug!‹ in der Weihnachtsgeschichte von Charles Dickens, aber ich glaube nicht, dass sie es so meint. Jedenfalls hat Hugo ein hübsches Geschenk für sie. Er hat ihr eine neue Handtasche gekauft.«

»Ich weiß«, sagte Freya. »Und zwar eine sehr hübsche. Und ich habe ihr einen Schal und dazu passende Handschuhe besorgt.«

Begleitet von freudigen Ausrufen langte Georgia in ihren Weihnachtsstrumpf. Mit einem leisen Lächeln auf den Lippen schaute Hugo ihr zu. »Nicht an die Vergangenheit denken«, flüsterte ihm Freya zu, während Georgia einen Schreibstift auspackte. »Sie ist jetzt glücklich, und das ist es, was zählt.«

Kapitel neun

Szene 1

Sonia hatte Gus und die Hawksworths darüber in Kenntnis gesetzt – und Freya gegenüber dabei kaum mehr als eine Kopfbewegung gemacht –, dass man den alten Brauch am ersten Weihnachtsfeiertag pflegen würde. »Herzhaftes Frühstück, dann ein kaltes Mittagessen. Tee im Veryan House für diejenigen, die eingeladen sind, und vor dem Abendessen werden vor dem Weihnachtsbaum die Geschenke aufgemacht.«

Gus hatte keine Einwände. Georgia hingegen verkündete mit einem rebellischen Funkeln in den Augen: »Ich mache meine Geschenke für gewöhnlich schon am Morgen auf.«

Sonia bedachte sie mit einem kühlen Blick. »Ach ja? Es interessiert mich nicht im Geringsten, was du für gewöhnlich tust. Da du und dein Bruder euch immer noch in der Burg aufhaltet, wirst du dich an unsere Gepflogenheiten halten.«

»Unsere Gepflogenheiten?«, murmelte Georgia zu Magnus, dem Kater. »Von wegen unsere Gepflogenheiten.«

Gus, der jeder seiner Töchter zur Feier des Tages schon früh ein Geschenk überreicht hatte, hatte das Gefühl, er sollte ein wenig Zeit mit Rupert verbringen. Der Mann tat ihm leid, da er offenkundig schwer darunter litt, nicht zurück nach London fahren zu können.

»Was haben Sie an Weihnachten vorgehabt? Hält sich Ihre Familie in London auf?«

»Ich habe eigentlich gar keine Familie. Meine Eltern … meine Eltern sind beide tot, Geschwister habe ich keine.« Ruperts Stimme klang emotionslos. »Ich wollte an Weihnachten zu Freunden. Aber daran kann man nichts ändern, und um ehrlich zu sein, mache ich mir auch nicht viel aus Weihnachten. Wollen wir im South Drawing Room anfangen? Sie haben die Gemälde dort ja schon gesehen, aber vielleicht wissen Sie nicht, um was es sich handelt. Da hängen ein schöner Reynolds und ein Gainsborough. Und dann natürlich der Wandteppich mit der Darstellung einer Sauhatz.«

Gus fand es amüsant, wie Rupert sich veränderte, wenn er über Kunst sprach. Er wirkte dann nicht mehr wie ein junger Mann, der sich unbehaglich fühlte, sondern wie ein Experte, der mit Selbstbewusstsein auftrat. Gus war beeindruckt von seinem Enthusiasmus und seinem Fachwissen. Obwohl er für ein Auktionshaus arbeitete und offenkundig immer Geld und den Wert eines Bildes im Kopf hatte, lebte er immer auf, wenn er auf die Details und die Schönheiten jedes einzelnen Gemäldes hinwies.

»Ich frage mich, ob ich mich irgendwann an all das hier gewöhnen werde«, sagte Gus. »Es ist, als lebte man in einem Museum; so viele Kunstwerke, so viele wunderschöne Gegenstände.«

»Die besten Stücke der Sammlung, die wirklich bedeutenden Kunstwerke, sind natürlich als Dauerleihgaben ausgeliehen. Hier hätten sie nicht bleiben können – die Versicherungssumme wäre aberwitzig gewesen. Als klar war, dass nur Miss Wryton hier wohnen würde, und die Haushälterin und dieses Faktotum, brachten die Verwalter alle bedeutenden Werke in diversen öffentlichen Galerien unter.« Er betrachtete ein ruhiges Landschaftsbild von Constable. »Es geht mich ja nichts an, auch wenn ich natürlich schon eine Vorstellung von der Bewertung habe. Aber wahrscheinlich möchten Sie einige der wertvolleren Kunstgegenstände dem Staat überlassen. Damit sie auf die Erbschaftssteuer angerechnet werden.«

»Das haben mir die Anwälte und Steuerberater empfohlen.«

»Ihr Vorgänger – Ihr Vater –, der verstorbene Lord Selchester, war sehr gut darin, Gemälde für Ausstellungen und an staatliche Sammlungen zu verleihen. Daher sind einige schon seit Jahren nicht mehr hier. Sie werden feststellen, dass Sie es diesbezüglich mit einer Menge Anfragen zu tun bekommen werden.«

Neben all den anderen Pflichten hätte er das dann also auch noch am Hals? Allmählich kam ihm seine Erbschaft vor wie ein vergiftetes Geschenk.

»Wenn Sie mehr über den Rest der Sammlung wissen wollen, müssen Sie wohl Berater hinzuziehen«, sagte Rupert. »Vieles liegt außerhalb meines Fachgebietes. Was die Keramiken, das Silber und so weiter angeht, habe ich nur oberflächliches Wissen. Und die Wandteppiche. Sie sind berühmt, und auch sie sind sehr wertvoll, aber da sie für die Burg gewoben wurden und seitdem immer dort gehangen haben, bezweifele ich, dass Sie sie veräußern wollen. Lady Sonia hatte vor, sie an einen amerikanischen Sammler zu verkaufen, aber meiner Meinung nach wäre es eine Schande, wenn sie weggegeben werden würden.«

Sie standen mittlerweile vor einem prachtvollen Wandteppich, auf dem eine aparte Renaissancelandschaft dargestellt war. »Das wäre wohl so, als risse man die Mauern ein und verkaufte sie«, sagte Gus. »Außerdem mag ich die klassischen Themen.«

»Dann wären da noch die Bronzemedaillen von Bellini. Sie wurden von Ihrem Urgroßvater erworben. Und zwar offenbar auf eine ziemlich dubiose Art und Weise – es handelte sich um die Begleichung von Spielschulden. Das war ein lohnenswerter Einsatz, denn sie sind heute eine Stange Geld wert. Nein, ich kann sie Ihnen nicht zeigen. Lord Selchester hat sich offenbar nicht viel aus den Medaillen gemacht, deswegen werden sie schon seit Jahren im *Victoria and Albert Museum* ausgestellt.«

Sie gingen weiter. Etwas zögerlich brachte Rupert vor: »Obwohl eine gründliche Inventarisierung vorgenommen wurde, könnte es sich natürlich herausstellen, dass es Gegenstände gibt, die aus dem einen oder anderen Grund nie verzeichnet wurden.«

»Wie das?«

»Sie könnten übersehen worden sein, weil sie in einem Kellerraum, auf einem Dachboden oder gar in einem Nebengebäude eingelagert worden sind. In einem Burgkomplex von dieser Größe, bei so vielen Schätzen… Sollte dies der Fall sein und Sie sich mit dem Gedanken tragen, derlei Gegenstände zu veräußern… privat, verstehen Sie, nicht in Auktionshäusern, dann könnte ich Ihnen womöglich dabei helfen.«

»Mir helfen?«

»Sie zu veräußern. Einen Käufer zu finden. Ich kenne Leute, die immer auf der Suche nach etwas Besonderem sind. Für ihre Privatsammlungen.«

Gus brauchte eine ganze Weile, um zu begreifen, worauf Rupert hinauswollte, und runzelte die Stirn. »Dann könnte ich die Erlöse einfach einstreichen?«

»Es fiele natürlich die übliche Kommission an.«

»Und Ihre Arbeitgeber lassen das zu?«

Rupert lachte herablassend. »Sagen wir es so: Sie würden ein Auge zudrücken. Das ist durchaus üblich; die Steuersätze sind so hoch, dass viele Klienten alles in ihrer Macht Stehende unternehmen, um das meiste aus ihren Vermögensgegenständen herauszuholen.«

»Sollte ich auf derlei Gegenstände stoßen, werde ich sie auf die Inventarliste setzen, Mr Olivier. Und wenn Ihre Firma bei so etwas lax vorgeht, bezweifele ich, dass ich Ihre Dienste überhaupt noch in Anspruch nehme. Ich glaube, ich habe alles gesehen, was ich sehen wollte. Danke.«

Er wandte sich zum Gehen und sah daher den zornigen Ausdruck auf Ruperts hochrotem Gesicht nicht.

Szene 2

Sonia trat auf der gegenüberliegenden Seite des Raums ein und sagte: »Gus, Babs hat dich gesucht. Und wenn du mit Rupert durch bist, möchte ich mir sein Wissen in Bezug auf etwas zunutze machen.«

Sonias rücksichtslose Art gegenüber Rupert erinnerte an Lady Priscilla. Aber Gus, noch immer überwältigt von seinen neuen Verantwortlichkeiten und den Entscheidungen, die er fällen musste, war froh, den Selchester-Sammlungen und Rupert zu entkommen.

Als Gus weg war, wurde Sonia noch forscher. Sie zog einen Schlüssel hervor und wedelte Rupert damit vor der Nase herum. »Da sind noch die anderen Gemälde, die du dir anschauen sollst. Diejenigen, die du noch nicht gesehen hattest.«

»Was genau sind das für Gemälde, Sonia? Doch wohl nicht die russischen, die Selchester seinem Patensohn vererbt hat? Ich dachte, die wären ihm schon längst übergeben worden. Die Verwalter waren nicht allzu glücklich darüber.«

»Die kannst du vergessen. Sie waren es nicht wert, dass man Aufhebens darum macht«, winkte Sonia ab. »Ich zeige dir etwas weit Interessanteres. Nein, nicht hier entlang. Wir gehen hinauf, nicht hinunter.« Sie führte ihn in einen Gebäudetrakt, den Rupert nicht kannte, mehrere Flure entlang, einige Stufen und noch einmal eine Treppe hinauf.

»Gehen wir oben auf die Dachböden?«, wollte Rupert wissen.

Nun riss Sonia der Geduldsfaden. »Hör auf, Fragen zu stellen, und komm einfach mit. Wir haben womöglich nicht allzu viel Zeit. Das ist jetzt eine günstige Gelegenheit, da niemand hier ist.«

Sie gingen einen schmalen Gang entlang, auf dessen einer Seite eine Dachschräge war und auf der anderen kleine ovale Fenster. Rupert vermutete, dass sie sich oberhalb des zentralen Innenhofs befanden. Als er durch ein Fenster hinausspähte, erblickte er Bleischürzen und Zinnen.

In Sonias Kindheit war dies einer ihrer Lieblingsorte in der Burg gewesen. Hier hatte sie sich vor ihrem Kindermädchen oder ihrer Mutter versteckt, und hier wurden nun auch andere Kindheitserinnerungen wach, hier hatten sie gespielt, waren lachend herumgelaufen. Das alles war nun vorbei; in der Burg war es still und kalt, und es fühlte sich an, als hätten hier außer den ihren seit Jahren schon keine Schritte mehr widergehallt.

Sie gingen an einer Reihe verriegelter Türen vorbei, doch Sonia blieb nicht stehen, sondern steuerte die Tür am Ende des Gangs an. Sie steckte den Schlüssel ins Schlüsselloch, drehte ihn um und stieß die Tür auf.

Rupert fühlte sich sichtlich unwohl. »Sonia, was sind das für Bilder? Wem gehören sie wirklich?«

»Sie gehören mir, das sagte ich doch«, gab Sonia zurück. »Mach dir keine Sorgen. Ich habe Gus davon erzählt; er weiß, dass hier einige meiner Besitztümer eingelagert sind. Keines der Gemälde steht auf der Inventarliste. Sie waren auch nie mitversichert. Es war eine persönliche Sache zwischen meinem Vater und mir.«

Rupert plagten noch immer Zweifel. »Fragwürdige Besitzverhältnisse? Das macht den Umgang mit ihnen riskant.«

»Spiel jetzt nicht den Pedanten, Rupert«, sagte Sonia. »Als Selchester seine Gemälde erwarb und sie mir zeigte, nach dem Krieg, da hat er mir gesagt, wenn ich je Beratung in Sachen Kunst benötigte oder wenn es etwas gäbe, das ich verkaufen müsse, ohne dabei allzu sehr im Rampenlicht der Öffentlichkeit zu stehen, dann wärst du derjenige, an den ich mich wenden solle. Er hat mir so einiges über dich erzählt. Also meinst du nicht, dass er es gewollt hätte, dass du mir bei dieser Sache hilfst?«

Rupert erbleichte. »Ist das eine Drohung? So etwas solltest du nicht laut sagen, du könntest damit meine Karriere ruinieren.«

Sie schaute ihm direkt in die Augen. »Es stimmt also, nicht wahr? Das Gehalt, das du vom Auktionshaus beziehst, reicht wohl kaum aus für deinen Lebensstil, an den du dich gewöhnt hast. Außerdem weiß ich von anderen Leuten alles Mögliche über dich. Von den Ancasters, zum Beispiel, und von den Latimers. Sie alle besaßen Gemälde, die sie diskret veräußern mussten, ohne großes Tamtam zu machen, ob sie ins Ausland gingen oder dergleichen. Ohne Spuren zu hinterlassen, denen die grässlichen Spürhunde vom Finanzamt folgen könnten.«

»Ich habe vielleicht die eine oder andere private Transaktion getätigt«, bekannte Rupert steif, »aber diese Leute hatten das Recht, die fraglichen Kunstgegenstände zu veräußern. Sie befanden sich alle schon seit vielen Jahren im Besitz ihrer Familien.«

»Nun, diese Bilder befinden sich seit Selchesters Tod in meinem Besitz. Oh, nun komm endlich, und schau sie dir einfach an, Rupert. Und dann sag mir, was ich damit anfangen kann.«

Widerstrebend, aber mittlerweile auch neugierig geworden, trat Rupert auf das erste Gemälde zu und entfernte die Umhüllung. Er riss die Augen auf. »Das ist ein Monet!«

»Ja, das sagte Selchester auch«, erwiderte Sonia. »Ich glaube, es sind noch ein paar andere Impressionisten darunter. Und es gibt noch eine Madonnendarstellung, die er wirklich mochte. Ich fragte ihn, ob er sie nicht in der viktorianischen Kapelle aufhängen wolle, aber er antwortete nur, er habe sich noch nicht entschieden. Schließlich gibt es nicht viel Platz hier in der Burg, wo man noch Bilder aufhängen könnte. Auf jeden Fall müsste man andere dafür abhängen.«

Rupert war sich immer noch unsicher, ob die Bilder wirklich ein Geschenk von Lord Selchester an Sonia gewesen waren. Aber letztendlich, so befand er, spielte das wahrscheinlich keine Rolle. Wenn der neue Earl Sonias Anspruch auf die Gemälde akzeptierte, dann war es wohl das Klügste, keine weiteren Erkundigungen einzuziehen. Denn wenn die Impressionisten echt waren, würde seine Kommission stattlich ausfallen.

Er zog eine Brille hervor, putzte sie mit seinem Seidentaschentuch und setzte sie sich auf die Nase. Dann sagte er zu Sonia: »Bei Gemälden dieser Qualität werden potentielle Käufer Herkunftsangaben haben wollen.«

»Was meinst du mit Herkunftsangaben?«, fragte Sonia.

»Käufer wollen über die Vorgeschichte eines Gemäldes Bescheid wissen und im Bilde sein, wie es in den Besitz der Person gelangt ist, die es veräußert. Bei den anderen Gemälden der Selchester'schen Sammlung gibt es keine Probleme mit den Herkunftsangaben. Sie befanden sich entweder seit Generationen im Familienbesitz oder wurden von Familienmitgliedern erworben. Alle notwendigen Dokumente sind vorhanden, das musste ich überprüfen, als ich die Inventarliste erstellte. Kaufbelege, Bewertungen und so weiter. Damit sich der Käufer, wenn ein Gemälde zum Verkauf steht, ganz sicher sein kann, dass der Besitzanspruch rechtens ist, und die Vorgeschichte des Gemäldes kennt.«

»Bestimmt gibt es auch Leute, die nicht so pingelig bei so etwas sind«, bemerkte Sonia.

Rupert zögerte. Dann fragte er: »Weißt du, wie und wo Selchester diese Gemälde erworben hat?«

»Ich glaube, Robert hat ihn darauf angesetzt. Er meinte, Kunst sei eine gute Investition und nach dem Krieg seien jede Menge hochwertiger Bilder im Umlauf. Er war davon überzeugt, dass einige der Gemälde an Wert gewinnen würden.«

»Also hat er sie gekauft. Hast du Dokumente, die die Ankäufe belegen?«

»Nein. Das spielt aber auch keine Rolle, so sehr du auch auf diesem Herkunftsnachweis herumreiten magst«, antwortete Sonia. »Ich weiß, dass es Schwierigkeiten geben könnte, wenn ihr sie in den Auktionshäusern ausstellt, und vermutlich würde ich mit allen möglichen Dokumenten mehr Geld für sie kriegen. Aber dann würde die Regierung Wind davon bekommen und ich eine gesalzene Steuernachzahlung ins Haus. Nein, danke. Hilfst du mir jetzt oder nicht?«

Rupert war zur anderen Seite des Raums gegangen und enthüllte nun die Madonnendarstellung. Er stieß einen Pfiff aus. »Das ist ein außergewöhnlich schönes Werk.« Dann nahm er das Tuch über dem dahinterstehenden Gemälde weg.

Er erstarrte zur Salzsäule, und alle Farbe wich ihm aus dem Gesicht.

Sonia stellte sich neben ihn. »Ganz anders als der Rest, nicht wahr? Es ist ein Picasso. Ich kann zwar mit diesem ganzen kubistischen Krimskrams nichts anfangen, aber es gibt Leute, die so etwas mögen.«

»Allerdings, die gibt es«, bestätigte Rupert mit stockender Stimme. Er wirbelte zu Sonia herum. Auf seinem fahlen Gesicht lag eine solche Grimmigkeit, dass sie einen Schritt zurückwich. »Woher hat Selchester die? Sag es mir!«

»Versuch jetzt nicht, mich einzuschüchtern, Rupert. Ich sagte dir doch, ich weiß es nicht. Selchester ist tot, also kann er es dir nicht mehr verraten, und das kann auch sonst niemand.«

»Er ist aber nicht einfach losgezogen und hat sie auf einem Flohmarkt in Paris gekauft, nicht wahr? Irgendwo muss es doch Unterlagen darüber geben, wie Selchester an diese Gemälde gekommen ist.«

Damit stürzte er aus dem Raum. Zurück blieb eine ungehaltene Sonia, die gereizt wieder die Bilder verhüllte.

Sorgfältig verschloss sie die Tür hinter sich. Sie würde sich Rupert später noch einmal zur Brust nehmen und ihn zur Räson bringen. Am Fuß der Treppe stand Robert. »Gerade ist Rupert an mir vorbeigerauscht. Er sah so aus, als hätte er ein Gespenst gesehen und als wären ihm die Höllenhunde auf den Fersen. Was hast du mit ihm angestellt, dass er so aus der Fassung geraten ist?«

Sonia zuckte die Achseln. »Oh, er ist ja so ein Langweiler. Keine Ahnung, warum ihm der Geduldsfaden gerissen ist. Er ist doch sonst immer so sanft wie ein Lamm. Als er eines der Gemälde sah, einen Picasso, wurde er ganz sonderbar. Vielleicht ist ihm schlecht geworden.«

Szene 3

Von zu viel schlechtem Whisky angetrieben vermochte Saul Sampson seine schwärende Wut an diesem Weihnachtsnachmittag nicht mehr im Zaum zu halten. Er zog sich einen warmen Pullover unter dem Mantel an, da ihm nach Jahren in heißem Klima die Kälte stark zusetzte. Er wusste, dass dies kein passender Zeitpunkt war, um zur Burg hinaufzugehen und Lord Selchester zur Rede zu stellen, aber sein Groll war so heftig, dass er nicht länger warten konnte.

Der frostige Fußmarsch die lang gezogene Auffahrt hinauf bewirkte auch nicht gerade, dass seine Wut verrauchte. Als er den Torbogen erreichte, ging er nicht zur Vordertür; im Ort hatte er aufgeschnappt, dass die Hintertür, die vom Stallhof abzweigte und in den Küchenbereich führte, so gut wie immer unverschlossen war.

Dass Familienmitglieder und Besucher ihre Autos im Stallhof abstellten, wusste er nicht. Da keine Autos hier standen, hätte er sich sonst denken können, dass Lord Selchester wahrscheinlich nicht zu Hause war.

Nachdem er es an einer Tür versucht hatte, die in eine Art Lagerraum führte, in dem alte Pferdegeschirre an Haken hingen, versuchte er es an einer anderen. Hinter ihr befand sich ein Durchgang, in dem es nach Essen roch, also war er wohl hier richtig. Seine Schritte verursachten auf dem Steinfußboden keinerlei Geräusche – sich lautlos fortzubewegen gehörte zu den Fähigkeiten, die er in der Wüste erlernt hatte. Eher beiläufig registrierte er zu seiner Linken den Sicherungskasten. Am vergangenen Abend war im Pub davon die Rede gewesen, dass Lord Selchester die Sicherungen eigenhändig reparierte – ein ziemlicher Absturz für den hochwohlgeborenen, mächtigen Earl.

Saul hatte zwar keine Ahnung, wo genau er sich befand, aber er musste irgendwo im älteren Trakt der Burg sein. Er ging durch eine hohe Halle, von der ein weiterer Korridor sowie mehrere Durchgänge mit Rundbögen abgingen. Er erblickte einen Telefonapparat, und über einem der Eingänge stand in Frakturschrift: »Deo Gratias.«

Er kümmerte sich nicht weiter darum, denn sein Blick war auf das Porträt über dem steinernen Kamin geheftet. Lord Selchester lebensecht: kühl, arrogant und manipulativ.

Er war dermaßen abgelenkt, dass er zunächst gar nicht bemerkte, dass jemand in die Halle gekommen war. Dann aber wirbelte er herum, seine Nerven zum Zerreißen gespannt. Vor ihm stand ein noch recht junger Mann mit einem müden, abgehärmten Gesicht, den Saul noch nie gesehen hatte. »Dieser Mann hat mich ruiniert«, sagte Saul, nun erneut auf das Gemälde schauend.

»Ich weiß, wer Sie sind«, sagte der andere unvermittelt. »Sie sind Saul Ingham und hatten nach dem Krieg mit Kunsttransporten zu tun. Sie haben unbehelligt all die geraubten Bilder aus Berlin geschafft.«

Woher wusste dieser Mann von seiner Tätigkeit im Nachkriegsberlin?

»Haben Sie sich nie gefragt, wie Lord Selchester Wind davon bekommen hat?«, fuhr der Mann fort. »Dann werde ich es Ihnen verraten: Er hat es von mir erfahren. Ich heiße Rupert Olivier. Mein Name wird Ihnen nichts sagen, aber damals, 1946, als Sie mit beiden Händen Geld gescheffelt haben, indem Sie wertvolle Kunstgegenstände sichergestellt und abtransportiert haben, hatte ich gerade angefangen, für das Auktionshaus Mansville's zu arbeiten. Ich saß in einem Lieferwagen Ihrer Firma und brachte ein Gemälde zu einem Kunden. Mich begleitete damals ein Möbelpacker. Er war verbittert darüber, wie erfolgreich Sie waren, und sagte mir, dass er Ihnen als Soldat in der Armee bei Ihrem verachtenswerten Geschäft geholfen hätte.«

Saul wusste, über welchen Möbelpacker Rupert Olivier sprach. Also hatte der Soldat Wilkinson ihm sogar noch 1946 das alles nachgetragen. Nachdem er aus dem

Kriegsdienst entlassen worden war, war er an Saul herangetreten und hatte ihn um Arbeit gebeten. Und die hatte Saul ihm auch verschafft, obwohl er befürchtete, sein Hang zur Flasche könne dazu führen, dass er unzuverlässig würde. Und so war es auch gekommen. Saul feuerte ihn, stellte ihm jedoch der alten Zeiten zuliebe ein Empfehlungsschreiben aus. Diese Gefälligkeit hatte sich für ihn als Bumerang erwiesen.

»Warum haben Sie es ihm erzählt? Was geht Sie das an, was ich getan oder nicht getan habe?«

»Sie glauben doch wohl nicht, Sie wären der Einzige gewesen, gegen den Lord Selchester etwas in der Hand haben wollte, oder? Er wusste auch etwas über mich, und im Gegenzug dafür, dass er nichts nach außen dringen ließ, verschaffte ich ihm alle möglichen Informationen aus der Kunstwelt, die für ihn von Nutzen sein konnten.«

Ein paar beiläufige Worte, ohne einen Gedanken daran zu verschwenden, welche Konsequenzen dies für einen Mann haben konnte, den Rupert nicht einmal kannte.

»Ich bereue es nicht, es ihm verraten zu haben«, fuhr Rupert fort. »Das tat ich damals nicht, und ich tue es auch heute nicht. Weil Sie und Ihresgleichen es jemandem wie Selchester ermöglicht haben, sich unrechtmäßig Gemälde anzueignen. Er hat sie nicht gekauft, weil er sie geliebt hätte oder unbedingt besitzen wollte, sondern einfach, weil er sie für eine gute Investition hielt. Falls er wusste, dass Blut an den Gemälden klebte, scherte es ihn nicht.«

»Woher wollen Sie wissen, dass Blut an ihnen klebte, wie Sie es ausdrücken?«

»Deutsche Beschriftungen auf der Rückseite eines Monet. Ein Picasso, der aus dem Besitz meiner Familie geraubt wurde.«

Das Geräusch eines näher kommenden Autos war zu hören. Dann Stimmen. Die eines Mannes und einer Frau.

»Sie kommen zurück«, stellte Rupert fest. »Verschwinden Sie jetzt lieber, sonst sage ich denen, sie sollen die Polizei rufen.«

Saul zögerte. Das Letzte, was er jetzt brauchen konnte, war eine Konfrontation mit einem Polizisten. Er zuckte mit den Schultern und steuerte die Tür an – jedoch nicht die, durch die er gekommen war. Er schloss sie hinter sich, hielt auf der anderen Seite inne und lauschte.

Rupert ging nicht. Stattdessen vernahm Saul ein leises Pling, als der Hörer von der Gabel des Apparats genommen wurde. Langsam und leise hob Saul den Schnappriegel und öffnete die Tür einen Spaltbreit. Rief Rupert etwa doch die Polizei? Nein. Er verlangte eine Londoner Nummer. Nach kurzem Gespräch ging er durch die andere Tür hinaus.

Saul war im Begriff, den Raum erneut zu betreten, als ein anderer Mann eintrat. Er ging direkt zum Telefon und sprach mit der Vermittlung.

Das war sonderbar, aber Saul blieb kaum Zeit, darüber nachzudenken, da der andere das Zimmer wieder verließ. Stille.

Als Saul in die Halle trat, erblickte er eine schlanke Frau mit einer Schürze, die Hände in die Hüften gestemmt.

Szene 4

Am Weihnachtsabend leistete ihnen Dinah Gesellschaft. Rupert hingegen hatte sich mit den Worten entschuldigt, ihm sei nicht gut. Tatsächlich wirkte er krank, und Gus erkundigte sich in seiner freundlichen und besorgten Art, ob sie etwas für ihn tun könnten.

Rupert schüttelte den Kopf.

Insgeheim war Freya erleichtert darüber, dass er nicht dabei war; Rupert verhielt sich seltsam, und das lag gewiss nicht daran, dass er gezwungen war, in der Burg zu bleiben.

Umso mehr freute sie sich darüber, Dinah zu sehen. Als Freya Gus erzählt hatte, dass Dinah über Weihnachten nicht verreisen könne, hatte der sie sofort in die Burg eingeladen.

»Lebt sie allein?«, erkundigte er sich. »Ist sie nicht verheiratet?«

»Sie ist im Krieg Witwe geworden. Ihr Mann, Toby, war Pilot in der RAF. Er wurde in der Luftschlacht um England abgeschossen und getötet. Da waren die beiden gerade erst etwas mehr als ein Jahr verheiratet.«

»Und sie hat nie mehr jemanden kennengelernt?«

»Keinen, den sie so gemocht hätte, dass sie ihn hätte heiraten wollen.«

Mrs Partridge hatte gebratene Rinderlende zubereitet. »In Amerika gibt es zu Thanksgiving vor Weihnachten Truthahn, hat mir Lady Polly erzählt. Daher dachte ich, wir essen jetzt mal etwas typisch Englisches.«

Es war ein entspannter, angenehmer Abend. Das gemütliche Abendessen wurde abgerundet von Mrs Partridges Plumpudding samt eingebackener Silbermünze. Danach tranken sie Portwein und spielten in der Bibliothek Gesellschaftsspiele. »Ein perfekter Weihnachtstag«, resümierte Georgia, als Hugo zu ihr kam, um ihr eine gute Nacht zu wünschen. »Danke für das Waldhorn. Das ist ein ganz tolles Geschenk, das schönste, das ich je bekommen habe. Ich kann es gar nicht abwarten, im nächsten Schuljahr mit dem Unterricht zu beginnen.«

Hugo war erleichtert und erfreut darüber, dass sie von dem Waldhorn so begeistert war. Es schien ein ungewöhnliches Geschenk zu sein, doch Freya und Mrs Partridge hatten ihn dazu überredet, mit der Musiklehrerin an Georgias Schule zu sprechen, die ihn daraufhin ermutigt und sich als hilfreich erwiesen hatte. Er hatte gar nicht gewusst, dass Musikinstrumente wie so vieles andere auch Mangelware waren.

»Ich bin froh, dass es keine Trompete ist«, hatte er gesagt, als er das Instrument abgeholt hatte, das sie für ihn beschafft hatte. Steinwände und das blecherne Tuten einer Anfängerin würden wohl nicht gerade für ein angenehmes Hörerlebnis sorgen.

»Das Mädchen wird eine gute Hornspielerin werden, sie ist musikalisch«, prophezeite die Lehrerin, und er war überrascht, wie stolz er auf einmal auf seine Schwester war.

Georgia gähnte. »Ich bin hundemüde. Und es liegen noch so viele Ferientage vor mir – hurra! Morgen ist der zweite Weihnachtsfeiertag, hoffen wir mal, dass etwas Aufregendes passiert.«

»Zum Beispiel?«

»Oh, ich weiß nicht. Etwas Unerwartetes.«

Kapitel zehn

Szene 1

Zu Sonias Entrüstung und Mrs Partridges Erleichterung hatte Gus ein Machtwort wegen des Frühstücks im Speisesaal gesprochen. »Er ist zu weit von der Küche entfernt, sodass das Essen nur noch lauwarm ist, und es ist zu viel Aufwand für Mrs Partridge. Ich habe sie darum gebeten, das Frühstück in der Küche zu servieren. Dort ist Platz für alle.«

»In der Küche?«, fragte Sonia. »Mein Gott, wie absolut spießbürgerlich.«

»Jetzt halt aber den Mund, Sonia«, sagte Freya. »Als hätte Mrs Partridge nicht schon alle Hände voll zu tun. Und ich kann mir nicht vorstellen, dass du dich freiwillig dazu meldest, Eier mit Speck zu machen und alles in den Speisesaal zu schleppen.«

Sonia zuckte mit den Schultern. »Die Lösung liegt auf der Hand: mehr Personal einstellen. Sie hat bloß diese begriffsstutzige Nichte, die ihr zur Hand geht.«

»Pam ist nicht begriffsstutzig. Und deine Entscheidung in letzter Minute, Weihnachten hier zu verbringen, dazu mit zwei weiteren Gästen, hat zwangsläufig die Vorbereitungen verkompliziert.«

»Mrs Partridge braucht wirklich mehr Hilfe«, schaltete sich Gus ein. »Ich kümmere mich darum. Aber so etwas ist nicht an den Weihnachtstagen zu lösen.«

Und so trudelten sie am Morgen des zweiten Weihnachtsfeiertags einer nach dem anderen zum Frühstück in der großen Küche ein. Robert nahm mit höflichem Dankeschön einen Teller mit Eiern, Schinkenspeck und Würstchen von Mrs Partridge entgegen, setzte sich auf die Bank und meinte, die Situation erinnere ihn an die Schule. »Außer dass das Essen in Eton natürlich nie so gut war wie hier. Die Würstchen sind lecker, Mrs Partridge. Das ist der Vorteil, wenn man auf dem platten Land wohnt, ganz anders als in London, wo man sich für jeden Bissen abplagen muss.«

Mrs Partridge stellte die Pfanne ab. »Nun sind alle da, nur Mr Rupert fehlt noch. Vielleicht hat er verschlafen. Oder er fühlt sich immer noch unwohl. Als er gestern von seinem Spaziergang zurückkam, sah er gar nicht gut aus. Er war leichenblass im Gesicht.«

»Bestimmt packt er seine Sachen«, mutmaßte Sonia. »Ich weiß, dass er auf besseres Wetter spekuliert, damit er heute abreisen kann.«

Mit einer gewissen Genugtuung verkündete Mrs Partridge: »Das wird er aber nicht. Ich habe heute Morgen im Radio die Wettervorhersage gehört. Zu den Schneefällen kommen jetzt auch noch starker Frost und Glätte hinzu. Der Sprecher sagte, auf den Autostraßen sei es gefährlich, und heute würden kaum Züge nach oder von London fahren. Ich habe Georgia und Lady Polly bereits gesagt, dass sie angesichts des hart gefrorenen Bodens auch nicht das Jagdtreffen besuchen können.«

Hugo faltete sein Exemplar der *Times* zusammen, das er sich ohne große Gewissensbisse genommen hatte, als er zum Frühstück heruntergekommen war. Er sagte, er werde hinausgehen, um ein wenig frische Luft zu schnappen. Freya stand vom Tisch auf. »Ich komme mit.«

Sie gingen durch die Küchentür ins Freie, durchquerten den Stallhof, gelangten in den anderen Innenhof und schließlich in den von Mauern umgebenen Garten. »Es geht hier zu einem Pfad«, sagte Hugo. »Hoppla, die Tür zum Gewächshaus steht auf. Das kann es ja wohl nicht sein, die ganze Wärme hinaus- und den Frost hineinzulassen.«

»Wahrscheinlich ist Gus drinnen und schaut sich noch einmal die Leitungen an.«

Hugo hielt Freya die Tür auf. Sie machte einen Schritt hinein, nahm den Geruch von feuchter Erde und Laub wahr und rief dann: »Gus?«

Plötzlich sagte sie: »Hugo, hier liegt jemand auf dem Boden.«

Mit zwei großen Schritten hatte Hugo Freya erreicht. Er kauerte sich neben der reglosen Gestalt nieder, die auf der feuchten Erde lag.

»Rupert!«, stellte Freya fest. »Er muss ohnmächtig geworden sein.«

Hugo hielt die Finger an Ruperts Halsschlagader. »Er ist tot, und das schon seit mehreren Stunden, würde ich sagen.«

Freya wusste, dass Hugo recht hatte. Sie hatte es in dem Moment erkannt, als sie in Ruperts Gesicht gesehen hatte. Einen Moment lang drohten Schrecken und panische Angst sie zu überwältigen. Dann schüttelte sie sie ab. »Bleiben Sie hier, ich gehe und rufe den Arzt an. Der arme Mann, er muss einen Herzanfall erlitten haben.«

Hugo war der Anblick von Männern, deren Leben vorzeitig beendet worden war, vertraut. Durch sechs Jahre Krieg und seine Arbeit als Nachrichtenoffizier im Feld hatte er sich an plötzliche, gewaltsame Todesfälle gewöhnt. Allerdings gab es an Ruperts Leiche dafür keinerlei Anzeichen. Keine Würgemale, keine Blutergüsse, kein Einschussloch, kein Blut, das aus einer Wunde ausgetreten wäre.

Freya rannte zurück zum Haus. Auf dem Weg zur Grace Hall begegnete sie Leo. Er warf ihr einen Blick zu und fragte: »Was ist passiert?«

Freya schaute sich rasch um, um sich zu vergewissern, dass niemand in Hörweite war. Dann sagte sie: »Es hat einen Unfall gegeben.«

»Gus?«

Freya schüttelte den Kopf. »Nein, es ist Rupert.«

»Wo ist er?«, wollte Leo wissen. »Braucht er Hilfe?«

»Nein.«

»Ist er tot?«

»Ich fürchte, ja. Er liegt im Gewächshaus. Hugo ist bei ihm. Ich will nur rasch den Arzt anrufen.«

»Tun Sie das. Ich gehe ins Gewächshaus.«

Szene 2

Dr. Rogers war gerade erst von der Entbindung eines Babys zurückgekommen und stärkte sich mit einem späten Frühstück. Als das Telefon läutete, machte er ein langes Gesicht. »Was ist denn jetzt schon wieder?«

Seine Frau ging an den Apparat, hörte einen kurzen Moment zu und sagte, mit der Hand über der Sprechmuschel: »Alan, du musst hoch zur Burg. Da ist jemand ums Leben gekommen.«

»Allmächtiger, wer denn? Doch hoffentlich nicht Lord Selchester?«

»Nein, nein, es ist ein Mr Olivier, niemand aus der Familie. Ein Gast, sagte Freya Wryton.«

Dr. Rogers nahm einen letzten Bissen, wischte sich den Mund mit seiner Serviette ab und stand auf. Dann ging er in die Diele, nahm seine Arzttasche und trat hinaus in die eisige Luft. Zum Glück war der Motor seines Wagens noch warm, denn heute Morgen hatte der Arzt angesichts des starken Frosts große Mühe gehabt, ihn zu starten. Da Freya jedoch gesagt hatte, dieser Mr Olivier sei tot, war es nicht wirklich dringend. Ein paar Minuten früher oder später konnten keinen Unterschied machen.

Szene 3

Hugo ließ Leo bei Rupert zurück und ging wieder in die Burg, um nach Gus Ausschau zu halten. Im Bibliothekszimmer stieß er auf ihn.

Gus sah Hugo bereits an, dass etwas nicht stimmte.

Er legte das Buch, das er gerade las, zur Seite und stand auf. »Was ist? Ist etwas passiert?«

Als Hugo es ihm erzählte, trat ein Ausdruck der Betroffenheit auf Gus' Gesicht. »Der Arme. Ich hätte schwören können, er wäre bei guter Gesundheit. Er wirkte auf mich wie ein junger Mann in körperlich bester Verfassung, eher ungewöhnlich für jemanden in dieser Branche.« Stirnrunzelnd fügte er hinzu: »Wie ist die Vorgehensweise? Wer ist für diesen Unfall zuständig?«

Unfall? Hugo hoffte aufrichtig, dass es sich als ein solcher herausstellen würde. »Freya hat den Arzt gerufen, er ist schon auf dem Weg«, sagte er.

»Haben Sie eine Vorstellung, woran er gestorben ist?«, wollte Gus wissen. »Ich meine, es kann doch wohl nicht die Rede davon sein, dass jemand eingebrochen wäre und ihn angegriffen hat?«

»Nein«, sagte Hugo. »Es gibt keine Anzeichen von Gewaltanwendung.«

»Sie haben ihn doch nicht einfach dort liegen gelassen? Bestimmt …«

»Leo ist bei ihm.«

»Gut.« Als sie die Bibliothek verließen, fragte Gus: »Was hatte er im Gewächshaus zu suchen?«

Das war eine Frage, die Hugo auch bereits durch den Kopf gegangen war, und auch Freya, die sich nun zu ihnen gesellte.

»Ist es heute Morgen passiert?«, wollte sie wissen.

»Leo ist anderer Meinung«, erwiderte Hugo. »Er stimmt mit mir darin überein, dass Rupert schon seit ein paar Stunden tot ist.«

»Hat ihn gestern Abend noch jemand nach dem Abendessen gesehen?«, fragte Freya. »Er sagte, er wolle auf sein Zimmer gehen, und ich ging davon aus, dass er sich schlafen gelegt hat. Ich muss schon sagen, dass er ziemlich schlecht aussah.«

Hugo und Gus schauten einander an. »Ich glaube, wir waren die Letzten, die noch auf waren«, sagte Hugo. »Wir haben ihn nicht gesehen; ich habe gedacht, dass er in seinem Zimmer ist und schläft. Es war mittlerweile schon spät geworden. Wir hatten ein, zwei Partien Billard gespielt und uns noch ein Weilchen unterhalten. Es muss nach ein Uhr gewesen sein, als wir zu Bett gingen.«

Mit einem morbides Interesse ausstrahlenden Gesicht kam nun auch Mrs Partridge zu ihnen. »Dr. Rogers ist da. Er sagte, Sie haben ihn angerufen, Miss Freya. Ist jemand erkrankt?«

»Mr Olivier hatte einen Unfall, Mrs Partridge«, sagte Gus. Wie um zu beweisen, dass er sich bereits englische Gepflogenheiten zu eigen gemacht hatte, fügte er hinzu: »Vielleicht könnten Sie uns Tee servieren.«

Gus schüttelte Dr. Rogers die Hand und führte ihn hinaus zum Gewächshaus. Der Arzt schaute auf die Leiche herab, und Hugo legte eine kleine Matte aus, damit er sich hinknien konnte. Leo hatte an den Knien feuchte Erde und wischte sich die Hose ab.

Dr. Rogers sah sich Ruperts Hand eingehend an und legte sie wieder auf den Boden. Schließlich stand er auf.

»War es das Herz?«, wollte Gus wissen.

»Im Grunde genommen, ja«, erwiderte Dr. Rogers.

»Aber er hatte nichts am Herzen. Ich vermute, dass er durch einen Stromschlag getötet wurde.«

Leo nickte. »Mir war der Brandfleck auf seiner Hand aufgefallen.«

Gus betrachtete den Schalter, der sich nur knapp dreißig Zentimeter oberhalb der Stelle befand, an der Ruperts Leiche lag. Er streckte die Hand aus, doch Hugo warnte ihn: »Nicht anfassen!«

Erschreckt machte Gus einen Satz zurück. »Ja, das war dumm von mir«, gestand er.

»Ich drehe die Sicherung heraus«, sagte Hugo.

Nach wenigen Minuten kehrte er wieder zurück. »Alles ausgeschaltet. Es sollte jetzt keine Probleme mehr geben.«

Gus schaute sich den Schalter genauer an. Er zog einen kleinen Schraubendreher aus der Tasche und montierte das Gehäuse ab. Prüfend blickte er ins Innere und trat stirnrunzelnd einen Schritt zurück. »Jemand hat sich daran zu schaffen gemacht. Masse und spannungsführende Leitungen sind verkehrt verkabelt worden.«

»Dann stand also dieser alte Metallkasten unter Strom?«, fragte Dr. Rogers.

»Ja«, bestätigte Gus. »So war es.«

»Und wenn Rupert in Lederschuhen auf feuchter Erde stand und ihn berührt hat, muss er einen kräftigen Stromschlag bekommen haben«, konstatierte Hugo.

Der Arzt nickte. »Ja. Von der Hand zum Herzen, das geht schnell. Ich glaube, das hat ihn getötet. Haben Sie in jüngster Zeit hier Verkabelungsarbeiten durchführen lassen? Es sieht so aus, als hätte hier jemand kriminell fahrlässig gehandelt.«

»Ich war gestern Nachmittag hier drinnen«, gestand Gus. »Ich habe die Verkabelung an Schalter und Steckdosen überprüft und kann Ihnen versichern, dass alles korrekt angeschlossen war. Absolut sicher. Und nein, auch wenn ich Amerikaner bin, ist mir die elektrische Verkabelung in England vertraut, und ich hätte nie im Leben die Masse anstelle der stromführenden Leitung angeschlossen. Ich habe mich vergewissert, dass alles wieder funktioniert, und wollte heute Morgen den Stromkreis überprüfen.«

»Dann haben Sie wohl einen Schutzengel gehabt, Lord Selchester. Denn ich vermute, Sie hätten, ohne nachzudenken, den Schalter angefasst. Dann würden Sie jetzt hier liegen, nicht Mr Olivier.« Er blickte grimmig drein. »Sind Sie sicher, dass die Kabel korrekt verbunden waren?«

»Ganz sicher.«

»Dann ist es ein Fall für die Polizei, fürchte ich. Wenn ich das Telefon benutzen darf, rufe ich auf der Wache an.«

Szene 4

Als der Polizeiwagen die Einfahrt hinauffuhr und kurz vor dem Haus zum Stehen kam, stellte sich bei Hugo ein Déjà-vu-Gefühl ein.

Superintendent MacLeod stieg aus, gefolgt von einem jungen Constable. Gus trat vor, doch noch bevor er etwas sagen konnte, sprach ihn der Superintendent an. »Sie müssen Lord Selchester sein. Sie haben starke Ähnlichkeit mit Seiner verstorbenen Lordschaft. Freut mich, Sie kennenzulernen, Mylord. Ich bin Superintendent MacLeod. Das ist eine schreckliche Angelegenheit, vor allem an Weihnachten.«

Letztes Mal war Superintendent MacLeod unter völlig anderen Umständen gerufen worden, um eine Leiche in der Burg zu untersuchen. Zunächst einmal war von der Leiche nur noch ein Skelett übrig gewesen, und sie hatte schon Jahre unter den Steinplatten gelegen. Es hatte keinerlei Dringlichkeit bestanden und nur wenig mit dem Prozedere einer laufenden Mordermittlung zu tun gehabt.

Der Superintendent bat Dr. Rogers zu bleiben und schickte die anderen hinaus. Hugo sah, dass sich die beiden ernst miteinander unterhielten.

»Hugo, war die Sicherung an Ort und Stelle?«, wollte Leo wissen.

»Ja.«

»Sie war nicht durchgebrannt?«

»Nein. Andernfalls hätte ich es beim Herausnehmen bemerkt.«

Gus schaute Leo aufmerksam an. »Ich weiß, worauf Sie hinauswollen. Warum ist die Sicherung nicht durchgebrannt, als der arme Kerl den Schalter berührt hat?«

Szene 5

Mrs Partridge war nach Selchester gegangen, um, wie sie hatte verlauten lassen, Besorgungen zu machen. In Wirklichkeit, das wusste Freya ganz genau, war sie losgezogen, um die Neuigkeit zu verbreiten.

Freya trocknete gerade die letzten Teller ab, als die Tür aufging und Dinah hereinkam. Unter dem Arm trug sie ein in Packpapier gewickeltes Päckchen. Hugo, der mit dem Kreuzworträtsel in der *Times* beschäftigt war, schaute auf und sagte: »Guten Morgen, Dinah.«

»Ist es wahr?«, fragte Dinah. »Ist jemand gestorben?«

Freya drehte sich um und erwiderte: »Ja. Es hat einen tödlichen Unfall gegeben.« Das Wort Mord auszusprechen brachte sie nicht über sich.

Dinah biss sich auf die Lippe. »In der Stadt brodelt die Gerüchteküche. Es ist aber nicht Gus, oder?«

»Zum Glück nicht. Es geht ihm gut. Gleich zwei Earls, die hier in der Burg ins Jenseits befördert werden, wären auch ein wenig zu viel des Guten. Nein, es handelt sich um Rupert, einen Freund von Sonia, der Gus wegen der Gemälde beraten sollte.«

»Beim Abendessen gestern habe ich ihn nicht gesehen«, sagte Dinah.

»Er hatte sich nicht wohlgefühlt und ist auf seinem Zimmer geblieben«, erklärte Freya. »Ich weiß nicht, warum keiner von uns ihn erwähnt hat. Es war unangenehm, dass er hier war, weil er doch gar nicht über die Weihnachtstage eingeladen worden war. Er hatte eigentlich Heiligabend wieder nach London zurückreisen wollen, ist wegen des Schnees dann aber hier hängen geblieben.«

Erneut waren Schritte zu vernehmen. Schwere, offizielle Schritte. Schritte von Polizeibeamten.

Die Tür ging auf, und die stämmige Gestalt von Superintendent MacLeod erschien. »Guten Morgen, Miss Wryton. Ich suche Mrs Partridge.«

»Ich fürchte, sie ist nicht hier«, sagte Freya. »Sie ist nach Selchester gegangen.«

Der Superintendent hob die Brauen. »Das kann ich mir denken. Sicher brennt sie darauf, die Nachricht zu verbreiten, auch wenn sie schon in der ganzen Stadt die Runde gemacht haben dürfte, bevor wir ins Auto gestiegen sind.« Er bedachte Dinah mit einem strengen Blick. »Miss Lindsey. Darf ich fragen, was Sie hier tun?«

»Ich bringe ein Buch für Pater Leo Hawksworth.«

»Und das war so dringend, dass Sie das Bedürfnis verspürten, es persönlich zu überreichen, am zweiten Weihnachtsfeiertag.«

»Ich wollte spazieren gehen und dachte, ich gehe einfach hier vorbei.«

Der Superintendent betrachtete sie nachdenklich. »Sie haben also nichts von dem Todesfall vernommen und sind heraufgekommen, um zu sehen, was hier vor sich geht?«

Mit Würde entgegnete Dinah: »Miss Wryton hat mir gerade erzählt, dass einer der Gäste einen tödlichen Unfall erlitten hat. Ich bin natürlich schockiert. Es ist ein unpassender Zeitpunkt für meinen Besuch, daher gehe ich jetzt lieber.«

»Wir sind hier, um einen verdächtigen Todesfall zu untersuchen«, entgegnete der Superintendent. »Warten Sie eine Minute, wenn es Ihnen nichts ausmacht.« Er zog sein Notizbuch hervor, öffnete es und schlug eine Seite auf. Mit geschürzten Lippen schaute er darauf. »Sie waren am Weihnachtsabend unter den Gästen in der Burg?«

»So ist es«, bestätigte Dinah.

»Der Verstorbene ist ein Rupert Olivier«, sagte der Superintendent. »Ein Gast hier in der Burg, aber beim Abendessen am besagten Abend nicht zugegen. Kennen Sie ihn?«

Es entstand eine kurze Pause, bevor Dinah leichthin erwiderte: »Rupert Olivier? Nein.«

»Wussten Sie, dass er in der Burg wohnt?«

Sie schüttelte den Kopf.

Freya bemerkte, dass Hugo Dinah aufmerksam anschaute und die Stirn ein wenig in Falten gelegt hatte.

Der Superintendent klappte sein Notizbuch zu. »Nichtsdestotrotz werden wir eine Aussage von Ihnen benötigen, wie von allen anderen auch, die am Weihnachtsabend hier anwesend waren. Kommen Sie bitte ins Arbeitszimmer mit, damit ein Constable Ihre Aussage aufnehmen kann.«

Stumm stand Dinah auf und folgte ihm.

Hugo und Freya schauten einander an.

»Warum lügt sie?«, fragte Hugo.

»Das ist Ihnen auch aufgefallen, nicht wahr? Ich weiß es nicht. Sie war ganz offensichtlich erleichtert, dass nicht Gus ums Leben gekommen ist.«

Hugo nickte. »Sie haben also gemerkt, dass die beiden sich gut verstehen.«

»Ja«, bestätigte Freya. »Aber das ist jetzt nicht der Zeitpunkt, um sich darüber Gedanken zu machen. Dinah sagte, sie sei gekommen, um Leo ein Buch zu bringen.« Sie wies auf das Päckchen, das auf dem Tisch lag. »Das hat sie wohl auch, aber ich glaube kaum, dass das der eigentliche Grund für ihren Besuch ist.«

Sie hängte das feuchte Geschirrtuch über den Herd und sagte: »Wissen Sie, wo Georgia und Polly sind? Ich bin mir nicht sicher, wie Polly die Nachricht verkraften wird. Georgia war nicht schockiert, als man Selchesters Leiche fand, weil sie ihn nicht kannte, und außerdem sind Knochen doch noch mal etwas anderes als eine Leiche.«

»Auch wenn es die Knochen Ihres Onkels waren?«

»Wir reden hier nicht von mir, sondern von Georgia. Und auch von Polly. Man weiß nie, wie sie in diesem Alter Dinge aufnehmen.«

»Babs ist aus ihrer Tagträumerei erwacht und war vernünftig genug, die beiden mit nach oben zu nehmen, wo sie jetzt alle kegeln.«

»Kegeln?«

»Ja. Sie haben ihr doch erzählt, dass Sie früher in der Long Gallery ganz oben in der Burg gekegelt haben.«

»Ja, schon«, sagte Freya, »ich finde bloß, dass das zu diesem Zeitpunkt …«

»Unpassend ist? Herzlos? Nichts dergleichen. Es ist so ziemlich das Beste, was sie tun können. Die Polizei will nicht, dass sie unten herumlungern, obwohl natürlich irgendwann auch sie befragt werden müssen. Und es lenkt sie ab. Die Ambulanz ist wegen Rupert gerufen worden, und da kommen sie besser niemandem in die Quere.«

»Ist Dr. Rogers noch hier?«

»Nein«, erwiderte Hugo. »Er ist vor einer Weile wieder weggefahren, er musste noch einen Patienten besuchen. Leo und Gus kümmern sich um alles.«

»Der arme Rupert. Der ungebetene Gast wird in einem Krankenwagen zur Leichenhalle abtransportiert. Ich bin bloß froh, dass es nicht Gus ist.« Freya setzte sich und stützte den Kopf in die Hände. Sie schaute auf, holte tief Luft und schob sich eine Strähne aus dem Gesicht. »Es ist furchtbar. In einem Moment war er noch da, im nächsten trifft ihn ein Stromschlag, und er weilt nicht länger unter uns.«

»Schon seltsam«, sagte Hugo. »Während des Kriegs haben wir uns so sehr an den Tod gewöhnt. Aber wenn er dann in unserer Nähe zuschlägt, plötzlich und gewaltsam wie jetzt, ist es ein gewaltiger Schock. Auch wenn keiner von uns Rupert gut kannte.«

Dinah kehrte wieder zurück. Sie setzte sich auf die Bank, nahm dankbar eine Tasse Kaffee entgegen und verkündete munter: »So, das war's. Was ich der Polizei zu sagen hatte, hat ihr nicht weitergeholfen, aber ich denke, sie müssen eben akribisch vorgehen.«

»Dinah, du kanntest Rupert doch, oder?«, fragte Freya.

Dinah schaute erst Freya und dann Hugo an und schlug schließlich den Blick nieder und schwieg.

»Vor Hugo kannst du reden. Er kann schweigen wie ein Grab.«

Das war eines der Dinge, die Freya an Hugo gefielen. Dass er nicht über die Arbeit im Herrenhaus sprach, war zu erwarten gewesen, auch nicht über das geheimnisvolle Leben, das er ihrer Vermutung nach geführt hatte, bevor er nach Selchester gekommen war. Aber sie wusste eben auch, dass etwas, das man Hugo vertraulich mitteilte, nicht die Runde machen würde; es war bei ihm genauso sicher aufgehoben wie bei Leo.

Dinah stieß einen tiefen Seufzer aus. »Lügen würde ich es nicht nennen. Ich kannte Rupert Olivier nicht, bin ihm nie begegnet. Und ich hatte keine Ahnung, dass er hier war.« Sie hielt inne und fügte bedächtig hinzu: »Ich sage es mal so: Hätte ich gewusst, dass er Gast in der Burg ist und ich ihm beim Abendessen am Weihnachtsabend begegnen würde, wäre ich nicht gekommen.«

Verwirrt schaute Freya sie an. »Du kanntest ihn nicht, hast aber eine so entschiedene Meinung über ihn?«

Dinah zögerte. Dann sagte sie: »Es hat mit Marcus zu tun.«

»Marcus?«, fragte Hugo.

»Marcus war Dinahs Zwillingsbruder«, antwortete Freya an Dinahs Stelle.

»Er ist im Krieg gefallen«, sagte Dinah.

Sie schaute Freya an. »Du weißt ja, dass wir als Kinder fließend Französisch sprechen gelernt haben, weil Papa von allem Französischen angetan war. Als der Krieg ausbrach, waren Leute mit guten Französischkenntnissen gefragt.«

»Marcus war in der Special Operations Executive«, sagte Freya zu Hugo.

»Und dort war Rupert Olivier auch«, sagte Dinah mit kalter und verbitterter Stimme. »Vermutlich hatte er Beziehungen nach Frankreich. Er sprach Französisch wie ein Muttersprachler, sonst hätten sie ihn nicht genommen.«

»Ich weiß weder etwas über ihn noch über seine Vergangenheit«, erklärte Freya.

»Das geht uns allen so«, sagte Hugo. »Vielleicht mit Ausnahme von Sonia. Also waren Ihr Bruder und Rupert beide während des Kriegs in der SOE?«

Dinah schaute auf ihre Hände hinab. »Marcus starb in Frankreich. Er unterstützte die Résistance und wurde an die Deutschen ausgeliefert. Die haben ihn dann umgebracht.«

Hinter diesen bloßen Worten verbarg sich eine Welt von Geschichten. Freya fragte sich, wie viele Einzelheiten Dinah wohl kannte. »Weißt du, wie er ums Leben gekommen ist?«

»Nicht genau. Die schaurigen Details erzählen sie einem nie. Aber man hat so eine ungefähre Vorstellung von dem, was mit Menschen wie Marcus passiert ist, wenn sie gefangen genommen wurden. Das brachte seine Aufgabe mit sich. Marcus ging Risiken ein – das musste er. Man könnte sagen, dass er einfach Pech hatte. Das kam vor.«

Als Dinah wieder aufschaute, blitzten ihre Augen vor Zorn. »Nur dass es bei ihm nichts mit Pech zu tun hatte. Marcus wurde hintergangen. Von Rupert Olivier.«

»Wollen Sie damit sagen, Rupert war ein Verräter?«, fragte Hugo.

Dinah schüttelte den Kopf. »Nicht wirklich. Es hatte etwas mit einem jüdischen Mädchen zu tun, das in der Résistance tätig war. Ein Versehen und Feigheit gleichermaßen. Es spielt aber auch keine Rolle, denn bei Kriegsende war Marcus tot, und Rupert lebte.«

»Woher wollen Sie das wissen, wenn man, wie Sie sagen, kaum Einzelheiten darüber erfuhr, was mit denen geschah, die bei einem Einsatz ums Leben kamen?«, fragte Hugo.

»Das war reiner Zufall. Als ich das letzte Mal in Paris war, bin ich auf eine Dinnerparty gegangen und saß neben einem Franzosen, der in der Résistance aktiv gewesen war.« Sie brachte ein Lächeln zustande. »Mein Familienname ist natürlich nicht mehr der gleiche wie der meines Bruders, aber der Mann bemerkte die Ähnlichkeit und fragte mich, ob ich mit Marcus verwandt sei.«

»Es ist erstaunlich, wie sehr sich Dinah und Marcus ähneln«, erklärte Freya Hugo. »Als sie jünger waren – und du warst ein ganz schöner Wildfang, nicht wahr, Dinah? –, hielten die Leute die beiden sogar für eineiige Zwillinge. Und selbst als Erwachsene habt ihr unverwechselbar wie Bruder und Schwester ausgesehen.«

»Ja, und deshalb hat mich der Franzose auch erkannt. Er erzählte mir, was Rupert getan hatte.«

»Und als Sie das erfahren haben, wollten Sie herausbekommen, was mit Rupert geschehen war?«, fragte Hugo. »Ob er den Krieg überlebt hatte. Oder haben Sie versucht, Kontakt mit ihm aufzunehmen?«

»In einem unbeherrschten Moment hätte ich das womöglich getan, hätte versucht, ihn aufzuspüren, und ihn beschuldigt. Ihm gesagt, dass er für den Tod des Menschen verantwortlich war, den ich am meisten auf der ganzen Welt geliebt habe. Marcus war ein Teil von mir, er war meine andere Hälfte. Sie können das nicht verstehen, Sie haben nie einen Bruder gehabt. Es gibt eine besondere Verbindung zwischen Zwillingen. Ich wusste es: Ich wachte in der Nacht auf und wusste, dass Marcus etwas Schreckliches zugestoßen war.«

Nun rannen ihr Tränen die Wangen hinunter, und sie öffnete ihre Handtasche und holte ein Taschentuch hervor. Sie tupfte sich die Augen ab. »Es tut mir leid. Darüber werde ich wohl nie hinwegkommen. Aber das ist der Grund, warum ich …« Sie holte tief Luft. »Deswegen hätten mich keine zehn Pferde zur Burg gebracht, wenn ich gewusst hätte, dass Rupert bei dem Abendessen dabei gewesen wäre. Ich hätte nicht mit ihm an einem Tisch sitzen können.«

Hugo schaute nachdenklich aus. »Was haben Sie der Polizei erzählt?«

»Ich habe alle Fragen, die mir die Polizei gestellt hat, wahrheitsgemäß beantwortet«, erwiderte Dinah. »Von Marcus habe ich denen nichts gesagt. Warum auch? Ich habe auch nicht die Absicht, es zu tun. Es hat nichts mit Ruperts Tod zu tun.«

Begriff sie denn nicht, dass sie damit ein Mordmotiv hatte? Freya und Hugo wechselten Blicke. Aber nein, Dinah wurde überwältigt von Erinnerungen an Marcus und dachte nicht näher über die momentane Situation nach.

»Es scheint nicht von Bedeutung zu sein«, sagte Hugo. »Andernfalls müssten Sie reinen Tisch machen. Auskünfte über Ruperts Lebensumstände, seine Familie und so weiter können Sie wohl nicht geben, oder?«

»Nein.«

»Ich weiß zwar nicht, welche Theorie die Polizei verfolgt«, fuhr Hugo fort, »aber nach meiner Vermutung sollte nicht Rupert sterben.«

»Ich bin zu dem gleichen Schluss gekommen«, sagte Freya. »Und ich weiß, dass auch Leo dieser Meinung ist.«

Dinah starrte die beiden an. »Ich bin ja so froh, dass es nicht Gus war. Aber warum sollte ihn jemand umbringen wollen?«

»Genau das müssen wir herausfinden«, sagte Hugo.

Szene 6

Beim Mittagessen herrschte eine bedrückte Atmosphäre. Sie aßen die Reste vom Weihnachtsdinner. Mrs Partridge war mit mehreren Laiben Brot aus dem Ort zurückgekommen, um den Polizeibeamten Sandwichs zu belegen.

Gus hatte vorgeschlagen, die Polizisten sollten ihnen im Speisesaal Gesellschaft leisten, doch davon wollte Mrs Partridge nichts wissen. »Die haben sich das Arbeitszimmer und den Salon Seiner verstorbenen Lordschaft unter den Nagel gerissen; dann können sie auch dort essen.«

Hugo wollte lieber nicht zur Sprache bringen, dass ein Polizist sich kaum mit einer Gruppe an einen Tisch setzen würde, von der jeder ein Mordverdächtiger war.

Sonia war missmutig. Am liebsten wäre sie abgereist, aber die Polizei hatte ihr mitgeteilt, dass sie den Ort nicht verlassen dürfe. »Was für ein Desaster. Wollen die mich etwa verhaften? Warum in aller Welt sollte ich Rupert ermorden wollen? Warum sollte überhaupt irgendwer Rupert umbringen wollen? Mir ist das alles schleierhaft.«

»Sie wissen bestimmt mehr über ihn als jeder andere von uns, Lady Sonia«, mutmaßte Leo.

»Wohl kaum«, widersprach Sonia. »Ich kenne ihn, weil er sich bei allen möglichen Freunden als Kunstkenner nützlich gemacht hat. Aber das heißt nicht, dass ich ihn kenne. Wir begegnen uns hier und da auf Cocktailpartys, aber wir verkehren nicht in den gleichen Kreisen. Verkehrten, sollte ich wohl lieber sagen, da ich nicht vorhabe, in den Kreisen zu verkehren, in denen er jetzt verkehrt.«

»In welchen Kreisen hat er denn verkehrt?«, wollte Hugo wissen.

Sonia warf Robert einen Blick zu. »Weißt du es?«

»Oh, um Himmels willen, Sonia. Ich habe den Kerl doch kaum gekannt, bevor wir uns alle in mein Auto gequetscht haben.«

War diese Gleichgültigkeit geheuchelt? War Robert wirklich bloß der glatte und oberflächliche Mann, der er zu sein vorgab? Hugo vermutete, dass er einen durchtriebeneren, komplexeren Charakter hatte, weil er im Begriff war, die schlüpfrigen Stufen einer politischen Karriereleiter zu erklimmen.

»Ich glaube, er gehörte zu diesen auf Künstler machenden Leuten, die man früher die Bloomsberries genannt hat. Der Superintendent hat mich nach seiner Adresse gefragt. Aber woher soll ich wissen, wo er wohnt? Ich vermute, er hat irgendwo ein möbliertes Zimmer. Das muss die Polizei schon selbst herausfinden. Für derlei Ermittlungen wird sie doch wohl bezahlt, oder nicht?«

»Wissen Sie gar nichts über seine Familie?«, fragte Leo. »Hatte er Geschwister?«

»Ich habe ihn nie danach gefragt, und es interessiert mich auch nicht«, sagte Sonia.

»Vorsichtig, Sonia«, mahnte Robert. »Pass auf, dass du nicht allzu unbarmherzig klingst, sonst glauben sie irgendwann noch, dass du genau der Typ Mensch bist, der einem anderen das Messer zwischen die Rippen stößt.«

Am Tisch wurde es totenstill. Sonia warf Robert einen gehässigen Blick zu. »Nein, Liebster, dieses Mal kein Messer. Das ist meinem Vater widerfahren, falls du dich daran erinnerst. Und ich war es nicht, der das Messer geführt hat.«

In einer Geste gespielter Kapitulation hob Robert die Hände. »Entschuldigung, ich habe nicht nachgedacht. Im Haus des Erhängten spricht man nicht vom Strick und so weiter. Tut mir leid, Gus.«

Damit nahm die Mahlzeit ein unbehagliches Ende. Gus stand vom Tisch auf und sagte mit autoritärer Stimme zu seinen Töchtern: »Zieht euch eure Mäntel an, wir machen einen Spaziergang.«

»Ich nicht, danke, Papa«, murrte Babs.

»Ich habe dich nicht gefragt, Babs, ich habe es dir gesagt«, antwortete Gus. »Du hast noch überhaupt nichts von der Landschaft hier in der Gegend gesehen, außer vom Wagenfenster aus. Du hast dich hier drinnen eingeigelt, und ein Spaziergang wird euch beiden guttun.«

»Es ist ein Jammer, dass draußen so ein Frost herrscht, denn sonst hättet ihr das weihnachtliche Jagdtreffen besuchen können«, sagte Freya.

Babs schauderte. »Ein Haufen Menschen in roten Mänteln, die hinter Füchsen hergaloppieren? Das ist nicht meine Vorstellung von Vergnügen.«

»Die Jagd wird nicht bloß zum Vergnügen veranstaltet«, korrigierte Georgia sie, »obwohl die Teilnehmer Spaß haben. Es ist nämlich sehr nützlich, denn würde die Population der Füchse nicht dezimiert, würden die alle Hühner und Lämmer reißen. Außerdem ist das sehr englisch, und ihr seid jetzt Engländer. Ihr müsst euch mit so etwas vertraut machen.«

Gus' Gesichtsausdruck ließ erkennen, dass er keinen weiteren Widerspruch seitens seiner Töchter duldete. Also rappelten sich die beiden auf und zogen sich Mäntel, Schals, Hüte, Handschuhe und Wanderschuhe an, die zu dieser Jahreszeit für jedweden Ausflug notwendig waren.

Georgia ging hinauf, um voller Freude in ihr Waldhorn zu blasen, während Freya, Hugo und Leo in die Küche verschwanden, um nach dem Mittagessen ihren Kaffee zu genießen. Mrs Partridge und Pam waren ebenfalls dort. Weil die Polizei auch sie befragt hatte, war Pam sehr aufgeregt.

Mrs Partridge zügelte sie. »Es bringt nichts, der Polizei mehr zu erzählen als notwendig. Das ist eine Lebensweisheit, an die du dich halten solltest, kleines Fräulein.«

»Aber es ist doch eine Morduntersuchung«, wandte Pam ein.

»Das spielt keine Rolle«, versetzte Mrs Partridge. »Tu deine Bürgerpflicht, mehr nicht. Was herausgefunden werden muss, finden sie auch ohne deine Hilfe heraus.«

»Ich denke, sie sind jetzt mit den Befragungen von uns allen durch«, sagte Freya. »Allerdings hat es sie nicht viel weitergebracht, sie wissen nur, dass keiner von uns Rupert nach acht Uhr gesehen hat.«

»Mit Tantchen und mir«, sagte Pam, »wollten sie über diesen seltsamen Mann sprechen, der am Weihnachtsnachmittag vorbeigekommen ist.«

Leo, Hugo und Freya starrten sie an. »Was für ein seltsamer Mann?«

Mrs Partridge schlug die Ofentür zu. »Oh, das war mir ganz entfallen. Ich habe es Seiner Lordschaft gegenüber auch nicht erwähnt. Aber Pam hat es der Polizei auf die Nase gebunden, und die haben sich darauf gestürzt wie die Geier.«

»Haben sie Sie beide gemeinsam befragt?«

»Ja«, bestätigte Mrs Partridge. »Pam ist ja erst sechzehn und noch minderjährig. Sie hatten keinen Anlass, sie ohne Begleitung zu befragen, und da ich ihre Tante bin, war ich diese Begleitung.«

»Erzähl uns von dem Fremden«, ermunterte Hugo Pam.

»Es war am Weihnachtsnachmittag, als Sie alle, außer Mr Olivier, zum Tee ins Veryan House gegangen sind.

Und auch er war nicht hier, denn er war spazieren gegangen. Ich ging in die Grace Hall, und da stand plötzlich dieser Mann. Ich wusste, wer er war, es war nämlich der Gentleman, der Nightingale Cottage gemietet hat. Allerdings wirkte er hier irgendwie fehl am Platz; ich habe noch nie jemanden gesehen, der so braun gebrannt war. Also habe ich Tantchen gerufen.«

»Was wollte er?«, fragte Hugo.

»Er wünschte, nein, er verlangte Seine Lordschaft zu sprechen«, erwiderte Mrs Partridge entrüstet. »Als ich ihm sagte, dass er nicht hier sei, wollte er mir nicht glauben, und einen Moment fürchtete ich schon, er würde unangenehm werden. Ich habe ihm ins Gesicht gesagt, es sei unverschämt, am ersten Weihnachtsfeiertag hier aufzukreuzen und zu verlangen, mit Seiner Lordschaft zu sprechen, und ob Seine Lordschaft ihn überhaupt kenne.

Darauf er: ›Oh, Seine Lordschaft wird mich schon noch kennenlernen.‹ Er klang wütend; es war so eine kalte Wut, die einen nervös macht. Aber ich ließ mich nicht unterkriegen und sagte ihm, er müsse in einem Brief Seine Lordschaft um ein Gespräch bitten wie jeder andere Gentleman auch. Es sei eine Frechheit, einfach hier hereinzumarschieren. Ich fragte ihn, wie er überhaupt hereingekommen sei. Nun, die Türen und alles sind hier natürlich alle offen, daher wusste ich, dass er nicht hatte einbrechen müssen. Aber das ist keine Entschuldigung.«

»Und das war es, wofür die Polizei sich interessiert hat?«, wollte Freya wissen.

»Das und für den Anruf, den Mr Olivier tätigte, als er von seinem Spaziergang zurückkam«, sagte Pam.

»Anruf?«, fragte Hugo.

»So ist es«, antwortete Mrs Partridge. »Er kam hier herein und meinte, er müsse telefonieren, ob er das Telefon benutzen dürfe. Er war kurz angebunden. Ich sagte ihm, wo das Telefon steht, obwohl ich mir sicher war, dass er es wusste. Und weg war er.«

»Hast du eine Ahnung, wen er angerufen hat?«, fragte Hugo Pam.

Pam schüttelte den Kopf. »Genau das wollte die Polizei auch wissen. Nein, ich habe nicht zugehört. Ich bin bloß in die Grace Hall gegangen, weil Mrs Partridge sagte, ich könnte meine Mum anrufen, um ihr zu sagen, dass ich ein bisschen später zurückkehren würde als geplant, weil hier so viel zu tun war. Meine Mum hat natürlich kein Telefon, aber ich wusste, dass Irene von der Vermittlung nach Dienstschluss vorbeigehen und Mum Bescheid geben würde.«

»Aber du konntest nicht anrufen, weil Mr Olivier gerade das Telefon benutzte?«, fragte Leo.

»Ich wollte nicht, dass er mich sieht, daher habe ich ein paar Minuten gewartet. Es war kein langes Telefonat, aber gerade als er den Hörer auf die Gabel legte, kehrten die anderen aus Veryan House zurück. Ich hörte Lady Sonias Stimme und dachte, sie sieht es vielleicht nicht gerne, wenn ich das Telefon benutze. Und dann kam Mr Dauntsey in die Grace Hall, also machte ich mich aus dem Staub. Ich habe dann erst später angerufen und Irene gerade noch erwischt.«

»Es war offenbar ein ereignisreicher Nachmittag, während wir alle im Veryan House Tee getrunken haben«, sagte Leo.

»Hast du gehört, was Mr Olivier gesagt hat, Pam?«, wollte Hugo wissen.

»Ich habe nicht darauf geachtet, weil ich bloß gehofft habe, dass er mich nicht bemerkt und endlich die Leitung freigibt.«

»Der Ort ist wahrscheinlich in heller Aufregung wegen der Neuigkeiten«, sagte Freya an Mrs Partridge gerichtet.

»Das können Sie wohl sagen«, erwiderte diese. »Zwei Leichen innerhalb von ein paar Monaten. Das sorgt für Aufruhr.«

»Drei, Mrs P«, erwiderte Freya. »Sie haben Jason Filbert vergessen.«

»Jason Filbert, diesen schrecklichen alten Taugenichts, vergisst man am besten ganz schnell. Nun, sein Tod war für jemanden, der so niederträchtig war, so ziemlich das Natürlichste der Welt. Ich wage zu behaupten, dass ihn sich der Teufel in Person geholt hat. Bitte verzeihen Sie, Mr Leo.«

Szene 7

»Was ist das?«, fragte Georgia, als sie das mit Packpapier umwickelte Päckchen auf dem Küchentisch erspähte.

»Das ist ein Buch, das Dinah für Leo mitgebracht hat«, sagte Freya.

»Ich habe gesehen, wie sie die Auffahrt hochgekommen ist«, sagte Georgia. »War sie deshalb hier? Oder war sie bloß neugierig?«

»Georgia!«, mahnte Hugo.

»Okay, nun reiß mir nicht gleich den Kopf ab. Ich hatte sie nicht für eine Gafferin gehalten.«

»Wie bitte?«, fragte Freya.

»Na ja, eben jemand, der glotzen will, wenn es einen Unfall gegeben hat oder sonst etwas passiert ist. In Selchester wird wohl jeder zum Gaffer, wenn er die Gelegenheit bekommt. Man könnte ihnen eine halbe Krone Eintritt für das Gewächshaus abknöpfen, und sie würden alle kommen und es sich angucken. Gus könnte sich etwas dazuverdienen.«

Hugo konnte sich das Lachen nicht verbeißen. »Georgia, du bist eine freche Göre.« Er war jedoch erleichtert, dass sie nicht allzu mitgenommen zu sein schien. Natürlich war sie selbst dem Tod nur knapp entronnen und kannte wie alle Kinder, die den Krieg überlebt hatten, die drohende Gefahr des Sensenmannes.

»Wo sind eigentlich Babs und Polly?«, wollte Freya wissen. »Ich dachte, ihr kegelt.«

»Haben wir auch«, erwiderte Georgia. »Aber das macht keinen Spaß. In Amerika spielen sie ein Spiel, das Bowling heißt und so ähnlich ist wie Kegeln. Die beiden sind unglaublich gut darin. Sie stoßen mit nur zwei Versuchen alle Kegel um, und wenn ich die Kugel werfe, treffe ich bloß einen einzigen. Jedenfalls sind sie weg, um die Bienen zu informieren.«

»Die Bienen informieren?«, wiederholte Hugo.

Geradezu mit Engelsgeduld erklärte Georgia: »Das

hört sich sonderbar an, nicht wahr? Aber sie sagen, man muss den Bienen mitteilen, was im Haus passiert ist. Polly meint, entweder sie selbst oder Babs müsste es machen, da es jetzt ja nun mal ihr Haus wäre.« Sie zog ein Gesicht. »Deswegen dachte ich, ich gehe mal in die Küche und gucke, ob es was zu essen gibt.«

»Und du wolltest den Bienen keinen Besuch abstatten?«, fragte Freya.

Georgia warf ihr einen düsteren Blick zu. »Du weißt ganz genau, dass mir nicht danach zumute ist. Die Bienen mögen mich nicht. Als ich das letzte Mal in die Nähe der Bienenstöcke kam, habe ich drei Stiche abbekommen. Ich finde es mutig von Polly und Babs. Genauer gesagt würde ich es tollkühn nennen. Und sie haben noch nicht einmal vor, sich diese Schleier und das ganze Zeugs anzuziehen. Polly sagt, wenn man ihnen etwas erzählt, bleiben sie ganz ruhig und hören zu. Doch das ist alles nur dummes Gerede, wahrscheinlich kommen sie jeden Moment wieder zurück und sind am ganzen Körper zerstochen.«

»Wie nimmt Polly die Sache auf?«, fragte Hugo.

Georgia zuckte die Achseln. »Sie ist sowieso schon nervös, weil sie hier in der Burg wohnt, rechnet ständig damit, dass ein Gespenst um die Ecke fegt, oder fürchtet, ihrem Vater könne etwas zustoßen. Aber da er gesund und munter ist, glaube ich nicht, dass man so ein Bohei darum machen sollte.«

Sie fischte die Keksdose vom Regal und nahm sich einen Keks. »Wer immer es getan hat, hat bestimmt nicht vorgehabt, Rupert zu töten. Schließlich war Seine

Lordschaft derjenige, der mit Strom herumhantiert hat und am wahrscheinlichsten ins Gewächshaus gegangen wäre und einen Schlag verpasst bekommen hätte.«

»Das hast du aber Polly nicht auf die Nase gebunden, oder?«, fragte Freya.

»Nein, aber …« Sie steckte sich gerade einen weiteren Keks in den Mund, als Leo und Gus die Küche betraten.

Hugo schaute Leo fragend an, worauf dieser nickte. »Alles erledigt. Ich denke, wir beide könnten jetzt ein Tässchen Kaffee vertragen, wenn noch welcher in der Kanne ist, Freya.«

»Weißt du, wo Polly und Babs sind?«, fragte Gus Georgia.

Als sie es ihm sagte, lächelte er. *»Principio sedes apibus statioque petenda.«*

Georgia schaute ihn argwöhnisch an. »Das ist Latein.«

Bereitwillig übersetzte Leo: »Finde zunächst ein ruhiges Heim für deine Bienen. Virgil, Georgia.«

»Dieses ganze Bäuerliche bei Virgil gefällt mir, aber bei den Bienen täuscht er sich. Es macht aber viel mehr Spaß als diese Stücke aus der *Aeneis* mit dem alten *pius Aeneas.«*

Wie seltsam es doch war, dass sie hier am Küchentisch saßen und über lateinische Poesie sprachen, dachte Hugo.

»Hugo«, sagte Gus, »der Superintendent will, dass du Sir Bernard anrufst. Warum, weiß ich nicht.«

Hugo würde es ihm nicht verraten. Er stand vom Tisch auf. »Ach ja? Dann mache ich es wohl lieber.«

Szene 8

Hugo verließ die Küche und ging in die Grace Hall. Er nahm den Hörer und bat darum, mit dem Herrenhaus verbunden zu werden. Es lag auf der Hand, warum er Sir Bernard Bescheid geben musste. Die Dienstanweisungen besagten, dass jedes ungewöhnliche Ereignis in Selchester, insbesondere in Verbindung mit der Burg, Sir Bernard gemeldet werden musste. Hugo verstand nicht, was Ruperts Tod mit dem Dienst zu tun hatte, aber Anweisung war eben Anweisung. Er wurde zum Diensthabenden durchgestellt, erzählte ihm, was geschehen war, und sagte, die Polizei wolle, dass Sir Bernard benachrichtigt werde.

Der Diensthabende war Roger Bailey, ein Mann, der aus Gründen, die Hugo unbekannt waren, eine Aversion gegen ihn entwickelt hatte. »Lieber Sie als ich, Hugo. Sie sind noch nicht lange genug hier, um zu wissen, dass, wenn Sir Bernard weg ist, er auch weg sein will.«

»Ist er über Weihnachten verreist?«, hakte Hugo nach.

»Ja. Nicht weit, das könnte bei diesem Wetter kein Mensch. Er hält sich im benachbarten Landkreis auf. Ich habe seine Nummer, und wenn Sie es riskieren wollen, können Sie ihn anrufen.«

Hugo notierte sich die Nummer, bat die Vermittlung, ihn erneut durchzustellen, und hatte schließlich einen aufbrausenden Sir Bernard an der Strippe. »Hugo? Warum rufen Sie mich an? Sie sind nicht der Diensthabende. Ist etwas passiert?«

Hugo erklärte es ihm. »Superintendent MacLeod

sagte, Sie müssten informiert werden. Also informiere ich Sie.«

Zunächst herrschte Stille. Dann sagte Sir Bernard, nun nicht mehr ganz so gereizt: »Völlig richtig. Ich bin erst Ende nächster Woche wieder im Herrenhaus. Wir müssen auf dem Laufenden gehalten werden. Im Falle von Selchesters Tod haben Sie sich als guter Verbindungsmann zur Polizei erwiesen. Daran können Sie jetzt anknüpfen. Sagen Sie das dem Superintendenten. Auf Wiederhören.«

»Ihnen auch frohe Weihnachten«, sagte Hugo zu sich selbst, als er den Hörer auflegte. Wie würde der Superintendent es wohl finden, wenn er, Hugo, sich einmischte? Beim Mordfall Selchester hatten sie beide nicht besonders einvernehmlich zusammengearbeitet, und er war sich nicht sicher, ob der Superintendent es begrüßen würde, wenn er seine Nase nun auch in diesen Fall steckte.

Hugo machte sich auf den Weg zu ihm. Die Polizei hatte das Arbeitszimmer des verstorbenen Lord Selchester in Beschlag genommen. Ein Constable vor der Tür meldete Hugo an, und der Superintendent schaute hinter dem Schreibtisch auf.

»Ah, Mr Hawksworth. Haben Sie mir etwas mitzuteilen?«

Hugo übermittelte ihm Sir Bernards Nachricht.

Wie erwartet wirkte der Superintendent nicht erfreut, sagte jedoch mit resignierter Stimme: »So ist das jedes Mal mit dem Herrenhaus. Nun, ich werde Ihnen sagen, wo wir mit unserer Ermittlung stehen. Viel herausgefunden haben wir bisher nicht. Dass heute der zweite Weihnachtsfeiertag ist, ist auch nicht gerade hilfreich. Wenn es nach mir ginge, würde der Yard die Sache übernehmen, aber angesichts der Wetterbedingungen kommt das nicht infrage.«

Gut. MacLeod hatte seine Macken, aber mit ihm zusammenzuarbeiten wäre leichter als mit jemandem von Scotland Yard.

»Wir haben London kontaktiert, und sie sagen, die Sache fällt in unseren Verantwortungsbereich. Ich habe London um Informationen gebeten, weil anscheinend hier niemand allzu viel über diesen Mr Olivier weiß. Nur dass er Lord Selchester wegen Gemälden beraten sollte, und diejenige, die ihn Seiner Lordschaft empfohlen hat, war Lady Sonia. Sie sagt aus, sie wisse praktisch nichts über ihn, außer dass viele ihrer Freunde ihn wegen Kunstgeschäften zu Rate gezogen haben und er für ein Auktionshaus tätig war. Ob er Familie hat, weiß sie nicht, und sie ist auch nicht im Geringsten daran interessiert«, fügte er hinzu. »Da er genauso ein Gast war wie sie, sollte man meinen, sie würde ein wenig mehr Empathie aufbringen.«

»Man kann die Gefühle der Menschen nicht immer nach dem beurteilen, was sie von sich geben«, sagte Hugo. »Und schließlich war Rupert nicht zu Weihnachten eingeladen. Er sollte an Heiligabend abreisen.«

»Hätte er das doch nur getan!«, knurrte der Superintendent.

Vorsichtig bohrte Hugo nach: »Sie sind sich ganz sicher, dass Rupert Olivier wirklich das Opfer sein sollte?«

Mit dieser Frage erntete er einen scharfen Blick des Superintendenten. »Haben Sie Grund zur Annahme, dass der Mörder es auf jemand anderen abgesehen haben könnte?«

»Es hat da zwei, drei Vorfälle gegeben, die im Lichte dessen, was hier geschehen ist, womöglich darauf hindeuten, dass jemand Lord Selchester umbringen wollte.«

Erneut schaute ihn der Superintendent scharf an. »Fahren Sie fort.«

Der Superintendent hörte ihm stumm zu und bat Hugo, alles aufzuschreiben, an das er sich erinnerte, von dem Zeitpunkt an, als die Sicherungen durchgebrannt waren, bis zur Entdeckung der Leiche.

»Wir haben natürlich jeden befragt, und ich kann mir ein ziemlich genaues Bild machen, wo sich wer wann befand, aber an einem Ort von dieser Größe und dann noch in der Weihnachtszeit hilft uns das nicht allzu viel weiter. Und wahrscheinlich war es jemand von außen. Vor allem wenn man bedenkt, was Sie mir gerade erzählt haben.«

Hugo war überrascht. »Jemand von außen? Das scheint mir nicht wahrscheinlich. Wer könnte davon wissen, dass es im Gewächshaus ein Problem mit der Elektrizität gegeben hat und Lord Selchester sich damit befasste?«

»Nachdem er sich bei Hodges Schmelzdraht besorgt hat, fast ganz Selchester«, erwiderte der Superintendent. »Dass sich der Sicherungskasten im Korridor befindet, wissen auch eine Menge Leute. Die Hintertür zum Küchenflügel ist selten verschlossen, das weiß jeder. Aber im Moment interessieren wir uns vor allem für den Mann, der am ersten Weihnachtsfeiertag in der Burg aufgetaucht ist und verlangt hat, Seine Lordschaft zu sprechen. Es hat den Anschein, als bewohne er derzeit Nightingale Cottage.«

»Der mysteriöse Mieter, Mr Sampson.«

»Ja. Er hält sich immer noch dort auf; ich habe befürchtet, er könnte sich heimlich davonmachen, aber er scheint noch da zu sein. Ich habe einen Constable hingeschickt, um es zu überprüfen, und wir behalten den Mann im Auge. Wenn ich zurück im Ort bin, lasse ich ihn zur Vernehmung kommen. Aber er ist nicht der Einzige. Schließlich gab es mehrere Mordanschläge auf Seine Lordschaft. Dass ein Einwohner von Selchester auf dem Dampfer gewesen ist, erscheint mir unwahrscheinlich. Daher sollte jeder Ortsfremde genau unter die Lupe genommen werden.«

Hugo zog sich in die Bibliothek zurück, um dort für den Superintendenten eine Zusammenfassung der Ereignisse zu verfassen. Leo saß in einer anderen Nische und schrieb Briefe, während Freya mit Last Hurrah ausgeritten war. Georgia half Mrs Partridge in der Küche. »Ich bin mir nicht sicher, was sie unter helfen versteht«, bemerkte Hugo zu Leo. »Ich glaube, ihre Hilfe besteht vor allem darin, die Schüssel mit dem Teig für den Schokoladenkuchen auszulecken, den Mrs Partridge backt.«

Szene 9

Als Hugo mit seinem Bericht fertig war, ging er zu Fuß hinunter in den Ort, um ihn dem Superintendenten persönlich zu übergeben.

Seit er nach Selchester gezogen war, hatte Hugo es sich zur Gewohnheit gemacht, in der Dunkelheit durch die Gegend zu spazieren. Zuvor hatte er mehr oder weniger ein urbanes Leben geführt, entweder in London oder in anderen Hauptstädten im besetzten und später Nachkriegseuropa. Mittlerweile mochte er die durchdringende Stille der Landschaft, die tiefschwarze samtene Dunkelheit, die Sterne und die Geräusche, die an einem ruhigen Abend wie heute so weit und deutlich zu hören waren.

Da der Mond gerade erst abnahm, hatte Hugo in seinem hellen, wenn auch schaurigen Licht keine Mühe, den Weg hinunter zu den Toren der Burg zu finden. Er bog nach rechts ab und ging über die Brücke in die Stadt hinein. In Selchester war es sehr ruhig, da die meisten Bewohner die letzten Stunden des zweiten Weihnachtsfeiertags genossen.

In der Polizeiwache hingegen herrschte ein geschäftiges Treiben. Mord war in dieser Stadt kein alltägliches Verbrechen. Hugo erklärte dem diensthabenden Sergeant am Empfang, er wolle etwas für den Superintendenten abgeben. Ein groß gewachsener Mann in einem Regenmantel, der sich schüttelte, als wolle er alles von sich abstreifen, kam aus dem Büro des Superintendenten. Er starrte erst den Sergeant und dann Hugo an und schritt schließlich zur Tür hinaus.

Hugo machte Anstalten, ihm zu folgen. Doch in diesem Moment trat der Superintendent aus seinem Büro, und der Sergeant reichte ihm Hugos Umschlag.

»Schnelle Arbeit, Mr Hawksworth, danke«, sagte der Superintendent. »Ich wage zu behaupten, dass uns das hier sehr nützlich sein könnte. Wie ich bereits sagte, es gibt nichts Hilfreicheres als ein geübtes Auge.«

»Der Mann, der gerade gegangen ist«, sagte Hugo. »Ist das derjenige, der gestern zur Burg hinaufgegangen ist?«

»Ja, das war Mr Sampson. Allerdings habe ich den Eindruck, dass sich der Name, wenn wir ihn uns genauer ansehen, als Deckname erweisen wird.«

»Hat er eine Erklärung für seinen Besuch in der Burg?«

»Keine, die er uns mitteilen möchte. Er hat nur gesagt, er habe persönliche Gründe gehabt, Seine Lordschaft aufzusuchen. Ist er am gleichen Abend dann noch einmal in die Burg zurückgekehrt, um erneut zu versuchen, ein Gespräch mit Lord Selchester zu führen? Nein, er war den ganzen Abend in seinem Cottage. Gibt es jemanden, der das bezeugen kann? Nein.«

»Sie halten ihn nicht fest?«

Der Superintendent schüttelte den Kopf. »Wir haben keinen Grund dafür. Es gibt keine Beweise und nichts, was ihn mit Mr Olivier in Verbindung bringen würde. Er wird nicht abreisen. Wir haben das Cottage im Blick, und ich habe ihm gesagt, dass er Selchester bis auf Weiteres nicht verlassen darf. So, wie es sich zuzieht, würde er zudem nicht weit kommen, falls er versuchte, sich davonzustehlen. Nein, er wird an Ort und Stelle bleiben, und ich werde ihm die Wahrheit entlocken.«

Vermutlich würde er das, dachte Hugo und blickte in das unnachgiebige Gesicht des Superintendenten. »Falls ursprünglich der Earl hätte sterben sollen, kann man davon ausgehen, dass ein wütender Mann, der in der Burg auftaucht und verlangt, ihn zu sprechen, ein Motiv hat, ihm etwas anzutun.«

»Ganz genau«, stimmte der Superintendent ihm zu. »Aber Lord Selchester wurde nicht umgebracht. Er ist nicht Gegenstand dieser Untersuchung, auch wenn ich geneigt bin, Ihnen beizupflichten, dass Seine Lordschaft eher das Opfer sein sollte als Mr Olivier. Ein Verdacht ist aber noch kein Beweis. Auf einen Verdacht hin kann ich Mr Sampson nicht festnehmen lassen. Wenn ich mehr Informationen über ihn habe, warum er sich in Selchester aufhält, werden wir weitersehen.«

Als Hugo die Polizeiwache verließ, beschlich ihn ein seltsames Gefühl. Zurück in der Burg erzählte er Leo von seiner Begegnung mit Mr Sampson. »Ich ärgere mich, denn ich bin überzeugt davon, ihn schon einmal gesehen zu haben. Vielleicht auf einem Foto. Sein Gesicht kommt mir bekannt vor.«

»Du hast ein gutes Gedächtnis für Gesichter. Das hattest du schon immer, und durch deine Arbeit hast du es immer weiter geschult. Mach dir keine Gedanken deshalb, bestimmt fällt es dir bald wieder ein.«

Hugo ging in der Bibliothek auf und ab, nahm hier ein Tintenfass und dort ein Buch in die Hand. »Ich glaube nicht, dass ich ihm schon einmal begegnet bin, ich glaube eher, ich habe ein Foto von ihm gesehen. Der Name sagt mir nichts. Sampson. Kanntest du jemals jemanden namens Sampson?«

Leo hatte sich wieder seinen Briefen zugewandt. »Nur in der Bibel, sonst nicht.«

»Er schreibt sich mit einem P«, sagte Hugo. Doch Leo hörte nicht mehr zu.

Kapitel elf

Szene 1

Der gesunde Menschenverstand sagte Hugo, dass, selbst wenn ein Mörder frei herumlief, wahrscheinlich außer Gus niemand anders in Gefahr schwebte. Ein Polizeibeamter hatte in der Burg Posten bezogen, Leo behielt Georgia im Auge – eigentlich waren alle in Sicherheit.

Das sagte er sich, als er am nächsten Morgen seine Aktentasche nahm und sich auf den Weg zum Herrenhaus machte. Ob er sich je an die Routine eines Bürojobs gewöhnen würde, statt seine Zeit bestmöglich zu nutzen?

Allmählich bezweifelte er es.

Die Kaffeefee kam mit einer Tasse Blümchenkaffee und dem einfachen Teegebäck vorbei, das ihm jeden Vormittag vorgesetzt wurde. Während er den Keks in seine Kaffeetasse tunkte und aus dem Fenster schaute, fiel ihm plötzlich wieder ein, wo er Sampsons Gesicht schon einmal gesehen hatte.

Er ließ seinen angebissenen Keks liegen und seinen halb ausgetrunkenen Kaffee stehen und humpelte in den Flur hinaus. Wie gewöhnlich stand Mrs Clutton vor ihrem Registraturschrank mit den Karteikarten und sortierte sie mit versierten Fingern. »Archivieren wir immer noch Zeitungen im Herrenhaus?«, erkundigte er sich.

Überrascht drehte sich Mrs Clutton zu ihm um. Sie schob eine Schublade wieder zu und sagte: »Zum Beispiel die Exemplare der *Times?* Ja, die werden archiviert. Es gibt Pläne, die Archivierung einzustellen. London meint, es sei nicht notwendig, dass wir hier Dubletten aufbewahren, aber wir wehren uns dagegen. Ich will nicht jedes Mal im Zentralarchiv nachfragen müssen, wenn ich irgendetwas in einer Zeitung nachschlagen muss, danke. Suchen Sie etwas Bestimmtes?«

Hugo war drauf und dran zu erwidern, er werde selber gehen und nachschauen. Dann aber fiel ihm ein, dass er selbst zwar ein gutes Gedächtnis für Gesichter hatte, dies aber nichts im Vergleich zu Mrs Cluttons Elefantengedächtnis für Details und Fakten war. »Ich versuche, mich an etwas zu erinnern, was kurz nach dem Krieg geschah, ich denke Ende 1946. Ein Mann, an dessen Namen ich mich nicht erinnere, hat unter ziemlich skandalösen Umständen eine Menge Geld veruntreut. Er wurde zwar strafrechtlich verfolgt, aber bevor man seiner habhaft wurde, setzte er sich ins Ausland ab. Es wurde damals ein ziemlicher Wirbel um ihn veranstaltet. Möglicherweise hatte die Sache auch politische Auswirkungen.«

Auf Mrs Cluttons Gesicht trat der eifrige, aufmerksame Ausdruck eines Jagdhundes, der soeben die Fährte eines Fuchses aufgenommen hatte. »Ich erinnere mich tatsächlich an diesen Fall. Soll ich die entsprechenden Zeitungen heraussuchen?« Sie hatte den Raum schon verlassen, bevor er ihr antworten konnte.

Hugo kehrte in sein Büro zurück, zuversichtlich, noch vor Ende des Tages eine Antwort zu bekommen. Und so war es auch. Da Sir Bernard nach wie vor außer Haus war, würde er nicht von Mrs Tempest herbeizitiert werden. Hugo beschloss, Feierabend zu machen und Freya und Leo mitzuteilen, was er herausgefunden hatte. Er zog sich seinen Tweedmantel über, pflückte seinen Hut vom Hutständer in der Ecke, nahm die Akten von seinem Schreibtisch – Memo von Sir Bernard an alle leitenden Angestellten: *Akten und Dokumente dürfen nicht über Nacht auf oder in Schreibtischen liegen gelassen werden* – und ging den Flur entlang, um sie sicher verwahren zu lassen. »Hier, Mrs Clutton. Es ist alles hier drin.«

Er nahm den Bus zurück nach Selchester. Beim Aussteigen sah er, dass Last Hurrah vor dem Postamt an ein Geländer angebunden war. Er wartete auf Freya, und nach wenigen Minuten kam sie heraus.

»Hallo, ist alles in Ordnung?«

»Ich habe bei der Arbeit früher Schluss gemacht. Ich glaube, ich habe herausbekommen, wer der Mann in Nightingale Cottage ist. Genauer gesagt ist das meiner bewundernswerten Mrs Clutton gelungen, einer Archivarin im Herrenhaus.«

Freyas Neugier schien geweckt. »Mr Sampson?«

»Von wegen Mr Sampson. Sein richtiger Name lautet Saul Ingham.«

Freya runzelte die Stirn. »Dieser Name kommt mir irgendwie bekannt vor. Aber es ist schon länger her.«

»Er hat 1946 Schlagzeilen gemacht. Ein großer Finanzskandal. Saul Ingham stand im Mittelpunkt. Es war wohl ein klarer Fall, und ihm drohten mehrere Jahre Haft.«

»Jetzt fällt es mir wieder ein«, sagte Freya. »Er ist spurlos verschwunden.«

Hugo nickte. »Ja. Bei Nacht und Nebel, wie Lord Selchester. Im Gegensatz zu ihm ist er aber seitdem nicht mehr gesehen worden, weder tot noch lebendig. Er ist einfach verschwunden, wahrscheinlich ins Ausland, und hat dort eine neue Identität angenommen.«

»Hat sich später nicht herausgestellt, dass er gar nicht schuldig war?«, fragte Freya. »Jemand hat ausgepackt, und dabei stellte sich heraus, dass er zu Unrecht beschuldigt worden war? Er hatte als Sündenbock herhalten müssen, nicht wahr?«

»Ganz genau«, bestätigte Hugo. »Ich habe es in den Zeitungsberichten von damals nachgelesen.«

»Warum ist er dann nicht wieder aufgetaucht und hat seinen Platz in der Gesellschaft wieder eingenommen?«, fragte Freya. »Falls er unter falschem Namen im Ausland gelebt hat, hat er doch sicher im Auge behalten, was in England so alles vor sich geht. Hat er nicht eine Frau und ein Kind zurückgelassen?«

»Ja. Für sie war es schwer; wie es scheint, hat er nie Kontakt mit ihr aufgenommen. Sie hielt ihn für tot, doch wie bei Selchesters Gattin gab es keine Möglichkeit, sich scheiden zu lassen oder sonst etwas gesetzlich zu regeln. Sie war davon überzeugt, dass ihn die Vorwürfe, die er stets dementiert hat, derart schockiert hatten, dass er sich das Leben genommen hat. Der Hauptpunkt jedenfalls ist, dass dies unser Mann ist und er aus irgendeinem Grund hier in Selchester aufgetaucht ist.«

»Und unbedingt mit Gus sprechen will«, fügte Freya hinzu. »Warum? Und wo und wann?«

»Gus hat bereits einige Reisen auf dem Kontinent unternommen, vor allem nach Italien und Griechenland. Möglicherweise haben sich ihre Wege gekreuzt. Ich habe Gus angerufen, um ihn zu fragen, ob er von dem Mann schon etwas gehört hat, und seine Antwort lautet Nein. Das muss aber nicht viel heißen, denn der Kerl könnte einen anderen Namen benutzt haben. Ich bekomme eine Kopie des Fotos, das in der Zeitung abgebildet war, dann können wir sehen, ob Gus ihn wiedererkennt.«

»Haben Sie dem Superintendenten Bescheid gegeben?«, fragte Freya. »Sollten Sie ihm diese Information nicht zukommen lassen?«

»Die Polizei hat ihn zur Vernehmung bestellt, aber nicht festgenommen«, sagte Hugo. »Die haben ihre eigenen Methoden, Dinge herauszufinden. Ich stelle bloß Mutmaßungen an. Jedenfalls dachte ich, es könnte von Nutzen sein, ihn einmal persönlich aufzusuchen und kurz mit ihm zu sprechen. Er kooperiert nicht mit der Polizei, und selbst wenn sie herausfinden, wer er ist und was er im Schilde führt, ist er womöglich nicht bereit zu plaudern.«

»Sie haben also vor, bei ihm hereinzuschneien?«

»Genau.«

Freya band Last Hurrah los. »Ihnen ist schon klar, dass wir damit womöglich bei einem Mörder vorbeischauen?« Sie schob ihr Pferd zur Seite, damit er vorbeigehen konnte.

Der Gedanke war Hugo durchaus gekommen. »Die Vorstellung erschreckt Sie nicht, oder?«

»Ich bin eher neugierig als beunruhigt.«

»Wir sind zu zweit, das mindert das Risiko. Falls er ein Mörder ist, bezweifele ich, dass er den Versuch unternimmt, uns gleich beide aus dem Weg zu räumen. Das würde wirklich Schlagzeilen machen«, sagte Hugo.

Szene 2

Sie gingen an der Kathedrale vorbei. Hugo hatte Mühe, mit Last Hurrah Schritt zu halten, der nervös tänzelte. Dann ging es quer über die Wiese zu Nightingale Cottage. »Auch wenn der Besuch sich als ein fruchtloses Unterfangen erweisen sollte, habe ich endlich die Gelegenheit, mal einen Blick in das Cottage zu werfen, was mir bis jetzt nicht vergönnt war«, sagte Hugo.

»Dort steht Fred Camford. Sicher hat der Dienst und muss das Cottage im Auge behalten«, sagte Freya. »Ich werde ihn bitten, Last Hurrah zu halten.« Sie ging mit ihrem Pferd weiter und reichte dem Constable die Zügel. Er nahm sie in eine Hand und führte die andere an seinen Helm. Nervös machte Last Hurrah einen kleinen Satz und senkte dann den Kopf, um sich dem Gras zu widmen.

An der Tür hing ein Messingtürklopfer in Form eines Vogels. »Das sieht für mich nicht nach einer Nachtigall aus«, sagte Hugo unter Anspielung auf den Namen des Cottages, als er an die Tür klopfte. »Dieser Vogel ist viel zu groß; das Cottage sollte eher Cuckoo Cottage heißen.«

Zunächst hatte es den Anschein, als sei niemand zu Hause oder als würde Mr Ingham alias Sampson die Tür nicht öffnen. Doch dann hörten sie, wie ein Riegel zurückgeschoben wurde, und die Tür ging auf. Vor ihnen stand der Mann, den Hugo auf der Polizeiwache gesehen hatte und dessen Foto in allen Zeitungen abgebildet gewesen war.

»Mr Sampson?«, fragte Hugo. Er stellte einen Fuß in die Tür, bevor er sie schließen konnte, und schlüpfte mit Freya rasch hinein.

Besonders erfreut über ihr Erscheinen wirkte der Mann nicht. »Wer verdammt noch mal sind Sie? Was tun Sie hier?«

»Betrachten Sie es als Antrittsbesuch bei einem neuen Nachbarn«, sagte Freya. »Wir kommen von der Burg.«

Mit staunenden Augen sah Hugo sich um. Es herrschte ein einziges Durcheinander, was noch untertrieben war: An den Balken hingen Strohpuppen, daneben Kristallkugeln und Federbüschel, dazu eine Vorrichtung aus kleinen Spiegeln, die beim Aneinanderschlagen seltsame Geräusche machten. Zwischen den Bücherregalen hingen sonderbare Bilder: ein einzelnes Auge, das aus einem blauen Dreieck hervorstarrte, ein rotes Ufer, an dem merkwürdige Gestalten entlanggingen, ein dunkles Viereck mit einem schwarzen Wirbelmuster.

Als der Mann Hugos Gesichtsausdruck wahrnahm, stieß er ein Lachen aus. »Schauderhaft, nicht wahr?«

»Ihre Vermieter haben einen recht eigenwilligen Geschmack«, konstatierte Hugo. »Ich wusste zwar, dass sie als exzentrisch gelten und sich für alte Brauchtümer interessieren, aber ich hatte keine Ahnung, dass sie sich mit so schrillen Dingen befassen.«

»Schauen Sie mich nicht so an«, sagte Sampson. »Ich habe keine Ahnung, wer sie sind. Ich habe bloß auf eine Anzeige in der Zeitung geantwortet, weil ich eine Unterkunft in Selchester suchte.«

Mrs Partridge hatte recht: Es war verblüffend, wie braun gebrannt er war. Hugo würde jede Wette eingehen, dass er viel Zeit in einem sehr sonnigen Land verbracht hatte. Irgendwo in Asien? Vielleicht auch im Mittleren Osten. Berücksichtigte man dann noch seine aufrechte Haltung und seine offenkundige Fitness, die wahrscheinlich intensiver körperlicher Tätigkeit geschuldet war, dann roch das förmlich nach Soldat. Ein Söldner?

Einem Augenblick der Eingebung folgend sagte er: »Sie haben sich der Fremdenlegion angeschlossen, als Sie abtauchten, nicht wahr? Sie sind Saul Ingham.«

»Sie sind mir ja ein ganz Schlauer«, gab Saul mit gequältem Lachen zurück. »Dann wissen Sie also, wer ich bin. Vermutlich werden Sie es der Polizei stecken, dann buchten die mich wegen Unterschlagung ein. Und nachdem die mich verhört haben, kommt noch eine Anklage wegen Mordes hinzu.«

»Zu dem Mord kann ich nichts sagen, aber wegen Unterschlagung wird Sie niemand anklagen«, sagte Hugo. »Wenn Sie wirklich in der Fremdenlegion waren, ist es kein Wunder, dass Sie Ihre Rehabilitierung gar nicht mitbekommen haben. Sie hätten schon vor fünf Jahren als freier Mann nach England zurückkehren können.«

Perplex sah Saul ihn an. Schließlich sagte er: »Das haben Sie sich jetzt ausgedacht.«

»Hat er nicht«, sagte Freya.

Unter seinem sonnengebräunten Gesicht erbleichend sank Saul auf einen Stuhl am Tisch. Hugo trat an das Sideboard, nahm eine Karaffe, roch skeptisch am Inhalt und goss dann etwas davon in ein Glas. »Whisky. Kein besonders guter, aber den haben Sie jetzt nötig.«

Saul machte zunächst Anstalten, das ihm entgegengehaltene Glas abzulehnen, nahm es dann aber doch und kippte den Whisky in einem einzigen Zug hinunter. Allmählich bekam er wieder Farbe im Gesicht. »Fünf Jahre? Ich hätte schon vor fünf Jahren zurückkommen können?«

»Ja«, bestätigte Hugo.

»Warum sind Sie jetzt zurückgekommen, wenn Sie nach wie vor davon ausgehen mussten, verhaftet zu werden?«, wollte Freya wissen.

»Ich hatte mich für sieben Jahre bei der Legion verpflichtet. Das ist genug. Ich habe den ganzen Krieg über in der Armee gedient, aber das war ein Picknick im Vergleich zum Dienst in der Legion.«

»Es ist ein knallharter Militärdienst«, sagte Hugo.

»Ich bin zurückgekehrt, um Rache zu nehmen«, fuhr Saul fort. »Selchester hat mein Leben ruiniert und mir meine Frau und mein Kind weggenommen. Die beiden sind nach Australien ausgewandert, um dort ein neues Leben zu beginnen. Wahrscheinlich werde ich sie nie wiedersehen. Er hat meinen Ruf und meine Existenz zerstört, und auf sein Wort hin wäre ich für etwas, das ich gar nicht getan habe, ins Gefängnis gesperrt worden. Ich will mich an dem Dreckskerl rächen.«

»Sprechen Sie vom Earl of Selchester?«, fragte Hugo.

»Allerdings. Dieser Kerl mit seinem verstaubten Titel, seinem makellosen Ruf und seiner hingebungsvollen Tätigkeit im Staatsdienst. Das ist ja alles schön und gut, aber was für ein Mensch ist er wirklich? Was ist mit dem Privatmann? Ich kann Ihnen versichern, dass er nicht nur ein eiskaltes Herz hat und rücksichtslos ist, sondern auch verdammt gerissen. Ein Mensch voller Tücke.«

Verblüfft schaute Hugo ihn an. Gus? Eiskaltes Herz und rücksichtslos? Dann dämmerte es ihm.

Bei Freya war der Groschen schon gefallen. »Sie sprechen vom verstorbenen Lord Selchester.«

Sauls Kopf schnellte hoch. »Was soll das heißen? Lord Selchester ist quicklebendig und wohnt in der Burg. Ich wünschte, es wäre anders. Ich wünschte, er wäre tot und würde die Radieschen von unten betrachten.«

»Das tut er bereits«, versetzte Freya trocken. »Der Earl, von dem Sie sprechen, war der siebzehnte Earl. Er starb vor über sieben Jahren, allerdings hat man seine Leiche erst viel später gefunden.«

»Der gegenwärtige Earl, also derjenige, der jetzt in der Burg weilt, ist der achtzehnte«, erklärte Hugo.

»Sie lügen!«, stieß Saul hervor.

»Nein«, erwiderte Freya. »Der siebzehnte Earl war mein Onkel und ist tot und begraben.«

»Wie ist er gestorben? Alt war er nicht, und als ich ihn das letzte Mal gesehen habe, war er gesundheitlich noch ganz auf der Höhe.«

»Er wurde ermordet«, sagte Hugo.

Saul stieß ein lautes, bitteres Lachen hervor. »Ermordet? Tja, darauf stoße ich an. Häufig kommt das nicht vor, dass Menschen das bekommen, was sie verdient haben. Gut, dass wir ihn vom Hals haben!«

Szene 3

Nachdem Hugo und Freya Nightingale Cottage wieder verlassen hatten, blieben sie noch eine Weile auf der Wiese stehen. Hugo sagte: »Ich muss wohl MacLeod berichten, was wir gerade in Erfahrung gebracht haben.«

»Wird er nicht verärgert sein, weil Sie mit einem Tatverdächtigen gesprochen haben?«, fragte Freya.

»Dann soll er eben verärgert sein. Ich wurde angewiesen, im Auftrag von Sir Bernard als Verbindungsperson zu fungieren. Ich habe den Zeugen weder bedroht noch verscheucht.« Er nickte dem phlegmatisch wirkenden Constable Camford zu, der neben dem einzigen Laternenpfahl weit und breit stand und nach wie vor Last Hurrahs Zügel hielt. »Er wird so oder so davon erfahren, dass ich hier war. Fred hat unsere Namen sicher pflichtgemäß in sein Notizbuch eingetragen.«

»Ich reite zurück zur Burg und erzähle Leo, was wir herausgefunden haben«, sagte Freya.

Superintendent MacLeod versah nach wie vor seinen Dienst in der Polizeiwache. Hugo hatte zwar nicht den Eindruck, als sei er besonders erfreut, ihn zu sehen, doch immerhin hörte er Hugo aufmerksam zu.

MacLeod sinnierte einen Moment. Dann sagte er: »Damit wäre das Rätsel gelöst, warum er zur Burg hinaufgestürmt ist. Aber nach dem, was Sie mir berichten, hegte er Groll gegen Lord Selchester, ohne sich bewusst zu sein, dass der gegenwärtige Lord Selchester ein anderer ist. Er ging mit der Absicht, Gewalt anzuwenden, zur Burg hinauf. Wer vermag da zu sagen, was er getan hätte?«

»Auch wenn er vor Wut kochte«, sagte Hugo, »ist es unwahrscheinlich, dass er sich die Mühe gemacht hätte, die Verkabelung zu manipulieren. Ohne zu wissen, wer das Gewächshaus betreten würde.«

»Ich weiß nicht viel über die Fremdenlegion«, sagte der Superintendent. »Darüber liest man in Büchern für Jungen. Das hört sich alles hochdramatisch und romantisch an, aber wahrscheinlich ist es alles andere als das.«

»Es ist ein hartes Leben.«

»Er ist also der Typ, der geistesgegenwärtig handelt, gut mit unvorhergesehenen Ereignissen umgehen kann und jede Gelegenheit beim Schopf packt, die sich ihm bietet. Er ist durch die Hintertür hereingekommen; er könnte durchaus den Sicherungskasten entdeckt haben und dabei auf dumme Gedanken gekommen sein.«

»Einen Sicherungskasten zu entdecken ist etwas völlig anderes, als im Schutze der Dunkelheit zurückzukehren und eine Falle zu stellen, die einen x-Beliebigen im Haushalt das Leben kosten könnte«, gab Hugo zu bedenken.

»Es ist riskant. Aber nach Ihren Worten geht jemand, der in der Fremdenlegion gedient hat, Risiken ein. Außerdem war allgemein bekannt, dass Seine Lordschaft vorhatte, die Elektrik im Gewächshaus zu reparieren. Aber dennoch bin ich mir nicht sicher, ob der zeitliche Ablauf stimmt. Ich glaube, das mit der Verkabelung passierte erst viel später.«

»Er könnte in die Burg zurückgekehrt sein.«

»Könnte er.« Der Superintendent notierte sich Saul Inghams Namen. »Ich erinnere mich an den Fall. Die Sache hat damals ziemlich Staub aufgewirbelt. Ich danke Ihnen, Mr Hawksworth. Ich werde mich sofort mit London in Verbindung setzen, damit die mir die Akten von damals zukommen lassen. Zumindest kennen wir jetzt die Identität des Mannes. Und wie ich schon sagte, er wird nirgendwo hingehen.«

Als Hugo die Polizeiwache verließ, fragte er sich, warum MacLeod nicht nach dem Grund von Sauls Feindseligkeit gegenüber Lord Selchester gefragt hatte oder welche Rolle dieser bei dem Finanzskandal gespielt hatte, der Inghams Verderben gewesen war.

Natürlich ahnte der Superintendent nicht, was für ein Mensch der verstorbene Lord Selchester wirklich gewesen war. Über Selchesters privates Leben wusste er kaum etwas. Sein geheimes Leben.

Verdammt, jetzt war der Mann sieben Jahre tot, doch seine Geheimnisse suchten noch immer die Gegenwart heim. In den Augen der Öffentlichkeit war der verstorbene Earl als integrer Mensch gestorben. Hugo wusste es besser.

Als sie dahintergekommen waren, wer Selchester ermordet hatte, hatte Freya gesagt: »Wieso soll man den

Ruf eines Mannes schädigen, der seit sieben Jahren tot ist?«

Leo war ihrer Meinung gewesen. Die Zeit verging, und die Leute, denen Lord Selchester das Leben zur Hölle gemacht hatte, wollten bestimmt keine schlafenden Hunde wecken.

Vielleicht waren die Hunde ja geweckt worden.

Kapitel zwölf

Szene 1

Am nächsten Morgen fragte Babs, die gegenüber von Freya am Küchentisch saß, ob sie sie zeichnen dürfe. »Du hast ein markantes und irgendwie altes Gesicht.«

»Soll das jetzt ein Kompliment sein?«, entgegnete Freya.

»Hey, ich habe nicht gesagt, dass du alt aussiehst«, versetzte Babs hastig. »Ich meinte damit, dass du ein Gesicht hast, das in eine andere Zeit gehören könnte. Ich habe mir die Porträts unserer Vorfahren in der Galerie angeschaut. Ich denke, Vorfahren hat ja jeder, aber die meisten hängen sich nicht so viele Porträts von ihnen an die Wand. Und trotz der unterschiedlichen Stile und Kleidermoden und der Art, wie die Künstler die Frauen porträtiert haben, erkennt man doch immer wieder die gleichen Merkmale. Die Art der Augen, die Form der Nase, des Kiefers.«

»Das Gesicht der Selchesters. Und die blauen Augen. Du hast beides.«

»Klar. Ich benutze die Kohlestifte, die du mir zu Weihnachten geschenkt hast, total gerne. Ich habe Polly und Papa schon so oft gezeichnet, dass ich gerne mal ein neues Motiv hätte. Wenn du nichts dagegen hast.«

»Ich habe mitbekommen, dass du gezeichnet hast, als wir in der Teestube waren«, sagte Freya. »Deswegen kam mir die Idee, die Stifte könnten dir gefallen.« Bereitwillig saß sie Modell, während Babs, den Kopf zur Seite geneigt, hochkonzentriert mit ihrem Kohlestift über das Blatt fuhr. Ab und zu verwischte sie eine Linie mit dem Finger, schaute immer wieder zu Freya auf und dann erneut auf das Blatt. Sie arbeitete flink und professionell, und von ihrer notorischen weltüberdrüssigen Trägheit war nichts mehr zu erkennen.

Universität? Das mochte Gus' Plan für seine Töchter sein, doch Freya bezweifelte, dass es das war, was Babs wollte. In bemerkenswert kurzer Zeit vollendete Babs die Zeichnung. »Darf ich mal sehen?«, bat Freya, worauf sie ihr das Skizzenbuch reichte.

Freya war beeindruckt, wie Babs nicht nur die Physiognomie ihres Gesichtes, sondern auch den Ausdruck von Skepsis in ihren Augen erfasst hatte. Das hatte sie beim Blick in den Spiegel noch nie bemerkt, doch die Skepsis, die Babs bei ihr erkannt hatte, war ihr tief im Inneren vertraut.

»Kann ich mal ein paar deiner anderen Zeichnungen anschauen?«

Als Babs nickte, blätterte Freya ihr Skizzenbuch durch. Sie stieß auf einige sehr gute Skizzen von Gegenständen und kleinformatige Stillleben, doch was Babs offensichtlich am meisten anzog, waren Menschen. Menschen in Bewegung, Gesichter. So hatte sie zum Beispiel drei Frauen gezeichnet, die im Kaffeesatz lasen, eine skizzenhafte Darstellung, bei der allen dreien etwas

Hexenartiges anhaftete und die Freya prompt zum Lachen brachte. »Links, das ist Mrs P, und schau sich einer Martha an, wie sie in ihre Tasse hineinlinst.«

Babs ging um den Tisch herum, um zu sehen, worüber Freya sich amüsierte. »Die drei sind mir aufgefallen, als ich auf ein Stück Kuchen in der Teestube vorbeischaute. Sie ließen sich wunderbar zeichnen. Würde man Macbeth modern inszenieren, müssten die drei Hexen genau so aussehen.«

»Vielleicht kommst du der Wahrheit damit näher, als du dir vorstellen kannst«, mutmaßte Freya. Sie blätterte die Seite um und stieß vor Überraschung ein »Oh!« aus.

»Was ist denn? Du siehst ja aus, als hättest du ein Gespenst gesehen.«

»Ein Gespenst nicht. Aber ich kenne diesen Mann. Nein, kennen ist zu viel gesagt, aber ich bin ihm begegnet. Das ist schon eine Weile her, im Zug.«

Babs drehte das Skizzenbuch zu sich. »Er saß in der Teestube, als Papa, Polly und ich dort waren. Er saß ganz still und ruhig in der Ecke. Hat alle beobachtet und konzentriert zugehört.«

»Das kann ich an deiner Zeichnung erkennen«, bestätigte Freya.

»Wenn ich Leute zeichne, dann denke ich über sie nach und schaue irgendwie in sie hinein, damit ich erkennen kann, wie sie wirklich sind. Das hat nichts mit dem Gesicht zu tun. Ich könnte Leute keinem Beruf zuordnen, könnte nicht sagen, der hier ist Arzt, der hier Anwalt, sie ist Sekretärin oder Buchhalterin oder sonst etwas. Aber trotzdem sagen die Zeichnungen etwas darüber aus, was für eine Art Mensch jemand ist. Natürlich nur, wenn es eine gute Zeichnung ist. Der Mann war ein bisschen seltsam. Wenn du mich über ihn befragen würdest, würde ich sagen, er war nichtssagend.« Babs nahm das Skizzenbuch wieder an sich und betrachtete nachdenklich das Bild. »Du bist ihm im Zug begegnet. Ist er von hier?«

»Nein. Darf ich mir das ausleihen?«

Babs schien überrascht. »Was denn, das ganze Skizzenbuch?«

»Nein. Kannst du die Zeichnung herausreißen? Ich würde sie gerne jemandem zeigen.«

Bereitwillig riss Babs die Seite heraus und betrachtete wieder die Zeichnung, die sie von Freya angefertigt hatte. »Diese Seite kann ich auch herausnehmen«, sagte sie. »Bestimmt würde Hugo sie gerne haben.«

Freya schaute sie an. »Warum sollte Hugo eine Zeichnung von mir haben wollen?«

Während sie mit dem Bleistift eine kleine Korrektur vornahm, sagte Babs beiläufig: »Er mag dich.«

»Das hoffe ich doch. Wir sind gut befreundet. Mehr aber auch nicht. Er hat eine Freundin in London.«

Mit einer wegwerfenden Geste wedelte Babs mit dem Bleistift herum. »Oh, Freundin in London. Das steht auf einem ganz anderen Blatt.« Nun wieder in existenzialistischer Stimmung setzte sie erneut ihre gelangweilte Miene auf und schlenderte aus der Küche.

In einer Schublade stieß Freya auf eine Zeitung und breitete sie auf dem Tisch aus. Sie legte die Zeichnung darauf und war im Begriff, sie einzuwickeln, als Mrs Partridge hereinkam.

»Was machen Sie da mit der Zeitung?«

»Ich will damit nur diese Skizze schützen. Warum, was ist mit der Zeitung? Sie ist schon ein paar Tage alt.«

Mrs Partridge nahm ihr die Zeitung aus der Hand, durchstöberte einen Korb unter dem Tisch und fischte eine Ausgabe der *Selchester Gazette* heraus. Sie glättete die Seiten der anderen Ausgabe aus der Schublade und wies auf ein Foto. »Die will ich behalten, da ist ein Bild von Seiner Lordschaft abgedruckt, wie er die Landungsbrücke der *Queen Mary* herunterschreitet, gemeinsam mit Ihren Ladyschaften. Bei seiner Ankunft in England.«

Freya schaute zunächst wenig interessiert hin, riss das Blatt dann aber Mrs Partridge geradezu aus den Händen. Sie nahm die Zeitung mit ans Fenster. Ja, es bestand kein Zweifel. Es waren nicht Gus und die Mädchen, denen ihr Interesse galt, sondern derjenige, der einige Schritte hinter ihnen die Landungsbrücke herunterkam. Prüfend verglich sie das Bild mit Babs' Zeichnung. Kein Zweifel, es war ein und derselbe Mann.

Szene 2

Freya zog sich Stiefel, Reitjacke und Regenmantel an und ging hinaus, um Last Hurrah zu satteln. Er freute sich, sie zu sehen, doch als sie seinen Sattelgurt festzog, schnaubte er und tänzelte nervös über den Hof. Was er brauchte, war ein kräftiger Galopp, doch der Boden war zu hart, und sie konnte höchstens Trab reiten.

Ben kam heraus. »Passen Sie auf ihn auf, Miss Freya, und auch auf sich. Das Pferd ist missmutig.«

Ungewöhnlich war das nicht; Last Hurrah war berüchtigt für seine schlechte Laune. Doch trotz seiner Fehler und Boshaftigkeit liebte ihn Freya, und es war schön, wieder im Sattel zu sitzen. Auch wenn sie nur Schritt oder Trab reiten konnte, empfand sie Erleichterung, die Burg und ihre Geheimnisse hinter sich zu lassen.

Doch eigentlich ließ sie sie gar nicht hinter sich. Sie trabte über die Brücke und bog in die Gasse hinter dem *Daffodil* ein. Richard, der für das Backen zuständig war, arbeitete in der Küche und würde ein wachsames Auge auf Last Hurrah haben. Sie warf die Zügel über den Torpfosten und trat durch die Hintertür ein.

Richard begrüßte sie mit einer knappen Handbewegung. Er war gerade am glühend heißen Backofen beschäftigt und sagte: »Gehen Sie ruhig rein. Jamie ist vorn.«

In der Teestube herrschte kaum Betrieb. »Nachweihnachtliche Flaute«, sagte Jamie. »Nehmen Sie irgendwo Platz.«

»Ich bin nicht auf einen Kaffee gekommen, sondern weil ich Sie etwas fragen wollte.«

Jamies Neugier schien geweckt. »Einen Ratschlag, wie Sie Lady Babs dazu bewegen können, vorteilhaftere Kleider zu tragen? Wie ich gehört habe, war Lady Priscilla recht bissig ihr gegenüber.«

»Es hat nichts mit ihr zu tun.« Freya holte Babs' Zeichnung hervor und reichte sie ihm.

Jamie betrachtete sie. »Das ist der Mann, der letztes Jahr hier war. Der Fremde, der in die Stadt kam. Er fuhr zu der Zeit wieder, als Jason Filbert im Wald seine wohlverdiente Strafe erhielt.«

Wohlverdiente Strafe war angesichts Jasons gewaltsamem Ende eine heikle Art, es auszudrücken; man hatte ihn mit einem Gewehr neben sich tot im Wald aufgefunden. »Haben Sie ihn seitdem noch einmal gesehen?«, wollte Freya wissen.

Jamie blies die Wangen auf. »Jetzt, wo Sie danach fragen …« Dann schüttelte er den Kopf. »Ich bin mir nicht sicher. Kurz vor Weihnachten kehrte einer hier bei uns ein, der es gewesen sein könnte. Ich habe ihn nicht bedient, Ivy hat ausgeholfen und war für seinen Tisch zuständig. Sie zu fragen wäre allerdings nutzlos, denn hier könnte der Erzengel Gabriel hereinschweben und sich Tee und Kuchen bestellen, ohne dass sie Notiz davon nehmen würde. Ist es denn wichtig?« Er senkte die Stimme zu einem verschwörerischen Flüstern. »Hat es mit dem Mord oben in der Burg zu tun?«

»Ich will diesen Mann bloß ausfindig machen.«

»So, wie ich ihn in Erinnerung habe, würde ich mir an Ihrer Stelle nicht die Mühe machen. Er war mir nicht geheuer. Blasse, wachsame Augen. Kein netter Mensch.«

Szene 3

Freya verließ die Teestube und blieb unschlüssig auf der Straße stehen. Als sie dem Mann mit den blassen Augen im Zug begegnet war, hatte er gewusst, wer sie war. Seinen Namen hatte er nicht genannt, und sie hatte auch nicht danach gefragt. Er habe einmal für ihren Onkel gearbeitet, hatte er erzählt. Das war also die Verbindung zu Selchester. Was hatte er jetzt hier zu suchen? Vielleicht kannte er hier Leute, warum sollte es etwas mit Gus zu tun haben? Aber er war auf dem Dampfer gewesen, auf dem Gus fast über Bord gegangen wäre, und er war hier in Selchester gewesen, als der Armbrustbolzen um ein Haar den Earl getroffen hatte.

Ihr lief die Zeit davon, denn schon bald würde Last Hurrah angesichts der kargen Grasbüschel in der Gasse die Geduld verlieren und störrisch werden. Er war zwar sicher angebunden und würde sich nicht losreißen können, trat jedoch womöglich nach hinten aus. Allerdings kannten die meisten Einwohner von Selchester Last Hurrah und hatten schnell gelernt, einen großen Bogen um ihn zu machen.

Sie würde es im *Dragon* versuchen. Falls der Mann in Selchester gewesen war, musste er irgendwo untergekommen sein, und der wahrscheinlichste Ort dafür war das *Dragon*.

Zu dieser Tageszeit, kurz nachdem es geöffnet hatte, war dort noch nicht viel los. Hinter dem Tresen stand Mr Plinth, die Hemdsärmel bis zu den Ellbogen hochgeschoben. Er begrüßte Freya wie eine alte Freundin, und sie setzte sich auf einen Hocker an der Bar.

»Danke, Mr Plinth, ich möchte nichts. Ich bin eigentlich nur gekommen, um Sie etwas zu fragen.« Sie zog die Zeichnung hervor und reichte sie ihm. »Dieser Mann ist nicht zufällig vor Kurzem hier abgestiegen, oder?«

Mr Plinth fuhr damit fort, ein Glas zu polieren, warf einen Blick auf die Zeichnung und sagte: »Das ist der Gentleman, der ein paar Tage vor Weihnachten hier eintraf. Ein Mr Jenkins.«

Bingo! »Wie lange ist er geblieben?«

»Einen Moment«, sagte Mr Plinth. Er verschwand und kehrte wenig später mit dem Gästebuch des Hotels zurück.

Mit einem seiner Wurstfinger fuhr er die Liste der Namen entlang. »Es war ziemlich ruhig zu der Zeit, so kurz vor Weihnachten, und angesichts der bedrohlichen Witterungsverhältnisse kamen nicht allzu viele Leute her. Ja, da haben wir ihn. Mr Jenkins, London. Am zweiundzwanzigsten an-, am vierundzwanzigsten abgereist.«

»Hatte er reserviert?«, fragte Freya.

Mr Plinth schüttelte den Kopf. »Er kam einfach herein und fragte nach einem Zimmer. Er meinte, er sei sich nicht sicher, wie lange er bleiben werde, und um ehrlich zu sein, war ich nicht allzu erpicht darauf, dass er über Weihnachten blieb, weil ich gehofft hatte, freinehmen zu können. Aber Geschäft ist Geschäft. Wie die Dinge lagen, machte er sich dann am vierundzwanzigsten nach dem Mittagessen auf den Weg. Ganz plötzlich.« Nachdenklich schaute er zur Decke hinauf. »Das war der Tag, an dem Seine neue Lordschaft und Mr Hugo hier zu Mittag aßen. Mr Jenkins saß dort drüben in der Ecke. Er hatte einen Sandwich und ein halbes Pint. Und dann, kurz bevor Seine Lordschaft kam, stand der Mann urplötzlich auf, ging nach oben, packte seine Sachen, kam wieder herunter, bezahlte seine Rechnung und verschwand. Er muss Richtung Westen oder Süden abgereist sein, andernfalls wäre er nicht weit gekommen, nicht bei dem hohen Schnee.«

»War er mit dem Wagen hier?«, fragte Freya.

»Nicht dass ich wüsste. Sonst hätte er wohl seinen Wagen hier hinten auf dem Parkplatz abgestellt. Ich schätze, er kam mit dem Zug.«

Freya bedankte sich bei ihm, winkte Pam zu, die in diesem Moment hereinkam, und ging wieder. Während sie zurück zur Burg ritt, ließ sie sich alles noch einmal durch den Kopf gehen. Auf einmal hoppelte ein Kaninchen vor ihnen auf den Weg, worauf Last Hurrah scheute und sie fast abgeworfen hätte. Sie beruhigte ihn, tätschelte ihm den Hals und dachte nicht länger über Fremde mit blassen Augen, Mord und dergleichen nach. Es blieb noch Zeit genug, um sich darüber den Kopf zu zerbrechen, wenn Hugo zurückkam und sie mit ihm und Leo alles besprechen konnte.

Anfangs spielte sie mit dem Gedanken, es der Polizei zu erzählen. Aber die würde dann nur sagen, dass sie sich in Dinge einmischte, die sie nichts angingen. Nein, wenn die Polizei informiert werden musste, konnte Hugo das übernehmen.

Freya lächelte. Sie wusste, dass Hugo wenig erfreut darüber war, dass Sir Bernard ihm schon wieder aus der Ferne den Auftrag erteilt hatte, ein wachsames Auge auf die Ermittlungen zu haben, wie schon beim Mord an ihrem Onkel. Leid tat ihr Hugo aber nicht; er mochte sich zwar darüber beschweren, aber er ging den Dingen gerne auf den Grund. Und er wusste, dass die Behörden ihre Ermittlungen manchmal auch ein wenig schleifen ließen.

Nicht zum ersten Mal sann Freya darüber nach, was genau Hugo wohl getan hatte, bevor er sich das Bein verletzt hatte. Keine Sekunde glaubte sie, dass er bei einem Fahrradunfall zu Schaden gekommen war. Vielleicht würde er ihr eines Tages ja genug vertrauen, dass er es ihr erzählte. Schließlich hütete ja auch sie selbst Geheimnisse.

Kapitel dreizehn

Szene 1

Als Hugo an diesem Abend in Selchester aus dem Bus stieg und zur Burg hinauflaufen wollte, sah er zu seiner Überraschung Gus an der Haltestelle stehen. Der trug einen viel zu großen, absolut unenglisch geschnittenen Tweedmantel, und mit seinem Hut und seiner Hornbrille fiel er in Selchester wie auch überall sonst in England auf wie ein bunter Hund.

Hugo stieg aus dem Bus und ging auf Gus zu. »Was machen Sie denn hier?«

Gus hatte seinen Blick auf den Bus gerichtet. Als dieser anfuhr, bemerkte Hugo, dass sich sämtliche Fahrgäste wegen ihnen den Kopf verrenkten. Nein, das stimmte nicht: nur wegen Gus.

»Manchmal komme ich mir vor wie in einer Monstrositätenschau«, sagte Gus.

»Das ist bloß Neugier«, versicherte ihm Hugo. »Und der Reiz des Neuen. Sie sind hier im Ort noch keine vertraute Gestalt, wie Ihr Vater es war.«

»Freya sagte mir, dass Sie für gewöhnlich diesen Bus nehmen«, sagte Gus. »Da dachte ich mir, ich könnte Sie zur Burg hinaufbegleiten. Es gibt da ein paar Dinge, die ich Sie fragen wollte, und offenbar kann man nirgends in

Selchester eine Unterhaltung führen, ohne dass binnen einer halben Stunde alle darüber informiert sind. Nicht einmal in der Burg bin ich mir sicher, ob nicht irgendwo über oder neben einem jemand mithört, sei es absichtlich oder nicht.«

Hugo lachte. »Pollys Geister inbegriffen?«

Gus' Miene war ernst. »Diese Geister, von denen sie redet, machen mir Sorgen. Und ihr auch.«

»Ich habe den Eindruck, dass Sie sich noch nicht so recht in der Burg eingewöhnt haben.«

»Das Gemäuer kommt auch mir merkwürdig vor. Vielleicht bin ich einfach verwöhnt, weil ich in Amerika groß geworden bin und allen erdenklichen Komfort kennengelernt habe. Aber die Steinmauern und Steinfliesenböden entsprechen nicht gerade meiner Vorstellung von Gemütlichkeit. Es ist fast so, als wehte mir dort ständig ein Hauch von Geschichte entgegen. Sicher, man könnte jetzt sagen, dass es meine Geschichte ist und ich mich damit arrangieren müsste. Aber in Wahrheit bin ich mit englischer Geschichte nicht vertraut.«

»In einer römischen Villa würden Sie sich wahrscheinlich eher zu Hause fühlen.«

Gus grinste zerknirscht. »Und ist es denn nicht so? Sie selbst wohnen auch noch nicht so lange in der Burg. Fanden Sie sie beklemmend, als Sie hier ankamen?«

Darüber hatte sich Hugo noch keine Gedanken gemacht. »Nein. Ich habe schon an viel schlimmeren Orten gewohnt, und in England herrscht eine so massive Wohnungsnot, dass ich einfach nur froh war, für mich und Georgia ein Dach über dem Kopf gefunden zu haben.«

»Vermutlich gewöhnt man sich an alles«, sagte Gus. »Schließlich fühlte ich mich in Oxford auch nicht fehl am Platz, und die Räumlichkeiten, die ich im College bewohnte, waren viele Jahrhunderte alt.«

Sie gelangten an die Brücke und schauten hinunter auf das dunkle, aufgewirbelte Wasser. »Ein beeindruckender Fluss«, bemerkte Gus. »Tritt er ab und zu über die Ufer?«

»Nach dem, was ich gehört habe, schon, allerdings noch nicht, seit ich in Selchester bin. Die Einheimischen haben großen Respekt vor ihm, es gibt mitunter gefährliche Strömungen.«

Sie bogen in die Auffahrt zur Burg ein. »Bei Tageslicht und gutem Wetter nehme ich manchmal die Abkürzung«, sagte Hugo. »Zu dieser Jahreszeit und im Dunkeln würde ich es nicht riskieren. Man könnte zu leicht ausrutschen.«

»Wie ich hörte, geht Ihr Hinken auf einen Fahrradunfall zurück. Werden Sie immer auf einen Gehstock angewiesen sein?«

»Wahrscheinlich schon«, gab Hugo zurück. »Humpeln werde ich auf jeden Fall mein Leben lang. Aber mein Bein wird von Monat zu Monat kräftiger.«

»Schmerzt es Sie sehr?«

»Gelegentlich. Aber auch das wird besser«, sagte Hugo.

Schweigend gingen sie eine Weile weiter. Dann sagte Gus: »Ich habe heute mit der Polizei gesprochen. Sie sind zur Burg hochgekommen, um mit mir zu sprechen. Den Worten des Superintendenten entnehme ich, dass sie der Ansicht sind, nicht Rupert, sondern ich hätte das Opfer des Stromschlags sein sollen.«

»Ja. Der Superintendent verfolgt diese These.«

»Wer sollte mich umbringen wollen? Und warum?«

»Das versucht die Polizei herauszufinden. Die Frage ist aber auch: Warum sollte jemand Rupert umbringen? Keiner wusste, dass er hierherkommen würde, und abgesehen von einem einzigen vorherigen Besuch hat er nichts mit Selchester zu tun. Außer Sonia kannte ihn hier niemand.«

»Es sieht auch so aus, als habe sich Sonia erst in letzter Minute dazu entschieden, ihn mitzunehmen. Die Polizei fragt sich daher: Warum sollte einer von uns ihn umbringen? Ich selbst inbegriffen, denn falls wirklich er das Opfer war, wäre ich genauso verdächtig.«

»Hatten Sie eine besondere Abneigung ihm gegenüber?«, fragte Hugo.

Gus vergrub die Hände noch tiefer in seinen Manteltaschen und antwortete bedächtig: »Es gab etwas, das mich verärgert hat. Rupert schlug mir vor, falls ich auf irgendwelche Gegenstände stieße, die nicht auf den Inventarlisten stünden, er einen Privatverkauf in die Wege leiten könne. Er schien zuversichtlich zu sein, dass ich mit diesem Vorgehen einverstanden sein würde, obwohl es doch betrügerisch und unredlich gewesen wäre. Ich zahle genauso ungern Steuern wie alle anderen auch, aber mögen Steuern manchmal auch ungerecht und überhöht sein, so halte ich es doch für eine Bürgerpflicht, sie zu bezahlen. Ich mag keinen Betrug.«

»Und das haben Sie ihm auch so gesagt?«

»Ja.«

»Hat er befürchtet, Sie würden es Mansville's mitteilen?«

»Nicht ausdrücklich. Vielleicht tue ich es, und auf keinen Fall werde ich deren Dienste in Anspruch nehmen, falls ich etwas verkaufe, denn sie sollten verantwortungsvoller bei der Auswahl ihrer Mitarbeiter sein. Andererseits wissen sie ja womöglich, was Rupert im Schilde führte, und waren bereit, ein Auge zuzudrücken, weil es ihnen weitere Aufträge eingebracht hätte. Aber ich habe lieber mit Leuten zu tun, denen ich vertrauen kann.«

»Soweit ich weiß, ist es wohl eher schwierig, in der Kunstwelt Leute zu finden, denen Sie vertrauen können. Was Sie brauchen, ist ein Experte, der finanziell nicht profitiert, was immer Sie auch zu tun gedenken.« Ihm kam eine Idee. Emerson kannte bestimmt jemanden oder wäre vielleicht sogar selbst bereit, als Berater zu fungieren. »Was das angeht, kenne ich vielleicht genau den Richtigen. Ich werde mich darum kümmern.«

»Ich wäre Ihnen zu Dank verpflichtet. Das ist aber gar nicht das, worüber ich mit Ihnen sprechen wollte, auch wenn es mit dem Mord in Zusammenhang stehen könnte. Was mich beunruhigt, ist die Tatsache, dass die Polizei glaubt, jemand hätte es auf mich abgesehen. Die brachten diese Sache mit dem Schiff aufs Tapet, als ich fast über Bord gegangen wäre, und wie es aussieht, ermitteln sie auch bei dem Vorfall in Oxford, als ich um ein Haar das Opfer eines Verkehrsunfalls mit Fahrerflucht geworden wäre.«

»Und dann die Sache mit der Armbrust.«

»Falls mich jemand wirklich ins Jenseits befördern wollte, sollte es alles wie ein Unfall aussehen. Aber selbst wenn der Tod dieses unglückseligen jungen Mannes auch auf den ersten Blick ein Unfall war, wäre doch letzten Endes ans Licht gekommen, dass jemand an der Verkabelung herumgepfuscht hat. Diese letzte Sache scheint mir eine ganz andere Handschrift zu tragen.«

Gus war kein Narr. Er hatte gründlich darüber nachgedacht. Hugo beschloss, die Karten auf den Tisch zu legen. »Es gibt da jemanden, der nach Selchester gekommen ist, und wie sich herausstellte, Groll gegen Ihren Vater hegt. Er wusste nicht, dass Ihr Vater tot ist und Sie jetzt der neue Lord Selchester sind. Er kann daher nicht von der Liste derer gestrichen werden, die ein Motiv gehabt hätten, einen Mordanschlag auf Sie zu verüben.«

»Haben Sie eine Ahnung, um was es bei dem Streit zwischen ihm und meinem Vater gegangen sein könnte?«

»Er hat es noch nicht erzählt, tut es aber womöglich bald, wenn er die Neuigkeiten verarbeitet hat.«

»Im Falle meines Ablebens würde Lady Sonia finanziell begünstigt. Von daher könnte Robert als ihr Verlobter ein Verdächtiger sein. Allerdings kaufe ich den beiden das mit der Verlobung nicht ab. Kommen Ihnen die beiden etwa vor wie Turteltäubchen?«

»Fragen Sie lieber Freya. Sie kennt Sonia besser als jeder andere. Die beiden sind gemeinsam groß geworden. Aber obwohl ich Sonia kaum kenne, würde ich sagen, dass sie sich nicht so verhält, wie man es bei einer Verlobten erwarten würde.«

»Und Robert?«, fragte Gus. »Er wirkt auf mich glatt, wie jemand, der sich auf dem aufsteigenden Ast befindet, ein ehrgeiziger, gut vernetzter Politiker. Von denen gibt es viele bei uns in Amerika. Ein ungezwungener Typ.«

»Ja, Robert ist aalglatt. Aber was hinter seinem wohlgesitteten Auftreten steckt, weiß ich nicht.«

Gus zog seinen Tweedmantel fester um sich und kickte einen Stein beiseite. »Mir ist der Gedanke zuwider, jemand könnte mich so abgrundtief hassen, dass er mich abmurksen will. Ich habe wissenschaftliche Gegner – welcher Gelehrte hätte die nicht –, aber diese Leute bekämpfen einen mit Worten, in den Kolumnen der Fachzeitschriften, nicht in persona.«

Bemüht, die Stimmung aufzuhellen, sagte Hugo: »Georgia äußerte die Vermutung, jemand hätte vielleicht Earls im Allgemeinen auf seiner Abschussliste stehen.«

Gus lachte und sagte: »Ich glaube, allmählich stehen Earls bei mir auf der Abschussliste. Ich werde mich wohl nie wie einer fühlen oder lernen, mich wie einer zu benehmen.« Er zuckte mit den Schultern. »Priscilla hat mir die Adresse eines Schneiders in der Savile Row gegeben; sie meint, ich bräuchte neue Kleidung, ich könne nicht wie ein Amerikaner gekleidet herumlaufen. Ich bin aber Amerikaner.«

»Nicht ganz. Nicht mehr.«

»Ich werde hier immer ein Außenseiter bleiben«, sagte Gus. »Schauen Sie sich Freya an. Sie ist hier aufgewachsen, Sonia auch. Die beiden kennen die Burg und ihre Eigenheiten und die Stadt und ihre Bewohner.

Freya hat mir gesagt, Burg- und Stadtbewohner pflegen im Grunde genommen keinen Umgang miteinander.«

»So war das immer schon bei der englischen Aristokratie. Deren Mitglieder leben auch häufig nicht dort, wo ihre Landhäuser stehen. Der Lebensmittelpunkt Ihres Vaters war eigentlich in London – das Parlament und seine Regierungsarbeit. Die Burg war eine Pflicht und Liegenschaft und ein Ort, an dem er sich von Zeit zu Zeit gerne aufhielt. Ich glaube, sie hatte große Bedeutung für ihn. Aber irgendwohin zu ziehen und dort ein neues Leben anzufangen ist schon noch mal etwas ganz anderes. Wenn man sich dort niederlassen und Wurzeln schlagen muss.«

»Wem sagen Sie das«, erwiderte Gus. »Wer in der Kleinstadt, in der ich aufgewachsen bin, nicht schon dreißig Jahre lang gelebt hatte, blieb immer ein Zugezogener und Außenseiter. Da steckt mehr dahinter, nicht wahr? Ich hätte nicht gedacht, dass man sich als Earl und jemand von Rang und so weiter in der heutigen Zeit so sehr von den meisten anderen abgrenzen würde.«

»Bis man sich an das englische Klassensystem gewöhnt hat, kann ein halbes Leben vergehen«, sagte Hugo. »Gott sei Dank verändert sich jetzt vieles. Nach dem Ersten Weltkrieg wurde bereits so manches auf den Kopf gestellt, und jetzt, nach dem Zweiten Weltkrieg, sieht alles ganz anders aus.«

»Hoffentlich haben Sie recht.«

»Sie können ein Earl ganz nach Ihren eigenen Vorstellungen sein. Natürlich stehen Sie gegenüber Ihren

Pächtern in der Verantwortung, aber ich kann mir nicht vorstellen, dass Sie daran scheitern werden. Soweit ich gehört habe, war Ihr Vater ein ausgezeichneter Gutsherr.«

»Sich um die Burg und alles Dazugehörige zu kümmern scheint mir eine Herkulesaufgabe zu sein.«

»Delegieren Sie«, riet ihm Hugo. »Sie haben jede Menge Leute zur Verfügung, die wissen, was zu tun ist. Solange Sie die richtigen Leute aussuchen und entsprechend ein Auge auf sie haben, halten die alles für Sie am Laufen. Es muss keine Ganztagsbeschäftigung sein.«

»So hat das mein Vater gemacht?«

»Ich habe Ihren Vater nicht gekannt, aber ich weiß, dass seine Frau in den Dreißigern das Gut und die Burganlage mehr oder weniger leitete. Bevor sie nach Kanada auswanderte.«

»Wollen Sie damit andeuten, ich sollte eine Engländerin heiraten und ihr die ganze Verantwortung aufbürden? Ich kann mir nicht vorstellen, dass eine Frau, die etwas auf sich hält, bereit wäre, sich das aufzuhalsen.«

Hugo lachte. »So wie Sie es ausdrücken, wohl nicht, nein. Aber es gibt vielleicht irgendwo eine Frau, die bereit ist, sich auf Sie einzulassen, Gus, einfach weil Sie Sie sind.«

Die Dunkelheit erleichterte es ihnen, heikle Themen anzuschneiden, die zwei Engländer wohl nie angesprochen hätten. Sie waren eben beide Außenseiter.

»Manchmal denke ich, ich hätte noch einmal heiraten sollen«, erwiderte Gus. »Babs und Polly zuliebe. Es ist hart für Mädchen, ohne Mutter aufzuwachsen. Aber das wissen Sie natürlich mit Ihrer Georgia auch. Sie hat einen ganz eigenen Charakter.«

Diplomatisch erwiderte Hugo: »Ich bin froh, dass sie und Polly jetzt besser miteinander auskommen.«

»Die hecken gerade etwas aus«, sagte Gus. »Ich weiß nicht, was, aber sie sind ziemlich beschäftigt. Babs hilft ihnen dabei, und das ist gut. Ich kann zwar nicht gerade behaupten, dass sie hier heimisch geworden wäre, aber wir sind ja wirklich noch nicht lange hier.«

»Es ist verstörend, wenige Tage nach Ihrer Ankunft hier gleich eine Mordermittlung am Hals zu haben.«

»Georgia scheint locker damit umzugehen.«

»Das ist keine Gefühllosigkeit, das kann ich Ihnen versichern«, sagte Hugo rasch. »Ich glaube, wegen dem Tod ihrer Mutter und der schwierigen Umstände, unter denen sie während des Krieges und danach aufgewachsen ist, hat sie sich eine Art Panzer zugelegt. Das heißt nicht, dass sie keine Gefühle hegen würde, aber ich glaube, sie hat früher gelernt, ihre Emotionen zu kontrollieren, als die meisten anderen Mädchen in ihrem Alter.«

Gus wirkte erschrocken. »Du lieber Himmel, ich käme nie auf die Idee, der jungen Dame den Vorwurf zu machen, gefühllos zu sein. Wohl aber mache ich mir Sorgen, dass die Sache Polly mitgenommen hat. Sie hatte schon wieder einen Albtraum, wenn er auch dieses Mal nicht so schlimm war.«

»Ist es jetzt, da sie sich mit Babs ein Zimmer teilt, besser geworden?«

»Schon, aber sie klagt immer noch, sie würde sich in dem Zimmer gruseln. Da muss ich ihr auch recht geben – mit den großen Kaminen, den bodentiefen Fenstern und der Holzvertäfelung wirken die Zimmer wie in einem Horrorfilm. Aber so ist das eben, es ist nun mal unser Zuhause, und ich wüsste nicht, was ich daran ändern könnte. Ich kann nur hoffen, dass sie sich allmählich daran gewöhnt. Und nicht zu viel Fantasie entwickelt, was diese Geister angeht, die sie angeblich sieht.«

Szene 2

Während sie sich der Kuppe des Hügels näherten und durch den großen Torbogen mit seinem Fallgitter schritten, wurde der Mond von einer vorbeiziehenden Wolke verdunkelt. Hugo schaute zum nächtlichen Himmel hinauf. »Das Wetter schlägt um.«

»Ich habe den Eindruck, dass es nicht mehr ganz so kalt ist«, sagte Gus.

»Ich glaube nicht, dass es heute Nacht Frost geben wird.«

Als sie die Küche betraten, empfing Mrs Partridge sie mit dem aktuellen Wetterbericht, der ihrer beider Vermutung bestätigte. Sie hatte die Vorhersage im Radio gehört, der zufolge eine Schlechtwetterfront über das Land zog. »Es wird wärmer, und es hat bereits Tauwetter eingesetzt mit möglichen Überschwemmungen«, verkündete sie genüsslich. »Es ist aber nur eine Flaute, wohlgemerkt, sie sagen ein paar Tage Nässe und windiges Wetter vorher, und dann, nach Neujahr, soll es Frost und jede Menge Schnee geben.«

Gus und Hugo waren froh, in der warmen und hellen Küche zu sein. Freya saß mit Magnus auf dem Schoß am Tisch. »Schade, dass es nicht schon eher getaut hat, so viele Menschen steckten an Weihnachten irgendwo fest.«

Dann hätte Rupert die Burg Heiligabend verlassen und würde jetzt noch leben. Hugo wusste, dass Freya das Gleiche dachte, doch der Gedanke blieb unausgesprochen.

»Ich habe Lady Sonia Bescheid gegeben, und sie hat einen regelrechten Koller bekommen«, sagte Mrs Partridge. »Sie meinte, sie und Robert wollten unverzüglich abreisen, aber Superintendent MacLeod sagt, das dürfen sie wegen der laufenden Ermittlung nicht.«

Freya wirkte bestürzt. »Meine Güte! Wo ist Sonia?«

»Sie nimmt ein Bad. Eines dieser ausgedehnten, bei denen sie immer das ganze heiße Wasser verbraucht. Mit Elixieren und Lotionen, und wenn sie heraussteigt, duftet sie hinterher wie ein Filmstar.«

»Dann hat sie danach hoffentlich bessere Laune«, meinte Freya. »Was ist mit Robert?«

»Er sagte, er müsse einige Korrespondenz und noch Arbeit erledigen.« Mrs Partridge setzte eine missbilligende Miene auf. »Er hat sich ins Arbeitszimmer Seiner verstorbenen Lordschaft zurückgezogen. Lady Sonia sagte, das ginge in Ordnung.«

Sie schaute Gus an. »Das kann er von mir aus gerne tun«, versetzte dieser gut gelaunt. »Ich glaube nicht, dass ich das Zimmer häufig benutzen werde. Wo ist Polly?«

»Im Speisesaal, mit Georgia und Lady Babs. Die Mädchen haben den Esstisch in Beschlag genommen und lange Papierstreifen daraufgelegt. Sie haben sich eine Rolle Schrankpapier genommen, die sie in einer Schublade gefunden haben, und damit basteln sie jetzt. Fragen Sie mich nicht, was sie damit anstellen wollen, denn das weiß ich nicht. Ich habe sie nur ermahnt, den Tisch nicht zu verkratzen, denn die Kratzer zu entfernen ist eine Heidenarbeit.«

Neugierig gingen Freya, Hugo und Gus zum Speisesaal. Dort herrschte geschäftiges Treiben. Leo war ebenfalls zugegen und schlug gerade in einem großen, mit Leder eingeschlagenen Band etwas nach, während Polly neben ihm saß. Zwischen den beiden lag ein großer Stapel Bücher. Als sie hereinkamen, schaute Polly auf. »Hi, Papa. Du kommst nie darauf, was wir hier machen.«

»Ein bisschen umdekorieren?«

Polly schaute ihn streng an. »Sei nicht kindisch. Ich verrate dir, was wir machen: Wir zeichnen einen Stammbaum. Ich habe Freya heute Morgen danach gefragt, und sie sagte, da wäre irgendwo einer in einer Bibel. Aber als wir nachgeschaut haben, stellte sich heraus, dass er total langweilig ist. Es stehen bloß Namen drin und so, man erfährt sonst gar nichts, und ich dachte, da es ja deine Vorfahren sind, Papa, und auch unsere, solltest du über sie Bescheid wissen.« An Freya gerichtet fuhr sie fort: »Genau dich brauchen wir. Du schreibst doch an einer Geschichte von Selchester, dann musst du eigentlich alles darüber wissen.«

Das konnte peinlich für sie werden. »Bis jetzt habe ich mich nur mit einem kleinen Teil der Familiengeschichte beschäftigt«, wiegelte Freya ab. »Es dauert sehr lange, die Familienbriefe und Unterlagen durchzuarbeiten, denn sie sind oft schwer zu entziffern.«

Polly schaute Freya missbilligend an. »Georgia und Mrs Partridge haben erzählt, du klapperst immer stundenlang auf deiner Schreibmaschine herum. Du schreibst ellenlange Sachen, also liest du doch nicht bloß ein paar Briefe. Du musst doch alles zur Hand haben. Du bist schon Jahre damit beschäftigt.«

»Bestimmt kann dein Vater dir erklären, dass es so nicht funktioniert«, wand sich Freya.

Nun kam ihr Leo zu Hilfe. »Geschichte hat viele Facetten, Polly.«

»Das mit dem Stammbaum hört sich interessant an«, sagte Gus. Er trat an den Tisch und sah, dass Babs eine mächtige Eiche mit zahlreichen Ästen zeichnete. »Sieht sehr dekorativ aus, Babs.«

»Es bringt die Kleinen auf andere Gedanken«, murmelte sie.

Freya, die Babs beobachtete, begriff, dass es ihr in Wirklichkeit mindestens genauso viel Freude bereitete wie Polly und Georgia.

Babs trat einen Schritt zurück und sagte: »Die Gesichter kann ich von den Porträts oben abzeichnen, und vielleicht gibt es ja noch mehr davon. In Büchern? Zeichnungen und Fotos von der Familie?«

»Es gibt sicher noch welche«, versicherte Freya.

»Polly und Georgia können Informationen über sie hinzufügen. Pater Leo hat gesagt, er hilft uns.«

»Hugo ist derjenige, der euch am ehesten helfen kann«, sagte Leo. »Er hat Geschichte an der Universität studiert und kennt sich wahrscheinlich mit alten Aufzeichnungen aus.«

»Ich beginne mit den Fitzwarins ganz am Anfang«, verkündete Polly. »Die waren ein ziemlich wilder Haufen, Papa, das kann ich dir sagen. Die haben alles Mögliche angestellt, um die Burg und den Grafentitel in die Finger zu bekommen. Du bist übrigens nicht der Einzige, der von außerhalb stammt und nicht in der Burg aufgewachsen ist, falls du das geglaubt haben solltest.« Sie wies auf das Buch. »Es gibt haufenweise Leute, die nicht damit gerechnet haben zu erben oder auf fragwürdige Art an das Erbe gekommen sind. Zum Beispiel, als Heinrich IV. einen der Barone verbannt hat, die hier damals residierten, und stattdessen seinem Neffen den Titel verliehen hat. Dieser Neffe ließ dann den ursprünglichen Earl in Frankreich um die Ecke bringen, weil er fürchtete, er könnte zurückkehren und Anspruch auf den Titel erheben. Nicht besonders familiär.«

»In dem Buch kannst du eine Menge über unsere lebendige Familiengeschichte nachlesen«, sagte Freya. »Polly hat recht. Unsere Fitzwarin-Vorfahren waren ein gewalttätiger und gesetzloser Haufen.«

»Viele von ihnen sind vom Glauben abgefallen«, sagte Polly missbilligend. »Dass sie ihren katholischen Glauben aufgaben, finde ich schon ziemlich schockierend. Ich dachte, diese alten Familien hätten der anglikanischen Kirche ablehnend gegenübergestanden und wären dem wahren Glauben treu geblieben.«

»Sie haben das nicht ohne Grund getan, Polly«, erklärte Leo. »Wenn du es dir genauer anschaust, wirst du erkennen, dass es immer der älteste Sohn war, der konvertierte. Bis zum Ende des achtzehnten Jahrhunderts war Katholiken kein Grundbesitz gestattet, und einen Sitz im Parlament bekamen sie erst ab 1829. Wenn die Familie also die Burg als Familienbesitz erhalten wollte, durfte der älteste Sohn zum Zeitpunkt des Erbens nicht Katholik sein. Deswegen wurde er Mitglied der Kirche von England. Aber wenn er dann Ländereien und Titel geerbt hatte, ist er wieder zurückkonvertiert.«

»Das wusste ich noch gar nicht«, sagte Georgia staunend. »Und damit sind sie durchgekommen?«

»Manchmal war es einfacher, manchmal schwerer. Aber im Großen und Ganzen blieben die Selchesters ihrem Glauben treu.«

»Man sollte meinen, dass es in der Burg das eine oder andere Priesterloch geben müsste«, mutmaßte Georgia.

»Angeblich gibt es wirklich eines«, bestätigte Freya. »Tom, Sonia und ich haben oft stundenlang danach gesucht, aber entdeckt haben wir es nie. Wo immer es sich befindet, es wird wohl für immer im Verborgenen bleiben. Allerdings wird es in einigen Dokumenten erwähnt. Es wurde das Zimmer ohne Ohren genannt.«

»Das klingt verschroben«, sagte Gus.

»Es leuchtet aber ein«, erwiderte Hugo. »Wenn es mehr als nur ein Priesterloch war, vielleicht eine geheime Kapelle, in der Priester die heilige Messe lesen konnten, war es lebenswichtig, dass das niemand mitbekam. Man musste auf der Hut sein vor den Haushaltsangestellten. Es waren schwierige Zeiten für katholische Familien, wie Leo schon sagte.«

»Und oft nahm es ein böses Ende«, sagte Polly. »Du wärst überrascht, Papa, wie viele unserer Vorfahren ermordet oder in einer Schlacht getötet wurden.«

»Ja, das passierte nun mal in früheren Zeiten«, warf Georgia ein.

Pollys Antwort ließ nicht auf sich warten. »Aber mein Großvater ist nun auch nicht gerade im Bett gestorben, oder?«

»Nein, aber sein Vater schon«, schaltete sich Freya ein. »Mit großem Pomp und Zeremoniell, wie man mir erzählte. Die ganze Familie war um sein Totenbett versammelt. Allerdings lauteten seine letzten Worte: ›Verdammt sollt ihr alle sein.‹«

Polly war schockiert. »So kann man doch nicht in das nächste Leben übergehen. Was hat der Priester denn gesagt?«

»Der Priester litt wohl unter vorübergehender Taubheit«, sagte Freya. »Offiziell starb er gestärkt durch die Sakramente der Kirche, also war alles in Ordnung.«

»Sind die alle hier in der Burg?«, wollte Polly wissen.

»Ihre Geister, meinst du?«, fragte Georgia.

»Mir wäre es lieber«, warf Gus hastig ein, »wenn du nicht von Geistern sprichst, Georgia. Dein Onkel Leo wird dir erklären, dass es so etwas nicht gibt.«

»Ich meinte ihre sterblichen Überreste.«

»Viele unserer Ahnen liegen tatsächlich in der Gruft der Burg, Polly. Und dort bleiben sie auch«, versicherte Freya.

»Aber nicht dein Großvater«, versetzte Georgia. »Er

wurde in Oxford begraben, nicht wahr, Freya? Lady Sonia wollte nicht, dass er hier in der Burg liegt.«

Szene 3

Gus und Hugo überließen die anderen sich selbst und begaben sich zur Bibliothek. Auf dem Weg dorthin schauten sie in der Küche vorbei, um Mrs Partridge zu bitten, ihnen einen Kaffee aufzubrühen.

»Gehen Sie ruhig schon vor, Mylord, ich serviere Ihnen den Kaffee dort.«

»Meinen Sie, ich werde mich je daran gewöhnen, ›Mylord‹ genannt zu werden?«, fragte Gus, als sie durch die Great Hall schritten.

»Sie sind nicht der Erste, der unerwartet einen Titel erbt. Geben Sie sich ein paar Monate Zeit, dann nehmen Sie es gar nicht mehr wahr.«

Gus wollte die alten Zeichnungen und Holzschnitte der Burg sehen. Hugo öffnete einen schmalen Schrank, wo Alben mit Drucken und Fotos aufbewahrt wurden.

Gus ging an den Regalen entlang. Auf einmal zog er ein kleines schwarzes Buch zwischen zwei in Leder eingeschlagenen Gedichtbänden hervor und sagte: »Das scheint nicht hierherzugehören.«

Als Hugo sich umdrehte, war oben auf der Galerie ein leises Geräusch zu vernehmen.

War dort oben jemand? Womöglich lag es nur an dem durch die Zweige gefilterten Sonnenlicht, das durch das Fenster fiel. Instinkt, Ausbildung und Erfahrung sagten ihm jedoch, dass dort oben jemand war.

Die Galerie verlief um drei Seiten der Bibliothek und konnte über eine hölzerne Wendeltreppe in der Bibliothek und eine Treppe von außen erreicht werden. Die Bibliothek war in Abschnitte aufgeteilt, gekennzeichnet durch auf Säulen stehende antike Porträtbüsten, die sich in Höhe des Galeriegeländers befanden.

Hugos Blick schweifte entlang der klassizistischen Büsten von Kaisern und antiken Größen. Bei Cicero verharrte er. Huschte da nicht ein schmaler Schatten auf der Galerie entlang? Genau in diesem Moment kippte die Marmorbüste um und krachte zu Boden.

Gus und Hugo schauten auf Cicero hinab. Dessen Römernase war gebrochen, und rundum lagen Marmorstückchen herum.

»Rühren Sie sich nicht vom Fleck, Gus!«, sagte Hugo und humpelte zur Wendeltreppe. Umständlich stieg er mit seinem verletzten Bein zur Galerie hinauf. Dort war niemand. Er gelangte zu dem Podest, auf dem die Cicerobüste gestanden hatte.

Er beugte sich über das Geländer und sagte zu Gus: »Ich kann nicht erkennen, warum sie heruntergefallen ist. Ein Glück, dass keiner von uns getroffen wurde.«

Die Tür ging auf, und Leo kam herein. Er schaute erst auf Gus, dann auf die zerbrochene Büste und schließlich zur Galerie hinauf. Hugo winkte ihn herbei, worauf Leo schnell die Wendeltreppe hinaufstieg. Stumm deutete Hugo auf den Podest.

»Hast du jemanden gesehen?«, fragte Leo.

»Nein, aber ich könnte schwören, dass jemand hier oben war.«

»Die Statue könnte schon vorher verrückt worden sein, ohne dass es jemand bemerkt hätte.«

»Sie ist schwer, aber es dürfte nicht allzu viel Anstrengung gekostet haben, sie nach und nach bis zur Kante zu schieben. Aber ich glaube kaum, dass so etwas geschehen könnte, wenn man sie abstaubt, und etwas anderes wird mit den Büsten doch gar nicht mehr gemacht.«

Leo fuhr mit den Fingern über den kahlen Schädel der Caesarbüste, die danebenstand. »Diese hier ist schon seit einiger Zeit nicht mehr abgestaubt worden.«

Nun eilten auch die anderen in die Bibliothek. »Das war ja ein Heidenlärm. Alles in Ordnung, Papa?«, fragte Polly.

»Donnerwetter, schaut nur!«, sagte Georgia. »Da ist einer der alten Römer heruntergefallen.«

Sonia kam herein, gefolgt von Robert. Sie wirkte interessiert, nicht aber erschrocken, und sagte: »Ich habe schon immer davor gewarnt, dass die Marmorbüsten herunterfallen könnten. Wenn ich du wäre, würde ich sie alle verhökern, Gus.«

Freya kniete sich neben den lädierten Marmorkopf. An Gus gerichtet sagte sie: »Er ließe sich reparieren. Wie merkwürdig, dass er auf einmal einfach umgekippt ist. So etwas ist in den zweihundert Jahren, in denen sie hier stehen, noch nie passiert.«

Hugo war mittlerweile von Trajan über Ovid und Horaz am Ende der Reihe angelangt und hatte jede Büste methodisch überprüft. Er schaute von der Galerie hinunter und rief: »Die anderen stehen alle absolut sicher. Ich verstehe nicht, warum diese eine heruntergefallen ist.«

Polly hielt ihren Vater am Arm. »Du warst doch nicht in der Nähe? Das galt nicht etwa dir?«

Gus legte den Arm um sie. »Nein, Polly, mir geht es gut. Niemand hat versucht, mich mit einer Cicerobüste zu erschlagen. Ich war gar nicht in der Nähe. Ich stand dort drüben und schaute mir gerade ein Buch an, das ich aus dem Regal genommen hatte.« Er blickte sich in der Bibliothek um. »Wo ist es? Ich muss es fallen gelassen haben, als die Büste herunterfiel. Guckt mal, ob ihr es finden könnt, Mädchen, es ist ein schwarzes Buch.«

Georgia und Polly machten sich auf die Suche, krochen auf Händen und Knien herum und spähten unter die Sessel. »Hier ist es mit Sicherheit nicht«, verkündete Georgia schließlich.

»Wie sonderbar«, stellte Gus stirnrunzelnd fest.

»Wissen Sie, um was es sich handelte?«, fragte Leo.

»Ich hatte es gerade erst aufgeschlagen. Es waren Zeichnungen von ländlichen Szenen und Ruinen darin. Und ein oder zwei handschriftliche Gedichte.«

Sonia, die ihn aufmerksam beobachtet hatte, atmete tief aus. »Sonst nichts? War es ein Notizbuch?«

»In meinen Augen sah es aus wie ein ganz normales Buch, vielleicht aus dem vergangenen Jahrhundert.«

»Was immer es war, es scheint verschwunden zu sein«, konstatierte Sonia.

»Vielleicht habe ich es in der Aufregung zur Seite geworfen, und es landete irgendwo auf einem Regal. Es wird schon wieder auftauchen.«

Hastig kam Mrs Partridge herein. »Was ist denn jetzt schon wieder los?« Mit strengem Blick schaute sie auf den gestürzten Cicero. »Von diesen Marmorköpfen habe ich noch nie viel gehalten. Ewig müssen sie abgestaubt werden, und nutzen tun sie niemandem. Und jetzt ist der feine Herr hier heruntergekracht und hat die Nase eingebüßt. Ich gehe gleich Kehrblech und Handfeger holen.«

Hugo grinste sie an. »Ich glaube nicht, dass Sie ihn damit zusammenfegen können, Mrs P.«

Mrs Partridge bedachte ihn mit einem vernichtenden Blick. »Nein, und das werde ich auch gar nicht erst versuchen, wie Sie sehr gut wissen, Mr Hugo. Aber es ist eine Menge Staub aufgewirbelt worden, und dann schauen Sie sich nur mal die Delle im Parkett an. Das muss alles wieder in Ordnung gebracht werden.«

Gemeinsam schoben Gus und Hugo die Büste beiseite und lehnten sie gegen ein Regal.

Mit geringschätziger Miene betrachtete Georgia sie. »Geschieht ihm nur recht. In der Schule muss ich ständig Cicero lesen; er schreibt eine Menge Blödsinn. Komm, Polly, wir machen mit dem Stammbaum weiter.«

Kapitel vierzehn

Szene 1

»Genau so, wie es sein sollte«, sagte Georgia zufrieden, während sie Mrs Partridge dabei half, den Tisch zu decken.

Die meisten Mitglieder des Selchesterclans nebst Robert waren zum Abendessen ins Veryan House gegangen. Gus hatte eingewilligt, da er das Gefühl hatte, er müsse seine Tante besser kennenlernen. Babs und Polly, die sich von ihrer Großtante bei ihrer ersten Begegnung eingeschüchtert fühlten, folgten der Einladung mit weniger Begeisterung, Sonia war mehr oder weniger resigniert. Zunächst hatte sie verkündet, sie käme nicht mit. »Soll Priscilla Gus doch ausquetschen.«

Robert, der wusste, welch einflussreicher Abgeordneter Lady Priscillas Gatte Sir Archibald war, hatte jedoch eingewendet: »Nicht hinzugehen wäre unhöflich, meinst du nicht?«

Freya schließlich hatte sich entschieden, nicht mitzugehen. »Nein, danke. Wenn sie erst einmal mit Gus fertig ist, knöpft sie sich wieder mich vor, und davon hatte ich am ersten Weihnachtsfeiertag schon genug.«

»Was haben Sie denn jetzt schon wieder angestellt?«, wollte Hugo wissen.

»Es geht nicht darum, was ich getan habe, sondern darum, was ich nicht tue. Tante Priscilla versteht es hervorragend, anderer Leute Leben zu organisieren; sie ist der Meinung, dass es nun, da ich aus meinem Turm ausziehen muss, Zeit für mich wäre, Selchester zu verlassen und nach London zu ziehen. Um etwas aus meinem Leben zu machen.«

»Vorzugsweise, indem du dir einen passenden Ehemann suchst und häuslich wirst?«, schaltete sich Georgia ein. »Sollten das Nichten nach Ansicht ihrer Tanten nicht immer tun?«

Freya lachte. »Damit steht sie nicht alleine da, denn meine Eltern nörgeln selbst von Washington aus deswegen an mir herum. Sie schreiben, ich dürfte mich nicht mein Leben lang in der Provinz vergraben und welch wundervolle Möglichkeiten sich mir doch in London böten.«

»Das sagt Valerie auch zu dir, Hugo, diese ganzen Möglichkeiten, von denen sie immerzu spricht«, sagte Georgia.

»Priscilla wird verärgert sein«, sagte Sonia unbekümmert, »eine Einladung ins Veryan House kommt einer königlichen Anweisung gleich.«

»Erzähle ihr, bei mir sei eine Erkältung im Anflug, oder so etwas«, sagte Freya.

Sonia verdrehte die Augen. »Das wäre gelogen, und das macht man nicht, nicht wahr, Pater Leo? Sie können sich glücklich schätzen, dass Sie nicht eingeladen worden sind, aber zufällig weiß ich, dass sie vorhat, Sie bei nächster Gelegenheit alleine zu verköstigen – welche Ehre.«

Leo sagte: »Ich halte mich da raus. Allerdings täte Freya gut daran mitzugehen. Denn sich Lady Priscillas Vorstellungen zu verweigern führt letzten Endes nur zu Vorwürfen und Familienzwist. Und so etwas sollte man lieber vermeiden.«

Also aßen sie nun Abendbrot in der Küche. Mrs Partridge hatte gesagt, sie werde das Essen auf den Tisch stellen, dann aber gehen, wenn keiner etwas dagegen hätte. »Heute ist mein Whist-Abend.«

»Seien Sie vorsichtig mit Ihren Einsätzen«, mahnte Georgia. »Sie wissen doch, beim letzten Mal haben Sie drei Schilling und einen Sixpence verloren.«

»Ich spüre, dass mir das Glück heute Abend wieder hold sein wird«, entgegnete Mrs Partridge.

Sie aßen Stew mit Ofenkartoffeln. Georgia hatte recht, es war wie in alten Zeiten. Doch dann auch wieder nicht: Es war kaum zu glauben, dass sie erst seit September in der Burg wohnten.

Es fühlte sich aber an wie zu Hause, das war das Problem.

Nie hätte Hugo sich träumen lassen, »Trautes Heim, Glück allein« mit einer Burg in Verbindung zu bringen. Eine Wohnung in London, vielleicht, aber nicht dieses riesige, kalte und uralte Gemäuer. Genauso wenig hatte er geahnt, dass es drei Frauen sein würden – Georgia, Freya und Mrs Partridge –, die dafür sorgten, dass es sich wie ein Zuhause anfühlte. Und Leo, der in diesem Moment dem zufrieden schnurrenden Kater Magnus ein Stückchen Fleisch gab.

Während sie das hervorragende Trifle von Mrs Partridge verspeisten, sagte Freya: »Wir müssen uns unterhalten.«

Hugo öffnete den Mund, um Georgia verstehen zu geben, sie solle sich entfernen. Doch Georgia hatte andere Vorstellungen.

»Du hast so einen Ausdruck im Gesicht, Hugo, als wolltest du über Dinge reden, die mit dem Mord zu tun haben. Du glaubst, das könnte mich verstören, und deswegen soll ich mich lieber verziehen und mich anderweitig beschäftigen. Tja, das mache ich aber nicht. Erstens will ich noch eine Portion Trifle. Zweitens bin ich genauso daran interessiert wie du. Und falls du befürchtest, ich könnte schwache Nerven haben, kann ich dir nur sagen, dass es viel schlimmer für meine Nerven wäre, ganz alleine in dieser großen, furchteinflößenden Burg herumzuhängen, während ihr hier gemütlich beieinanderhockt und über spannende Themen redet. Im Übrigen habe ich mich das letzte Mal als sehr nützlich erwiesen, als wir den Mord an Lord Selchester gelöst haben. Ich werde Notizen machen und Listen erstellen; so etwas kann ich gut.«

Hugo gab sich geschlagen. Wenn Georgia sich in dieser Stimmung befand, war jeder Versuch, vernünftig mit ihr zu reden, zum Scheitern verurteilt. Und an manchem war ja auch etwas dran. Sicher, Freya und er konnten natürlich mit dem Gespräch warten, bis sie zu Bett gegangen war, aber dann waren womöglich die anderen schon wieder aus Veryan House zurückgekehrt. Also berichtete er, was sie über Saul Ingham alias Sampson in Erfahrung gebracht hatten.

Georgia schraubte ihren Füllfederhalter auf, schrieb »Verdächtige« oben auf ein Blatt Papier, unterstrich das Wort sorgfältig und schaute die drei erwartungsvoll an. »Auf geht's.«

Als die anderen schwiegen, sagte sie ungeduldig: »Irgendwer muss Rupert ja getötet haben, also brauchen wir eine Liste der Verdächtigen. Natürlich könnte das eine lange Liste werden, falls sich ein Außenstehender hereingeschlichen und Sicherungen, Schalter und dergleichen manipuliert hätte. Aber wer hätte Rupert töten wollen? Es kannte ihn hier doch niemand.«

»Ein unbeabsichtigter Mord womöglich.«

»Mittel, Motiv, Gelegenheit, so etwas brauchen wir, egal, wer das Opfer war. Hugo und Freya, ihr könnt von Glück reden, einen Fuß in Nightingale Cottage gesetzt zu haben, denn wie ich hörte, sieht es dort drinnen sehr merkwürdig aus. Gehört der Mieter dort zum Kreis der Verdächtigen?«

Georgia schrieb sämtliche Namen auf. Dann machte sie Kreuzchen neben ihren vier Namen. »Es war keiner von uns. Gus und seine Töchter? Ich kann mir zwar vorstellen, dass Babs jemanden aus philosophischen Motiven ermordet, aber ich glaube nicht, dass sie etwas von Elektrik versteht, und Polly auch nicht. Kinder als Mörder sind natürlich interessant, aber Polly kommt wohl kaum infrage. Dann wäre da noch Seine Gnaden, der weiß ja alles über Strom und so weiter, und schlau ist er auch. Aber warum um alles in der Welt sollte er Rupert umbringen? Er hatte ihn noch nie gesehen, bevor er hierherkam, und er hatte ihn ja noch nicht einmal eingeladen. Und er würde sich nicht selbst durch einen Stromschlag töten, schließlich ist er ja nicht übergeschnappt. Bleibt also Hugos mysteriöser Fremder. Bei dem hört es sich so an, als hätte er es auf eine blutige Auseinandersetzung abgesehen gehabt, auch wenn es das falsche Blut gewesen wäre. Und Robert und Sonia.«

Freya war ein wenig in ihren Tagträumen versunken. Nun aber sagte sie: »Da wäre noch jemand, den wir auf die Liste der Verdächtigen setzen können. Zumindest wirkt er irgendwie verdächtig. Ich kann mir zwar nicht vorstellen, wie er am Weihnachtstag an der Elektrik herumhantiert haben sollte, aber man weiß ja nie. Doch er könnte für die anderen Vorfälle, bei denen Gus Gott sei Dank nichts zugestoßen ist, verantwortlich sein.«

Georgia setzte den Namen Mr Jenkins auf ihre Liste.

»Können wir die Zeichnung mal sehen?«, bat Leo.

Freya hatte sie gemeinsam mit Mrs Partridges Zeitung in die Schublade gelegt. Zu Hugo sagte sie nun: »Ich habe überlegt, es Superintendent MacLeod zu erzählen, aber es ist besser, wenn er es aus Ihrem Mund erfährt.«

»Das ist ein interessantes Gesicht«, konstatierte Leo. »Babs ist es gelungen, die Leere seines Ausdrucks einzufangen. So sieht ein Mann aus, der unbemerkt bleiben will, jemand, der sich im Hintergrund hält.«

»Er war im Herbst schon einmal in Selchester«, sagte Freya. »Wir glaubten damals, er könnte etwas mit Jason Filberts Tod zu tun haben, aber die Polizei sagte, er sei ihnen bekannt, er sei Privatdetektiv.«

Georgia machte ein Sternchen neben dem Namen

Jenkins. »Was könnte er so kurz vor Weihnachten in Selchester gewollt haben? Er kommt als Verdächtiger infrage.«

»Aber er hat Selchester wohl schon am vierundzwanzigsten verlassen«, gab Leo zu bedenken.

»Um eine falsche Fährte zu legen«, sagte Georgia wie aus der Pistole geschossen. »Damit wir im Trüben fischen, um uns einen Strich durch die Rechnung zu machen, so was in der Art.«

»Vielleicht hatte er ja auch etwas mit dem Anschlag auf Gus zu tun«, wandte Leo ein, »aber nicht mit dem Mord an Rupert.«

»Im Gegensatz zu diesem mysteriösen Mr Jenkins, der zu der betreffenden Zeit nicht in der Gegend gewesen zu sein scheint, hielten sich Lady Sonia und Robert sehr wohl hier auf«, gab Georgia zu bedenken.

Seinen Blick auf Freya gerichtet sagte Hugo: »Die beiden sind die Einzigen, die offenkundig von Gus' Tod finanziell profitieren würden.«

»Geld ist immer ein Motiv für Mord«, sagte Leo. »Aber weder Lady Sonia noch Robert sind in Geldnot – sagtest du nicht, dass Robert vor Kurzem selbst eine beträchtliche Summe geerbt hat? Dass sie den Earl aus dem Weg räumen wollen, erschiene seltsam, vor allem, da nur Lady Sonia unmittelbar davon profitieren würde.«

»Ich habe ja bereits darauf hingewiesen, dass da draußen womöglich ein Wahnsinniger herumläuft, der einen Groll gegen Earls im Allgemeinen hegt«, sagte Georgia. »Oder ein unbekannter Feind, der sich an irgendeinem

Lord Selchester rächen will. Es könnte eine uralte Fehde sein, die erst beigelegt ist, wenn die Blutlinie ausgestorben ist.« Praktisch denkend fügte sie hinzu: »Allerdings verfällt der Grafentitel nach ihm so oder so, falls Gus nicht noch einmal heiratet und einen männlichen Erben in die Welt setzt. Also ist das ziemlich unsinnig.«

Freya seufzte. »Dass Sonia Gus töten will, kommt mir äußerst kaltblütig vor. Natürlich ist sie wütend, weil ihm der Titel zufällt. Aber wenn sie wirklich mörderische Absichten hätte, warum ihren Unmut dann so öffentlich machen? Sie ist die naheliegendste Verdächtige, insbesondere weil sie sich selbst nach Selchester eingeladen hat. Kann jemand so dumm sein?«

»Was immer Lady Sonia sein mag, dumm ist sie nicht«, bemerkte Hugo.

»Ich kann mir zwar vorstellen, dass sie jemanden abmurkst«, sagte Georgia, »aber das würde sie bestimmt auf hinterlistige Art und Weise tun. Mit Gift, zum Beispiel.«

Freya schaute sie scharf an. »Warum sagst du das?«

Georgia zuckte die Achseln. »Gift ist doch angeblich die Waffe der Frauen. Man hat keinen direkten körperlichen Kontakt. Man tut Leuten etwas in den Tee und muss ihnen nichts auf den Kopf hauen. Wenn man einen Schalter verdrahtet, damit jemand verbrutzelt, kommt man zwar auch nicht in körperlichen Kontakt, aber irgendwie ist es auch kompliziert. Könnt ihr euch etwa vorstellen, dass Lady Sonia an Sicherungen und Kabeln herumhantiert?«

»Was hat Sonia während des Kriegs getan, Freya?«,

fragte Hugo. »Wenn sie als Fahrerin bei der Frauenabteilung des Heeres tätig war, hat sie sich womöglich gewisse Fertigkeiten angeeignet, dann wären elektrische Schaltkreise ein Kinderspiel.«

Freyas Gesicht hellte sich auf, und sie musste lachen. »Fragen Sie das jetzt im Ernst? So etwas wie die Frauenabteilung des Heeres kam für Sonia nicht infrage. Sie hat geheiratet, um nicht einberufen zu werden, und als sie Witwe wurde, ist es ihr gleich gelungen, sich ein gemütliches Quartier in einer der Navy angeschlossenen Einrichtung zu verschaffen. Sie konnte ganz nach Belieben kommen und gehen und ihr gewohntes Leben weiterführen. Nein, Sonia würde sich niemals die Hände schmutzig machen.«

»Bleibt also Robert«, konstatierte Georgia.

»Leider«, sagte Leo, »hat Robert unseres Wissens nach nichts mit Gus zu tun. Er ist ihm vorher noch nie begegnet, und von der Verbindung mit Lady Sonia mal abgesehen, warum sollte er ihm gegenüber feindselig gesinnt sein? Für ihn gilt das Gleiche wie für Lady Sonia: Warum zur Burg kommen und dort, wo man der mit dem besten Motiv ist, einen Mord begehen? Sein einziges Motiv ist Lady Sonias Erbschaft, wenn – und das ist ein großes Wenn – er sie wirklich heiraten wird. Und mich überzeugt weder die Verlobung noch das Motiv.«

»Wir vergessen die anderen Anschläge auf Gus' Leben. Weder Sonia noch Robert waren auf dem Passagierschiff, und selbst wenn man es als echten Unfall bezeichnet, befanden sich Sonia und Robert an jenem Nachmittag nicht in dem Museum. Einer oder beide könnten in Oxford gewesen sein, das lässt sich überprüfen.«

»Oder«, sagte Georgia, »sie haben einen Auftragsmörder bezahlt, der die Drecksarbeit erledigt hat.«

»Du gehst zu oft ins Kino, Georgia«, sagte Leo. »Auftragsmörder zu finden ist nicht so leicht, wie du denkst.«

»In London gibt es unzählige Menschen, die sich gegenseitig umbringen, diese Gangs zum Beispiel. Allerdings verkehrt Robert wohl kaum in diesen Kreisen.«

»Welchen Standpunkt vertritt die Polizei, Hugo?«, fragte Leo.

»Gus, nicht Rupert sollte das Opfer sein.«

»Vielleicht ging es ja doch von Anfang an um Rupert«, brachte Georgia vor.

»Das ist doch unwahrscheinlich«, entgegnete Freya. »Die einzige Person, die ihn kannte, war Sonia, und die behauptet nun, ihn so gut wie gar nicht gekannt zu haben.«

Georgia warf ihrem Bruder einen verschmitzten Blick zu und sagte: »Vielleicht hatten sie eine Liebesaffäre. Vielleicht war es ein *crime passionnel* wie in Frankreich.«

»Hör sofort auf damit, Georgia!«, wies Hugo sie zurecht.

Leo blieb gelassen. »Ich denke, das können wir außer Acht lassen. Nichts in ihrer beider Verhalten deutete darauf hin, dass es so etwas wie Intimität zwischen ihnen gegeben hat. So etwas lässt sich nur schwer verbergen; dann müssten sie beide virtuose Schauspieler sein. Entweder mündet eine Affäre später in Feindseligkeit, oder es entwickelt sich eine Art freundschaftliche Wertschätzung. Derlei Verhältnisse hinterlassen immer eine emotionale Spur.«

»Abgesehen davon, dass er im Herbst für einige wenige Stunden hier war, um eine Inventur zu machen, hat Rupert keine Beziehung zu irgendwem hier oder mit der Burg oder überhaupt mit Selchester.«

»Das stimmt so nicht«, widersprach Georgia.

Alle Augen richteten sich auf sie. »Wie meinst du das?«, wollte Freya wissen.

Georgia stand auf, ging zur Kommode, zog eine Schublade auf, nahm ein großes Buch heraus und knallte es auf den Tisch. »Das ist das Hauswirtschaftsbuch. Natürlich ist es schon seit Jahren nicht mehr fortgeführt worden, aber als Lord Selchester noch lebte, wurde es benutzt. Als wir die Gäste über Weihnachten hatten, sagte Mrs Partridge, sie werde das Buch holen und sie eintragen, sie hat es mir gezeigt. Dort haben die Hauswirtschafterinnen festgehalten, welche Gäste kamen, welche Bediensteten sie mitbrachten – Dienstmädchen, Kammerdiener – und welche Zimmer sie bewohnten. Und wer sie bedienen würde, falls sie keine eigenen Bediensteten mitbrachten.« Sie schlug das Buch auf. »Seht nur, das geht zurück bis weit vor dem Krieg.«

Freya nahm das Buch. Mit ehrfurchtsvoller Stimme sagte sie: »Das habe ich völlig vergessen. Ja, natürlich, es wurde alles peinlich genau notiert.« Sie blätterte die Seiten durch und legte den Finger auf einen Eintrag. »Da steht mein Name, als ich während der Ferien hierherkam. Ich wurde im Peony Room untergebracht, dem

Zimmer, das ich immer bewohnte. Hier steht auch, dass Mabel mich bedienen sollte. Sie war Sonias Dienstmädchen, und wenn ich in den Ferien hier war, teilten wir sie uns.«

Hugo warf seinerseits einen Blick hinein. »Wo steht da etwas von Rupert, Georgia?«

»Schlag den allerletzten Eintrag auf, Januar 1947. Dort steht eine Liste derer, die an dem Wochenende eingeladen waren, an dem Lord Selchester ermordet wurde. Die meisten Namen sind allerdings durchgestrichen, weil die Leute wegen des Schnees gar nicht durchkamen. Hier, zweiter Eintrag von unten. Rupert Olivier. Er sollte im Randolf Room wohnen.«

Einen Moment lang herrschte absolute Stille. Dann stieß Hugo einen leisen Pfiff aus. »Also kannte Ihr Onkel Rupert sehr wohl, Freya.«

»Und da wir wissen, dass er etwas gegen diese vier in der Hand hatte«, sagte Freya und wies auf die entsprechenden Namen auf der Liste, »gilt das für die anderen womöglich ebenso.«

Leo wirkte ungehalten. »Ich erinnere mich, dass ich damals anregte, wir sollten etwas über diejenigen in Erfahrung bringen, die eingeladen worden waren, aber nicht gekommen sind. Wie nachlässig von uns, dass wir dieser Sache nicht nachgegangen sind. Allerdings mussten wir ja auch nichts über sie wissen, wie sich herausstellte, weil wir den Mörder identifiziert hatten.«

»Selchesters Marionetten«, sagte Hugo.

»Marionetten«, wiederholte Freya. »O ja, er zog an ihren Fäden.«

»Und somit tanzten die vier nach seiner Pfeife.«

»Aber was hatte er gegen Rupert Olivier in der Hand?«, fragte Leo. »Rupert hatte keine allzu großen Skrupel bei seinen Geschäften in der Kunstwelt, aber ich kann mir nicht vorstellen, dass er Selchester viel Angriffsfläche geboten hätte, die dieser gegen ihn hätte verwenden können.«

Freya stand auf und räumte den Tisch ab. »Nein, ich brauche keine Hilfe, danke.«

Sie wollte nachdenken.

Szene 2

Georgia streichelte Magnus, der neben ihr auf die Bank gesprungen war. Hugo nahm ihre Notizen und studierte sie, während Leo nur dasaß und sich in Schweigen hüllte. Als Freya wieder an den Tisch zurückkehrte, sagte er: »Sie wissen etwas darüber, nicht wahr, Freya?«

»Ja und nein. Dass Selchester Rupert kannte, wusste ich nicht. Dafür aber, dass Rupert früher einmal etwas Schändliches getan hatte. Es hat mit dem Krieg zu tun. Und falls mein Onkel das herausgefunden hat, hatte er mit Sicherheit etwas gegen ihn in der Hand.«

Überrascht schaute Hugo sie an. »Warum haben Sie nichts davon erwähnt? Sie haben uns gesagt, Sie hätten Rupert zum ersten Mal gesehen, als er seinerzeit die Inventur gemacht hat.«

»Zu der Zeit wusste ich gar nichts über ihn und war Rupert auch noch nie begegnet. Ich habe es erst vor Kurzem erfahren.«

Nun steckte sie in der Zwickmühle. Einerseits konnte sie nicht weitergeben, was Dinah ihr verraten hatte, nicht ohne ihre Erlaubnis. Andererseits durfte sie sich nicht einfach bedeckt halten, falls es etwas mit dem Mord zu tun hatte.

»Ich kann es Ihnen nicht im Detail erzählen, weil es mir im Vertrauen erzählt wurde.« Sie schaute Leo an. »Sie müssen so etwas verstehen.«

»Es gibt Geheimnisse, die man bewahren muss«, sagte Leo. »Nicht nur die berühmten Beichtgeheimnisse, die einem unter dem Siegel der Verschwiegenheit anvertraut werden. Wenn Ihnen diese Information unter der Voraussetzung anvertraut wurde, dass Sie sie nicht weitergeben werden, ist es für Sie eine Frage der Ehre, sich daran zu halten.«

»Erzähl das mal den Bewohnern von Selchester«, sagte Georgia. »In Selchester weiß nur die halbe Stadt darüber Bescheid. Kannst du uns denn gar nichts verraten, Freya? Hatte diese Person hässliche Gewohnheiten? Hatte er Geliebte, oder trug er eine geheime Schuld von früher mit sich herum, zum Beispiel, weil er selbst jemanden getötet hat? Vielleicht war es ja ein Mord aus Rache.«

Dieser Hieb saß. Falls Dinah ein Motiv hatte, dann war es Rache.

Erneut wandte sie sich Leo zu. »Würden Sie sagen, dass unter bestimmten Umständen jeder dazu fähig ist zu töten?«

»Ja, leider bestätigt die menschliche Erfahrung dies.«

»Ich weiß, Rache verübt man mit Kaltblütigkeit. Aber wenn sie der Auslöser für den Mord war, ist die Tat doch wohl schnell entschlossen ausgeführt worden. Unter diesen Umständen würde jemand eher direkt auf sein Opfer losgehen, statt eine raffinierte Falle zu stellen.«

»Jemand hier aus Selchester könnte Rupert aus Rache umgebracht haben. Ist es das, was Sie andeuten wollen?«

Hugos Stimme klang sachlich. Hatte er es erraten?

»Hätte diese Person das Fachwissen, um an der Verkabelung herumzupfuschen?«, fragte Leo.

Dinah hatte während des Kriegs als Funkerin gearbeitet. Wussten die denn nicht alle über Verkabelungen Bescheid?

»Ich kann es ehrlich nicht sagen. Während des Krieges hat doch fast jeder neue Kenntnisse erworben.«

Hugo schaute erneut auf den Eintrag im Hauswirtschaftsbuch. »Es ist bemerkenswert, wie weit der Einfluss Ihres Onkels noch aus dem Grab heraus reicht. Ich kann mich des Gefühls nicht erwehren, dass Ruperts Anwesenheit hier und das Motiv für seine Ermordung etwas mit Ihrem Onkel zu tun haben.«

»Was ist eigentlich mit diesem Telefonat, das Rupert am Weihnachtstag geführt hat?«, fragte Georgia.

»Als er so verstört war?«, fragte Hugo. »Das hatte ich ganz vergessen.«

»Ob die örtliche Vermittlungsstelle die Liste der gewählten Rufnummern archiviert hat?«, fragte Leo.

Freya schüttelte den Kopf. »Das dürfen sie eigentlich nicht. Aber wenn Sie Irene fragen, erinnert sie sich vielleicht an einen Namen oder an die Unterhaltung.«

»So etwas sollte sie nicht weitergeben«, sagte Leo bestimmt.

»Natürlich nicht. Aber in Selchester herrschen eigene Regeln. Irene und die anderen Telefonistinnen verstehen es bestens, Neuigkeiten zu verbreiten«, sagte Freya.

»Die Polizei könnte sie vernehmen«, sagte Hugo.

»Könnte sie schon«, bestätigte Freya, »aber die Chancen, dass sie ihnen etwas sagt, stehen fifty-fifty.«

Hugo schnitt eine Grimasse. »Es war ein Fehler, der Polizei zu sagen, dass ich glaube, jemand hätte eigentlich Gus ermorden wollen und Ruperts Tod wäre nur ein Versehen gewesen. Ich frage mich, ob sie mir überhaupt Glauben schenken, wenn ich ihnen mitteile: ›Wir sind zu dem Schluss gekommen, dass der Mörder tatsächlich Rupert töten wollte.‹ Außerdem« – er schaute Freya in die Augen – »werden sie jeden Stein umdrehen, nach einem Motiv suchen. Und früher oder später herausfinden, was Sie geheim halten, Freya.«

»Einen Mörder würde ich nicht decken«, brauste sie plötzlich auf. »Aber ich kann mir nicht vorstellen, dass die fragliche Person, so feindlich sie gegenüber Rupert auch eingestellt sein mochte, imstande wäre, ihn zu ermorden.«

Kapitel fünfzehn

Szene 1

Als Hugo am nächsten Morgen zur Arbeit gefahren war, nahm Freya Leo beiseite. »Wir müssen mit Sonia reden.«

»Rückt sie denn nicht eher mit Dingen heraus, wenn ich nicht dabei bin?«

»Sie haben großen Einfluss auf sie«, beharrte Freya. »Dabei glaube ich gar nicht mal, dass es daran liegt, dass Sie Priester sind, obwohl sie das beunruhigt – vielleicht hat sie ja doch tief in ihrem Inneren so etwas wie ein Gewissen. Nein, sie sieht Sie als jemanden mit einer hervorragenden Auffassungsgabe. Und die haben Sie auch. Wenn ich alleine mit ihr spreche, zanken wir uns am Ende doch nur. Ich komme nicht besonders gut mit ihr aus, obwohl es Zeiten gab, in denen das anders war. Sie hat eine solche Mauer um sich aufgebaut, dass es schwer ist, zu ihr vorzudringen. Wenn man mit jemandem vertraut ist, geht man immer nur eingefahrene Wege. Bei Ihnen ist das anders: Ihnen fallen Dinge auf, die mir entgehen. Und ich vermute, dass Sie genauso gut darin sind zu spüren, wenn jemand lügt, wie Hugo.«

»Oh, ich glaube, da schreiben Sie mir ein allzu großes Talent zu, Freya. Viele Menschen machen es sich zur

Gewohnheit zu lügen. Und wenn es aus Gewohnheit geschieht, dann haben Lügen nicht allzu viel zu bedeuten. Ich habe allerdings das Gefühl, dass Lady Sonia keine Gewohnheitslügnerin ist. Sie scheint mir eher jemand zu sein, der sich um die Wahrheit drückt oder einer direkten Frage aus dem Weg geht. Sie fühlt sich nicht wirklich wohl beim Lügen.«

Freya sann über ihre Cousine nach. »Wahrscheinlich haben Sie recht. Als Mädchen hat sie nicht gelogen, aber die Wahrheit hat sie damals auch nicht immer gesagt. Von daher hat sie sich vermutlich nicht großartig verändert. Und es stimmt, manche Menschen lügen ständig.«

Scheinbar beiläufig sagte Leo: »So etwas tun letzten Endes Schriftsteller auch. Sie üben einen respektablen Beruf aus, aber man könnte es auch so ausdrücken, dass sie ihren Lebensunterhalt mit dem Erzählen von Lügen verdienen.«

»Unter diesem Aspekt habe ich das noch nie gesehen«, erwiderte Freya. »Aber ja, es geht immer darum, sich etwas auszudenken, wovor uns unsere Kindermädchen immer gewarnt haben. Geschichten ganz bewusst deshalb zu erfinden, damit die Leute sie einem abnehmen, zumindest so lange, bis sie das Buch am Ende zuklappen.«

»Manchmal steckt in diesen Erfindungen, in diesen Geschichten ein Fünkchen Wahrheit. Romane zu lesen ist eine Möglichkeit, die Menschen besser zu verstehen.«

»Ich erinnere mich daran, dass Hugo Ihnen einen Agatha-Christie-Roman zum Geburtstag geschenkt hat«, sagte Freya. »Ich war überrascht, in diesem Zusammenhang zu erfahren, dass Sie nicht nur Priester, sondern auch ein renommierter Wissenschaftler sind.«

Leo war amüsiert. »Haben Sie geglaubt, ich verbringe meine Zeit nur mit der Lektüre theologischer Abhandlungen, wenn ich mich gerade mal nicht über die neuste wissenschaftliche Publikation informiere? Um mich zu vergnügen und zu entspannen, lese ich auch eine Menge Belletristik.« Er machte eine Pause. »Dinah hat mir ein Buch besorgt, um das ich sie gebeten hatte. Es handelt sich um den neusten Roman von Rosina Wyndham. Ich habe ihn mit großer Freude gelesen. Eine packende Geschichte, geschrieben von einer erstklassigen Autorin. Und von einer, die sich mit Geschichte auskennt. Ich konnte es gar nicht mehr aus der Hand legen.«

»Für einen Priester eigentlich keine geeignete Lektüre, hätte ich gedacht. Viel zu gewagt.«

Er betrachtete sie amüsiert.

Er wusste es. Er wusste, dass sie Rosina Wyndham war. Wie war er darauf gekommen?

»Soviel ich weiß, hält die Autorin an ihrer Anonymität fest«, sagte er.

»Sie hat wohl ihre Gründe dafür.«

»Die hat sie bestimmt.« Er lächelte. »Keine Sorge, ich werde Ihr Geheimnis niemandem verraten. Als ich das letzte Mal hier war, dachte ich mir schon, dass Sie keine Familienchronik verfassen. Ich kenne eine ganze Reihe Schriftsteller, und ich habe vermutet, dass Sie eher einen Roman schreiben. Und dann ähnelt Ihre herrliche Clarissa so sehr Ihrer Vorfahrin aus dem siebzehnten Jahrhundert. Da habe ich eins und eins zusammengezählt. Freya ist Rosina. Sie müssen sehr gut von Ihren Büchern leben können.«

Das stimmte. »Würde ich nicht schreiben, müsste ich eine Stellung annehmen. Meine privaten Einkünfte nach Abzug der Steuern würden kaum ausreichen, um Magnus Fisch zu besorgen.«

»Oder Ihnen selbst flotte Röcke.«

Nach Freyas Gefühl reichte das jetzt. »Zurück zu Sonia«, sagte sie energisch. »Bei Robert ist sie nicht; der ist in der Grace Hall und führt wichtige Telefonate. Dass Rupert wirklich das Opfer war, wird auf jeden Fall ans Licht kommen, und wahrscheinlich instruiert er diesbezüglich gerade das Büro der Conservative Party und alle anderen. Ich glaube, er ist eher verstimmt darüber, in einen Mordfall verwickelt zu sein, als dass ihm Rupert leidtäte. Er scheint mir niemand zu sein, der sich viel aus anderen Menschen macht. Vermutlich wird er deswegen ein erfolgreicher Politiker.«

»Wo ist Sonia?«, fragte Leo.

»Bestimmt weiß es Mrs P. Fragen wir sie doch.«

Mrs Partridge war in der Küche beschäftigt; sie hatte Pam instruiert, Gemüse zu waschen und zu schneiden, und rührte in einer Pfanne auf dem Herd.

Leo schnupperte. »Das riecht köstlich, Mrs Partridge.«

»Wissen Sie, wo Lady Sonia ist?«, fragte Freya.

»Ja, sie ist im South Drawing Room«, erwiderte Mrs Partridge. »Sie hat einen ganzen Stapel Zeitschriften mitgenommen, und Pam hat ihr gerade Kaffee hochgebracht, nicht wahr, Pam?«

Pam legte das Kartoffelschälmesser beiseite und schaute auf. Mit leuchtenden Augen berichtete sie: »Oh, sie hat diese ganzen schönen Zeitschriften, *Vogue* und *Tatler* und so weiter. Sie hat gesagt, sie lässt sie hier, wenn sie nach London zurückkehrt, und ich könnte sie haben.«

»Nun schäl schon weiter«, tadelte ihre Tante sie. »*Vogue,* also wirklich!«

Pam wandte sich wieder den Kartoffeln zu.

Sonia hielt sich tatsächlich im South Drawing Room auf. Sie lag ausgestreckt auf einem Sofa und blätterte die *Vogue* durch. Sie hatte sich einen Glimmstängel in ihre lange Zigarettenspitze gesteckt und trug eine missmutige Miene zur Schau.

Sie blickte Freya und Leo an. »Wollt ihr zu Robert? Der ist nicht hier.«

Freya setzte sich. Sonia, die offenkundig nicht gestört werden wollte, legte demonstrativ den Finger zwischen die Seiten. »Was ist denn?«

»Reiß dich mal für ein paar Minuten von der *Vogue* los, Sonia«, sagte Freya. »Es gibt da etwas, das wir von dir wissen müssen.«

Sonia kniff die Augen zusammen. »Wir? Wer ist denn wir? Du und Pater Leo?« Sie warf Leo einen bösen Blick zu. »Was?«

»Es geht um Rupert Olivier«, sagte Leo.

Sonia stieß einen lauten Seufzer aus. »Ich weiß nichts über Rupert. Jedenfalls nicht mehr, als ich euch schon gesagt habe. Und ich verstehe nicht, warum es euch überhaupt etwas angeht. Und Hugo scheint auch einen

Hang zu haben, seine Nase in fremde Dinge zu stecken. Und erst recht seine aufreizend neugierige Schwester.«

Freya versuchte es anders. »Hat Selchester dir nicht erzählt, wie er an die Gemälde gekommen ist, von denen du behauptest, dass sie dir gehören? Hatte Rupert etwas mit ihnen zu tun? Du bist am Weihnachtstag mit ihm in den Dachboden hinaufgestiegen, nicht wahr? Und danach hat er sich sonderbar verhalten. Was hat ihn so aus der Fassung gebracht?«

Sonia wedelte mit ihrer Zigarettenspitze herum und schloss verärgert die Augen. »Ich weiß wirklich nicht, wie mein Vater an die Gemälde gekommen ist, und es interessiert mich auch nicht besonders. Es war aber ein kluger Schachzug, denn Gott sei Dank sind sie jetzt eine Stange Geld wert. Und erzähle mir jetzt nicht, sie sollten an Gus gehen, nicht an mich. Ich will das nicht mehr hören. Sie gehören mir, und ich lasse sie mir von niemandem wegnehmen. Und was Rupert betrifft: Wer weiß schon, warum er so sonderbar war? Er hatte die Bilder vorher noch nie gesehen. Außer den Picasso vielleicht«, fügte sie nachdenklich hinzu, »denn als er den sah, wurde er mit einem Mal ganz merkwürdig.«

»Wussten Sie, dass Rupert an dem Wochenende, an dem Ihr Vater ermordet wurde, in die Burg eingeladen worden war?«, fragte Leo.

Lady Sonia riss die Augen auf und starrte ihn an. »Wie meinen Sie das, Rupert war eingeladen?«

»Komm schon, Sonia«, drängte Freya. »Du musst doch wissen, dass für dieses Wochenende ein Dutzend Gäste erwartet wurden. Sie wären allesamt an jenem

Abend hier gewesen, wäre nicht die Schlechtwetterfront aufgezogen.«

»Ich habe keine Ahnung, wer sonst noch alles eingeladen war«, gab Sonia zurück. »Über so etwas hat mein Vater nicht gesprochen, und er hatte ohnehin schon eine fürchterliche Laune an jenem Wochenende, wegen Tom. Und als ich dann auch noch meine Migräne bekam, hätte er meinetwegen Himmel und Hölle einladen können. Wieso glaubt ihr, dass Rupert eingeladen war?«

»Sein Name steht im Hauswirtschaftsbuch. Dort sind die Namen sämtlicher Gäste aufgelistet. Du weißt doch, dass man das früher immer so gemacht hat.«

»Wer schnüffelt denn im Hauswirtschaftsbuch herum?«, wollte Sonia wissen.

Freya war kurz davor, die Beherrschung zu verlieren. »Niemand. Es liegt in der Küchenschublade, wo es seit Selchesters Verschwinden aufbewahrt wird. Mrs Partridge hat die diesjährigen Weihnachtsgäste dort eingetragen. Ruperts Name steht drin. Mein Onkel hätte ihn wohl kaum eingeladen, wenn er ihn nicht gekannt hätte.«

»Ich habe keine Ahnung, wie er ihn, wenn überhaupt, kennengelernt haben könnte. Und er kann es dir nicht mehr verraten, es sei denn, du willst eine Séance veranstalten.« Sie warf Leo einen Blick zu. »Verzeihung.«

»Ich kann mir effizientere Methoden vorstellen, um sich Informationen zu beschaffen«, sagte er nur.

»Egal, was immer Rupert 1945 oder 1946 auch getan hat, ich glaube nicht, dass er mit Gemälden gehandelt hat. Aber das könnt ihr sicherlich von seinen Kollegen und den Leuten erfahren, die ihn besser kannten. Ich kannte ihn kaum. Ich weiß nur, dass er sehr gut gewisse Geschäfte abwickeln konnte, und deshalb bat ich ihn mitzukommen.«

»Wer hat Ihnen denn gesagt, dass er das gut kann?«, fragte Leo.

»Ich erinnere mich nicht mehr. So etwas spricht sich herum – Sie wissen doch, wie so etwas geht. Vielleicht waren es die Ancasters. Ich weiß es wirklich nicht mehr. Ist es wichtig?«

»Hatten Sie wirklich nichts mit Rupert zu tun?«

Sonia zog tief an ihrer Zigarette und schaute mit betont gelangweiltem Gesichtsausdruck zur Decke hinauf. »Rupert Olivier und ich verkehrten nicht in den gleichen Kreisen. Ende vom Lied. Ich bin kein Bohemien. Ich zähle durchaus auch Künstler und Musiker zu meinen Freunden, aber es sind nur wenige. Ich ziehe es vor, unter meinesgleichen zu bleiben.«

Freya wechselte einen Blick mit Leo. Dann sagte sie: »Bist du überhaupt traurig, dass Rupert tot ist?«

Sonias Lippen bebten leicht. »Oh, Herr im Himmel, es sterben jeden Tag so viele Menschen. So viele Menschen sind im Krieg gestorben. Wir alle müssen sterben. Ich kannte ihn nicht. Ich habe mir nicht besonders viel aus ihm gemacht, aber ich wünschte, er wäre nicht hier gestorben, denn das ist ein verdammtes Ärgernis.«

Freya sah Leo an, dass er genauso wenig schockiert war über Sonias scheinbare Gefühllosigkeit wie sie. In Sonias Stimme schwang ein Anflug von Trotz mit. Sicher, sie hatte sich nicht viel aus Rupert gemacht, aber etwas war mit ihm gewesen, das sie aus dem Konzept gebracht hatte.

Szene 2

Hugo rief Emerson von seinem Arbeitsplatz im Herrenhaus an. Das mochte unorthodox sein und nicht den Bestimmungen entsprechen, aber zur Hölle damit. Er hatte den Auftrag, Zherdev zu überprüfen, und da war Emerson eine gute Quelle. Als er durchgestellt wurde, kam er ohne Einleitung sofort zur Sache: »Es geht jetzt nicht um unseren russischen Freund. Es geht um eine Frage, die mit der Kunstwelt zu tun hat: Hast du jemals von einem Rupert Olivier gehört oder bist ihm begegnet?«

»Olivier?«, erwiderte Emerson wie aus der Pistole geschossen. »Der arbeitet doch für Mansville's. Gemälde sind sein hauptsächliches Metier. Klettert die Karriereleiter empor, hat einen guten Ruf.«

Hugo wusste, dass dies nur die halbe Wahrheit war. »Und?«

»Und nichts«, erwiderte Emerson. »Warum willst du etwas über Rupert wissen?«

»Weil er vorgestern tot aufgefunden wurde. Und die Umstände seines Todes waren, sagen wir mal, verdächtig.«

Langes Schweigen. Dann sagte Emerson mit aufrichtigem Mitgefühl: »Rupert ist tot? Der arme Kerl. Wie ist das passiert?«

»Er wurde durch einen Stromschlag getötet. Ein Unfall war das nicht, es war Mord. Es stand in den Zeitungen. Er starb in der Burg.«

»Über Weihnachten schaue ich nie in die Zeitungen. Bestimmt werdet ihr von Reportern belagert.«

»Das Wetter hält uns die Schlagzeilenjäger aus London noch vom Hals, aber mittlerweile sind sie bestimmt unterwegs.«

»Stromschlag. Ja, ich kannte Rupert. Was willst du wissen?«

»Er könnte auch versehentlich ermordet worden sein. Deswegen versuche ich, mehr über ihn herauszufinden. Kein Mensch scheint viel über ihn zu wissen. Er befand sich im Auftrag von Mansville's in der Burg und konnte dann wegen der Schneefälle nicht nach London zurückkehren; er hatte weder beabsichtigt noch erwartet, Weihnachten in Selchester zu verbringen.«

»Er war jemand, der ganz für sich blieb, das ist wahr.« Emersons Stimme stockte ein wenig.

»Hör zu«, sagte Hugo. »Wenn du etwas über ihn weißt, das ein Mordmotiv für jemanden gewesen sein könnte, dann verrate es mir in Gottes Namen.«

Emerson beantwortete die Frage mit einer Gegenfrage. »Was hat das eigentlich mit dir zu tun, Hugo? Wenn er ermordet wurde, ist das doch Sache der Polizei.«

»Sagen wir einfach, ich arbeite mit der Polizei zusammen.«

Emerson stieß am anderen Ende der Leitung ein nachdenkliches Seufzen aus. Schließlich sagte er: »Ich will nicht schlecht von den Toten sprechen, und ich habe absolut keinen Draht zu diesem Teil der Kunstwelt. Aber in der Branche wurde gemunkelt, dass, wenn man etwas diskret zu veräußern hätte, Rupert der richtige Mann dafür sei.«

»Redest du von Hehlerware?«

»Du meine Güte, nein! Eher von solchen Fällen, bei denen jemand eine Erbschaft macht und er den einen oder anderen Kunstgegenstand verkaufen will, ohne dass das Finanzamt Wind davon bekommt. In Anbetracht der heutigen Steuersätze und dass manche alteingesessene Familien auf unbezahlbaren Schätzen und dergleichen sitzen, kommt so etwas vor.«

»Aber du hast damit nichts zu tun?«, hakte Hugo nach.

»Mit dem kommerziellen Bereich der Kunstwelt komme ich kaum in Berührung«, erwiderte Emerson. »Ich bin Sachverständiger. Dadurch habe ich kaum etwas mit den Anbietern und Auktionen selbst zu tun. Nur die Verkäufer greifen auf unsere Expertisen zurück.«

»Also würde sich Rupert bei dir keinen Rat einholen?«

»Im Rahmen seiner offiziellen Tätigkeit für Mansville's schon. Aber nicht bei den Sachen, die er unter der Hand abwickelte.« Nach kurzem Schweigen fuhr er fort: »Ich weiß, dass ein verschollener Erbe aufgetaucht ist, der die Burg, den Titel und sämtliche im Familienbesitz befindlichen Kunstschätze bekommt. Ist der neue Earl anständig?«

»Auf jeden Fall.«

»Dann wird er sich also mit allen Problemen befassen, die seine Erbschaft mit sich bringen. Glaubst du, er hat Rupert diesbezüglich angesprochen? Ist er jemand, der ausloten würde, ob sich da etwas privat und ohne Nachfragen, ohne öffentliche Aufmerksamkeit verkaufen ließe?« Am anderen Ende der Leitung erklang ein Geräusch, so als würde Emerson mit einem Bleistift auf seine Schreibtischplatte klopfen. »Andererseits ist die Selchester'sche Sammlung gut dokumentiert. Wir wurden in Bezug auf die Gemälde zu Rate gezogen, die an die nationalen Sammlungen ausgeliehen wurden. Darunter befinden sich einige ausgezeichnete Werke, die zweifellos zur Vermeidung von Erbschaftssteuern einer dankbaren Nation zur Verfügung gestellt werden. Damit könnte natürlich niemand unlautere Geschäfte betreiben.«

»Ich glaube nicht, dass der neue Lord Selchester es auf unlautere Geschäfte abgesehen hat. Er ist ein aufrichtiger und ehrbarer Mensch. Es gibt in der Burg aber Gemälde, die offenbar Lady Sonia gehören. Und deswegen war Rupert dort.«

»Weißt du etwas über diese Gemälde?«

»Gar nichts«, entgegnete Hugo. »Ich kann dir bloß sagen, dass meine kleine Schwester mitbekommen hat, wie Rupert und Sonia zum Dachboden hinaufstiegen, wo die Gemälde hinter verschlossenen Türen aufbewahrt wurden, und dass Rupert, nachdem er sie in Augenschein genommen hatte, in eine seltsame Stimmung verfiel und sich ganz sonderbar benahm.«

»Ich kann mir nicht vorstellen, dass in Selchester Castle gestohlene Bilder versteckt werden, wenn es das ist, was du andeuten möchtest. Ein Mann vom Ruf des verstorbenen Lord Selchester hätte sich mit so etwas wohl kaum abgegeben. Und Lady Sonia? Ich bezweifele es. Allerdings, wenn Rupert wegen so etwas ermordet wurde, dann könnten die Bilder womöglich doch gestohlen sein. In der finsteren Welt der Kunstdiebe ziehen kriminelle Gangs die Strippen, und wo es Kriminalität gibt, da kommt es auch zu Gewalttätigkeit.«

Daran hatte Hugo nicht gedacht. »Du willst mir doch wohl nicht erzählen, dass die Gangs jetzt auch in der Kunstwelt ihr Unwesen treiben?«

Emerson lachte. Es war ein tiefes, polterndes Lachen.

»Wo es Geld und wertvollen Besitz gibt, dort sind auch Gangs und Gangster nicht weit. Wir leben in einer ruchlosen Welt. Wenn man zu Sotheby's, Christie's oder Mansville's geht, scheint dort alles ganz kultiviert abzulaufen, die Leute tragen Abendgarderobe, alles vollkommen korrekt. Das ist der äußere Schein. Es gibt aber andere Bereiche in der Kunstwelt, in denen es völlig anders zugeht. Wenn Rupert da mitgemischt hat, könnte er sich Ärger eingehandelt haben.«

Hugo sagte: »Andererseits kann ich mir kaum vorstellen, dass irgendwelche Mitglieder von Kunstdiebstahlbanden oder sonstige Ganoven am Weihnachtsabend nach Selchester fahren würden, schon gar nicht, wenn das halbe Land unter Schnee begraben liegt.«

»Da hast du wohl recht. Ich verrate dir jetzt noch etwas. Ich glaube zwar nicht, dass es damit zu tun hat, aber du solltest es besser wissen. Es gab ein ganz bestimmtes Gemälde, das Rupert aufspüren wollte. Nein, ich denke nicht, dass es etwas mit den Geschäften zu tun hatte, die er unter der Hand tätigte. Es ging um ein Bild, an dem er ein besonderes, ein persönliches Interesse hatte. Es handelte sich um einen Picasso, der einem Mitglied seiner Familie gehört hat.«

»Als wir beim letzten Mal telefoniert haben, hast du mir von einem vermissten Picasso erzählt. Dein Klient war also Rupert?«

»Ja. Das Gemälde war zuletzt in Frankreich gesichtet worden, 1941. Ich sagte ihm, dass die Bilder, die in der NS-Besatzungszeit verschwanden, mehrere Flugzeughangars füllen würden, setzte den Picasso aber trotzdem mit auf die Liste und versprach, wir würden unser Bestes geben, um so viel wie möglich herauszufinden.«

»Ich will gar nicht so tun, als verstünde ich viel von Kunst«, sagte Hugo. »Aber legten es die Nazis denn nicht darauf an, sogenannte entartete Kunst wie die von Picasso den Flammen zu übergeben? Hätte ein solches Gemälde denn nicht am ehesten dieses Schicksal ereilt? Und hätte Rupert das nicht wissen müssen?«

»Bis zu einem gewissen Grad hast du recht«, räumte Emerson ein. »Aber es gab auch Deutsche, die ein Auge für gute Kunst hatten und sich nicht für diesen außerordentlich hässlichen Kunststil erwärmen konnten, der im Dritten Reich hochgehalten wurde. Weil sie den Künstler mochten oder mit klarem Sachverstand erkannten, dass diese Kunstwerke irgendwann einmal äußerst wertvoll sein würden, sorgten sie dafür, dass diese Bilder nach Deutschland transportiert und nicht vernichtet wurden.«

»Auch Picassos?«

»Ja. Manchmal hängten sie Bilder in den Museen ab, aber vieles stammte aus Privatbesitz. Eigentum, das Juden oder jemandem mit jüdischen Verbindungen gehörte, wurde natürlich konfisziert. Wir haben viel Zeit dafür aufgewendet, Bilder zu identifizieren, die an merkwürdigen Orten auftauchten. Aber wegen so etwas dürfte Rupert nicht in der Burg gewesen sein.«

»Unwahrscheinlich.«

»Sicher war er in Selchester, um den neuen Earl wegen seiner Gemälde zu beraten. Soll ich versuchen, etwas darüber herauszufinden?«

»Aber diskret«, bat ihn Hugo. »Die Polizei wird Erkundigungen einziehen. Ich will nicht, dass du dabei irgendwelchen Constables auf die polizeilichen Füße trittst.«

Emerson lachte. »Auch wenn ich keine Glanzleistungen vollbracht habe, als ich für den Dienst tätig war, so ist mir in Fleisch und Blut übergegangen, dass ich im Umgang mit Zivilbehörden große Vorsicht walten lasse. Wen haben die im Auge? Doch wohl nicht den neuen Earl, denn das wäre wirklich ein handfester Skandal.«

»Ich glaube, der Hauptverdächtige ist ein Mann, der sich Saul Sampson nennt und über die Weihnachtszeit ein Cottage angemietet hat. Er kam am Weihnachtstag zur Burg hinauf; die Familie war ausgegangen, und abgesehen von der Haushälterin und einem Mädchen war nur Rupert dort. Die Polizei konnte dem Mann nicht entlocken, warum er sich dort aufhielt.«

»Sampson, sagst du?«

»Sein echter Name ist Ingham. Vielleicht erinnerst du dich noch …«

Bevor Hugo den Satz beenden konnte, vernahm er, wie Emerson einen Laut ausstieß. Dann war die Leitung plötzlich tot.

Verdammtes Telefonnetz. Bedingt durch das schlechte Wetter waren vermutlich die Leitungen zusammengebrochen. Hugo ließ sich mit der Telefonistin im Herrenhaus verbinden und bat sie, die gleiche Nummer erneut anzuwählen.

Der Apparat klingelte. Als Hugo den Hörer abnahm, hatte er die gleiche Frau in der Leitung, die schon bei seinem ersten Versuch den Anruf entgegengenommen hatte. Nein, sie könne ihm nicht helfen. Nein, Mr Emerson sei nicht im Haus. Mr Emerson habe gerade eben das Gebäude verlassen. »Ganz in Eile.«

Szene 3

Am nächsten Morgen wollte Hugo gerade zum Herrenhaus aufbrechen, als er ein Auto die Auffahrt hinauffahren hörte. Er vernahm ein röhrendes Motorgeräusch, das zu einem eleganten, niedrigen Morgan gehörte, der nun vor dem Gebäude anhielt. Hugo humpelte zu ihm hinüber und sah zu seinem Erstaunen, wie sich die große, wuchtige Gestalt von Emerson aus dem Fahrersitz schälte.

»Emerson! Was in aller Welt machst du denn hier?«

»Ich musste kommen und unter vier Augen mit dir reden«, sagte Emerson. »Es gibt Dinge, die man nicht am Telefon besprechen kann; wir leben in gefährlichen

Zeiten, Hugo, das weißt du so gut wie jeder andere. An dieser Sache stinkt etwas zum Himmel, und obwohl ich der Regierung Ihrer Majestät im Allgemeinen und dem Dienst im Besonderen – verflucht sei er – jede Schandtat zutraue, geht es mich doch etwas an, finde ich, wenn sich diese Schandtat auf die Kunstwelt ausweitet.«

»Ich war gerade im Begriff, zur Arbeit zu fahren«, wandte Hugo ein.

»Vergiss es«, sagte Emerson. »Fang einfach später an. Du willst mir doch jetzt nicht weismachen, aus dem Dienst wäre eine Einrichtung geworden, in der jeder ständig auf die Uhr schaut, oder? Ich bin gestern losgefahren und hatte unterwegs eine Reifenpanne und musste mir ein Hotel für die Nacht besorgen. Gleich heute Morgen bin ich wieder aufgebrochen. Jetzt brauche ich erst einmal ein Frühstück.«

Hugo fügte sich in das Unvermeidliche. »Lass den Wagen ruhig hier stehen; er wird nicht zu Schaden kommen. Komm rein, dann sehe ich mal, was ich für dich auftreiben kann.«

Von Mrs Partridge war keine Spur zu sehen, doch dafür saßen Georgia und Polly in der Küche. Als Emerson eintrat, schauten sie ihn neugierig an. Hugo stellte die beiden vor. »Das ist meine Schwester, Georgia, und das ist Lady Polly Fitzwarin, Lord Selchesters jüngere Tochter.«

Emerson blickte Polly an und sagte: »Gott steh uns bei: Wenn sie groß ist, wird sie das genaue Ebenbild von Lady Priscilla Veryan sein.« Dann richtete sich sein Blick auf Georgia. »Als ich dich das letzte Mal sah, warst du noch ein Baby, junge Dame. Du bist deiner Mutter wie aus dem Gesicht geschnitten.«

Hugo war überrascht. »Wann bist du denn unserer Mutter begegnet?«

»Während des Kriegs«, antwortete Emerson. »Dein Vater hatte mir einen Brief für sie mit nach England gegeben. Sie war außerordentlich freundlich zu mir. Ich stand ein wenig derangiert vor ihrer Tür, und sie ließ mich ein Bad nehmen und gab mir reichlich zu essen; das dürfte ein nicht unerheblicher Teil ihrer Lebensmittelrationen gewesen sein. Nette Frau. Ja, du siehst ihr sehr ähnlich«, sagte er wohlwollend zu Georgia.

Polly war nicht begeistert. »Ich sehe überhaupt nicht so aus wie meine Großtante Priscilla!«

»Doch, tust du«, erwiderte Emerson. »Verstehe mich nicht falsch, ich habe absolut Respekt vor Ihrer Ladyschaft. Und bevor du fragst, Hugo, ich kenne Lady Priscilla über Sir Archibald. Er hat mich wegen einiger Gemälde zu Rate gezogen, sehr schöne, frühe holländische Landschaften.«

Georgia fand, jemand sollte als Gastgeber für diesen unerwarteten Besucher fungieren. »Warum sind Sie in die Küche gekommen?«

»Um zu frühstücken.«

»Wir könnten ihm ein Frühstück zubereiten«, schlug Georgia Polly vor.

Emerson nahm am Tisch Platz. »Ja, gerne. Sonst kann ich mir aber auch selbst etwas machen, ich habe keine zwei linken Hände. Da wir hier auf dem Land sind, habt ihr doch bestimmt Eier und Schinkenspeck.«

Polly und Georgia machten ihm freudig sein Frühstück. Dabei kabbelten sie sich wohlwollend, und Hugo wurde warm ums Herz. Sie bereiteten Emerson etwas zu, das Georgia als Pfannengericht bezeichnete. Hugo brannte darauf zu erfahren, warum Emerson gekommen war, wollte aber nicht in Anwesenheit der Mädchen danach fragen.

»Wenn ihr Geheimnisse austauschen wollt, dann nur zu«, erklärte Georgia. »Wir wissen, was es heißt, verschwiegen zu sein, nicht wahr, Polly?«

»Da bin ich mir nicht so sicher«, gab Polly zurück. »Ich glaube, in dieser Disziplin schneidest du weit schlechter ab als beim Zuhören. Verziehen wir uns nach oben, um noch ein bisschen zu kegeln. Dann können die beiden sich so lange unterhalten, wie sie wollen.«

»Ich hoffe, Sie kommen in einer wichtigen dienstlichen Angelegenheit, Mr Emerson«, ließ Georgia verlauten. »Hugo sollte jetzt nämlich schon bei der Arbeit sein. Ich will nicht, dass er gefeuert wird, denn dann müsste ich am Hungertuch nagen.«

»Mach dich nicht lächerlich, Georgia«, sagte Hugo. »Nimm jetzt lieber mal den Schinkenspeck aus der Pfanne, er scheint mir schon so gut wie durch zu sein.«

Gemeinsam hatten die beiden Mädchen ein hervorragendes Frühstück gezaubert, das sie Emerson mit großer Freude vorsetzten. Dann verließen sie, die Nasen hochtragend, die Küche. Im Vorbeigehen flüsterte Georgia Hugo noch ins Ohr: »Bestimmt hat es mit dem Mord zu tun. Dass du mir hinterher nur ja alles erzählst!«

Grinsend spießte Emerson mit der Gabel ein Würstchen auf. »Deine Schwester hat einen recht eigenen Charakter.«

»Sie hat so ihre Momente, ja«, erwiderte Hugo. »Hör endlich mal mit dem Essen auf und verrate mir, warum du hier bist.«

Davon wollte Emerson jedoch nichts wissen. In aller Ruhe verputzte er den Toast, den Georgia und Polly ihm mit Sorgfalt gemacht hatten. Als er endlich fertig mit dem Frühstück war, lehnte er sich mit einem befriedigten Ausdruck im Gesicht zurück.

»Jetzt noch eine Tasse Kaffee, und wir können plaudern. Immer mit der Ruhe, Hugo, du bist ja so zappelig. Das kommt davon, wenn man dem Dienst treu bleibt. Es vergeht kein Tag, an dem ich Gott nicht dafür danke, den Dienst quittiert zu haben. Ich weiß nicht, warum du noch dort arbeitest, Hugo. Warum du nicht länger im Außeneinsatz tätig bist, ist mir allerdings klar.« Er deutete auf Hugos Bein. »Ich nehme nicht an, dass du von einer Mauer gefallen bist.«

»Nein.« Warum brauchte Emerson ewig lange, um mit dem Grund für sein Kommen herauszurücken, wenn er doch überstürzt aus London abgereist war?

Endlich hatte Emerson seinen Kaffee getrunken. Er stellte die Tasse ab und stand auf. »Ausgezeichnetes Frühstück. Nun muss ich die Bilder sehen, die Lady Sonia unter der Hand verscherbeln will.«

»Bist du deshalb gekommen?«

»Ja. Und wenn ich recht habe, gibt es eine Verbindung nach Berlin, damals, zu Orlovs Zeiten.«

»Sie sind in einer der Dachkammern hinter verschlossener Tür. Wenn ihr auf den Dachboden wollt: Wo der Schlüssel ist, weiß ich nicht.«

Erst jetzt bemerkte er, dass Freya in der Tür stand. Aufgeschreckt sagte er: »Wie lange stehen Sie schon dort?«

Gut gelaunt erwiderte sie: »Machen Sie sich keine Sorgen, ich kann Geheimnisse bewahren. Ich musste genauso die offizielle Geheimhaltungsverpflichtung unterschreiben wie Sie beide. Den Schlüssel hat Sonia, und zufälligerweise sind sie und Robert zurzeit nicht hier. Sie sind mit seinem Wagen unterwegs. Sie ist wütend, weil sie keine Erlaubnis bekommen hat, den Ort zu verlassen, und ich frage mich schon, ob sie nach London gefahren ist. Allerdings dürfte sie für so etwas zu vernünftig sein. Zumindest Robert muss es sein, da ihm als Parlamentsmitglied bestimmt an seinem Ruf gelegen ist.«

»Meinen Sie, Sie finden den Schlüssel?«, fragte Hugo.

»Er hängt wohl kaum bei den anderen«, mutmaßte Freya. »Wahrscheinlich liegt er irgendwo in Sonias Zimmer. Ich werde mal hochgehen und einen cousinemäßigen Blick hineinwerfen. Sollte ich ihn finden, müssen Sie schnell machen, denn wie lange sie wegbleibt, weiß kein Mensch.«

Szene 4

Emerson und Hugo warteten in der Great Hall. Emerson schaute sich nach allen Seiten um und stieß dabei anerkennende Pfiffe aus. »Du kannst dich glücklich schätzen, hier zu leben, Hugo.«

»Das tue ich gar nicht. Ich wohne bloß vorübergehend hier und werde in Kürze ausziehen.«

Freya kam mit dem Schlüssel herunter. »Ich spitze dann mal die Ohren und passe auf, wann sie zurückkommen«, versprach sie. »Gus ist in der Bibliothek. Der Arme ist begraben unter Akten. Leo ist bei ihm. Die Mädchen sind oben auf der Galerie, also ist die Luft rein.«

»Ich weiß gar nicht genau, wohin wir eigentlich gehen müssen«, gestand Hugo.

»Ich werde es Ihnen zeigen oder Sie jedenfalls ein Stück begleiten«, sagte Freya.

Rasch ging sie voran, Treppen hinauf und hinab, Gänge entlang. »Wenn die Bilder doch schon zu Lebzeiten Ihres Onkels oben auf dem Dachboden standen, warum haben Sie dann nichts davon gewusst?«, fragte Hugo.

»Ich war erst ein einziges Mal oben im Dachgeschoss, vor ein paar Wochen. Sie wissen schon, als ich die Bilder ausfindig gemacht habe, die er seinem Patensohn hinterlassen hatte.«

Sie führte die beiden eine letzte Treppe hinauf. »Es ist die Tür am Ende des Ganges. Die blau lackierte.«

Hugo steckte den Schlüssel ins Schloss, öffnete die Tür und trat ein. Emerson schob sich rasch an ihm vorbei und ging zu den Gemälden, die eingehüllt an der Wand standen. Vorsichtig, aber voller Elan und Begeisterung nahm er die Umhüllungen ab. Während er die Bilder begutachtete, stieß er immer wieder leise erstaunte Laute aus.

»Ist es das, was du erwartet hast?«, fragte Hugo.

»Es sind bemerkenswerte Gemälde«, gab Emerson zurück. »Eines kann ich dir jetzt schon versichern: Wer immer ihr rechtmäßiger Besitzer ist, es dürfte wohl kaum ein Mitglied der Familie Selchester sein.«

»Lady Sonia sagt, ihr Vater habe sie erworben. Wahrscheinlich in gutem Glauben.«

»Gott allein weiß, wo er sie gekauft hat. Es gibt auf der ganzen Welt keinen seriösen Händler, der mit diesen Gemälden gehandelt hätte.« Er stellte eines der Bilder, das Hugo als einen Monet identifizierte, auf eine Staffelei und trat einen Schritt zurück, um es zu bewundern. »Dieses Bild gehörte den Roussiers, der Bankiersfamilie. Und dieser Degas dort hing in einer kleinen Privatgalerie in Toulouse. Sein Besitzer wurde nach Deutschland deportiert.«

Auf den nackten Dielenbrettern im Gang hallten Schritte wider. Es waren die Schritte von zwei Personen.

»Verdammt!«, fluchte Hugo. »Lady Sonia und Robert.«

Die Tür schwang auf, und Leo und Babs kamen herein.

»Freya sagte, dass ihr hier oben seid. Da dachte ich, ich leiste euch Gesellschaft und werfe einen Blick auf Lady Sonias Bilder«, sagte Leo. Er schüttelte Emerson die Hand und sagte: »Das ist Lady Barbara Fitzwarin.«

Mit einer Lebhaftigkeit, die sie nur selten an den Tag legte, fragte Babs: »Die Bilder haben mit Ruperts Tod zu tun, nicht wahr? Ich will auch sehen, welche Schätze hier oben stehen.«

Leos Blick war auf ein Bild gefallen, das Hugo noch gar nicht wahrgenommen hatte. Es war eine kleine, exquisite Darstellung einer Madonna mit Kind. Leo wirkte überwältigt.

»Das ist mit Sicherheit ein van Eyck«, sagte Emerson, »aber ich weiß nicht, woher das Bild stammt.«

»Ich kann Ihnen genau sagen, woher es stammt«, erklärte Leo. »Es stammt aus der Klosterkirche von Grosmont in Frankreich. Ich habe es dort 1937 gesehen. Das Kloster wurde im Krieg schwer beschädigt, und derlei Kunstschätze blieben gewiss nicht unentdeckt. Ich stehe in Kontakt mit dem Abt, und er erzählte mir, dass dieses Gemälde vermisst wird.«

»Noch ein Bild, das nicht in Selchesters Besitz sein sollte«, konstatierte Hugo.

Babs betrachtete fasziniert den Picasso. In einer hohen, für sie völlig untypischen Stimme verkündete sie: »Dieses Bild gehörte Ruperts Familie.«

Emerson trat neben sie. »Er sagte, seiner Familie habe ein herrlicher Picasso gehört. Und dieser hier ist ohne Frage wunderschön. Aber warum glaubst du, dass es genau dieser ist?«

»Ich bin mir sicher«, entgegnete Babs.

»Du solltest uns erklären, warum, Babs. Aber nicht hier. Genug gesehen, Emerson? Gut, dann deck die Gemälde wieder ab. Wir müssen uns darüber unterhalten, und mir wäre es lieber, wenn Sonia nicht weiß, dass wir hier oben waren.«

Während sie mit geradezu liebevoller Fürsorge den Picasso wieder in die Hülle packte, sagte Babs: »Mit den

Werken hier stimmt etwas nicht, und es hat mit Sonia zu tun, nicht wahr?«

»In der Bibliothek?«, schlug Leo vor, als Hugo die Tür der Dachkammer abschloss.

»Ist Gus denn nicht mehr dort?«

»Nein«, erwiderte Babs. »Er ist weggegangen, um mit den Leuten vom Maklerbüro zu sprechen.«

Als sie sich in der Bibliothek versammelt hatten, sagte Leo zu Babs: »Du solltest uns lieber erzählen, wie gut du Rupert kanntest.«

»Sie haben es von Anfang an geahnt, nicht wahr?«, sagte sie.

»Ich habe gespürt, dass du und er keine Fremden seid«, sagte Leo.

»Ich habe ihn in Paris kennengelernt«, gestand Babs.

Nun schaltete sich Hugo ein. »Warum habt ihr beide so getan, als würdet ihr euch nicht kennen?«

Babs betrachtete ihre Fingernägel. »Er war clever. Er hat sofort gemerkt, dass ich Papa nicht auf die Nase binden wollte, dass ich ihn aus Paris kannte. Nicht dass da etwas Anrüchiges gewesen wäre, ich hatte keine Affäre mit ihm oder so. Mein Leben in Paris war bloß nicht so, wie Papa sich das vorgestellt hatte. Ich sollte dort Französisch lernen und Kochkurse belegen, wollte aber lieber Kunstseminare belegen. Und Philosophieseminare, diese ganzen Rive-Gauche-Sachen eben. Ich will Künstlerin werden, aber das ist nicht das, was Papa vorschwebt. Ich habe meine Zeit mit Studenten von der Sorbonne verbracht. Sie gingen alle in diese Cafés; Künstler, Schriftsteller, Philosophen. Das war total spannend und so anders als in Amerika.«

»Und dort hast du Rupert kennengelernt?«

»Ja. Ich saß eines Abends in einem Café, wo er auch war, und da sind wir ins Gespräch gekommen. Ich mochte ihn. Er war ein guter Zuhörer. Verständnisvoll. Er sagte, er hätte sich gewünscht, selbst auch künstlerisches Talent zu besitzen, würde aber nie gut genug sein, um ernsthaft etwas daraus zu machen, und deshalb widme er sich jetzt dem kommerziellen Bereich der Kunst. Ich fragte ihn, warum er in Paris sei. Ich dachte, es hätte mit dem Auktionshaus zu tun, für das er arbeitete. Mit diesem Bereich der Kunstwelt kenne ich mich nicht richtig aus. Und dann, eines Abends, als wir vielleicht ein wenig zu viel Wein getrunken hatten, erzählte er mir alles. Er verriet mir, dass er in Paris war, um einem Gemälde nachzuspüren, das seiner Tante gehört hatte. Er war in Frankreich aufgewachsen und sogar während des Kriegs teilweise dort gewesen. Sein Vater war Engländer, seine Mutter Französin. Und Jüdin. Ihrer Schwester, also seiner Tante, hat der Picasso gehört.«

»Ich weiß«, sagte Emerson.

Leo nickte. »Das dachte ich mir schon.«

»Seine Mutter und seine Tante wurden während der deutschen Besatzung deportiert, und er hat sie nie wiedergesehen. Er war entschlossen herauszufinden, was mit diesem Bild passiert ist; es war für ihn zu einer fixen Idee geworden. Er hatte herausbekommen, dass es geraubt worden war, als seine Tante verhaftet wurde, aber er war sich irgendwie sicher, dass es nicht vernichtet worden war. Er erzählte mir von einem Mann in England, Victor Emerson, der verschollene Gemälde wieder aufspüren würde, damit sie ihren Eigentümern oder deren noch lebenden Familienmitgliedern zurückgegeben werden konnten. Das sind dann wohl Sie, Mr Emerson.«

»Wie kannst du dir so sicher sein, dass dies der Picasso ist, von dem er gesprochen hat?«, wollte Emerson wissen.

»Er hat ihn mir beschrieben. Ich liebe Picassos Werke. Rupert hatte eine lebendige Erinnerung, und er beschrieb es mir so, als hinge es direkt vor ihm. Und da habe ich es gezeichnet.« Sie hielt ihr Skizzenbuch hoch. »Schauen Sie.« Sie blätterte die Seiten um und wies zunächst auf ein Blatt, auf dem eine flüchtige Skizze von Rupert zu sehen war, wie er an einem Tisch in einem Café saß. Sie schüttelte den Kopf. »An diesem Tag war er total glücklich. Es ist schrecklich, sich vorzustellen, dass er jetzt …« Sie blätterte einige Seiten weiter, holte tief Luft und sagte: »Da. Das habe ich für Rupert gezeichnet. Man kann erkennen, dass es das Bild oben auf dem Dachboden ist.«

»Emerson«, sagte Hugo, »glaubst du, dass dieses Bild mit den anderen in Deutschland landete und nach dem Krieg auf den Markt kam?«

»Du überspringst einen Schritt, Hugo. Diese Bilder waren nach dem Krieg immer noch im Besitz derer, die sie an sich genommen hatten. Sie nutzten sie als Bezahlung, um ihren Namen reinwaschen zu lassen, sich Reisepässe zu verschaffen oder was immer nötig war, um ein neues Leben anfangen zu können. Und das ist das, worüber wir gesprochen haben und was uns zu Orlov zurückführt.«

Hugo dachte angestrengt nach. »Wenn Rupert seinen Picasso dort oben entdeckt hat, wäre es da nicht sein erster Gedanke gewesen, dich anzurufen, Emerson?«

»Wann hat er die Gemälde gesehen?«

»Am Weihnachtsmorgen«, sagte Leo.

Emerson schüttelte den Kopf. »Meine Privatnummer hatte er nicht. Er wäre dann bei meiner Assistentin gelandet; alle Anrufe wurden während der Ferien, als wir geschlossen hatten, zu ihr durchgestellt. Sie hätte ihm meine Nummer nicht gegeben, sondern nur eine Nachricht entgegengenommen. Offensichtlich hat er aber keine hinterlassen, sonst hätte ich davon erfahren. Wahrscheinlich wollte er außer mir keinem etwas von dem Gemälde erzählen.«

Kapitel sechzehn

Szene 1

Georgia, hast du gesehen, wo ich meine Aktentasche hingestellt habe?«, fragte Hugo.

»Du hast sie unten an der Treppe stehen gelassen.«

Hugo zwinkerte ihr rasch zu, worauf sie sich vom Puff erhob. »Ich hole sie dir.«

Vor der Tür des Bibliothekszimmers sagte Georgia: »Warum zwinkerst du? Willst du wirklich deine Aktentasche haben?«

»Im Moment nicht, nein. Ich will, dass du mir den Rücken freihältst. Ich muss telefonieren, und ich möchte, dass niemand mithört.«

»Ich werde mithören«, gab Georgia zu bedenken.

»Ja, aber dir kann ich vertrauen.«

Georgia war erfreut, sagte aber: »Onkel Leo könntest du auch vertrauen. Oder Freya.«

»Wohl wahr, aber die sind immer noch mit Emerson in der Küche. Und das Telefonat ist dringend.«

»Dann mach. Ich kann dir nicht versprechen, dass ich nichts mitbekomme, weil wenn ich mir die Ohren zuhalte, würde ich ja nicht hören, wenn sich jemand anschleicht. Aber mein Mund ist versiegelt.«

Hugo gab der Telefonistin eine Londoner Nummer.

Zum Glück hatte June Dienst, also würde er mit seinem Freund Henry Surcoat nicht verschlüsselt reden müssen.

Henry und Hugo kannten sich seit langer Zeit. Wie Hugo war auch Henry gezwungen gewesen, sich aus dem Außendienst zurückzuziehen, und arbeitete jetzt im Londoner Hauptquartier des Dienstes.

»Henry, hier ist Hugo. Rote Zelle, bitte.«

Er legte den Hörer wieder auf die Gabel und grinste Georgia an, die ihn fragend anschaute. »Das war kein langes Telefonat«, bemerkte sie.

»Warte.« Nach ein paar Minuten läutete das Telefon, und Hugo ging an den Apparat.

»Warum aus einer Telefonzelle?«, begann Henry das Gespräch. »Lass mich raten: Du führst etwas im Schilde und willst, dass ich dir helfe.«

»Wo du recht hast, hast du recht. Da gäbe es ein paar Dinge. Ich muss ein Treffen mit Aleksandr Zherdev vereinbaren.«

Henry stieß missbilligende Geräusche aus. »Gegenwärtig Kulturattaché an der russischen Botschaft. Angeblich ein Karrierediplomat. Ist das klug, Hugo?«

»Sir Bernard hat mich gebeten, einen Blick auf seine Vorkriegslaufbahn zu werfen, als abschließender Teil seiner Unbedenklichkeitsbescheinigung. Aber das ist nicht der Grund, weshalb ich ihn sprechen muss. Er ist natürlich genauso wenig Karrierediplomat wie du, aber darum geht es jetzt nicht. Er hat Informationen, die ich brauche, und zwar dringend. Du kannst ein Treffen für mich arrangieren, ohne dass jemand davon erfährt; ich kann das nicht. Sag ihm, Montagu wolle ihn sprechen, wegen irgendwelcher Bronzen.« Montagu war der Deckname gewesen, den er in Berlin benutzt hatte. »Er weiß dann Bescheid.«

»Hugo, du bewegst dich auf dünnem Eis. Wo und wann?«

Hugo dachte einen Moment nach. »Das *Holly Bush* in Hampstead.«

»Das ist agentenmäßig etwas abseits gelegen.«

»Genau. Ich will ihn ja nicht in der Oratorianerkirche in Brompton treffen, unter einem Dutzend wachsamer Augen fragwürdiger Typen, die sich hinter den Statuen Heiliger herumdrücken.« Hugo schaute auf seine Uhr. Den Zehn-Uhr-Zug hatte er verpasst, und der nächste Schnellzug fuhr erst wieder am frühen Nachmittag. »Ich fahre nachher hin. Sag ihm vier Uhr.«

Erneut legte er auf. Georgia schlenderte zu ihm herüber. »So weit alles klar«, sagte sie leise. »Hat es mit Emerson und Rupert und den Gemälden zu tun?«

»Ja.«

»Solltest du dich wirklich mit einem russischen Diplomaten treffen? Sind das denn nicht unsere Feinde?«

Sie klang flapsig, aber Hugo erkannte die Besorgnis in ihren Augen. »Ich vertraue dir, und du kannst mir vertrauen. Ich werde den Sowjets keine wertvollen Informationen weitergeben.«

»Die sind ja auch wahnsinnig an Statistik interessiert, das begreife ich natürlich.«

»Statistik?« Einen Moment verstand Hugo nicht. »Ah, weil ich im Herrenhaus für das Statistische Amt der Regierung arbeite.«

»Genau. In Selchester wissen sie alle, was es damit auf sich hat. Ziemlich miserable Tarnung. Das heißt doch so, oder? Das Telefon wird gleich klingeln.«

Er schaute auf den stummen Apparat.

»Woher willst du das wissen?« Im gleichen Moment klingelte es, und er hob den Hörer ab.

»Es klickt immer leise, kurz bevor es läutet«, sagte Georgia und huschte wieder zurück auf ihren Beobachtungsposten.

Dieser Rückruf währte sogar noch kürzer. Ein paar Worte von Henry, ein Dankeschön von Hugo, dann trennte er die Verbindung.

»Fährst du wirklich nach London?«, fragte Georgia. »Mit dem Auto? Ich frage deshalb, weil ich dich darauf hinweisen möchte, dass dir beim letzten Mal, als du diese Fahrt auf dich genommen hast, beinahe das Bein abgefallen wäre und du eine Woche mehr oder weniger herumgehüpft bist.«

Hugo wusste, dass sie recht hatte.

»Bitte doch Onkel Leo, dich zu fahren. Er wird die ganze Fahrt über das Gaspedal bis zum Bodenblech durchdrücken und dich in Rekordzeit dort abliefern.«

Szene 2

Leo stellte keine Fragen. Stattdessen ging er gleich hoch, um seine kleine Reisetasche zu holen. »Ich gehe davon aus, dass wir heute Abend nicht wieder zurückfahren, jedenfalls nicht die ganze Strecke.«

Da es sich um eine vierstündige Fahrt handelte, lag er

damit wahrscheinlich richtig. Allerdings hätte Hugo es vorgezogen, heute Abend zurück zu sein – schließlich lief irgendwo in der Gegend, wenn nicht gar in der Burg, ein Mörder frei herum. Aber Gus würde ja da sein, und Freya und Mrs Partridge.

Als Hugo seinen Mantel anzog, erschien Emerson. »Ich kann mir denken, wohin du fährst. Schöne Grüße an Orlov.« Er klimperte mit seinen Autoschlüsseln. »Nein, ich fahre noch nicht wieder nach London zurück. Ich muss ein Telefonat erledigen, möchte es aber im Ort führen.«

Georgia und Polly winkten Hugo und Leo zum Abschied und schauten zu, wie der Talbot Lago aus ihrem Blickfeld verschwand. »Für einen Priester drückt er aber ganz schön auf die Tube«, bemerkte Polly.

Als Emerson den Motor seines Morgan auf Touren brachte und mit röhrendem Auspuff losfuhr, traten Robert und Sonia auf die Stufen hinaus.

»Was in aller Welt ist denn hier los?«, fragte Sonia. »Das hört sich ja an wie auf der Rennstrecke von Brands Hatch.«

»Wer war das da in dem Morgan?«, wollte Robert wissen.

»Ein Mann namens Emerson«, antwortete Polly.

»Was wollte er hier?«

»Er kam zum Frühstück«, erklärte Polly.

»Und wohin sind Hugo und Leo so Hals über Kopf losgerast?«, fragte Sonia.

»Nach London«, erwiderte Georgia.

»London? Warum fahren sie denn nach London?«

»Um jemanden namens Orlov zu treffen«, plapperte Polly drauflos, bevor Georgia sie davon abhalten konnte.

»Wie gerne würde ich auch nach London fahren«, sagte Sonia. »Wieso hat die Polizei ihnen nicht gesagt, dass sie in Selchester bleiben müssen? Was für ein Jammer. Robert, fahre mich nach Selchester.«

»Einen kleinen Moment noch«, sagte Robert. »Ich muss eben noch einen Anruf tätigen.«

Szene 3

Zherdev? Robert hatte ihn einmal bei einem Empfang im Unterhaus gesehen, sich aber bewusst von ihm ferngehalten. Zherdev wollte bestimmt genauso wenig als Orlov aus Berlin identifiziert werden, wie er wollte, dass diese alten Kamellen wieder aufgewärmt würden.

Er nahm den Hörer ab und bat die Frau von der Vermittlung, ihn zum Herrenhaus durchzustellen. Dort verlangte er Roger Bailey.

»Mr Bailey? Hier spricht Robert Dauntsey. Ja, der Parlamentsabgeordnete. Wir sind uns einmal in London begegnet, erinnern Sie sich? Gut. Hören Sie, einer Ihrer Leute treibt da gerade ein übles Spiel, und ich finde, Sie sollten davon erfahren.«

Am anderen Ende ergriff Roger Bailey einen Schreibblock und notierte die Einzelheiten. »Ein Talbot Lago? Der sollte leicht aufzuspüren sein. Und er trifft sich mit einem Russen namens Zherdev von der Botschaft? Ich werde umgehend Sir Bernard informieren. Es könnte sich natürlich auch als harmlos herausstellen.«

»Ich denke nicht, nein«, widersprach Robert. »Und sollten Ihre Leute nichts unternehmen, kontaktiere ich die entsprechenden Behörden in London.«

»Dazu besteht keine Notwendigkeit. Kontakte mit Russen müssen grundsätzlich von unserer Seite autorisiert werden, und das war nicht der Fall. Und wenn der Mann nach London gefahren ist, handelt es sich um Fahnenflucht. Er hat weder Urlaub genommen noch eine Krankmeldung eingereicht. Besonders gut sieht das nicht für ihn aus. Es ist immer das Gleiche mit diesen Kerlen, die glauben, alles besser zu wissen. Keine Sorge, wir kümmern uns sofort darum.«

Schwang da ein Anflug von Befriedigung in der Stimme mit?, fragte sich Robert. Er legte den Hörer auf und machte sich auf die Suche nach Sonia.

Szene 4

Als sie den Stadtrand von London erreichten, war Hugo, der seinen Blick auf den Außenspiegel gerichtet hatte, davon überzeugt, dass ihnen jemand folgte.

»Ich steige alleine aus«, sagte er zu Leo. »Wenn du kannst, halte dort an der Ampel an. Da, wo der Lieferwagen steht. Ich werde ihn als Deckung benutzen. Dann fährst du weiter. Bleibst du in deinem Club?«

»Ja.« Leo bremste ab. »Pass auf dich auf. Gott segne dich.«

Der Fahrer des Lieferwagens war mittlerweile aus dem Laden gekommen, den er beliefert hatte, und ging um den Wagen herum zur Fahrertür. Perfekt.

Der Talbot Lago kam zum Stehen. Vor ihm standen zwei weitere Wagen vor der Ampel. Hugo verfluchte seinen Gehstock und sein verletztes Bein, glitt aber dennoch so flink er konnte aus dem Auto. Dann kauerte er sich auf der anderen Seite des Lieferwagens nieder. Der unauffällige schwarze Wagen, der ihnen bereits seit mehreren Meilen folgte, hielt einige Autos hinter Leo an. Die Ampel sprang auf Grün, und der Talbot Lago fuhr langsam davon.

Gefolgt von dem schwarzen Wagen.

Gut. Nun würde Hugo herausfinden, ob er trotz seiner Gehbehinderung noch praktische Fähigkeiten aus seiner Zeit als Agent besaß. Er hatte noch eine Dreiviertelstunde Zeit, um nach Hampstead zu gelangen. Solange er nicht verfolgt wurde, schaffte er es noch rechtzeitig zum vereinbarten Treffpunkt.

Eine halbe Stunde später hielt der Talbot Lago in einer Straße nahe Piccadilly an. Der schwarze Wagen parkte hinter ihm ein, und zwei Männer sprangen heraus. Leo verschloss die Wagentür und stieg die Stufen zu einem großen, imposanten Gebäude hinauf.

Die beiden warteten einen Moment, dann eilte einer von ihnen zu Hugos Auto herüber. Im Nu kehrte er wieder zurück. »Keiner drin. Er muss sich unterwegs davongestohlen haben. Wir müssen diesen Geistlichen in die Mangel nehmen und ein paar Antworten aus ihm herausquetschen.«

Sein Kollege machte eine abwiegelnde Geste. »Müssen wir nicht. Weißt du, wo wir hier sind?«

»Pall Mall.«

»Schon, aber vor dem *Athenaeum*. Einer dieser Klubs, in dem sich die Mächtigen ein Stelldichein geben. Wahrscheinlich ist er Mitglied.«

»Na und?«

»Wir haben keinen Durchsuchungsbefehl. Wir können ihn nicht festnehmen. Und Herrgott noch mal, streng deinen Grips an. Erkennst du denn nicht den Mann, mit dem er gerade plaudert, oben auf der Treppe?«

»Nein. Wer ist das? Noch so ein religiöser Knacker?«

»Das könnte man so sagen. Es ist nämlich der Erzbischof von Canterbury.«

Sie schauten einander an. »Halten wir nach einer Telefonzelle Ausschau und erstatten wir Bericht«, sagte der eine. »Wir haben ihn verloren, und das war's.«

Szene 5

Hugo saß bereits an einem Tisch im Pub *Holly Bush* in Hampstead, als Gregor Orlov zur Tür hereinkam. Er hatte sich in einen weiten Mantel gehüllt und trug eine Kosakenmütze. Vor etwa sieben Jahren hatte Hugo ihn zum letzten Mal getroffen, doch er sah noch immer so aus wie damals in Berlin. Er hatte ein schmales Gesicht mit amüsiert dreinblickenden Augen, und als er Hugo erblickte, verzog sich sein Mund zu einem vertrauten breiten Lächeln. Zur Begrüßung hob er die Hand. Hugo bestellte ihm ein Pint Bitter, worauf Orlov sagte: »An englisches Bier habe ich mich immer noch nicht gewöhnt.«

Hugo schaute zur Tür. »Keine Aufpasser auf den Fersen? Niemand weiß, dass Sie sich mit mir treffen?« Bei Henrys Kontaktaufnahme mit Orlov hatte er klargemacht, dass es sich um ein vertrauliches Treffen handelte.

Orlov setzte eine spöttische Miene auf. »Warum sollte ich mich nicht mit einem alten Freund von früher treffen? Ich bin Oberst Zherdev, Kulturattaché der russischen Botschaft. Ich treffe die Vorkehrungen, dass erstklassige Musiker aus der Sowjetunion hierherkommen dürfen, auch das Ballett, denn Auslandsauftritte sind jetzt ja erlaubt, und ich arrangiere alle möglichen Arten von Kulturaustausch, wie man das so nennt. Schriftsteller von hier halten Lesungen in Moskau und bekommen einen Einblick in das wundervolle künstlerische Leben in der Sowjetunion, und im Austausch schicken wir unsere Dichter hierher. Damit hält man mich auf Trab; da bleibt mir gar keine Zeit, Dummheiten zu begehen.«

Hugo glaubte ihm kein Wort. Orlov war nach wie vor beim MGB, daran bestand kein Zweifel. Seine Ernennung zum Kulturattaché war ein kluger Schachzug des MGB, denn Orlov hatte ein aufrechtes Interesse am Theater – wenig überraschend angesichts seiner Vorgeschichte – und war außerdem ein passionierter Musikliebhaber.

»Ich kam neulich mit einem Bewohner einer Stadt namens Selchester ins Gespräch; es ging dabei um eine Theateraufführung, die Sie dort dieses Jahr inszenieren werden. *Mord im Dom*, mit Sir Desmond Winthrop in der Hauptrolle. Danach wird das Stück vielleicht in Leningrad aufgeführt werden, als Teil des ausgezeichneten Kulturaustausches, den wir zwischen unseren Völkern pflegen.«

Woher wusste er davon? »Ich hätte nicht gedacht, dass Selchester Sie interessieren würde. Es ist eine kleine Provinzstadt und ziemlich weit weg von London.«

»Ganz im Gegenteil, Selchester interessiert mich sehr. Es gibt dort eine schöne Kathedrale und andere Sehenswürdigkeiten.«

Zum Beispiel das Herrenhaus und ohne Zweifel auch das Atomic.

»Von wegen Kulturattaché. Sie sind jemand, der nicht aus seiner Haut herauskann, Gregor.«

Vollkommen unschuldig blickend weiteten sich Orlovs Augen. Dann stieß er sein vertrautes, tiefes Lachen aus. »Nein, es ist schon besser, wenn wir nicht zusammen gesehen werden. Aber ich kann mich frei bewegen, ohne dass meine Leute sich an meine Fersen heften. Was Ihre Leute angeht, sind sie, glaube ich, vor einiger Zeit zu dem Schluss gekommen, dass ich nichts Böses im Schilde führe. Sie haben mich beschattet, als ich hier ankam, aber mittlerweile überprüfen sie mich nur noch ab und zu. Momentan bin ich frei von jedem Verdacht.«

Gleichwohl schaute sich Hugo um. An der Bar standen zwar einige Männer, von denen jedoch niemand auf sie beide in der Ecke achtete. Einen von ihnen erkannte er sogar, es war ein Schauspieler, und sein Begleiter wohl auch, nach ihrer genüsslich boshaften Unterhaltung über einen Berufskollegen zu urteilen, der gerade eine Rolle am Stratford Theater ergattert hatte.

Beruhigt nahm Hugo einen Schluck von seinem Bier. »Sie arbeiten also jetzt in der Botschaft und haben sich nichts vorzuwerfen?«

Orlov nahm einen Schluck von seinem Bier und schnippte dann mit dem Finger in die Schaumkrone. »Ich verstehe nicht, warum ihr Engländer oben auf dem Bier so eine Schicht habt.«

»Man nennt das Schaumkrone«, erklärte Hugo.

»Ich bilde mir schon etwas auf mein Englisch ein«, sagte Orlov, »aber was hieran eine Krone sein soll, geht über meinen Verstand. Also, alter Freund, ich bekomme über diverse umständliche Kommunikationswege eine dringende Nachricht von Ihnen. Sie lassen mich wissen, Sie müssten mich sofort sprechen. Und hier bin ich. Worum geht es?«

»Es geht um etwas, was damals in Berlin geschehen ist, 1946«, erwiderte Hugo. »Erinnern Sie sich noch, als Sie diese Bronzen in die Hände bekommen …«

Mahnend legte Orlov den Finger auf die Lippen. »Ich weiß nichts von irgendwelchen Bronzen.«

»Okay, legen wir das mit den Bronzen zu den Akten. Sie hatten mir einen Tipp gegeben, dass es da einen Armeeoffizier gab, der Bestechung in natura statt in bar annahm und im Gegenzug reichen ehemaligen Nazis Persilscheine ausstellte.«

Orlov schaute in sein Bierglas, und Schwermut schien ihn zu überkommen. Er schüttelte den Kopf. »Nichts geschah daraufhin, mein Tipp bewirkte rein gar nichts. Bei dieser Sache haben Sie mich übel hängen lassen, mein Freund.«

»Ich tat, was ich konnte«, erwiderte Hugo. »Aber ich habe mir eine heftige Klatsche eingefangen. Sobald die erfuhren, dass meine Informationsquelle einer von euch war, war die Sache vom Tisch. Es sei alles Unsinn, niemand nahm das, was ich sagte, für bare Münze, und ein paar Stunden später saß ich in einem Flieger auf dem Weg zurück nach England.«

Orlov nickte. »Ich hörte, dass Sie Berlin unvermittelt verließen. Und kurz darauf erfuhr ich, dass Sie in Peru waren. Ganz schön weit weg von Berlin. Warum also kommen Sie nach all dieser Zeit auf mich zu? Um mich an die guten, alten Zeiten zu erinnern? Wohl kaum.«

»Sie wollten mir damals den Namen des Offiziers nicht verraten, deshalb hat niemand der Sache Beachtung geschenkt oder diesbezüglich etwas unternommen. Wäre ich in Berlin geblieben, wäre es mir womöglich gelungen herauszufinden, um wen es sich handelte.« Mit einem Mal ungeduldig geworden fuhr er fort. »Hätte ich doch nur einen Namen gehabt, dann hätten meine Vorgesetzten, auch wenn sie mir immer noch nicht geglaubt hätten, womöglich Nachforschungen über ihn angestellt.«

»Wer weiß«, erwiderte Orlov. »Ich glaube, derjenige wurde protegiert. Solche Leute gibt es in jeder Armee.«

»Warum haben Sie den Namen nicht preisgegeben?«

»Nun kommen Sie, kommen Sie, Sie können doch nicht Ihr ganzes Handwerk als Agent verlernt haben. Niemand gibt einfach so sämtliche Informationen preis. Unter solchen Umständen muss es immer eine Gegenleistung geben.«

»Ich wünschte, ich hätte etwas gehabt, das für Sie von

Interesse gewesen wäre. Dann hätte ich damit gewartet, die Information weiterzugeben, bis ich einen Namen gehabt hätte.« Er schwieg einen Moment. Dann sagte er: »Sie wissen aber schon, wer es war, oder? Sagen Sie jetzt nicht, Sie wussten zwar, dass es da jemanden gab, dieser Jemand aber weder Namen noch Gesicht hatte?«

»O doch, mein Freund. Ich wusste ganz genau, wer es war. Ich hatte persönlich Kontakt mit ihm.«

Ja, und zwar wegen der Sache mit den Bronzeobjekten, über die Orlov nicht sprechen wollte.

»Das war damals«, sagte Hugo. »Jetzt will ich, dass Sie mir sagen, wer es war.«

»Und wieder bitten Sie um etwas. Und wieder: Was haben Sie als Gegenleistung für einen hart arbeitenden Kulturattaché? Warum sind Sie nach all den Jahren jetzt so erpicht darauf, den Namen herauszufinden? Was können Sie mit solchen Informationen anfangen?«

Hugo nippte erneut an seinem Bier. Dann stellte er das Glas ab und erzählte Orlov von den Gemälden, die auf dem Dachboden der Burg aufgetaucht waren.

Orlov schien ganz und gar nicht überrascht. Er nahm einen weiteren Schluck Bier, verzog das Gesicht und bestellte beim Barmann einen Scotch. »Tut mir leid, aber warmes Bier mit Schaumkrone ist nichts für meine Verdauung.« Mit dem Glas Scotch in der Hand sagte er: »Selchester Castle. Und damals residierte dort der verstorbene Lord Selchester? Er weilt nicht mehr unter uns, der Eigentümer ist jetzt ein neuer Lord Selchester, nicht wahr? Ein Amerikaner. Ich habe in den Zeitungen davon gelesen. Sehr romantisch.«

»Dann werden Sie auch gelesen haben, dass ein Gast in der Burg, ein gewisser Rupert Olivier, am zweiten Weihnachtsfeiertag tot aufgefunden wurde. Die Polizei hat sich ziemlich bedeckt gehalten. Er wurde durch einen Stromschlag getötet, aber ich kann Ihnen versichern – und das darf nicht die Runde machen –, dass es sich so gut wie sicher um Mord handelt. Zudem dürfte der Mord in Zusammenhang mit Gemälden stehen, die auf dem Dachboden versteckt lagen. Gemälde, die 1946 aus Deutschland kamen.« Er schaute Orlov eindringlich an. »Nun kommen Sie, Gregor Gregorovitch, Sie hatten doch genauso wenig für die Nazis übrig wie ich. Leute, die für das, was sie im Krieg verbrochen haben, hätten gehängt werden sollen, kamen ungeschoren davon, weil irgendein Engländer unter der Hand derlei Geschäfte getätigt hat.«

»Was geschieht jetzt mit den Gemälden?«, wollte Orlov wissen.

»Ich bin mir nicht sicher. Die Besitzverhältnisse sind noch nicht restlos geklärt. Die Tochter des verstorbenen Lord Selchester erhebt Anspruch darauf.«

»Die reizende Lady Sonia. Ich habe von ihr gelesen. Eine charmante Frau, nach allem, was man hört.«

»Vergessen Sie Lady Sonia. Die Bilder sollten den jeweiligen Eigentümern zurückgegeben werden. Falls die noch leben. Es handelt sich durch die Bank um berühmte Gemälde, und sobald bekannt wird, dass sie noch existieren, bleibt sowohl dem neuen Earl als auch Lady Sonia nichts anderes übrig, als die Gemälde auszuhändigen.«

»Ah, also ist der neue amerikanische Aristokrat auch darin verwickelt, ja?«

»Ich glaube nicht, dass er etwas davon weiß. Die Bilder waren nicht auf der Liste der Wertgegenstände im Besitz des verstorbenen Earls aufgeführt, also handelt es sich mehr oder weniger um eine Grauzone. Lady Sonia schwebt ein Privatverkauf vor.«

»Das ist mir alles bestens vertraut«, sagte Orlov gut gelaunt. »In England nennt man so etwas Steuerhinterziehung. Eine uralte und weit verbreitete Gepflogenheit – warum sollte irgendwer mehr Steuern bezahlen, als er muss? Allerdings stimme ich Ihnen in diesem Fall zu. Bei den Bildern handelt es sich um Raubkunst, und was mit ihnen nach Kriegsende geschah, darf nicht toleriert werden. Ist es für Sie wichtig, den Namen des Offiziers zu erfahren? Hat er womöglich etwas mit dem Tod dieses Rupert Olivier zu tun?«

»Ich glaube schon«, erwiderte Hugo.

»Was schlagen Sie vor, wie mit dieser Information zu verfahren ist?«

»Den Mann entlarven.«

»Das dürfte nicht ganz so einfach sein. Das werden Sie begreifen, wenn ich Ihnen den Namen nenne. Damals war er Major in der britischen Besatzungsarmee. Hinterher hörte ich, dass er im Krieg mehrfach ausgezeichnet wurde. Heute ist er Parlamentsabgeordneter der Conservative Party, ein aufsteigender Stern seiner Partei, und nimmt schon bald eine Position als Staatssekretär ein. Ich sagte Ihnen ja, dass er in Berlin protegiert wurde; und das dürfte heute immer noch der Fall sein.«

»Heraus damit, Orlov. Wer ist es?«

»Damals war er Major Dauntsey. Heute ist er Robert Dauntsey, Parlamentsabgeordneter.« Er sah Hugo scharf an. »Ich kann mir nicht vorstellen, dass Sie jetzt sonderlich überrascht sind, oder?«

Nein. Das war er nicht.

Orlov trank seinen Whisky aus und stand auf. »Von mir haben Sie seinen Namen nicht. Ich weiß nichts davon; ich habe nichts gesagt, auf keinen Fall werden Sie von mir eine offizielle Bestätigung bekommen. Das ist alles Schnee von gestern, und für mich ist die Sache vom Tisch.« Er hüllte sich in seinen Mantel. »Sie müssen schon weitere Beweise finden, und die müssen fundiert sein. Aber glauben Sie mir, an dem Tag, an dem ich eine englische Zeitung aufschlage und darin lese, dass ein gewisser Robert Dauntsey aufgrund mehrfacher Anklagepunkte verhaftet wurde, werde ich ein Gläschen Wodka darauf erheben und mir dazu gratulieren, dass ich Ihrer Einladung gefolgt bin, mein lieber Hawksworth.« Er ergriff seine Pelzmütze und stülpte sie sich auf den Kopf. »Nebenbei bemerkt, der Mann dort drüben an der Bar, der so überzeugend über Stratford spricht, ist einer der Ihren. Den Inhalt unseres Gesprächs hat er aber nicht gehört, Sie haben einen guten Platz ausgesucht.«

Wie hatte er sich nur so täuschen können? Ihm waren sein Talent und sein sechster Sinn abhandengekommen; er hatte sich zu sehr auf das konzentriert, was Orlov zu sagen hatte.

»Damit wären Sie enttarnt.«

Der Russe zuckte mit den Schultern. »Spielt keine Rolle. Ich bin ohnehin nach Moskau zurückberufen worden. Mein Vorgesetzter hat ganz plötzlich seine Position aufgegeben, und ich soll in seine Fußstapfen treten und den Platz an seinem Schreibtisch einnehmen.« Er klopfte Hugo auf die Schulter. »Ich hoffe nur, dass Sie sich keinen Ärger einhandeln. Ich frage mich aber schon, woher Ihre Leute wussten, dass wir uns treffen. Sicher ist er mir hierhin gefolgt. Auf Wiedersehen, alter Freund.«

Szene 6

Ganz hatte Hugo seine praktischen Fähigkeiten aus seiner Zeit als Agent nicht eingebüßt; er war felsenfest davon überzeugt, den Mann, der ihm von Hampstead gefolgt war, erfolgreich abgeschüttelt zu haben. Aber falls ein Alarm ausgelöst worden war, würden sie Paddington Station überwachen lassen. Kein Problem, dann würde er eben in Marylebone einen Zug nehmen und dann quer durchs Land fahren. Das würde eine lange Reise werden, aber am Abend wäre er wieder in der Burg.

Von Marylebone Station aus rief er Freya an. »Ich komme mit dem Zug zurück, können Sie mich abholen? Nicht in Selchester, sondern in Yarnley.«

Das war die nächste Station auf der Strecke.

»Ich werde Robert bitten, Sie dort abzuholen.«

»Nein, geben Sie Robert auf keinen Fall Bescheid, dass ich wieder auf dem Rückweg bin. Und bitten Sie ihn auch nicht, mich abzuholen.«

Nach längerem Schweigen sagte Freya: »Also ist er es? Ich dachte es mir schon, und Georgia ahnte es ebenfalls.«

Mit eindringlicher Stimme sagte Hugo: »Alles in Ordnung mit ihr?«

»Ihr geht es gut. Sie ist schon den ganzen Tag mit Polly zusammen. Im Moment bringt Gus den beiden Billard bei. An seiner Stelle würde ich mir Sorgen wegen dem Fries machen, aber das ist ja jetzt sein Bier.«

Hugo merkte ihr an, dass sie bemüht war, normal zu klingen.

»Ich sorge dafür, dass Gus die Mädchen den ganzen Abend um sich hat.«

»Georgia sollte nicht in ihrem Zimmer übernachten.« Die anderen Zimmer in Hugos Trakt waren unbewohnt, und er wollte nicht, dass sie dort alleine schlief.

»Befürchten Sie, sie schwebt in Gefahr?«

»Nicht wirklich. Aber Robert könnte eine Ahnung haben, warum ich nach London gefahren bin, und ich möchte kein Risiko eingehen.«

»Ich stelle ein Feldbett für Georgia bei mir im Turm auf. Sie wird es verstehen. Ich werde Gus bitten, mir seinen Wagen zu leihen. Ich muss ihn wohl einweihen, aber zu gegebener Zeit würde er es ja doch erfahren. Um wie viel Uhr kommen Sie an?«

Kapitel siebzehn

Szene 1

Hugo wachte früh auf. So bald als möglich würde er Henry anrufen und ihn bitten, im Archiv in London zu kramen und Roberts Akte per Kurier zu schicken. Aus den Dokumenten würde seiner festen Überzeugung nach hervorgehen, dass Robert während seiner Zeit in Berlin unmittelbar nach Kriegsende mit der Überprüfung von Leumundszeugnissen von Deutschen betraut gewesen war, die behaupteten, nichts mit den Nationalsozialisten zu tun gehabt zu haben. Somit hatte er Gelegenheit, in die eigene Tasche zu wirtschaften, und nahm im Austausch für Unbedenklichkeitsbescheinigungen Kunstwerke entgegen.

Eine raffinierte Vorgehensweise. Wie Robert die Gemälde wohl zurück nach England hatte bringen lassen? Ein ganz so großes Problem konnte es nicht gewesen sein; Hugo wusste aus seiner eigenen Einsatzzeit, dass ständig Flieger nach und von England gegangen waren. Auch war Robert nicht der Einzige, der illegal Gegenstände aus Deutschland nach England geschafft hatte. So etwas war gang und gäbe. Die Behörden wussten davon und drückten meist ein Auge zu.

Aber diese Gemälde stellten keine gewöhnliche

Schmuggelware dar. Die Art und Weise, wie sie beschafft worden waren, war verabscheuungswürdig und ehrlos. Keinesfalls entsprach das dem Verhalten eines Offiziers und Gentlemans. Es war ein kriminelles Vorgehen, das, wenn es ans Licht kam, Roberts Karriereende bedeuten würde.

Sein Risiko war also mit Sicherheit hoch genug, um einen Mord zu begehen.

Warum aber hätte Rupert Robert mit den Gemälden in Verbindung bringen sollen? Oder befürchtete Robert schlichtweg, dass Rupert, wenn er den Picasso erst einmal entdeckt hatte, so lange nachbohren würde, bis er schließlich herausgefunden hatte, wie das Bild nach Selchester Castle gelangt war?

Wen hatte Rupert am Weihnachtstag angerufen? Hatte das etwas mit den Bildern zu tun gehabt?

Hugo musste an Saul denken. Er war an jenem Nachmittag in der Burg gewesen. War er Rupert über den Weg gelaufen? Hatte er etwas gesehen oder bemerkt?

Es war zwar eine unchristliche Zeit, jemandem einen Besuch abzustatten, aber diese Sache duldete keinen Aufschub. Eilig zog er sich an und ging die Anhöhe hinunter. Der Schmerz in seiner Wade ließ ihn zusammenzucken und machte ihm bewusst, dass seine Entdeckungen gestern ihren Tribut forderten.

Er gelangte zur Wiese und ging zum Nightingale Cottage hinüber. Aus dem Schornstein stieg ein Rauchfähnchen auf – ein vielversprechendes Zeichen. Er hatte schon fast befürchtet, Saul hätte sich, nachdem er erfahren hatte, dass Lord Selchester nicht mehr unter den

Lebenden weilte, aus dem Staub gemacht, Constable hin, Constable her.

Wie sich herausstellte, versah momentan überhaupt kein Polizist Dienst vor dem Cottage. Saul selbst wirkte nicht übermäßig überrascht über seinen frühzeitigen Besucher. Die Anspannung in seinem Gesicht hatte ein wenig nachgelassen, doch er wirkte müde.

»Kommen Sie rein. Ich habe einen Freund zu Besuch. Er sagt, er kennt Sie.«

In diesem Moment trat Emerson aus der Küche. Er trug einen mehrere Nummern zu großen Morgenmantel aus Brokat. »Morgen, Hugo. Wie ist es in London gelaufen? Saul kennst du ja. Tässchen Tee?«

Hugo setzte sich und rieb sich die Wade. »Ich habe keinen Polizisten gesehen. Besteht die Polizei immer noch darauf, dass Sie den Ort nicht verlassen?«

»Die haben mich erneut befragt, und ich stehe nach wie vor auf ihrer Liste der Verdächtigen. Aber als ich denen ein Alibi für einige andere wichtige Zeitpunkte vorweisen konnte, haben sie mehr oder weniger das Interesse verloren.«

Damit meinte er offenbar, dass er weder Passagier auf dem Dampfer gewesen war noch sich in Oxford aufgehalten hatte, als es dort zu dem Beinaheunfall mit Fahrerflucht gekommen war.

»Die haben mich zu einer Frau geschleppt, die das Museum leitet, Gott allein weiß, warum, und die hat ausgesagt, dass ich das Museum nicht besucht habe. Museum! Als wäre ich hier, um die örtlichen Sehenswürdigkeiten abzuklappern.«

»Also reisen Sie ab?«

»Ich denke schon. Aber da ich nun mal eine Woche Wuchermiete bezahlt habe, dachte ich, ich kann genauso gut noch ein Weilchen bleiben. In London wohne ich im Hotel; es gibt da niemanden, bei dem ich wohnen könnte. Dann tauchte Emerson hier auf. Wir sind zusammen zur Schule gegangen; ich habe ihn schon seit Jahren nicht mehr gesehen. Tja, ich habe seit Jahren überhaupt keinen meiner Freunde mehr gesehen. Als er erfuhr, dass ich hier bin, kam er vorbei, um mir zu sagen, dass ich rehabilitiert wurde. Das wusste ich mittlerweile zwar schon, aber ich habe mich gefreut, ihn zu sehen.«

Emerson brachte ein Tablett mit Tee herein und stellte es auf den Tisch.

»Was kann ich für Sie tun?«, fragte Saul. »Dies ist bestimmt kein Höflichkeitsbesuch.«

»Nein«, bestätigte Hugo. »Es hat mit dem Todesfall in der Burg zu tun.«

»Mr Olivier? Ich glaube, sie warten noch auf das Ergebnis der gerichtlichen Untersuchung der Todesursache, um einwandfrei nachzuweisen, dass es sich um Mord handelt. Den Zeitungen gegenüber hat die Polizei vage Angaben gemacht und angedeutet, es könnte ein Unfall gewesen sein. Ich bin verwirrt: Warum sind die so daran interessiert, dass ich Rache an Lord Selchester geschworen habe, wenn der doch gesund und munter ist?«

»Den Mann, der ums Leben kam, kannten Sie nicht?«

»Nein. Ich kannte ihn nicht. Aber …« Er zögerte.

»Pack lieber aus, Saul«, sagte Emerson. »Hugo kannst du vertrauen.«

»Schön und gut, aber wenn die Ausschau nach Verdächtigen halten, die Rupert Olivier ermordet haben könnten, möchte ich meinen Namen lieber nicht auf der Liste stehen sehen.«

»Erzählen Sie mir von Ihrem Besuch oben auf der Burg am Weihnachtstag«, forderte Hugo ihn auf.

Saul seufzte. »Das ist jetzt nur meine Aussage, es gibt niemanden, der sie mir bestätigen könnte. Außer vielleicht diese Hexe, die mich in einem Sturm der Entrüstung hinausgeworfen hat.«

Emerson räusperte sich.

»Ich denke, ich kann es Ihnen ruhig sagen. Ich ging also durch den Stallhof und zu dem Teil der Burganlage, in dem ich den Küchenbereich vermutete. Denn ich hatte die Einheimischen davon sprechen hören, dass die Hintertür oben in der Burg immer unverschlossen ist. Ich war so wütend, dass ich auch durch ein Fenster eingestiegen wäre oder einen Turm erklommen hätte, aber es war gar kein Problem. Die müssen da unbedingt die Sicherheitsmaßnahmen verstärken«, fügte er streng hinzu. »Ich kam durch einen alten Trakt der Burg. Dicke Steinmauern, wuchtige Kamine, Steinfliesen. Alles ganz mittelalterlich.«

»Haben Sie jemanden gesehen?«

»Ja. Ich stand da gerade und schaute mir ein Porträt des verstorbenen Lord Selchester an – wie mich das freut, ihn als verstorben bezeichnen zu können! Jedenfalls kommt da auf einmal dieser Kerl rein und stellt sich neben mich.«

Hugo hielt den Atem an. »Sie haben ihn nicht wiedererkannt?«

Überrascht schaute Saul ihn an. »Es war Rupert Olivier. Ich weiß das jetzt, weil ich sein Foto in der Zeitung gesehen habe. Zu dem Zeitpunkt hatte ich keine Ahnung, wer er war. Ich kannte niemanden in der Burg. Der Einzige, den ich wiedererkannt hätte, wäre Lord Selchester gewesen, und der hätte ja wohl nicht dort sein können, es sei denn, er hätte als Gespenst herumgespukt. Wie dem auch sei, es stellte sich heraus, dass Olivier seinerseits wusste, wer ich war. Und er mochte mich nicht. Er war ganz aus dem Häuschen wegen irgend so einem Bild.«

Er verstummte.

»Und?«, hakte Hugo nach.

»Und dann hatten wir einen kleinen Streit, der für ihn hätte übel ausgehen können, doch plötzlich hörten wir Stimmen.«

»Was haben Sie getan?«

»Mich versteckt.«

»Und was hat er getan?«

»Er ist zum Telefon gegangen, hat den Hörer abgenommen und nach einer Nummer verlangt. Ich dachte schon, er riefe die Polizei, aber das hat er nicht.«

»An die Nummer können Sie sich nicht zufällig noch erinnern?«

»Flaxman 793.«

Emersons Nummer.

Hugo starrte ihn an. »Sie haben ein gutes Gedächtnis.«

»Ich habe ein extrem gutes Gedächtnis.«

»Haben Sie etwas von dem Gespräch mitbekommen?«

Saul schürzte die Lippen und hob den Blick zur Decke, während er seine Erinnerung bemühte. »Es war ein kurzer Anruf. Er hörte zu und sagte dann: ›Nein, keine Nachricht. Ich versuche es morgen wieder.‹ Dann legte er den Hörer auf und ging.«

An Emerson gerichtet sagte Hugo: »Natürlich, er hat versucht, dich anzurufen.«

Saul schaute ihn mit einem Ausdruck gequälter Belustigung an. »Wollen Sie denn gar nichts über den anderen Kerl erfahren, der hereinkam, um ein Telefonat zu tätigen?«

»Ein anderer Kerl?«

»Ja. Es war fast wie beim Theater; kaum war der Erste von der Bühne abgegangen, trat auch schon der Nächste auf. Und bevor Sie mich jetzt danach fragen, nein, ich weiß nicht, wer er war, denn er hatte mir den Rücken zugewandt. Sein Gesicht habe ich nicht gesehen. Ehrlich gesagt war es ein wenig sonderbar. Er nahm den Hörer ab und tippte auf der Gabel herum, um mit der Vermittlung verbunden zu werden. Dann sagte er: ›Geben Sie mir noch einmal diese Nummer, bitte.‹ Dann entstand eine Pause, und kaum war die Person am anderen Ende in der Leitung, legte er wieder auf. In der Zwischenzeit war dieses Mädchen hereingekommen und verweilte einen Moment in der Halle. Es war wie am Piccadilly Circus. Mich hat sie nicht gesehen, aber als sie den Kerl am Telefon erblickte, schwirrte sie ab. Und dann kam die Frau rein.«

»Mrs Partridge, die Haushälterin.«

»Ihr fehlte bloß noch ein Besenstiel. Jedenfalls wollte sie von mir wissen, was ich dort verloren hätte, was ich wollte. Wir hatten eine kleine Auseinandersetzung, und als sie mir sagte, dass Lord Selchester nicht da war, verzog ich mich wieder. Diese ganze Eskapade war dumm von mir. Ich war aus einem Impuls heraus losgezogen, nachdem ich ein paar Gläser Whisky intus und mich in meine Wut hineingesteigert hatte. Sosehr ich es auch auf einen Streit mit dem früheren Lord Selchester angelegt hatte, Weihnachten wäre dafür nicht der richtige Zeitpunkt gewesen.«

Es hörte sich an wie ein aufrechtes und umfassendes Eingeständnis, aber da fehlte natürlich noch etwas.

»Warum war Rupert Olivier Ihnen gegenüber so feindselig?«

»Das geht nur mich etwas an.«

Emerson stand auf. »Ich bereite mal das Frühstück vor. Es wird Zeit, reinen Tisch zu machen, Saul. Ich glaube, das, was du zu sagen hast, könnte helfen, einen Mörder seiner gerechten Strafe zuzuführen.«

Saul blickte von Emerson zu Hugo. Der nickte.

»Das muss unter uns bleiben.«

»Das geht womöglich nicht«, sagte Emerson. »Aber das Risiko musst du eingehen.«

»Tja, was habe ich denn eigentlich auch zu verlieren?«, sagte Saul bitter. »Ich habe Selchester die Stirn geboten und ihm frei nach dem guten, alten Herzog von Wellington gesagt, dass es mir egal ist, als er mir damit drohte, alles zu verraten, wenn ich sein Spiel nicht mitspielen würde.«

Hugo hörte schweigend zu, während Saul ohne Entschuldigungen oder Ausschmückungen schlicht und einfach erklärte, was er getan hatte. Mithilfe seiner eigenen Erinnerungen an Berlin in jenen dunklen Zeiten schloss Hugo die Lücken in Sauls knappem Bericht.

»Haben Sie nie einen der Eigentümer der Gegenstände gesehen, die Sie mit dem Flugzeug nach England gebracht haben?«

»Doch, natürlich. Aber nicht denjenigen, der den Transport der Gemälde in die Wege leitete. Das war ein Spezialauftrag. Alles musste ordnungsgemäß in Holzkisten verpackt werden und so weiter. Das waren wertvolle Gegenstände, nicht der gewöhnliche Alltagskram.«

»Wie kamen die Gemälde zum Flugplatz?«

»In einem Militärlastwagen. Gefahren hat den jedes Mal ein anderer. Denen war das total egal, die halfen mir bloß ausladen und fuhren dann davon.«

Hugo seufzte. »Schade.«

Saul legte die Stirn in Falten. »Moment, warten Sie mal. Einmal kam ein Fahrer, der trug eine Uniform, die ich nicht kannte, aber er war Offizier, dessen bin ich mir sicher. Hat keinen Ton gesagt und hielt den Kopf die ganze Zeit gesenkt, als wollte er nicht, dass ich sein Gesicht sehe.«

»Haben Sie?«

»Schon, aber nur einen kurzen Moment, als ein Scheinwerfer aufleuchtete.«

»Würden Sie ihn wiedererkennen?«

»Wahrscheinlich.«

Emerson hatte an der Tür gestanden und ihre Unterhaltung mitgehört. »Wir kommen nachher zur Burg, Hugo«, sagte er. »Ein paar Dinge erledigen.«

Szene 2

Als Hugo aus der Haustür von Nightingale Cottage trat, fuhr ein Polizeiwagen vor. Ein Sergeant der Polizeiwache stieg aus. Kamen sie, um Saul zu verhaften?

An Saul waren sie nicht interessiert. »Mr Hawksworth, seien Sie so gut und kommen Sie mit uns.«

»Worum geht es?«, wollte Hugo wissen.

»Kann ich nicht sagen, Sir. Wir haben bloß Anweisungen bekommen, Sie abzuholen und zum Herrenhaus zu geleiten.«

Szene 3

Suspendiert. Auf unbefristete Zeit beurlaubt.

Sir Bernard hatte einen Tobsuchtsanfall bekommen, weil er vorzeitig aus seinem Weihnachtsurlaub zurückkommen musste. Er hatte sich geweigert, Hugo auch nur Gehör zu schenken. Hugo hatte schließlich mit einem Russen Kontakt aufgenommen und damit gegen sämtliche Vorschriften verstoßen.

»Diese Vorschriften gibt es nicht ohne Grund, Hawksworth. Diese Angelegenheit wird der Sonderabteilung und unseren eigenen Ermittlern übergeben. Halten Sie sich zur Verfügung, falls einer mit Ihnen sprechen will.«

Um zwölf Uhr war Hugo wieder in der Burg. In der Küche stieß er auf Freya und Georgia. »Hallo, was machst du denn schon hier?«

»Auf unbefristete Zeit beurlaubt«, antwortete er. »Rück mal ein Stück, Georgia.« Neben ihr auf der Bank lag der Kater, und Hugo kraulte ihn unter dem Kinn. »Du auch, Stubentiger.«

»Was soll das heißen?«, fragte Freya.

»Er hat seine Stelle verloren«, sagte Georgia erschrocken. »Hugo, müssen wir jetzt nach London zurück?«

»Das weiß ich nicht«, erwiderte er. Sein Zorn verrauchte allmählich. Dafür ging ihm nun nach und nach auf, welche Konsequenzen diese ganze Sache haben würde. Ob Gus etwas dagegen hätte, wenn er und Georgia noch ein wenig länger in der Burg wohnten? Es hatte keinen Sinn, eine andere Unterkunft für sie beide im Ort zu suchen, wenn er gar nicht mehr in Selchester arbeitete.

»Weil Sie sich mit diesem Russen getroffen haben?«, fragte Freya.

»Ja.« Er stand auf. Er musste Henry anrufen und ihn warnen, damit er seine Spuren verwischte.

Szene 4

In der Grace Hall war es kalt und düster. Irene arbeitete heute in der Vermittlungsstelle. »Oh, Mr Hugo, nicht wahr? Heute also nicht im Herrenhaus, und wie ich höre, dürfte das auch noch ein Weilchen so bleiben.«

Verfluchtes Weibsstück, wie hatte sich die Nachricht so schnell verbreitet? Er verlangte Henrys Nummer.

»Eigentlich wollte ich dich bitten, Robert Dauntseys Akte auszugraben, Henry. Aber im Moment geht das nicht. Ja, der Parlamentsabgeordnete. Er ist ein Mörder, er hat Rupert Olivier auf dem Gewissen, aber ich habe keinen einzigen Beweis, auf den irgendwer etwas geben würde.«

Nachdem er das Telefonat beendet hatte, blieb er noch einen Moment stehen und schaute auf die in Stein gemeißelten Worte hinauf. »Deo Gratias.« Leo mochte Trost in diesen Worten finden, Hugo tat es nicht.

Plötzlich spürte er, dass er nicht alleine war. Als er sich umdrehte, trat Robert aus dem Schatten.

Seine Stimme klang leise und höhnisch. »Ganz der kleine Detektiv, nicht wahr? Es ist natürlich alles nur Unsinn. Warum sollte ich Rupert beseitigen? Außerdem hält die Polizei es nicht einmal mehr für Mord. Die gerichtliche Untersuchung wird zu dem Ergebnis kommen, dass Lord Selchester an der Verkabelung herumgestümpert hat. Soll er doch den Kopf dafür hinhalten, ich bin von jeglichem Verdacht befreit.«

»Ich weiß, was Sie nach Kriegsende in Berlin getan haben«, sagte Hugo. »Sie haben sich im Austausch für die Gewährung von Gefälligkeiten Gemälde angeeignet und diese nach England geschmuggelt. Um sie dort zu Spottpreisen an Freunde wie Lord Selchester zu verkaufen.«

»Behauptungen, Hawksworth«, sagte Robert. »Bloße Behauptungen. Sie können mir überhaupt nichts nachweisen. Es gibt kein ersichtliches Motiv, weshalb ich Rupert hätte töten sollen.«

»Eines der Gemälde, die Sie Selchester verkauft haben, gehörte Ruperts Familie«, sagte Hugo. »Seiner jüdischen Familie.«

»Oh, Rupert war Jude, ja? So etwas habe ich mir schon gedacht. Aber wie dem auch sei, ich habe mit Sonias Gemälden auf dem Dachboden nichts zu tun. Ich habe sie noch nie gesehen, bevor ich hierherkam, und Sie können nicht das Gegenteil beweisen.«

Hugo gab keine Antwort. Sollte Robert sich doch herausreden.

Als dieser fortfuhr, klang seine Stimme bedrohlicher. »Sie können mir nichts beweisen. Und es wäre auch äußerst unklug von Ihnen, diesem inkompetenten Polizisten gegenüber anzudeuten, ich hätte etwas damit zu tun. Die verdächtigen mich nicht. Und was Ihre fixe Idee angeht, die Sonderabteilung würde meine Vergangenheit durchleuchten, vergessen Sie es.«

»Haben Sie die in der Tasche?«

»Nur weil Sie sich das wünschen, wird sich die Sonderabteilung nicht auf ein fruchtloses Unterfangen einlassen. Ich kann Ihnen das Leben zur Hölle machen und dafür sorgen, dass Ihre Zeit im Dienst endet und es Ihnen äußerst schwerfallen dürfte, überhaupt irgendwo eine Stelle zu finden. Und ich rede hier nicht nur von meinem Einfluss als Abgeordneter. Ich habe eine Menge einflussreiche Bekannte, denen es ganz und gar nicht recht wäre, wenn ich durch Ihre albernen Beschuldigungen in Verlegenheit geriete. Ich versichere Ihnen, dass ich meine Spuren so gut verwischt habe, dass niemand mich mit den Gemälden in Verbindung bringen kann.«

»Ein Mann namens Gregor Orlov kann es sehr wohl«, gab Hugo zurück.

Roberts Fassung geriet für einen Moment ins Wanken. Aalglatt erwiderte er: »Gregor Orlov? Nie gehört.«

»Major Orlov, beim MGB, im Nachkriegsberlin«, half Hugo ihm auf die Sprünge. »Heute lebt er unter dem Namen Aleksandr Zherdev und ist Mitarbeiter der russischen Botschaft. Sie haben veranlasst, dass er einige außergewöhnliche Bronzeobjekte einer Aristokratenfamilie kaufte, die von Ihnen Persilscheine ausgestellt haben wollte.«

Robert lachte. Er klang erleichtert. »Wer sollte Ihrer Meinung nach den Worten eines MGB-Offiziers auch nur die geringste Beachtung schenken?«

Das war das Vertrackte an der Sache. Es würde nicht einfach werden, einen Beweis zu finden, der von Robert in Berlin und der Beschaffung der Bilder bis zu ihrem Fundort auf dem Dachboden von Lord Selchesters Burg führte. Ganz zu schweigen davon, MacLeod zu überzeugen, dass Robert Rupert ermordet hatte, damit dieser nichts verraten konnte.

Szene 5

Robert schritt durch die Eingangshalle, als die Türglocke läutete. Hugo machte die Tür auf, worauf Emerson eintrat, gefolgt von Saul. Und Superintendent MacLeod.

Dieser sagte: »Ich bin bloß gekommen, um kurz mit Seiner Lordschaft zu sprechen, wenn Sie …«

Bevor er seinen Satz beenden konnte, deutete Saul auf Robert. »Das ist er. Das ist der Mann aus Berlin.«

Kapitel achtzehn

Szene 1

Lady Sonia stürmte in die Grace Hall und stemmte aufgebracht die Hände in die Hüften. »Da seid ihr ja. Es ist kaum zu glauben, aber Robert hat sich einfach mit seinem Wagen aus dem Staub gemacht. Georgia sagt, er ist unterwegs nach London. Wie, verdammt noch mal, soll ich ohne Auto nach London zurückkommen? Soll ich etwa mit dem Zug fahren? Außerdem hat dieser Polizist uns angewiesen, die Stadt nicht zu verlassen. Ich begreife nicht, was in ihn gefahren ist.«

Leo, mittlerweile aus London zurückgekehrt, kam mit Georgia in die Halle. »Das ist lästig und ärgerlich, aber für Sie – und womöglich für uns alle – auch besser, dass er nicht mehr in der Burg ist.«

»Wovon reden Sie?«

»Können wir in die Küche gehen oder sonst wohin, wo es warm ist?«, schlug Georgia vor. »Hier ist es eisig.«

»Ich werde mich nicht in die Küche setzen wie eine Bedienstete«, verkündete Sonia und stolzierte zum South Drawing Room. Noch immer schäumend vor Wut warf sie sich dort auf ein Sofa. »Warum diese geheimnisvollen Blicke? Wie kommt Robert dazu, in einem solchen Affenzahn davonzubrausen? Was geht hier vor?«

Die anderen schauten einander an. Schließlich sagte Leo: »Es gibt da einiges, was Sie über Robert wissen sollten. Hugo wird es Ihnen erklären.«

Sonia hörte schweigend zu, als Hugo die Kette der Ereignisse schilderte, die zu Ruperts Tod geführt hatten. Unterbrochen wurde er lediglich von Georgia, die in gedämpftem Ton einwarf: »Ich wusste, dass es Robert war.«

Sonia setzte sich aufrecht hin. Sie warf Freya einen frostigen Blick zu, der diese an die gebieterische Art von Lord Selchester erinnerte. »Ist das wahr, Freya?«

»Ich fürchte, ja.«

»Verdammt. Das geht zu weit. Ich könnte vielleicht noch verstehen, wenn Robert jemanden in einem Wutanfall umbringt, bei einem Streit oder betrunken. So etwas kommt vor. Ständig werden Menschen aus dem Weg geräumt. Ich weine Rupert keine Träne nach. Ich kannte ihn nicht, aber ich wusste, dass Blut an seinen Händen klebt.« Sie hielt inne und sah Freya an. »Du weißt davon, nicht wahr? Das mit Marcus?«

»Ja, aber du hast behauptet, du wüsstest nichts von Rupert.«

»Vergiss, was ich gesagt habe. Ich wusste es nicht mit Sicherheit; mein Vater hat es mir erzählt. Und dann zählte ich eins und eins zusammen. Ich frage mich, warum die Polizei Dinah nicht wegen des Mordes verhaftet hat. Oh, du hast ihnen nichts von Ruperts Heldentaten im Krieg erzählt, nicht wahr, Freya? Ich bin überrascht, dass Sie, Hugo, mit Ihrer unerhörten Neugier das nicht herausbekommen und Dinah nicht verdächtigt haben, hinter der Ermordung von Rupert zu stecken.«

»Das wäre unwahrscheinlich«, schaltete sich Leo ein. »Ja, auch ich weiß das von Marcus. Dinah hat es mir erzählt. Man müsste ein labiler Mensch mit einer Obsession sein, um zehn Jahre später auf so eine Weise Rache zu üben.«

»Das spielt jetzt keine Rolle mehr«, erwiderte Sonia. »Rupert ist tot. Robert sollte mit einer Schlinge um den Hals enden, aber das wird er nicht. Und ich werde die Bilder nicht bekommen.«

»Ich glaube nicht, dass Gus sie haben will«, sagte Leo.

»Mir ist egal, wer sie haben will. Selchester hätte sie nicht besitzen dürfen, und sie müssen ihren Eigentümern zurückgegeben werden. Falls von denen noch jemand am Leben ist.« Als sie Hugos überraschten Gesichtsausdruck sah, fügte sie mit Nachdruck hinzu: »Es gibt schon Dinge, bei denen ich eine Grenze ziehe. Wenn das, was Sie mir über Robert erzählt haben, stimmt, und ich glaube es Ihnen, dann ziehe ich genau dort eine Grenze.«

Im Gegensatz zu Hugo schienen Freya und Leo nicht verblüfft.

Später berichtete Hugo Gus, was geschehen war. Dem fuhr der Schreck in alle Glieder. »Nie hätte ich geglaubt, dass ein Engländer in Roberts Position so etwas tun würde. Dass ein Armeeoffizier so korrupt ist, ist wirklich ungeheuerlich. Kann ich irgendwie helfen, dass der Mann zur Rechenschaft gezogen wird?«

Hugo schüttelte den Kopf. »Vielleicht kann ich weitere Nachforschungen anstellen, aber vermutlich wird Robert davonkommen.«

Am Abend herrschte gedrückte Stimmung. Lady Sonia sagte kaum einen Ton. Babs und Polly hatten Georgia die Wahrheit entlockt, doch weder der einen noch der anderen war danach zumute, darüber zu sprechen.

Als Lady Sonia vom Esstisch aufstand, sagte sie: »Geben Sie mir die Kontaktdaten von diesem Mann, der Beutekunst aufspürt, dann sorge ich dafür, dass ihm die Gemälde zugestellt werden.« Sie warf einen Blick auf Gus. »Wenn das für dich akzeptabel ist.«

»Um ehrlich zu sein, kann ich in der Burg bestimmt nicht ruhig schlafen, solange die Gemälde oben auf dem Dachboden sind«, entgegnete Gus. »Sie stehen für so viel Leid und Elend und, ja, für Sünde; so sehen Sie es doch sicher auch, Leo.«

»Ich glaube nicht, dass ich in der Burg überhaupt jemals ruhig schlafen kann«, stieß Polly hervor. »Es ist ein furchtbarer Ort, und hier passieren schreckliche Dinge.«

»So darfst du nicht denken, Polly«, schaltete sich Freya ein. »Es ist nicht die Burg; es sind Menschen, die für die schlechten Dinge verantwortlich sind. Schließlich stand Robert in keiner Beziehung zu der Burg und Rupert auch nicht.«

»Mag sein, aber hier sterben Menschen.«

»Das taten viele«, warf Georgia lebhaft ein, »Festungen waren immer umkämpft. Aber das ist lange her. Heute braucht man sich nicht mehr zu gruseln.«

»Als Familie fühlen wir uns im alten Trakt der Burg nicht wohl«, sagte Gus. »Deshalb überlege ich, wie ich den Lady-Mathilda-Flügel bewohnbar machen kann. Ich habe ihn mir angeschaut; da ist schon noch einiges an Arbeit vonnöten, aber ich habe beschlossen, dass er unser Zuhause wird.«

Mit leuchtenden Augen schaute Polly auf. »Kein altes Steingemäuer? Keine Himmelbetten? Keine Geister?«

Gus wandte sich Freya zu. »Ich würde mich sehr freuen, Freya, wenn du wie bisher den alten Trakt der Burg bewohnen würdest. Es sollte jemand darin wohnen, aber ich bin zu sehr Amerikaner und noch nicht Fitzwarin oder Earl of Selchester genug, als dass ich mich darin wohlfühlen würde. Ich schätze mich an einem moderneren Ort mit den damit verbundenen Annehmlichkeiten glücklicher. Und für die Mädchen wäre es auch besser.«

An Hugo gerichtet fügte er hinzu: »Und ich hoffe auch, dass Sie und Georgia weiterhin hier wohnen werden, solange es zweckdienlich für Sie ist und solange Sie wollen.«

Georgia stieß einen unbändigen Freudenschrei aus und boxte mit der Faust in ihre geöffnete Handfläche. Dann holte sie tief Luft und sagte: »Das ist eine prima Idee. Denn da jetzt alles über Robert ans Licht gekommen ist, müssen sie dich ja wohl wieder ent-suspendieren, nicht wahr, Hugo? Und ich habe noch eine gute Idee:

Wenn du weiter hier mit mir wohnst und Polly lieber hierbleiben will, dann kann sie auf meine Schule gehen.«

»Das wäre vernünftig«, meinte Babs. »Ich habe mit Sonia über Internate in England gesprochen – das hört sich alles furchtbar an.«

Sonia verdrehte die Augen. »Du musst darauf achtgeben, Gus, dass sie sich keinen scheußlichen Dialekt angewöhnt.«

Kapitel neunzehn

Samstag, 19. Januar

»Hier ist der BBC Home Service. Es ist acht Uhr. Sie hören die Nachrichten. Am Mikrofon Frank Philipps.

Mr Robert Dauntsey, Abgeordneter der Conservative Party aus dem Wahlkreis Westington, wurde tot in seinem Londoner Wohnsitz aufgefunden. Es besteht kein Verdacht auf Fremdeinwirkung.«

Mrs Partridge hörte wie immer die morgendlichen Nachrichten im Radio. Als Hugo und Freya zum Frühstück in die Küche kamen, verkündete sie: »Mr Robert ist tot.«

Freya und Hugo starrten sie an.

»Tot?«, wiederholte Hugo. »Wie ist das passiert?«

»Er hat sich erschossen. Im Radio hieß es, er hat sich beim Reinigen einer Waffe das Gehirn weggepustet. Was für ein entsetzlicher Unfall. Und wie sorglos, denn Waffen sind gefährlich, und was wollte er überhaupt mit einer in seinem Haus in London? Sie erzählen jetzt alle möglichen Nettigkeiten über ihn, seine Auszeichnungen im Krieg, sein Dienst für das Land und so weiter, und dass man sich hätte vorstellen können, er wäre eines Tages Premierminister geworden.« Sie rümpfte die Nase. »Ich will ja Toten nichts Schlechtes nachsagen, aber was mich angeht, habe ich ihm nicht über den Weg getraut.«

Freya war zu schockiert, um zu antworten.

Hugo wusste, dass der Tod für sie, ganz gleich, welcher Tätigkeit sie während des Krieges nachgegangen war, nicht etwas so Alltägliches darstellte wie für ihn. Doch auch er war bestürzt. Robert mochte ein skrupelloser Mörder gewesen sein, aber sie hatten ihn gekannt. Für sie war das jetzt mehr als nur eine Meldung in den Nachrichten.

»Hat er den ehrenhaften Ausweg gewählt?«, fragte Freya Hugo. »Meinen Sie, er wusste, dass ihm die Polizei dicht auf den Fersen war?«

Hugo, instinktiv misstrauisch bei Unfällen mit Schusswaffen, erwiderte: »Wahrscheinlich. Ich habe gestern mit dem Superintendenten gesprochen. Angesichts von Roberts Stellung und seiner Freunde in hohen Positionen mussten sie sichergehen, dass der Fall wasserdicht ist. Aber MacLeod war zuversichtlich, sehr bald einen Haftbefehl ausstellen zu können.«

»Also hat Robert beschlossen, es wäre besser so, als dem Henker gegenüberzutreten.«

Jemand klopfte an die Tür. Es war Mr Bunbury mit der Post. »Ich habe Briefe für Sie, Miss Freya, und für Sie, Mr Hugo. Und ein Paket für Seine Lordschaft. Ja, ich nehme gern ein Tässchen, Mrs Partridge, wenn noch etwas in der Kanne ist.« Er wischte sich den Schweiß von der Stirn. »Leichter wird der Anstieg nicht. Tja, das ist ja wohl ein Ding, dass sich einer der weihnachtlichen

Gäste Seiner Lordschaft erschießt. Da er in der Burg gewohnt hat, dürfte darüber in der *Gazette* berichtet werden. Falls der vermisste Atomwissenschaftler nicht alle Schlagzeilen stiehlt.«

»Vermisster Wissenschaftler?«, fragte Freya.

»Einer dieser Eierköpfe aus dem Atomic wurde seit ein paar Tagen nicht mehr gesehen, und es sieht so aus, als wäre er vom Erdboden verschwunden. Die sind da drüben in heller Aufruhr; sie fürchten, er könnte sich nach Russland abgesetzt haben.«

Hugo seufzte. Wie konnte jemand Mr Bunbury Informationen über etwas anvertrauen, das doch geheim bleiben sollte? Und wenn im Atomic helle Aufruhr herrschte, läuteten jetzt im Herrenhaus die Telefone Sturm. Er kippte seinen Kaffee herunter und stand auf.

Mr Bunbury lehnte sich an das Spülbecken und rührte sich einen großzügig bemessenen Löffel Zucker in den Tee. »Vermutlich ist es so ein zerstreuter Professor. Warum sollte denn irgendwer nach Russland wollen? Und das auch noch im Winter.«

Dank

Ein herzliches Dankeschön an:

Eloise Aston für ihre amüsanten und hilfreichen Kommentare.

Anselm Audley für das schonungslose und ausgezeichnete Lektorat.

Jean Buchanan für die sachkundige Beratung plus Kaffee und Kuchen.

William Edmondson für seine Kenntnisse im Bereich Elektrik.

Elizabeth Jennings für Rat und Ermutigung.

Nancy Warren für messerscharfes Korrekturlesen der Betaversion.

Von Whiteman für ihr Ohr, als die Autorin sich den Kopf zermartert hat.

Andrew Wilkinson für sein forensisches Fachwissen (die Fehler stammen alle von mir).

Und an Emilie, Sana und das Team von Thomas & Mercer für ihre hervorragende Unterstützung und Hilfe.

Autorin

Elizabeth Edmondson wurde 1948 in Chile geboren, wuchs in Indien auf und studierte später in Oxford. Schon als Kind entdeckte sie ihr Talent zum Schreiben und veröffentlichte später unter ihrem Klarnamen und ihrem Pseudonym Elizabeth Aston erfolgreich über 30 Romane. Mit »Lady Helenas Geheimnis« gelang ihr der große Durchbruch in Deutschland. Ihre Kriminalromane »Der Tote in der Kapelle« und »Mord auf Selchester Castle« avancierten in Großbritannien zum Publikumsliebling. Elizabeth Edmondson lebte mit ihrer Familie zuletzt in England und Italien. Im Januar 2016 verstarb sie unerwartet nach kurzer, schwerer Krankheit.

Elizabeth Edmondson im Goldmann Verlag:

Der Tote in der Kapelle. Kriminalroman (auch als E-Book erhältlich)

GOLDMANN
Lesen erleben